Mary Scott
Fröhliche Ferien am Meer

EDITION RICHARZ
Bücher in großer Schrift

Mary Scott

Fröhliche Ferien am Meer

Heiterer Roman

Edition Richarz
Verlag CW Niemeyer

Die Deutsche Bibliothek – CIP-Einheitsaufnahme

Scott, Mary:
Fröhliche Ferien am Meer : heiterer Roman / Mary Scott. [Aus dem Engl. übertr. von Helga Krauss]. – Hameln : Niemeyer, 1996
   (Edition Richarz, Bücher in großer Schrift)
   ISBN 3-8271-1956-1

Lizenzausgabe mit freundlicher Genehmigung des
Wilhelm Goldmann Verlages, München
© der Originalausgabe 1956 by Mary Scott
© der deutschen Ausgabe 1971
beim Wilhelm Goldmann Verlag München
Titel der Originalausgabe: „Families are Fun"
Aus dem Englischen übertragen von Helga Krauss

Die Rechte dieser Großdruckausgabe liegen beim
Verlag CW Niemeyer, Hameln, 1996
Satzherstellung: Richarz Publikations-Service
Umschlaggestaltung: Christiane Rauert, München,
unter Verwendung eines Bildes von Mark Lewis
Foto © Tony Stone Images
Gesamtherstellung: Ebner Ulm
Printed in Germany
ISBN 3-8271-1956-1

1

Angela sagte: »Ein Brief von Mutter ist angekommen. Wenn Du einen Augenblick aufhörst zu reden, dann lese ich ihn dir vor.«

Freddie stöhnte. »Ist das notwendig? Ich hasse Briefe an die ganze Familie, und mich geht er doch bestimmt nichts an.«

»Er geht uns alle an. Setz dich zur Abwechslung einmal ruhig hin.«

»O ich Unglückliche!« sagte Freddie, die gerade *Liebe in Kaltem Klima* gelesen hatte und nur noch wie Miss Mitfords Heldinnen reden konnte. Aber sie schwang sich auf die Fensterbank und zog ihre langen, schönen Beine an. »Nun lies schon, aber ich finde es schrecklich lästig.«

Angela las geduldig:

›»Meine Lieben, bin in schrecklicher Eile. Dieser komische Rechtsanwalt hat mehrmals über das alte Haus, in dem wir jahrelang lebten, geschrieben. Tainui hieß der Ort. Das Haus steht leer, und er möchte, daß wir es verkaufen. Von Vater natürlich keine Antwort. Macht damit, was Ihr wollt. Ich brauche kein Geld, da unser lieber Vetter Frederick so freigiebig ist. Das Haus ist teilweise möbliert, und für die Ferien könnte es genügen. Ich selbst möchte es nicht wiedersehen. Es gibt dort zu viele schmerzliche Erinnerungen.‹

Dann folgt eine ganze Zeile Pünktchen.«

»Sie meint Vater«, sagte Freddie fröhlich. »Ist es nicht herrlich, daß sie ihn mit Punkten übergeht?«

Angela war sofort in der Defensive. »So schmerzlich können die Erinnerungen gar nicht sein. Shelagh sagte, daß sie zu jener Zeit kaum miteinander sprachen. Also weiter, ich lese den Brief zu Ende:

›Irland ist schön und traurig. Es hat so viel an Anmut verloren. Miles hat mir viel von der Landschaft gezeigt, da sein Vater jetzt nicht mehr viel hinausgeht. Der gute Alte will nichts von meiner Abreise wissen. Das bedeutet für mich schon ein Opfer, denn ich sehne mich nach meinem geliebten England.‹«

Freddie lachte.

»Sie sehnt sich jetzt schon zwei Jahre danach. Allmählich sollte sie sich an den Zustand gewöhnt haben.«

»Ach was, ihr geht es bestimmt phantastisch. Du kannst nicht erwarten, daß sie mehr als einmal in der Woche an uns denkt. Und dann spricht sie von Sehnsucht«, sagte die ältere Schwester etwas verbittert.

»Aber natürlich ist es vernünftig, nicht zurückzukommen«, erklärte Freddie. »Der alte Frederick ist weit über achtzig, und er ist schrecklich reich. Es wäre wirklich dumm, nicht zu warten, bis er abkratzt.«

Aber Angela wollte gerecht bleiben. »Es ist nicht nur das. Mutter geht es nicht nur ums Geld. Sie kann schrecklich nett zu alten Leuten sein, die sie gerne mögen – und das ist immer der Fall.« Sie dachten einen Moment schweigend über ihre Mutter nach, und dann sprang Freddie plötzlich auf. »Ich weiß, was wir tun werden. Wir bringen Vater dazu, das alte Haus zu verkaufen und ein anderes an einem eleganten Strand zu erstehen. Da ist viel mehr los.«

Angela hatte für elegante Strände nichts übrig. »Aber erst müssen wir ihn einmal finden, und dann ist der Sommer vorbei. Sollen wir nicht für ein paar Monate nach *Tainui* gehen? Das wäre so geruhsam.« Sie fühlte, daß ihr zur Abwechslung etwas Ruhe guttun würde.

Aber Freddie sah nicht sehr überzeugt aus. »Ist das nicht ziemlich langweilig? Schrecklich abgelegen und ruhig?«

»Es war einmal ruhig. Ich erinnere mich nicht mehr genau daran, ich weiß nur noch, daß das Haus groß ist und auf einem Hügel liegt. Ich war erst acht Jahre alt, als wir weggingen, und du warst vier. Ich habe nie verstehen können, wie Mutter es dort zwei Jahre lang ausgehalten hat. Max war natürlich begeistert davon, weil er dort mit dem Boot fahren konnte.«

»Klingt abscheulich. Es wäre viel richtiger, Vater dazu zu bewegen, das Haus zu verkaufen.«

»Es wird jetzt nicht mehr so ruhig sein, denn sie haben eine bessere Straße. Im Sommer ist in allen

Orten am Meer etwas los. Ein paar Wochen lang ist immer alles übervölkert.«

Das klang schon besser. Freddie sagte: »Na gut. Vielleicht ist es doch nicht so schlecht. Du könntest dich nach deinem Examen ausruhen, und ich könnte in Ruhe über meine Zukunft nachdenken.«

Angela lachte. »Ich kann mir nicht vorstellen, daß du irgendetwas ruhig tust. Na gut, ich werde den Brief an die anderen weiterschicken. – Nicht daß sie kommen würden! – Nach den Ferien bringen wir Max besser dazu, es zu verkaufen. Schlecht ist nur, daß Mutter bestimmt in allernächster Zeit von Irland zurückkommt und sagen wird, sie habe beschlossen, den Rest ihrer Tage in Tainui zuzubringen, und sie wird fragen, wie wir ihr geliebtes Haus verkaufen konnten. Du weißt, wie sie ist.«

Freddie nickte bedeutungsvoll. Sie wußten es beide. Die ganze Familie wußte es. Ihre Vornamen waren eine bleibende und schmerzliche Erinnerung daran.

Alicia Standish hatte offensichtlich in einem Augenblick der Geistesabwesenheit vier Kinder in die Welt gesetzt. Als das erste, ein Junge, geboren wurde, war sie neunzehn und glaubte, noch in ihren Mann verliebt zu sein.

»Liebling, du sollst die Namen für unsere Söhne aussuchen. Ich befasse mich mit den Töchtern.« Es war eine bittere Enttäuschung, die später als ›meine erste Ernüchterung‹ verzeichnet wurde, als Maxwell das Kind *William John* nannte. Alicia hatte Irland nur verlassen, um zu heiraten, und sie hatte noch immer Heimweh.

»Warum nicht *Sean*, Maxwell? Oder *Naisi*? Nein, lach nicht. Wenn du schon englische Namen wählen mußt, dann wenigstens *Christopher Robin*.«

Standish hatte gelacht und seine schöne junge Frau geküßt. »Nein, Liebling. Halten wir uns an unsere Abmachung. William John ist ein guter, vernünftiger Name.«

Diese Standhaftigkeit war eines der wenigen Dinge, für die der Sohn Maxwell Standish dankbar war.

Als er größer wurde, mußte der Vater zugeben, daß niemand weniger Ähnlichkeit mit William John haben konnte. Der Junge war groß und sehr hübsch, hatte tiefblaue Augen, und sein Haar lockte sich trotz aller gegenteiligen Bemühungen. Im Aussehen war er eher eine dunkle Ausgabe von Shelley. Aber wenn er auch nicht aussah, wie seine Namen es versprachen, war doch sein Benehmen danach, denn er haßte die Poesie, verachtete die Romantik, liebte Fakten und Statistiken und wurde schließlich ein hervorragender Buchhalter.

»Ein schrecklicher Gedanke«, jammerte Alicia, »daß einer meiner Söhne sich für das Geld anderer Leute interessiert.«

»Ich wußte schon, was ich tat, als ich diesem Kind seinen Namen gab«, behauptete Maxwell, wenn auch etwas kläglich. Er verstand seinen Sohn nicht, und seine Ambitionen langweilten ihn schrecklich. Der Bruch zwischen ihnen war vollkommen, als er hörte daß Bill in zehn Jahren für das Parlament kandidieren wollte.

»Aber warum, zum Teufel? Du brauchst doch kein Geld. Das kann doch bestimmt nicht dein Ernst sein?« wunderte er sich.

Alicia erschauerte und sagte, ihr Sohn sei völlig einseitig, aber es sei nur die Schuld seines Vaters, weil er ihm einen so schrecklichen Namen gegeben habe. Keine Romantik der Welt könne das überstehen.

Sie selbst hatte zweifellos gezeigt, was man mit Namen machen konnte, als ihre Töchter geboren wurden.

Die Älteste wurde *Shelagh* genannt, was absolut nicht abwegig war, da die Ehe langsam in die Brüche zu gehen drohte und Alicia niedergeschlagen war. »In keltische Dämmerung gehüllt«, erklärte sie. Als ihr blonder, blauäugiger, auffallend angelsächsischer Mann Einwände machte, fügte sie nur zum guten Ausgleich *Deirdre* hinzu. Shelagh entwickelte sich zu einem äußerst blassen Kind mit blauen Augen, flachsfarbenen Locken und einer Haut von erstaunlicher Durchsichtigkeit. Maxwell lachte über diesen Mißgriff, zeigte aber Toleranz. Als zwei Jahre später eine zweite Tochter zur Welt kam, zuckte er die Achseln und überließ die Sache völlig seiner Frau. Betört von der strahlenden Blondheit der älteren Schwester, nannte Alicia das neue Baby *Angela Rose*, und sie entwickelte sich zum Ebenbild einiger Mitglieder der irischen Familie ihrer Mutter – schwarzhaarig, mit schwarzen

Brauen und großen, dunklen, stark bewimperten Augen. Ihr Aussehen erinnerte nicht im geringsten an eine Rose, und ihre Veranlagung zeigte wenig von einem Engel.

Wieder lachte Standish, aber diesmal ohne Toleranz.

»Armer kleiner Teufel. Sie wird dich in ihrem Leben für diesen Namen noch verfluchen.«

Alicia war wütend, als sie vier Jahre später ein weiteres Kind bekam und es zum drittenmal eine Tochter war. Standish interessierte sich inzwischen nur noch oberflächlich für das Familienleben und fand die Launen seiner schönen, aber dummen Frau überhaupt nicht mehr lustig. Aber sogar er protestierte, als das Baby *Fairy Fredericka* getauft wurde.

»Wie grausam! Hab doch um Gottes willen Erbarmen mit dem armen Kleinen.«

»In deiner ganzen Natur ist natürlich nicht der geringste Funke von Poesie zu finden, Maxwell. Die zwei F's sind herrlich, und sie kann sich ›Fay‹ nennen, wenn sie diese modernen Abkürzungen mitmachen will. Unser alter Vetter Frederick wird hocherfreut sein, und dieses Mal ist es egal, ob sie dunkel oder blond wird. Bei Fairy Fredericka kann nichts schiefgehen.«

Ihr Opfer war anderer Meinung. Fairy Fredericka war jetzt mit achtzehn ein hochgewachsenes und sehr schönes Mädchen, bei weitem die Hübscheste der Familie, und ihrer Mutter am ähnlichsten. Sie war schlank und anmutig, hatte Alicias herrliche

Haut, ihre dunkelgrauen Augen und ihre braune Haarpracht, die sich natürlich um ihren kleinen Kopf lockte. Mit ihrem Aussehen machte sie beiden Eltern alle Ehre.

Aber sie blieb nicht länger Fairy oder Fay, denn zwischen der schönen jungen Frau und dem reizenden Baby hatte es eine dunkle und schmerzliche Zeit gegeben, als Fairy sich verzagt auf der Badezimmerwaage wog und angesichts des Ergebnisses in lautes Wehklagen ausbrach. Mit zwölf Jahren war sie erschreckend groß und unglaublich dick und wurde in ein Internat geschickt.

Aber zunächst hatte es eine heftige Szene gegeben.

»Wenn ihr sagt, daß ich Fairy Standish oder auch Fay heiße, dann werde ich nicht gehen. Wenn ihr mich dazu zwingt, werde ich weglaufen. Ihr seid an allem schuld. Ich habe es satt, immer ausgelacht zu werden wegen der abscheulichen Namen, die ihr mir gegeben habt. Wißt ihr, wie sie mich in der Schule nennen? Die fette Fairy.«

An diesem Punkt brach die unglückliche Fairy in lautes Geheul aus, und unter Tränen, die bei ihr sehr locker saßen, stammelte sie: »Sie haben ein Lied über mich gemacht. Es fängt an: ›Wir erdachten eine Hungerkur, doch sie frißt immer weiter nur...‹ Oh, ich kann es nicht mehr ertragen.«

Alicia, die ganz in der Betrachtung eines neuen Hutes versunken war und nur halb zuhörte, sagte: »Sei doch nicht albern, Liebling. Hör vor allem mit diesem scheußlichen Gewinsel auf. Das sind sehr hübsche Namen, und eines Tages wirst du abnehmen und genau wie ich werden.«

»Auch wenn das so sein sollte, will ich einen anderen Namen haben. Weißt du, was ich wiege? Hundertachtzig Pfund. Mit einer Hungerkur ist schon gar nichts mehr zu machen. Nicht einmal mit einem kranken Magen. Letzte Woche hatte ich drei Gallenkoliken, aber ich habe nur dabei zugenommen. Ich gehe nur in diese Schule, wenn ihr mich als Fredericka hinbringt und sagt, daß ich immer Freddie genannt werde.«

Sie weinte so laut und so häßlich, daß sie ihren Willen bekam. In der neuen Schule kannten sie alle, auch ihre Lehrer, nur als Freddie.

Ihre Geschwister beneideten sie.

»Du kannst mehr als glücklich sein, daß du einen anständigen zweiten Vornamen hast. Stell dir mich nur einmal als Rose vor«, sagte Angela, wobei sie im Spiegel das dunkle, dünne, fast affenähnliche kleine Gesicht angrinste, das zurückgrinste.

»Und *Deirdre* ist völlig hoffnungslos«, jammerte ihre blondhaarige, blauäugige Schwester.

Aber auch noch mit achtzehn konnte die Erwähnung ihres ersten Vornamens Freddie zum Wahnsinn bringen. »Die Leute fragen mich, was das erste F bedeutet. Es ist zum Verrücktwerden.«

»Jetzt ist es doch nicht mehr so schlimm«, tröstete Angela sie. »Besonders, wenn du erklärst, daß es Fay heißt. Du bist unheimlich schlank, und ein Meter fünfundsiebzig ist ja nicht so schrecklich groß. Wie dem auch sei, du siehst bei weitem am besten aus, ganz genau wie Mutter – natürlich nur äußerlich«, fügte sie hastig hinzu. Denn die Standishs waren sich allgemein darüber einig, daß keine Familie ein zweites Familienmitglied wie Mutter überstehen konnte.

»Ich weiß, daß dieser verdammte Name eines Tages mein Leben zerstören wird«, schrie Freddie dramatisch, und ihre Schwester lachte.

»Jetzt geh nicht ganz unter die Kelten! Natürlich wärst du als Diana besser gewesen. Aber sieh dich im Spiegel an. Du hast keinen Grund, dich zu beklagen.«

Aber Freddie war mit dem hübschen Bild, das ihr aus dem Spiegel entgegensah, unzufrieden. »Ich wäre viel lieber klein und – wie es in Romanen heißt – zierlich. Eben wie du und Shelagh. Ihr habt vielleicht kein so ebenmäßiges Gesicht, aber bei euch fängt jeder Feuer.«

Freddie hatte die liebenswerte Angewohnheit, moderne Ausdrücke dann zu entdecken, wenn sie schon seit einigen Jahren wieder außer Mode waren.

»Und sieh dir doch Shelagh an. Sie ist eine wahre Pracht«, murmelte sie.

»Die perfekte englische Rose«, jubilierte Angela spöttisch. »Blond und golden und sanft. Wie ist es nur möglich, daß wir Geschwister sind?«

»Es ist kein Wunder, daß Robert sich in sie verknallte. Nach mir wird niemals jemand so verrückt sein.«

»Nun fang nicht an, nach Liebe zu schmachten.

Du bist noch viel zu jung, um dir darüber Gedanken zu machen.«

»Aber ich mache mir ständig Gedanken darüber«, sagte Freddie mit so erschreckender Aufrichtigkeit, daß sogar Angela einen Augenblick lang bestürzt war. »Wenn nur Mutter mit den Namen etwas vorsichtiger umgegangen wäre.«

Sie wäre besser mit allem vorsichtiger gewesen, dachte Angela, insbesondere mit Max.

Als hätte sie die Gedanken ihrer Schwester gelesen, sagte Freddie plötzlich: »Ich möchte gerne wissen, wo Vater ist. Es wäre eigentlich an der Zeit, daß er einmal wieder bei uns hereinschaut.«

Schon seit elf Jahren war Maxwell Standish kein ständiges Familienmitglied mehr, sondern nur noch ein gelegentlicher Besucher. Der Rest der Familie dachte zwar ziemlich streng darüber, aber Angela hielt es schon für eine ganz gute Leistung, daß er es fünfzehn Jahre mit Mutter ausgehalten hatte, die schön, aber unmöglich war. Unmöglich vor allem für ihren Mann.

Das Ende der Ehe hatte sich ruhig und gesittet vollzogen. Keine Scheidung, nicht einmal eine gesetzliche Trennung. Eines Morgens, als Freddie sieben Jahre alt und schon erschreckend dick und groß für ihr Alter war, hatte Maxwell Standish ganz beiläufig zu seiner Frau gesagt: »Ich glaube, jetzt brauchst du mich nicht mehr. Ich mache mich besser auf den Weg.«

Alicia hörte nicht zu. Sie hörte sehr selten jemandem zu. Sie war mit einem Spinnrad, ihrem damaligen Spielzeug, beschäftigt. Zwei Künstler hatten sich um die Ehre gestritten, sie davor sitzend zu malen. Sie gab ein bezauberndes Bild ab; es gelang ihr jedoch nie, zu spinnen.

»Das Ding muß kaputt sein, Maxwell. Andere Ehemänner würden es wieder reparieren. Was hast du gesagt? Du willst schon wieder in Ferien gehen?«

»Lange Ferien. Ich sagte, daß ich euch jetzt wohl besser verlassen werde.«

»Warum nicht, du bist immer viel netter, wenn du wieder zurückkommst. Es ist eine alberne Vorstellung, daß Mann und Frau immer zusammensein müssen. So langweilig.«

»Gut. Dann wirst du nichts dagegen haben, daß wir in Zukunft nicht mehr zusammen sind. Kannst du endlich einmal mit dem Blödsinn aufhören und einen Augenblick zuhören? Du bringst ein gräßliches Durcheinander in die Wolle. In Zukunft habe ich vor, mein eigenes Leben zu führen, wie man das nennt. Deines wird sich deshalb nicht grundlegend ändern. Ich habe Vorkehrungen getroffen, daß die Familie gut versorgt ist, bis die Kinder erwachsen sind. Mit anderen Worten, du wirst trotzdem die Annehmlichkeiten haben, an die du gewöhnt warst.«

Bei diesen Worten sah Alicia erstaunt, aber nicht verärgert aus. Sie verstand nie, wovon Maxwell redete, und hatte schon lange aufgegeben, sich darum zu bemühen. Sie sagte nur schnippisch: »Rede vernünftig. Natürlich mußt du für deine

Familie sorgen. Das ist deine Pflicht; und ich war, wie du weißt, nie an Geld interessiert.«

»Ich weiß. Nur daran, es auszugeben. Das wirst du etwas einschränken müssen, aber nicht so, daß es dir weh tut. Ich habe deine Angelegenheiten meinem Bevollmächtigten übergeben. Er wird dir alles erklären. Es wird dir gut gehen, und den Kindern auch.«

Alicia zerrte nervös an der Wolle, riß den Faden zum zehntenmal ab und wandte jetzt ihre Aufmerksamkeit ihrem Mann zu. Irgendetwas in seiner Stimme hatte sogar die Rinde der Oberflächlichkeit und der Selbstgefälligkeit durchdrungen, die ihre törichten und unreifen Gedanken umgab. Maxwell sprach nie ernst mit ihr. In den vergangenen Jahren hatte er überhaupt kaum gesprochen. Wie war das mit dem Bevollmächtigten? Sie hatte eine Abneigung gegen diesen Mann. Bestimmt ein sturer Schotte, der ihrem berühmten Charme unzugänglich sein würde.

Sie sagte: »Ich behaupte ja nicht, klug zu sein, Maxwell, aber du hast kein Recht, dich über mich lustig zu machen. Schließlich bin ich die Mutter deiner Kinder.«

Er seufzte gereizt auf. Gerade diese Bemerkung hatte er bei jedem Streit in den ersten zehn Jahren ihres Ehelebens zu hören bekommen. In den letzten fünf Jahren hatte es keinen Streit mehr gegeben. Nur ein gelegentliches Ultimatum. Ansonsten hatte er sich schweigend zurückgezogen und auf diesen Tag gewartet. »Ist dir noch nie der Gedanke gekommen, daß unsere Ehe ein Fehlschlag ist? Ich meine, es ist an der Zeit, daß diese Farce ihr Ende findet.«

»Farce? Wie kannst du so etwas Grausames sagen, wo du doch so sehr in mich verliebt warst, daß du damit gedroht hast, du würdest dich umbringen, wenn ich dich nicht heirate.«

Standish zuckte zusammen.

Er wollte sich nicht daran erinnern, daß er einmal so empfunden hatte.

»Damals warst du achtzehn. Bei einem schönen jungen Mädchen von achtzehn Jahren kann man sich mit Dummheit und Egoismus abfinden, weil man glaubt, daß es vorübergeht.«

Sie hatte nur halb zugehört und war verärgert. »Willst du damit sagen, daß ich mein gutes Aussehen verloren habe? Erst gestern sagte dieser Künstler...«

»Erspare mir diese Komplimente. Nein, du bist noch immer genauso schön, aber noch egoistischer und dümmer. Das habe ich fünfzehn Jahre lang mitgemacht.«

»Aber du redest völligen Unsinn. Was willst du denn machen, wenn du weggehst?«

»Soldat werden, wenn sie mich haben wollen.« (Das war 1942). »Das wird die Sache für dich ganz einfach machen. ›Mein Mann ist Soldat. Er fühlte sich einfach dazu berufen. So trage ich jetzt die ganze Last der Familie. Aber ich würde ihn nie davon abhalten...‹ Eine phantastische Erklärung! Du wirst sie bestimmt gut bringen.«

»Jetzt bist du wirklich ekelhaft. Und nach dem Krieg?«

»Ich denke noch nicht weiter. Laß dich beruhigen. Vielleicht ist es nicht nötig.«

Es gelang ihm schließlich, sie zu überzeugen, daß er es ernst meinte, und ungefähr drei Wochen lang ging Alicia umher wie die Königin einer Tragödie. Zu diesem Zeitpunkt war Standish nicht mehr da, und sie empfand eine ungeheure Erleichterung. Keine Nörgelei im Haus. Sie mußte sich nicht mehr mit unangenehmen Bemerkungen abfinden. Außerdem war es auch ganz interessant, zu den vorübergehenden Kriegswitwen gezählt zu werden.

Sie beschloß, dieses Haus zu verkaufen, wie sie schon viele andere verkauft hatten, und in eine andere Stadt zu ziehen. Dann war es leichter, die gute Ehefrau eines braven Soldaten zu spielen, der sich von seiner geliebten Familie losgerissen hatte.

Das hatte sie sich selbst ausgedacht, und sie war ziemlich stolz darauf. Ihre neuen Freunde waren ganz begeistert von der wundervollen Mrs. Standish, die immer so mutig war. Es war allerdings nicht mehr ganz so einfach, als der Krieg zu Ende ging und Maxwell die Rücksichtslosigkeit besaß, unversehrt zurückzukommen. Das bedeutete, daß sie wieder umziehen mußte. In ihrem neuen Zuhause wurde sie zu der bezaubernden Mrs. Standish, die irgendwo im Hintergrund einen Ehemann besaß.

»Hat sie sich scheiden lassen? O nein, zu dieser Art Frauen gehört sie nicht. Aber er ist wohl ein ziemlicher Taugenichts. Wahrscheinlich trinkt er. Sie ist so lieb und treu, aber sie hat so etwas angedeutet. Der Krieg war schuld. Er hat ihn verändert.«

Inzwischen machte Alicia die ganze Sache Spaß. Es gab keinen offenen Bruch. Ab und zu schrieb sie kleine unzusammenhängende Briefe an Maxwell, wenn sie etwas brauchte, und die Kinder hielten in großen Abständen eine Korrespondenz aufrecht, wenn sie ihm für seine gelegentlichen Geschenke danken mußten. Keiner machte sich viel daraus.

Außer Angela. Aber Angela war auch ein Kind, das sich immer an irgendwas störte. Nicht zurückhaltend und sanft wie Shelagh oder liebenswürdig, wenn auch stürmisch, wie Freddie. Ein launenhaftes kleines Ding, lustig und wild an einem Tag, schmollend und schweigsam am nächsten. Eigenartig, daß Maxwell sie am liebsten mochte. Als Standish aus dem Krieg zurückkam, um seine Freiheit und den unerwünschten Frieden zu genießen, brach er nicht völlig mit den Kindern, die er in seiner egoistischen Art eigentlich liebte. Von Zeit zu Zeit tauchte er auf, ›schaute herein‹, wie er es nannte, wohnte in einem Hotel und beunruhigte Alicia, indem er ihrer Welt zeigte, daß er weder ein Trunkenbold noch ein Geistesschwacher war. Sie wurde jedoch in ihrer sicheren Art damit fertig, durch den ihr eigenen Charme und ihre Schönheit und unterstützt von seinem Geld. Ihre Dummheit ging so weit, daß sie sich nicht einmal von einem Ehemann ernsthaft stören ließ.

Nach seiner Rückkehr sagte er eines Tages gelassen zu ihr: »Du bist eine sehr schöne Frau, Alicia. Jetzt werde nicht nervös. Ich spiele ja nicht auf eine Wiederherstellung meiner ehelichen Rechte an. Aber willst du nicht jemand anderen heiraten?«

Ihr Blick war erst beleidigt und dann stolz – ein viktorianischer Trick, der ihn früher belustigt und später verärgert hatte. Jetzt stand er ihm völlig nüchtern gegenüber.

»Ich werde nicht mehr heiraten«, antwortete sie in einem Ton, den Angela ›Mutters heilige Stimme‹ nannte. »Für mich, wenn auch vielleicht nicht für dich, ist das Band der Ehe heilig.«

»Gut, laß mich wissen, wenn du es dir anders überlegst, und ich werde dann schon etwas auf die Beine stellen.«

Sie sah ihn prüfend an und fragte sich wohl zum erstenmal, wie sein Leben jetzt aussehen mochte. Wahrscheinlich brauchte er nichts ›auf die Beine zu stellen‹. Da Alicia selbst kaum tiefere Gefühle oder Leidenschaften besaß, hatte sie sehr ruhige, realistische Ansichten über ›die Männer und ihre Gepflogenheiten‹.

Bei den seltenen Gelegenheiten jedoch, wenn sie sich trafen, war er ausgesprochen anständig. Mehr verlangte sie nicht.

Zu diesem Zeitpunkt hatte sie nämlich kaum Muße, über diesen Punkt näher nachzudenken, denn in ihrem lieblichen Mundwinkel begann sich eine Falte zu zeigen. Das war Anlaß zu tiefer Beunruhigung, und es mußte sofort etwas geschehen.

Inzwischen genoß Maxwell Standish das Leben, war fähig, diese wahnsinnige und ungestüme Leidenschaft für das Mädchen Alicia, die so schnell vorübergegangen war und nur Enttäuschung und Verbitterung hinterlassen hatte, zu verdrängen. Er konnte sich selbst sagen, daß er niemanden durch seine Handlungsweise verletzt hatte. Keinen, außer natürlich Angela.

Er war ein ausgesprochen egoistischer Mann, aber Angela war sein wunder Punkt. Er fragte sich oft, weshalb. Möglicherweise, sagte er zynisch zu sich selbst, weil ihre Mutter sie nie verstanden hatte. Nicht daß Alicia jemals absichtlich unfreundlich zu ihr gewesen wäre. Eigentlich liebte sie ihre Kinder auf eine oberflächliche und gelassene Weise; aber sie hatte nie eine tiefe Zuneigung zu Angela gefühlt, die sie immer scherzhaft, aber in aller Öffentlichkeit als »das häßliche Entlein der Familie« bezeichnete.

Diese zweite Tochter war ein hageres, schwarzhaariges, unattraktives kleines Mädchen, als ihr Vater wegging. Und sie hatte ihn heiß und innig geliebt und war nach seinem Weggang so verzweifelt gewesen, daß Alicia, die den Anblick von Traurigkeit nicht ertragen konnte, sie in ein Pensionat schickte.

Hier fand das häßliche Entlein zu sich selbst und entdeckte zu seiner Überraschung, daß es nicht einfacher war als die meisten anderen Mädchen und sogar eigentlich klüger und lustiger. Nach der angespannten Atmosphäre ihres Familienlebens blühte Angela nun in dieser normalen Atmosphäre auf, wo sie nicht unter dem Vergleich mit einer hübschen und gesitteten Schwester zu leiden hatte. Im großen und ganzen waren es glückliche Jahre, die mit dem Erscheinen ihres Vaters bei der letzten Preisverteilung großartig endeten.

In einer seiner überraschenden Anwandlungen rief Maxwell Standish seine Frau am Abend vor der Feier in ihrem Hotel an.

Sie hatten sich über ein Jahr nicht gesehen, denn Alicia hatte gerade eine ihrer häufigen Reisen nach Irland gemacht.

»Was den morgigen Tag betrifft... du gehst natürlich mit? Ich meine, es würde sich gehören, daß wir zusammen erscheinen. Angela wird sich so authentisch fühlen.«

›Authentisch?‹ Was meinte er damit? Aber sie war liebenswürdig wie immer, und sie waren ein gutaussehendes Paar, als sie über den Schulhof gingen. Angela, die ihre ganze Würde vergaß, flog ihnen entgegen, packte ihren Vater beim Arm und sagte sanft und völlig außer Atem: »Du kommst also zurück?«

Das war ein sehr unangenehmer Augenblick, aber glücklicherweise hatte Alicia nichts gehört. Sie sah ihre jüngere Tochter erstaunt an. »Aber Angela, wie sehr du dich verändert hast während meiner Abwesenheit! Du hast dich ungeheuer gemacht. Wirklich, meine Liebe, du bist richtig attraktiv geworden. Natürlich nicht hübsch, aber immerhin...«

»Trotzdem, sie braucht ihr Schicksal nicht zu beklagen«, sagte Maxwell mit dem besonderen Lächeln, das er dieser Tochter vorbehielt, aber mit dem unangenehmen Gefühl, daß er versuchen mußte, ihr einige Dinge zu erklären. Er lehnte es ab, sich zu rechtfertigen. Er nahm sie an diesem Abend mit zum Essen und ins Theater und versuchte, ihr alles zu erklären.

»Deine Mutter ist charmant und schön, aber ... Na ja, kannst du verstehen, warum ich es nicht aushielt? Ich habe es euretwegen eine lange Zeit versucht, weißt du. Jetzt seid ihr groß, und jetzt bin ich an der Reihe.«

»Aber – aber ich liebe dich so sehr.«

Kaum waren die Worte ausgesprochen, da versuchte sie schon, sie zurückzunehmen, lachte in dem kläglichen Bemühen, sie zu überspielen, stand vom Tisch auf und sagte munter, aber gelassen über ihre Schulter: »Ist schon gut, Max.« (Sie hatte ihn immer so genannt, trotz der Proteste ihrer Mutter gegen ›plumpe Vertraulichkeiten‹.) »Ich verstehe – aber vergiß nicht, uns aufzusuchen, wenn du kannst.«

Das hatte er, zwischen Geldverdienen und Vergnügen, getan. Er war immer vermögend gewesen, denn er hatte Geld geerbt, und was sich schließlich als noch wichtiger erwies, er hatte auch Land geerbt. Seine Pläne standen schon lange vor der Trennung fest. Er verkaufte seine große Schaffarm und investierte das Kapital in den Unterhalt für seine Frau und seine Familie. Brauereiaktien waren vielleicht nicht allzu romantisch, und Alicia ›weinte den weiten Äckern nach‹. Aber sie waren zuverlässig und von Kriegen und Krisen ziemlich unabhängig.

Er behielt ein ausreichendes Einkommen für sich selbst, und, weil er das Land liebte, außerdem eine kleine verwilderte Farm, die er billig gekauft hatte und an der er gerne Verbesserungen anbrachte. In den schlechten Jahren trug sie gerade einen Arbeiter, aber Max konnte dort in der Nähe des Busches, den er liebte, eine Hütte bauen. Hier überstand er harte Zeiten, von denen seine Familie nichts wußte. Jetzt warf die Farm einen guten Gewinn ab, und er verbrachte noch immer einen Teil seiner Winter dort.

Im Sommer kreuzte er glücklich in seiner Jacht umher, die er *Angel* nach seiner Lieblingstochter getauft hatte. Manchmal war er allein, manchmal hatte er einen Mann als Kameraden bei sich, manchmal eine attraktive, aber undefinierbare Gestalt, die verschwand, sobald sie den Hafen erreichten, und am Abend vor der Abfahrt wieder an Bord kroch. Es war selten dieselbe Gestalt, denn er war vorsichtig genug, jeder ernsthaften Bindung aus dem Wege zu gehen. Eine erneute Heirat zog er nicht einen Augenblick lang in Betracht.

Es war ein angenehmes Leben. Er war sehr zufrieden damit und verschwendete keine Zeit an traurige Gedanken. Gewissensbisse waren ihm unbekannt. Er hatte für seine Freiheit bezahlt und wollte sie genießen.

2

Freddie sagte: »Warum müssen wir diesen Brief noch heute abend abschicken? Ich müßte einen Umweg machen, und es eilt doch nicht. Sie werden nicht kommen. Shelagh reist bestimmt mit ihrem lieben Robert irgendwohin, und Bill hat die Familie schon lange aufgegeben. Der Brief kann bis morgen warten.«

Aber Angela drückte ihr sehr bestimmt den Umschlag in die Hand. »Der Film fängt nicht vor acht Uhr an, und das Postamt ist gleich um die Ecke. Schick ihn ab, dann brauchen wir nicht mehr daran zu denken. Sie werden sicherlich nicht daran interessiert sein.«

Der Brief erreichte Shelagh Anson drei Tage später. Er enthielt ein Postskriptum von Angela. ›Ich glaube kaum, daß Ihr kommen werdet, aber macht es möglich, wenn Ihr irgend könnt. Wir fahren hin.‹ Sie reichte den Brief ihrem Mann, und als er ihn zu Ende gelesen hatte, beobachtete er sie schweigend. Sie sah ihn nicht an, sondern saß mit abgewandtem Kopf da, auch ganz schweigsam und völlig unbeweglich. Schließlich sagte sie leise: »Ich glaube, das ist der Anlaß, auf den wir gewartet haben.«

Er antwortete nicht sofort, sondern ging zum Fenster und sah in den Garten hinaus, den Shelagh angelegt hatte. Plötzlich drehte er sich um: »Bist du sicher? Wird es dir nicht leid tun? Bist du ganz sicher?« Ihre blauen Augen sahen fest in die seinen. Sie nickte, sagte aber nichts.

Shelagh mit dem keltischen Namen und der Hautfarbe einer wilden Rose war seit drei Jahren verheiratet. Sie hatte keine Vorliebe für irgendeinen Beruf gezeigt, hatte die Schule mit einem guten, aber nicht überragenden Zeugnis verlassen und war nach Hause zurückgekehrt, um mit ihrer schwierigen Mutter in scheinbarer Harmonie zu leben. Alicia war erfreut gewesen; das war die Tochter, die sie sich wünschte. Ein hübsches kleines Ding, aber keine Rivalin für ihre eigene hervorragende Schönheit. »Dem lieben kleinen Mädchen scheint es zu gefallen, einen Haushalt zu führen und sich um Gäste zu kümmern. So angenehm und nützlich.«

Was das liebe kleine Mädchen wirklich empfand, wußte niemand. Ihre Beschäftigung fand sie in der Anlage vieler kleiner Gärten, von denen sie sich mit stillem Schmerz trennte, wenn ihre rastlose Mutter in eine andere Stadt zog. Sie war sehr hübsch, und natürlich hatte es junge Männer gegeben, die warteten, hofften und sich schließlich angesichts der sanften Ablehnung zurückzogen. Als sie dann neunzehn war, traf sie Robert Anson.

Diese stürmische Liebesaffäre weckte sogar Mrs. Standish aus der gewohnten Gelassenheit, die sie den Emotionen anderer Menschen entgegenbrachte. »Unmöglich. Einfach unmöglich. Ich kann gar nicht daran denken, meine Tochter wegzugeben. Es ist völlig ausgeschlossen, ein Mädchen zu bekommen.«

»Aber Mutter...«

»Wirklich, Shelagh, dein Egoismus erstaunt mich. Wie kannst du mich nur verlassen, bevor Angela alt genug ist, um dich zu ersetzen? Es wird nicht mehr lange dauern. Noch zwei Jahre, und außerdem bist du sowieso viel zu jung, weil...«

»Du warst achtzehn, als du Vater geheiratet hast.«

»Eben das sollte dir zeigen, was ich meine. Und wenn du mich nicht unterbrochen hättest – du benimmst dich deiner Mutter gegenüber wirklich ungehörig, Shelagh! – ich wollte nämlich sagen, daß du zu hübsch bist – natürlich auf deine Art –, um dich an einen jungen Ingenieur zu binden, der seinen Weg erst noch machen muß. Nun widersprich nicht. Ich war weiß Gott immer bereit, mich für meine Kinder zu opfern, aber das ist wirklich zu viel verlangt.«

Trotz ihrer Sanftmut besaß Shelagh dieselbe gelassene Rücksichtslosigkeit wie ihr Vater. Wahrscheinlich hätte sie ihren Kopf durchgesetzt, hätte Alicia nicht von ihrem unberechenbaren Mann unerwartet Hilfe erhalten.

»Ich glaube, diesmal hat deine Mutter ausnahmsweise recht – natürlich aus falschen Gründen. Siehst du, meine Liebe, Robert hat eigentlich noch nicht die richtige Stellung, um zu heiraten. Ich weiß, daß er etwas kann. Aber er ist noch nicht fähig, eine Frau zu unterhalten, ohne seine Zukunft zu gefährden. Es ist besser, noch etwas zu warten. Bis dahin wird er seinen Weg gemacht haben, wenn er der Mann ist, für den ich ihn halte. Außerdem bist du dann einundzwanzig, und niemand kann dich mehr daran hindern. Aber bis dahin, glaube ich, stehe ich auf Alicias Seite. Das ist zwar noch nie dagewesen, aber trotzdem...«

Sie warteten genau zwei Jahre. Während dieser Zeit war Mrs. Standish wieder umgezogen und hoffte, daß Shelagh zur Vernunft kommen würde, weil sie den jungen Mann nicht mehr so oft sehen konnte. Shelagh sagte nichts, aber sie schrieb Robert jeden Tag. Am Ende der zwei Jahre hatte er eine gute Stellung in einer Maschinenbaufirma, welche die Aussicht auf eine spätere Partnerschaft bot. An ihrem einundzwanzigsten Geburtstag gab Shelagh ihre Verlobung bekannt, und drei Monate später waren sie verheiratet.

Angela wunderte sich manchmal, wie sehr diese zwei Jahre den Charakter ihrer Schwester beeinflußt hatten. Sie war immer still gewesen, aber jetzt hatte sie sich hinter einer dicken Mauer von Zurückhaltung verschanzt, die nur Robert durchdringen konnte. Die Standish-Kinder waren daran gewöhnt, ihre Gedanken und Gefühle für sich zu behalten, zum großen Teil deshalb, weil sie früh im Leben gelernt hatten, daß sie niemand anderen interessierten. Aber Shelaghs Verschwiegenheit erstaunte ihre Schwester. Sie konnte offensichtlich zu ihrer Mutter freundlich sein und sich trotzdem ihr und der ganzen Familie gegenüber gleichgültig geben. Nur für ihren Bruder zeigte sie eine gewisse Zuneigung.

Der Altersunterschied zwischen Bill und Shelagh betrug nur zwei Jahre, und sie waren immer Verbündete gewesen. Vielleicht verstand er sie. Angela jedenfalls tat es nicht, und nach ihrer Heirat mit Robert wurde es ihrer Schwester erschreckend klar, daß Shelagh nur der ganzen schwierigen Familie den Rücken kehren wollte, um selbst in ihrem neuen Leben mit Robert aufzugehen. Sie lebten im Süden, und die beiden Geschwister hatten sich in den drei Jahren erst einmal besucht. Bei ihrer Rückkehr zog Freddie Bilanz.

»Sie waren nett, aber sie wollen uns nicht. Sie brauchen nur sich selbst. Mir hat es nicht sehr gefallen.«

»Aber das Haus war hübsch, und Shelagh hat einen hübschen Garten angelegt.«

»Ich weiß, und alle sagen, sie seien ein vorbildliches Ehepaar. Keine Kinder, nur mit sich selbst beschäftigt. Das ist ja gähnend langweilig. Ich bin froh, daß ich morgen wieder zur Schule gehen kann.«

Angela empfand dasselbe, aber es tat ihr leid. Sie war alt genug, um zu merken, daß das Leben ohne Familienbande sehr einsam sein kann. Shelagh war wenigstens sehr glücklich.

Schließlich brach Shelagh das Schweigen, das in dem stillen Zimmer geherrscht hatte. »Ich werde den Brief morgen an Bill schicken, aber ich glaube kaum, daß er seine Ferien in Tainui verbringen wird.« »Er schaut sicher einmal herein, wenn du da bist, aber die Sache scheint nicht ganz seinem Geschmack zu entsprechen. Ich bin erstaunt, daß die anderen hinfahren möchten, aber natürlich ist Angela ziemlich unberechenbar.«

Ihre Mutter hatte sie als ›störrisch‹ bezeichnet, denn Angela hatte als ›meine kleine Haustochter‹ nicht eingeschlagen. Shelagh war zwar kühl gewesen, aber hübsch und anpassungsfähig; Angela jedoch besaß keine dieser Eigenschaften. Alicia machte es keinen Spaß, bei ihren Freunden mit ihr anzugeben, und sie stellte sie entschuldigend als ›mein geliebtes häßliches Entlein‹ vor. Das nahm Angela übel, und Haus und Garten langweilten sie. Am meisten langweilte sie ihre Mutter.

Sechs Monate lang hielt sie es aus, und dann verkündete sie ihre Absicht, die Universität zu besuchen und ein Examen zu machen.

»Examen? Du wirst doch um Himmels willen kein Blaustrumpf werden, Liebling? Solche Mädchen werden nur noch geheiratet, wenn sie hübsch sind.«

»Ich habe gar nicht vor, geheiratet zu werden. Ich will einen Beruf haben. Mir liegt es nicht, einen Haushalt zu führen.«

»Aber das ist die Aufgabe einer Frau«, sagte Alicia, die sich immer erfolgreich davor gedrückt hatte. »Wenn du weggehst, was soll ich dann tun? Aber Angela, du wirst doch deine Mutter nicht verlassen?«

Angela betrachtete kühl die dramatische Verkörperung einer schönen, hilflosen Frau, die keine Schulter hat, um sich anzulehnen, und ließ sich in der nächsten Woche an der Universität einschreiben. Ihr Vater, der froh war, daß Alicia endlich einmal ihren Willen nicht bekommen hatte, bezahlte eine Haushälterin, um Ersatz zu schaffen.

Drei turbulente Jahre hatte Angela jetzt dort verbracht. Sie war nur eine mittelmäßige Studentin, und ihr Haupterfolg lag auf gesellschaftlichem Gebiet. Fest entschlossen, das Beste aus dem Leben zu machen, hatte sie sich in einen Kreis junger Leute mit fortschrittlichen Ideen begeben, der von den solideren Studenten scherzhaft als ›die klugen Zeitgenossen‹ bezeichnet wurde. Endlich von ihrem Komplex als häßliches Entlein befreit, hatte Angela sich eifrig bemüht, mit ihnen mitzuhalten. Es war ihr gelungen, aufzufallen, und sie bildete sich ein, daß sie außergewöhnlich glücklich war. Zumindest bis vor sechs Monaten. Maxwell hatte fröhlich zu seiner Lieblingstochter gesagt: »Warte nur bis Freddie bereit ist, geopfert zu werden. Dann kannst du dich auf ein Donnerwetter gefaßt machen.«

Aber Freddie blieb verschont, denn als sie sechzehn war und ihr letztes Schuljahr kam, beschloß Alicia, noch einmal nach Irland zu fahren, um ihren Vetter Frederick zu besuchen, ›bevor es zu spät ist‹. Nachdem Maxwell erklärt hatte, daß sie das schon dreimal getan habe, zahlte er resigniert das Fahrgeld und veranlaßte Angela, sich eine Wohnung zu suchen.

»Zwei Schlafzimmer, dann kannst du Freddie in den Ferien zu dir nehmen, wenn sie nicht weiß, wo sie hingehen soll«, sagte er besorgt und zog sich wieder auf seine Farm zurück, in der festen Überzeugung, seine Familienpflichten voll erfüllt zu haben.

Freddies Karriere in der Schule war aufsehenerregend, wenn auch nicht gerade akademisch gewesen. Sie war hervorragend im Sport; alles andere lag ihr nicht. Von Zeit zu Zeit kam sie in die Wohnung, um unaufhörlich über ihre Zukunftsprobleme zu sprechen. Was sollte sie tun? Sicher konnte ihr Angela einen Rat gaben? Das alles war ziemlich schwer für ein Mädchen, das sich nicht an seine Eltern wenden konnte.

Es war eine große Erleichterung, als dieses Problem für ein Jahr verschoben wurde. Vor Ende des letzten Schuljahres hatte ihre Direktorin Freddie vorgeschlagen, sie solle als vorläufige Assistentin der Sportlehrerin in den Lehrkörper eintreten. Freddie war überglücklich. »Mir fällt wirklich ein Stein vom Herzen. Dir sicher auch. Du mußt es schrecklich satt haben, daß ich immer hierherkomme.«

»Natürlich nicht«, sagte Angela schnell und mit schlechtem Gewissen. Hatte sie gezeigt, daß ihr diese jüngere Schwester manchmal im Weg war? Zum Beispiel, wenn eine tolle Party lief, oder wenn sie eifrig die Werke von Dylon Thomas gebüffelt hatte und sie ausgiebig mit Dr. Millar diskutieren wollte.

»Oh, du warst immer so nett, aber deine Freunde sind so klug und ich nicht. Aber ich bin gut im Sport, und ich werde etwas vom Leben sehen, wenn ich erst zum Lehrkörper gehöre. Eine der Lehrerinnen hat sich letztes Jahr mit einem himmlischen Mann verlobt.«

Angela sah skeptisch aus, stimmte jedoch zu, daß ihre Schwester ›erwachsene Kleider‹ haben müsse. Sie war nicht fähig, Freddie davon abzuhalten, ein elegantes Abendkleid zu kaufen, das einer Frau von dreißig gestanden hätte, redete ihr jedoch ein, daß es falsch sei, bei ihrer herrlichen Haut zuviel Make-up zu benutzen.

»Oh, sei doch nicht so langweilig, Angela. Du bist doch selbst nicht auf den Kopf gefallen. Für mich beginnt jetzt ein neues Leben. Erwachsen und unabhängig. Ich verdiene auch Geld. Ich werde alles mögliche erleben, und ich muß doch darauf vorbereitet sein.«

Im Laufe des nächsten Jahres sahen sich die Schwestern seltener. Freddie wurde mit Einladungen überschwemmt, ihre Ferien in den Familien der älteren Mädchen zu verbringen. Sie war jetzt der Schwarm der Schule, und wahrscheinlich merkte die Direktorin, daß es wohl ein Fehler war, ein so junges und hübsches Mädchen in ihren Lehrkörper aufzunehmen. Obwohl Freddie bei Geschenken pflichtbewußt die Stirne runzelte, sah sie in ihnen doch einen geheimen Trost dafür, daß sie erstaunlich wenig junge Männer traf. Das Leben im Lehrkörper war nicht viel anders als das einer

Vertrauensschülerin. Im großen und ganzen hatte sie es sehr enttäuschend gefunden.

Jetzt war es zu Ende, und seit einer Woche befand sie sich wieder in der Wohnung, äußerst unruhig und Angela ständig mit Fragen über ihre Zukunft bombardierend. Im Augenblick schwankte sie zwischen dem Wunsch, auf die Bühne zu gehen – eine Karriere, für die sie außer ihrer überraschenden Schönheit keinerlei Voraussetzungen mitbrachte – und dem Versuch, sich einer der Fluglinien als Stewardeß aufzudrängen. Die letzte Ambition zerstörte Angela unbarmherzig.

»Das ist eine verrückte Idee. Wahrscheinlich bist du sowieso zu groß, und außerdem wird dir in der Luft ganz bestimmt schlecht. Erinnerst du dich, wie wir mit der *Angel* in schlechtes Wetter gerieten? Und denk nur an den Tag, als der Taxifahrer auf der kurvenreichen Straße zu schnell fuhr.«

Freddie bekam einen hochroten Kopf. »Es ist gemein, mich an all das zu erinnern. Ich habe mich schon sehr gebessert, jedenfalls, wenn es nichts Fettes zu essen gibt. Ich könnte auf ein College gehen. Ihr scheint dort sehr viel Spaß zu haben. Aber ich habe nicht genug Grips dazu.«

»Hast du wohl, wenn du dir die Mühe machst, ihn zu benutzen.«

»Ich glaube nicht, daß ich es wirklich möchte. Wenn ich das nur wüßte. O Jammer! Was kann ein Mädchen tun, wenn es zu nichts taugt außer zum Sport?«

»Es kann zum Beispiel Sport trainieren. Und

du hast noch viele andere Vorzüge, obwohl das Aussehen natürlich deine starke Seite ist. Eigentlich bei der ganzen Familie – außer bei mir.«

Das gute Aussehen war ganz sicher William Johns Stärke, obwohl er es heftig bestritten hätte. Als er ein paar Tage später den von Shelagh beförderten Brief seiner Mutter las, sah er etwas blasser aus als gewöhnlich, weniger stark, aber nicht weniger hübsch. Plötzlich ging er leicht hinkend zum Telefon und rief seinen Seniorpartner zu Hause an. Dinah, die zwanzigjährige Tochter, das einzige Kind, nahm den Hörer ab.

»Oh, Bill! Soll ich Vater rufen?«

»Nein, ich möchte dich sprechen. Ich habe dir einen Vorschlag zu machen.«

»Ja?« Ihre Stimme klang jung und ziemlich außer Atem. »Aber solltest du auf den Füßen sein? Ich bin sicher, du müßtest im Bett bleiben. Es ist nicht gut für dich...« Er unterbrach sie schroff. Er war verärgert, und seine Stimme klang scharf. »Es geht mir gut. Ich habe genug vom Bett. Die Sache ist die, Dinah, ich habe einen Brief von Shelagh bekommen.«

»Oh, wirklich? Sie müssen sich schreckliche Sorgen machen. Wegen deiner Krankheit meine ich.« Sie war jetzt nervös, da sie merkte, daß sie sich auf gefährlichen Boden begeben hatte.

»Tun sie nicht, einfach deshalb, weil sie nichts davon wissen. Wir sind in alle Winde verstreut, und es gab keinen Grund, sie aufzuregen.«

»Oh, aber sie hatten bestimmt ein Recht, es zu wissen? Ich meine...«

Jetzt klang seine Stimme ausgesprochen verärgert. »Das ist bei uns anders. Wir regen uns nicht unnötig auf, und wir sind schon seit langem keine richtige Familie mehr. Es ist besser so. Jetzt, da es vorbei ist, werde ich ihnen natürlich schreiben. Aber darum geht es nicht. Ich wollte dir nur erzählen, daß die anderen offensichtlich planen, Ferien in Tainui zu machen – kennst du den kleinen Ort an der Westküste? Wir haben dort ein altes Haus, und aus irgendeinem Grund gehen sie alle für ein paar Monate dorthin. Es wird natürlich schrecklich langweilig sein, aber man kann viel schwimmen und Boot fahren, und ich finde, es wäre gar kein schlechter Gedanke.«

»Das klingt phantastisch. Die Ärzte sagten doch, frische Luft und Schwimmen, oder nicht?«

»Ja, und drei Monate lang keine Arbeit. Zum Teufel mit ihnen! Ich nehme an, du kannst dich sicher für ein paar Wochen freimachen, oder?«

»Oh Bill, liebend gerne – wenn meine Eltern nichts dagegen haben.«

»Na ja, du wirst mit ihnen darüber sprechen, nicht wahr? Bis bald.«

Dinahs Eltern waren nicht mehr jung und hatten ein ziemlich besitzergreifendes Wesen, aber er glaubte, sie würden ja sagen. Sie hatten Bill gerne, und man war sich allgemein einig, daß er eines Tages ihr Schwiegersohn werden würde. Man hatte keine Eile. Dinah war sehr jung, aber sie war ein nettes Mädchen, und er mochte sie gerne. Sie war natürlich ziemlich unscheinbar, kein glänzender gesellschaftlicher Erfolg, aber sie besaß Stil und Würde. Wenn er mit einem leichten Schaudern an Alicia dachte, fühlte Bill, daß er auf Schönheit und Charme verzichten konnte.

Auch er gefiel ihr, und sie sah keinen anderen Mann an. Nach ihrer Heirat würde sich der alte Mr. Morice aufs Altenteil setzen, und der größte Buchhaltungsbetrieb der Stadt würde Bill alleine gehören. Diese einseitige Denkweise, die seine Mutter so bitter beklagt hatte, führte geradlinig auf das Ziel des Erfolgs zu. Soeben hatte er sein erstes schweres Hindernis überwunden, einen leichten Anfall von Kinderlähmung. Er hatte einen Monat im Krankenhaus verbracht, aber es zeigten sich keine ernsthaften Krankheitserscheinungen, abgesehen von dieser Hinkerei. Auch damit würde er fertig werden.

Inzwischen war er froh, sich in Tainui verstecken zu können, bis er wieder er selber war, wenn es auch langweilig sein würde. Er konnte es nicht ertragen, von seinen Freunden bemitleidet zu werden, denn nach dem großen Gott Erfolg kam für ihn gleich ein anderer Gott – die körperliche Tüchtigkeit. Er war ein guter Sportler und haßte es, auch nur leicht zu hinken. Er würde sich in Tainui mit einem Familientreffen abfinden, um diese Krankheit zu bekämpfen. Und Shelagh würde da sein. Er hatte sie fast zwei Jahre nicht gesehen. Beide waren mit ihrem eigenen Leben beschäftigt gewesen.

Er setzte sich und schrieb an seine jüngeren Schwestern, und der Brief verursachte eine schreckliche Aufregung. »Kinderlähmung! Wie schrecklich! Der arme Bill!« sagte Angela.

»Aber es geht ihm besser, und er kommt. Ich bin gespannt, was aus ihm geworden ist. Das gibt einen Heidenspaß. Erst Shelagh und dann Bill.« Aber Freddie war etwas verzagt. Es war, als sollte sie lange Ferien mit Fremden verbringen.

Shelaghs Brief war die erste Überraschung gewesen.

›Ich würde sehr gerne nach Tainui kommen. Robert ist zu einer Kreuzfahrt auf dem Meer mit ein paar Freunden eingeladen worden. Anschließend muß er irgendeinen Auftrag in der Wildnis erledigen. Es wird mir also sehr gut passen. Wir waren schon so lange nicht mehr alle zusammen.‹

»Wie eigenartig, Shelagh ganz für uns zu haben, ohne ihren Mann«, sagte Freddie.

»Ohne Ehemann!« wiederholte Angela. »Na ja, ich vermute, sie sind in dem Stadium angelangt, wo es schön ist, einmal getrennt Ferien zu machen.«

»Aber das paßt überhaupt nicht zu Shelagh und Robert. Ich finde es äußerst geheimnisvoll. Sieh mich nicht so sprachlos an, Angela. Du weißt doch, daß sie immer zusammen waren.«

»Das ist überhaupt nicht geheimnisvoll. Ich sehe überhaupt nicht ein, warum Eheleute einander ständig nachlaufen sollen.«

»Liebling, das mußt du gerade mir sagen. Schließlich bin ich eine Standish, und unsere Familie sollte alles über die Ehe wissen. Aber irgendwie dachte ich, Shelagh gehörte zu den treuen Ehefrauen.«

»Gehört sie auch«, sagte Angela scharf. Was auch immer ihre eigenen Ansichten über die Ehe sein mochten, sie konnte es jedenfalls nicht ertragen, wenn ihre jüngere Schwester sie wiederholte. »Jetzt versuche nur nicht, dir irgend etwas zusammenzureimen, einzig und allein deswegen, weil Shelagh Robert in drei Jahren einmal zwei Monate lang alleine läßt. Das ist völlig normal. Robert macht eine Kreuzfahrt, und sie kommt zu uns.«

»Aber sie hat sich doch noch nie im Leben um uns gekümmert«, fuhr Freddie hartnäckig fort, die gerne äußerst gründlich argumentierte. Dann hielt sie irgend etwas in Angelas Gesichtsausdruck zurück; eine Art Verbitterung, als sie gesagt hatte, sie sei eine Standish. Den gleichen Blick hatte sie in letzter Zeit oft bemerkt. Was war mit Angela geschehen? Sie wechselte schnell das Thema.

»Sechs Wochen oder zwei Monate. Herrlich für dich, denn ihr habt ja so lange Ferien an der Uni.«

»Ich gehe nicht zurück zur Uni.«

»Du gehst nicht zurück? Aber ich dachte, du würdest bald dein Examen machen oder so. Und es macht dir doch so viel Spaß. Ich habe geglaubt, du würdest dich unheimlich darauf freuen.«

Ihre Schwester antwortete ihr mit bewußt ruhiger Stimme: »Ich nehme an, daß ich meine Meinung ändern darf? Du tust das ungefähr zweimal in der

Woche. Ich habe die Büffelei satt, ich habe die Universität satt, und ich habe mich genug amüsiert. Jetzt werde ich irgendeine Arbeit annehmen.«

»Aber warum? Das ist doch nicht notwendig. Vater wollte, daß du dein Examen machst. Er hat etwas von einem Aufschwung in der Wollindustrie erzählt und meint, es sei völlig in Ordnung, wenn ich noch warte und in Ruhe über meine Zukunft nachdenke.«

»Und hast du gut darüber nachgedacht?« fragte Angela hinterlistig.

Das war ein ziemlich raffiniertes Ablenkungsmanöver, und es tat seine Wirkung.

3

Eine Woche später nahmen die beiden Schwestern ihre Plätze im Nachtexpreß ein. »Jetzt fängt das richtige Leben für mich an«, verkündete Freddie zum allgemeinen Interesse des ganzen Abteils; dann setzte sie sich mit einem Seufzer tiefster Befriedigung zurecht.

Angela schien diese Reise das Ende vieler Dinge in ihrem eigenen Leben zu sein. Das Ende der Universität, das Ende der »klugen Gedanken«, der Parties, der endlosen und anregenden Gespräche. Das Ende von Wyngate Millar. Tränen traten ihr in die Augen. Das erschreckte sie. Sie war keine viktorianische Jungfrau, von Kummer erfüllt und mit gebrochenem Herzen.

»Schön, die Familie wiederzusehen«, sagte sie tapfer, obwohl sie jetzt das Gefühl hatte, daß die Familie langweilig sein würde. »Ich bin gespannt, was aus Shelagh geworden ist. Es ist Ewigkeiten her, seit ich sie zum letztenmal gesehen habe.«

»Sie ist nicht der Typ, der sich sehr verändert«, bemerkte Freddie scharfsinnig. »In sich abgeschlossen, wie deine Wohnung. Bill ist genauso. Ich war fünfzehn, als ich ihn zuletzt getroffen habe, und ich hatte nie den Wunsch, ihn wiederzusehen. Ich war schrecklich dick, und er sah mich von oben bis unten an – natürlich auch von links nach rechts, das waren schon ganz schöne Ausmaße! –, dann sagte er: ›Wie wäre es mit einer Hungerkur?‹ Ich verabscheute ihn.«

Sie hatte eine hübsche Stimme, aber unglücklicherweise trug sie sehr weit. Ein junger Mann, der auf der anderen Seite des Ganges saß, schaute auf, lachte und sagte freundlich: »Bill muß ein Idiot sein.«

Das genügte. Freddie wandte ihm ihr strahlendes Lächeln zu und sagte: »Eigentlich nicht. Er ist eben ein Bruder«, was bei Angela ein belustigtes Unbehagen auslöste.

»Solche Brüder sollten gesetzlich verboten werden. Ist Ihr Platz gut? Man kann ihn hochklappen, wissen Sie.« Und der junge Mann stand auf, um diese Tatsache zu demonstrieren.

Freddie sprang von ihrem Sitz hoch und verstreute ihre ganzen Habseligkeiten in der Gegend. Sie bückte sich, um sie aufzuheben und stieß dabei mit dem Kopf ihres hilfreichen Nachbarn zusammen. Angela seufzte und nahm ihr Buch zur Hand. Dieses Stadium mußte Freddie natürlich durchmachen. Sie hatte zu viele Jahre in der Schule verbracht. Angela vermutete, daß die Direktorin freundlich, aber bestimmt ihre Hand über das jüngste Mitglied des Lehrkörpers gehalten hatte. Sie war eine kluge Frau und wußte alles über Vater und Mutter. Jetzt war Freddie die Freiheit zu Kopf gestiegen; sie war noch zu jung dafür. Mutter war genauso gewesen. Eigentlich war sie nie erwachsen geworden, aber dann hatte sie geheiratet, als sie nicht älter gewesen war als Freddie.

Die Unterhaltung wurde lebhaft fortgesetzt. Auf dem ersten Bahnhof, wo es Erfrischungen gab, sagte der junge Mann: »Eine Tasse Kaffee, was halten Sie davon? Was immer Bill auch dazu meinen würde, jetzt können sie jedenfalls eine Stärkung vertragen. Wie ist es mit Ihrer Schwester?«

»Nein danke. Wir hatten vor unserer Abreise ein sehr gutes Mittagessen.«

Angela wußte, daß sie wie eine alte Tante sprach und wahrscheinlich auch so aussah. »Ich hätte liebend gerne eine Tasse Kaffee«, sagte Freddie und sprang auf, ohne das Halten des Zuges abzuwarten. Das Endergebnis war, daß sie Angela ihr Buch aus der Hand schlug, über ihren Mantel stolperte und einen verdrießlichen alten Mann, der hinter ihr saß, fast umbrachte. »O du lieber Himmel! Das tut mir ja so leid. Der Zug schaukelte so. Lassen Sie mich Ihnen helfen«, rief sie reumütig.

Der beleidigte Reisende lehnte das Angebot ab und murmelte etwas über verrückte Teenager, worauf ein Kommentar über die junge Generation folgte. Freddie zwängte sich, zumindest im Augenblick sehr niedergeschlagen, aus dem Abteil. Aber der Anblick des überfüllten Bahnsteigs, auf dem eine entschlossene Menschenmenge um Tassen lauwarmen Tees kämpfte, heiterte sie auf, und Angela sah sie noch einmal kurz, als sie strahlende Blicke um sich warf und sich schließlich siegreich ihren Weg durch die Menge bahnte.

»Und jetzt werden sie wahrscheinlich zurückkommen und uns von oben bis unten mit Tee bekleckern«, murmelte der alte Mann, wobei er ärgerlich mit seiner Zeitung raschelte.

Aber sie kamen nicht zurück. Das Signal ertönte, der Vorsteher rief eine letzte Warnung aus, und langsam setzte sich der Zug in Bewegung. Angela merkte, wie sie unruhig wurde. Das würde Freddie ähnlich sehen, auf einem Bahnsteig hilflos unterzugehen, ohne Geld und ohne ihre Schwester, jedoch in Gesellschaft eines ziemlich gewöhnlichen, aufdringlichen jungen Mannes.

Na ja, da war nichts zu machen. Sie war nicht Hüter ihrer Schwester. Der reine Zufall hatte sie für einige Zeit zusammengebracht. Nur weil ihre Wohnung und Freddies Schule eben in derselben Stadt lagen, machte man sie für ihre Schwester verantwortlich. Max würde das als erster auch sagen. Kein Mitglied der Familie Standish hatte sich je um Familienbindungen gekümmert. Wenn man es genau nahm, existierte überhaupt keine.

Angela wandte sich wieder ihrem Buch zu, und als sie dieselbe Seite dreimal gelesen hatte, ohne irgend etwas davon zu begreifen, sprang die Abteiltür auf, und Freddie schoß, gefolgt von ihrem Nachbarn, herein.

»Es war phantastisch«, rief sie und sank atemlos auf ihren Sitz. »Wir haben es gerade noch geschafft. Wir rannten über den Bahnsteig und sprangen in den Wagen des Vorstehers. Er war nicht allzu begeistert, aber was hätten wir tun sollen?«

»Auf das Signal hören und rechtzeitig einsteigen«, sagte Angela, die durch die plötzliche Erleichterung noch ärgerlicher wurde. »Natürlich dachte ich, ihr hättet ihn verpaßt. Wo um Himmels willen seid ihr gewesen?«

»In einem Raucherabteil, wo wir uns etwas ausgeruht und einigen Männern beim Pokern zugesehen haben. Sie sagten, sie wollten es mir beibringen, aber ich dachte, du machst dir vielleicht Sorgen. Hast du doch nicht getan, oder? Du solltest doch wissen, daß ich nie etwas versäume.«

Das, dachte Angela, schien unglücklicherweise der Fall zu sein. Wahrscheinlich dachte der Rest des Abteils ebenso.

Die Nacht schritt fort, und ebenso Freddies Geschnatter und Gelächter, bis schließlich der alte Herr bitter fragte, ob es irgendeinen Grund gäbe, das Licht nicht auszuschalten und die Leute schlafen zu lassen. Immer darauf bedacht, freundlich zu sein, stimmte Freddie ihm sofort zu und bemerkte wohlmeinend, daß man als alter Mensch, ob im Zug oder nicht im Zug, einfach seine acht Stunden Schlaf haben müsse.

Sie selbst schlief sofort ein, während Angela neben ihr saß, ruhelos und erschöpft, und gegen ihren Willen über das letzte Jahr nachdachte. Es waren unglückliche Gedanken, und sie wurde unruhig und gereizt. Jetzt kam von der anderen Seite des Ganges ein suchender Fuß und schmiegte sich sanft an den ihren.

Angela war entrüstet. Freddie war zu hübsch, um billige junge Männer im Zug aufzulesen. Der Fuß drückte sich erneut gegen den ihren, und in einem von Angelas plötzlichen Wutausbrüchen, die ihren Vater immer belustigt hatten, stampfte sie kräftig und genau gezielt darauf. Ein Fluch wurde gemurmelt, und eine beginnende Romanze verwandelte sich augenblicklich in Haß.

Sie verließen den Zug in der geisterhaften Stunde kurz vor der Dämmerung. Angela mußte Freddie zweimal wecken. Schließlich fuhr sie plötzlich hoch, als der Zug sein Tempo allmählich verlangsamte, stopfte ihre diversen Habseligkeiten in ihren Mantel, klemmte ihn unter den Arm, warf einer regungslosen und nicht reagierenden Gestalt auf der anderen Seite des Ganges einen flehenden Blick zu und stolperte hinaus. Sie wankten in das erstbeste Hotel, baten bei dem verschlafenen Portier um ein Zimmer und ließen sich stöhnend auf ihre Betten fallen.

»Wie ich Nachtzüge hasse und verabscheue«, seufzte Freddie.

»Du brauchst dich überhaupt nicht zu beschweren. Du hast geschlafen wie ein Klotz, trotz dieses lüsternen jungen Strolchs gegenüber.«

»War er nicht ein Scheusal? Hat uns nicht einmal mit dem Gepäck geholfen – und er hat nicht geschlafen. Ich habe genau gesehen, wie er durch seine Augenwimpern blinzelte. Stinkfaul.«

»Er hinkte wahrscheinlich zu sehr. Ich bin ihm, so fest ich konnte, auf den Fuß gestiegen. Dieser unverschämte Rohling, der nach deiner Größe Neunundreißig Ausschau hielt.«

»Oh, du bist gemein. Er war gar nicht so

schlecht – und außerdem paßt mir auch achtunddreißig, wenn ich mich vorsichtig hineinzwänge. Und alle sagen, daß das für meine Länge ziemlich wenig ist.«

Nach dem Frühstück, das ihnen nicht geschmeckt hatte, nahmen sie den Linienbus zur Küste. Es war eine lange und staubige Fahrt, zunächst durch Ebenen, die gerade begannen, sich unter der Sommersonne braun zu färben; dann an einer niedrigen, von Sträuchern gesäumten Hügelkette entlang und über verwirrende Haarnadelkurven. Schließlich fiel die Straße steil ab, und nach vielen Meilen gelangten sie zur Bucht.

Es war Flut, und die Schlammpfützen sahen nicht sehr verlockend aus. Der Weg führte am Meer entlang nach Tainui. Sie konnten den Ort jetzt in der Ferne erkennen, an den Fuß der Hügel geschmiegt. Seine wenigen Geschäfte und älteren Häuser wurden frech verdrängt von einer Ansammlung von Strandhäusern, Hütten und umgebauten Straßenbahnwagen, die zu dieser Zeit mit Familien aus der Stadt gefüllt waren, die überglücklich diese Unbequemlichkeit während der heißesten Monate des Jahres in Kauf nahmen.

Freddie, die keine Erinnerung an Tainui mehr hatte, betrachtete das Durcheinander interessiert, aber ihre Schwester war bestürzt. »Es hat sich schrecklich verändert. Alle diese Hütten! Und es wird überfüllt sein. Wie grauenvoll.«

»Ich finde, es sieht aufregend aus. Die vielen Leute und die vielen kleinen Boote im Hafen!

Wir werden bestimmt unseren Spaß haben. Ich bin gespannt, welches Haus es ist. Jetzt kommen wir näher. Kannst du es erkennen?«

»Das alte oben auf dem Hügel mit den großen Bäumen, glaube ich.«

»Wirklich? Wie himmlisch.«

»Jedenfalls ungefähr dort. Eine scheußliche Kletterei jedesmal, wenn man ein Brot kaufen will.«

Freddie gab auf. Angela war verärgert; heute ging ihr alles gegen den Strich. Durch das staubige Fenster betrachtete sie die kurze Straße und die Urlauber in ihren Sonnenkleidern und Shorts. Vielleicht würde sie hier neue Freunde kennenlernen. Dann war die Familie eigentlich unwichtig. Der Wagen hielt am Postamt.

»Ein Taxi?« Der Fahrer kratzte sich am Kopf und sah verlegen aus, als Angela ihn fragte. »Ich weiß nicht, Alf könnte das machen. Aber er ist heute auf einem *hangi*. Oder Bert, aber sie werden ihn nicht fahren lassen, wegen seiner Bremsen. Aber wenn es Ihnen nichts ausmacht...«

In diesem Augenblick hielt jedoch ein schnittiger Sportwagen am Straßenrand, und das Problem war gelöst.

»Bill!« riefen sie wie aus einem Mund, und Angelas Enttäuschung war wie weggeblasen. Es war schön, abgeholt zu werden. Sie musterte ihn kritisch. Er sah noch besser aus, als sie ihn in Erinnerung hatte. Vielleicht etwas blaß; er machte auch keine Anstalten auszusteigen, um ihr Gepäck zu verstauen. Das erstaunte sie, denn seine Manieren waren sogar seinen Schwestern gegenüber immer gut gewesen. War die Krankheit wirklich so harmlos, wie er in seinem Brief geschrieben hatte? Bei seinem Stolz auf körperliche Tüchtigkeit wollte er wahrscheinlich die Blicke der Passanten vermeiden.

Es war nicht weit bis zu dem Haus auf dem Hügel. Gerade Zeit genug für Bill, um ihnen zu erzählen, daß er einige Tage vor ihnen angekommen war, Shelagh in der nächsten Stadt aufgelesen und ihr so die staubige Fahrt erspart hatte.

»Staub gab es noch genug, als wir ankamen. Das Haus stand wochenlang leer. Alles war in schrecklicher Unordnung.«

»Oh, die arme Shelagh! Hat sie hart arbeiten müssen?«

»Ach, eigentlich nicht«, sagte er schmunzelnd. »Du weißt ja, wie Shelagh ist. Sie lächelte und sah schwach und zart aus, worauf unsere freundliche Kaufmannsfrau ein stämmiges Maori-Mädchen besorgt hat. Jetzt ist es ziemlich in Ordnung.«

Auch Angela lächelte. Offensichtlich hatte sich Shelagh nicht verändert.

Sie hielten an einem verborgenen Tor, nahmen ihr Gepäck und gingen durch wildwachsendes Gras, das einmal Rasen gewesen war. Shelagh kam zu ihrer Begrüßung herausgeeilt. In den zwei Jahren, die ihre Schwestern sie nicht gesehen hatten, schien sie noch ruhiger geworden zu sein, und sie sah müde und ziemlich blaß aus. Aber ihre Begrüßung war herzlich; sie legte sogar einen Augenblick lang den Arm um Angela und Freddie, als sie sagte: »Ihr müßt ja nach der Bahnfahrt todmüde sein. Der Tee ist schon fertig.«

Bill kam den Weg herauf, und Angela sagte schnell: »Er hinkt aber ziemlich stark. Ob das wohl gut geht?«

»Er behauptet, ja. Er schwimmt viel. Man hat ihm auch Gymnastik verschrieben. Die Ärzte sagen, die Krankheit würde jetzt zum Stillstand kommen.«

»Gut! O Shelagh, was für ein sonderbares altes Haus. Wir wollen es schnell erforschen, ehe wir unseren Tee trinken. Erinnerst du dich noch daran?«

»Ziemlich gut. Ich war damals schon zwölf, weißt du. Es ist verwildert, aber solide und jetzt auch ziemlich sauber. Der Garten war einmal herrlich; jetzt allerdings ist er hoffnungslos. Ich werde mich gar nicht erst um ihn kümmern.«

Die Mädchen gingen von Zimmer zu Zimmer. Freddie bummelte hinterher; sie fühlte sich als Außenseiter. Shelagh war für sie fast eine Fremde, und mit ihren achtzehn Jahren schien ihr vierundzwanzig ungeheuer alt.

»Möbel sind genug da«, sagte Shelagh. »Dies muß Mutters Zimmer gewesen sein. In diesem Riesenschrank hier sind noch immer ihre Hüte und Kleider, und der Schreibtisch ist vollgestopft mit Briefen und Papieren.«

»Ist sie einfach abgereist und hat sie vergessen?«

»Das Zimmer wurde verschlossen gehalten, während das Haus vermietet war. Wer wird hier schlafen? Ich dachte, dir würde es vielleicht gefallen, Angela.«

»Nein danke, das möchte ich lieber nicht. Wie ist es mit dir?«

Sie merkte, daß sie zu hart reagiert hatte, aber sie wollte an ihre Mutter so wenig wie möglich erinnert werden. Freddie hatte keine derartigen Bedenken.

»Gut«, sagte sie schüchtern, wobei sie den großen alten Schrank öffnete. »Mir machen Gespenster nichts aus. Schau, Angela, wieviele Kleider Mutter gehabt haben muß, wenn sie diese einfach hierlassen konnte! Ein wundervolles blaues Samtkleid. Es ist kaum getragen. Das würde mir stehen. Bah, es riecht nach Kampfer!«

»Häng es zurück. Das ist mir unheimlich. Komm, wir wollen Tee trinken. Shelagh hat ihn schon gekocht.«

Das Haus war ein großes Rechteck, mit einer Seite dem Meer zugewandt. Es befand sich genau auf dem Gipfel des Hügels. Da das Gelände steil abfiel, hatte man nach drei Seiten eine herrliche Aussicht. Durch die Fülle der hohen Bäume und der wuchernden Sträucher waren keine Nachbarn zu sehen. Das Haus war auf allen vier Seiten von einer breiten Veranda umgeben, und auf der Meerseite hatte Shelagh einige Korbstühle, einen Tisch und ein Sofa aufgebaut. Von hier aus glaubte man, einen Stein ins Wasser werfen zu können, denn das Ufer unterhalb des Hauses war steil und führte direkt zu einem schmalen Sandstrand. Dahinter kam gleich das Meer.

»Ein herrlicher Ort zum Schwimmen«, sagte Bill. »Wir waren jeden Morgen im Wasser und abends noch einmal. Es scheinen nicht viele Leute an diesen kleinen Strand zu kommen. Vielleicht halten sie ihn für einen Privatstrand, weil er durch den alten Zaun begrenzt wird.«

Gelegentlich kam Schweigen auf, denn sie fühlten sich alle noch etwas fremd. Freddie fiel nichts ein, was sie hätte sagen können, und sie ertappte sich bei dem Wunsch, nicht gekommen zu sein. Die Leute hatten gut von Familie reden, aber wie konnte man erwarten, Menschen zu mögen, die man kaum kannte? Ihre alten Schulfreunde waren ihr viel vertrauter als Bill und Shelagh. Was das anbetraf, so kannte sie auch Angela nicht genau; während ihrer Schulzeit hatte sie nur die Wochenenden in Angelas Wohnung verbracht, und normalerweise war das Apartment mit Leuten gefüllt, die sonderbare, aber geistreiche Reden führten. Sie hatte sich immer etwas wie ein Eindringling gefühlt, und Angela war oft in Vorlesungen oder auf Parties gewesen. Jetzt hatte sie das Gefühl, das Haus mit drei Fremden zu teilen, die alle viel älter und viel erfahrener als sie selbst waren.

Plötzlich sagte Bill: »Ihr habt euch beide verändert. Angela nicht so sehr, aber Freddie ist nicht wiederzuerkennen. Sie hat sich zu ihrem Vorteil verändert«, fügte er hastig hinzu.

Freddie faßte etwas mehr Mut und wagte zu fragen: »Erinnerst du dich noch, wie du mir die Hungerkur empfohlen hast?«

»Nein, aber offensichtlich hast du dich daran gehalten. Das Ergebnis ist ziemlich gut.«

»Aber das stimmt ja gar nicht. Glücklicherweise kann ich fette Dinge nicht ausstehen, und das hat mir geholfen. Aber eigentlich habe ich ganz von alleine abgenommen.«

»Das kann man wohl sagen, und es war auch angebracht.«

Shelagh und Angela hatten sich leise unterhalten, aber Freddie hörte die letzten Worte ihrer älteren Schwester: »Sie hat eine unglaubliche Ähnlichkeit mit Mutter, aber sie ist noch schöner.« Später sollten sie noch erfahren, daß Freddie nie eine Bemerkung über sich selbst entging. Sie strahlte über das ganze Gesicht.

Also fanden sogar ihre Geschwister, daß sie eine Schönheit war. Sie hatte immer befürchtet, daß die Mädchen in der Schule übertrieben, aber die ältere Schwester konnte nicht voreingenommen sein. Warum hatte sie sich so unglücklich gefühlt? Vielleicht waren Familien letzten Endes doch nicht so schlecht.

Am nächsten Morgen wurde Freddie früh wach, und zum erstenmal in ihrem Leben sprang sie schnell aus dem Bett. Es war sieben Uhr an einem Dezembermorgen, und die Flut kam schnell. Sie stand am Fenster und staunte. Das war wirklich himmlisch!

Seltsam, sich an diesem kleinen Ort zu befinden, weit entfernt von dem Leben, das sie gekannt hatte. Seltsam, in einem Zimmer zu schlafen, das Mutter gehört hatte; ihre Kleider und Briefe waren noch hier, und ihr Foto lächelte von der Wand. Am seltsamsten war es jedoch, plötzlich ins Familienleben gestürzt zu werden. Sie hoffte nur, es würde ihre persönliche Freiheit nicht beeinträchtigen. Denn Freddie hatte beschlossen, dieses verschlafene Dorf wachzurütteln.

Noch immer in Hochstimmung durch den leichtsinnigen Kommentar, den sie am Abend zuvor gehört hatte, dachte sie glücklich an ihren neuen Badeanzug, den sogar die überlegene Angela lächelnd bewundert hatte. War sie wirklich hübscher als Mutter? Dann lag ihr sicher die Welt zu Füßen.

Ihre Schwestern schliefen. Auf der Veranda hatte Bill schon seine Gymnastik gemacht und saß nun im Schlafanzug da, um seine erste Zigarette zu rauchen. Freddie beschloß, mit ihrer Familie nachsichtig zu sein. Sie würde ihren müden älteren Geschwistern Tee ans Bett bringen, und damit hatte sie ihre gute Tat für diesen Tag getan.

»Kommst du mit schwimmen?« fragte Bill, als sie die Tassen herausnahm.

»Aber natürlich. Zumindest komme ich, wenn ... Tja, da ist nur ein Hindernis, Bill. Lach mich nicht aus, aber meinst du, es gibt dort Haie? Sind sie gefährlich an der Westküste?«

»Haie? Davon habe ich hier noch nie gehört. Vielleicht einmal einer, der sich verirrt hat, aber in der Bucht kann man ganz ruhig sein. Wieso, mein Kind? Hast du Angst vor Haien?«

Seine Stimme klang freundlich, und Freddie

ließ sich gerne Kind nennen. Das gestand sie sich beschämt ein.

»Schrecklich! Ich habe mich immer entsetzlich davor gefürchtet. Das klingt ziemlich verrückt, aber ich habe oft einen Alptraum, daß ich alleine im Dunkeln schwimme und von Haien gejagt werde.«

Er lachte nicht, sondern sagte nur freundlich: »Oh, irgendeinen wunden Punkt hat jeder von uns. Aber du wirst nicht alleine sein, und Haie greifen nie mehrere Leute an. Hab also Mut.«

Sie sah ihn voller Bewunderung an. Es war herrlich, einen Bruder zu haben, der so gut aussah und so nett war. Viel netter als alle jungen Männer, die sie gekannt hatte. Wenn sie ehrlich war, mußte sie zugeben, daß sie nur sehr wenige gekannt hatte. Ihre Schulfreundinnen schienen vom Schicksal dazu bestimmt, keine Brüder zu haben, oder nur jüngere, die einem auf die Nerven gingen. Einmal war ein phantastischer junger Mann in die Schule gekommen, um einen Vortrag über ›Gärten, die wir lieben‹ zu halten; er hatte anschließend im Lehrerzimmer Tee getrunken. Drei Tage lang war sie hoffnungslos in ihn verliebt gewesen. Und dann war da Dr. Wyngate Millar, den sie zwar verabscheute, aber in der Wohnung ihrer Schwester immer wieder getroffen hatte.

Allerdings nicht in letzter Zeit. Wie ihr plötzlich einfiel, hatte Angela ihn auch nicht mehr erwähnt. Dr. Millar war ein junger Dozent am College, und Freddie glaubte fest, daß er sich in ihre Schwester verliebt hatte. Aber er war von der Bildfläche verschwunden. Hatte er Angela sitzenlassen? Sie dachte über diesen Punkt nach, kam aber zu dem Schluß, daß Angela nicht der Typ war, den Männer sitzenlassen konnten. Aber sie schien unglücklich zu sein; wahrscheinlich hatte es irgend etwas mit der Liebe zu tun. Freddie gab ihr den besten Tee und das dünnste Butterbrot.

»Und jetzt komm schwimmen. Die Flut ist herrlich!«

Angela drehte sich um und sagte gereizt, es sei noch viel zu früh. Außerdem wären zu dieser Zeit die ganzen Rowdys aus der Stadt dort, und sie hätte keine Lust, sich mit ihnen herumzuschlagen.

»Aber im Meer kommst du doch gar nicht mit ihnen zusammen, wenn du ein guter Schwimmer bist. O komm doch, Angela. Es sind Ferien.«

Angela sah in das hübsche, enttäuschte Gesicht und gab nach. Sie war gereizt und würde zum Spielverderber werden. So warf sie das Bettzeug zurück und sagte: »Gut. Ich werde kommen. Wartet auf mich.«

Sie wurde fröhlicher, als sie sich in ihrem neuen Badeanzug sah. Er war scharlachrot, eine Farbe, die ihr immer gut stand, und sie hatte eine sehr gute Figur. Es war nicht mehr nötig zu schmollen, weil sie sich nicht länger als häßliches Entlein fühlte.

Shelagh brauchte nicht erst überredet zu werden. In ihrem Badeanzug, der farblich zu ihren Augen paßte, sah sie mehr denn je wie eine englische Rose aus, und belustigt bewunderte sie

Freddies ausgesprochen kunstvolle Aufmachung in Schwarz-Weiß. Bill, der den Weg herunterhumpelte, um mit ihnen zu kommen, lachte und sagte: »Das Kind hat sich gemacht, was meint ihr?«

Ein Lob stieg Freddie immer zu Kopf, und sie sagte selbstgefällig: »Ich habe natürlich immer große Chancen gehabt.«

Als Bill mit kräftigen Zügen losschwamm, stellte er erstaunt fest, daß er wünschte, Dinah Morice würde bald kommen. Sie würde die Ferien ohne ihre strengen Eltern bestimmt genießen. Im Badeanzug bewunderte er sie immer, obwohl sie nicht hübsch war wie Shelagh und ganz sicher von seiner jüngsten Schwester in den Schatten gestellt werden würde. Aber sie hatte sanfte braune Augen, dickes, wenn auch fahles Haar und eine schlanke, gute Figur. Sie war genau die Frau, die man sich für ein Zusammenleben wünschte, dachte er selbstgefällig. Ein Mann wollte seinen Frieden haben, ohne sich um Rivalen kümmern zu müssen.

Das Wasser war fast warm, und der Sandstrand führte so weit hinaus, daß sie nicht durch die Schlammpfützen waten mußten. Er wurde von zwei großen Pohutukawas beschattet, die die Felsen am Ende ihres Gartens überwucherten und über dem Sandstreifen hingen. Sie standen jetzt in voller Blüte, so daß der Strand bei Ebbe mit kleinen abgefallenen Blütenblättern bedeckt war, und bei Flut schwammen die roten Blättchen auf den Wellen. Ein wirkliches Arkadien.

Dieser Zauber wurde in Freddies Augen auch

nicht im geringsten durch die vielen kleinen Vergnügungsboote gestört, die weiter draußen lagen. Hier schwammen junge Leute und tollten herum, und Freddies Ankunft am Strand erregte das größte Aufsehen. Als sie es merkte, reagierte sie entsprechend, indem sie im hellen Glanz der Morgensonne stehenblieb; dann watete sie bis zum Kanal und schwamm schnell hinaus.

Sie war eine hervorragende Schwimmerin, wodurch sie ihre Schwestern wie in jeder anderen Sportart übertraf. Bills Miene verfinsterte sich, als er die Ferngläser sah, die vom Deck eines kleinen Bootes auf sie gerichtet waren, das die geschmacklose Aufschrift *Liebste* trug. Dort sonnten sich mehrere Jugendliche.

»Sie ist noch ein richtiger Teenager, oder?« brummte er Angela zu. »Gibt sie immer so an?«

Angela lachte. »Ich glaube schon, aber jetzt spiel nicht den älteren Bruder. Sie ist eben für ihr Alter noch erschreckend kindlich.«

»Vermutlich sieht sie deshalb Mutter so ähnlich. Ich dachte mir schon, daß irgendetwas nicht stimmt.«

»Das ist unfair. Sie sieht ihr nur ähnlich, und sie lenkt genauso gern die Aufmerksamkeit auf sich. Aber sie ist achtzehn und kommt gerade aus der Schule.«

»Ich dachte, sie hätte letztes Jahr Unterricht gegeben?«

»Oh, das... Das war eigentlich nicht viel anders. Sie muß sich jetzt etwas austoben, aber sonst ist sie wirklich ein lieber Kerl. So warmherzig – obwohl sie eine besondere Gabe hat, ins Fettnäpfchen zu treten.«

Wenige Minuten später sollte er erfahren, daß diese Bemerkung stimmte. Er hatte Freddie eingeholt, denn sie ließ sich jetzt faul auf dem Rücken treiben, und sie drehte sich um, um ihn mit aufrichtiger Bewunderung anzusehen.

»Weißt du, du hast unheimlich große Ähnlichkeit mit irgendeinem Dichter. Shelley, oder war es Byron? Ganz dunkel und gefühlvoll.«

»Oh, um Himmels willen«, protestierte Bill, aber sie sprach unbefangen weiter.

»Komischer Zufall, wenn es Byron war, denn er hinkte auch.«

»Unheimlich komisch. Er hatte einen Klumpfuß.«

Sie sah entsetzt aus, und erinnerte sich daran, was Angela über ihr warmes Herz gesagt hatte. Unglücklicherweise begann sie erneut. »Die anderen haben sich am Strand verabredet. Sollen wir nicht ein bißchen zu ihnen gehen?«

Er schüttelte den Kopf. »Die verdammten Ärzte sagten, ich müßte schwimmen.«

In ihren Augen glühte tiefes Mitgefühl. »Genau wie Roosevelt«, sagte sie.

»Ganz genau. Roosevelt war sein Leben lang ein Krüppel und konnte nie mehr ohne Hilfe gehen.«

Als er dann ihr niedergeschlagenes Gesicht sah, lachte er und spritzte sie plötzlich wie ein Schuljunge an.

»Wir machen ein Wettschwimmen bis zum Strand«, sagte er.

Der Kampf endete unentschieden, aber er hatte die unangenehme Ahnung, daß sie ihn hätte schlagen können, wäre die Angst nicht gewesen, seine Gefühle zu verletzen.

Er wollte sich nicht lange ausruhen, und als er ins Wasser zurückwatete, ging Shelagh mit ihm. Sie war eine langsame Schwimmerin, und er paßte sein Tempo dem ihren an. Plötzlich sagte sie: »Übertreib es nicht. Du hast zwei Monate Zeit, weißt du.«

Er wußte es. Acht Wochen faulenzen. Sein Gesicht wurde traurig. Diese Wochen würden ihm in der Firma schaden. Andere Männer würden einige seiner Aufgaben übernehmen und sie wahrscheinlich behalten. Man würde herausfinden, daß er letztlich doch nicht unersetzlich war.

»Das ist doch ein gräßlicher Blödsinn, findest du nicht?« sagte er und war erstaunt zu sehen, wie sich sein eigenes Unglück in ihrem Gesicht widerspiegelte.

Er fragte sich nicht zum erstenmal, warum sie hier war, ohne ihren Mann, den sie anbetete. Ein ungutes Gefühl überkam ihn. Von der ganzen Familie war sie die einzige, an der ihm wirklich etwas lag. In ihrer Kindheit waren sie enge Freunde gewesen. Sie hatten in dieser Atmosphäre zusammengehalten, die sie instinktiv als ungesund empfanden. Später war er auf ihr hübsches Aussehen und auf ihre ungewöhnliche Würde stolz gewesen, war begeistert von der Wirkung, die sie auf die Freunde hatte, die er nach Hause brachte. Die Nachricht von ihrer Verlobung mit Robert war ein Schlag für ihn gewesen. Was sah sie in diesem Jungen? Er war weder so interessant noch so attraktiv wie viele seiner Freunde, die er ihr selbst vorgestellt hatte.

Auf der Hochzeit war er ein sehr guter Zeremonienmeister gewesen, hatte seine Eifersucht verborgen und sich selbst mit zuviel Champagner getröstet.

Als er am nächsten Morgen ganz früh von einer Party zurückkam, wo er noch weiter Trost gesucht hatte, überschlug er sich mit seinem kleinen Wagen, den sein Vater ihm geschenkt hatte. Als er tags darauf mit einem schrecklichen Kater, einem wunden Herzen und der Erwartung, Schwierigkeiten mit der Versicherungsgesellschaft zu bekommen, wach wurde, schwor er, sich nie wieder zu sehr zu engagieren oder zu viel zu trinken. Beiden Vorsätzen war er treu geblieben.

Trotzdem war es schön, wieder mit Shelagh zusammen zu sein. Sie wirkte beruhigend, und bei ihr hatte er nicht das unangenehme Gefühl einer Verpflichtung, das ihn bei den anderen Schwestern bedrückte. Eine Verpflichtung? Das war barer Unsinn. Das Band der Verwandtschaft bedeutete nichts; in Wirklichkeit war es eher ein Ärgernis als eine Verbindung.

Schließlich ließ er sich müde neben Angela in den Sand fallen. Sie war offensichtlich halb eingedöst und blinzelte unter schweren Lidern die blauen Hügel in der Ferne an, die die Bucht auf drei Seiten einschlossen. Sie sagte träge: »Du hast sehr viel Kraft.«

»Ja, Schwimmen ist das Geheimnis. Ich muß tun, was ich kann, um wieder fit zu sein, wenn ich gebraucht werde.«

»Wie zielbewußt das klingt! Du läßt dich nicht treiben wie ich.«

Er sah sie neugierig an, aber sie hatte ihre Augen geschlossen und äußerte sich nicht weiter. Es war ein sonderbar attraktives Gesicht, obwohl es seine Ausdruckskraft verlor, wenn die tiefliegenden, leuchtenden Augen geschlossen waren. Von dieser Schwester wußte er nur wenig. Da er vier Jahre älter war als sie, hatte er sie natürlich verachtet, als sie noch ein häßliches Kind gewesen war. Zwar war sie damals erfreulich dünn im Vergleich zu Freddie, sie wirkte jedoch farblos neben ihrer älteren Schwester – eine knochige kleine Ratte mit schwarzen Augen und blasser Haut. Auch ihr Temperament hatte ihn nicht angezogen, denn sie war leicht erregbar und niedergeschlagen, weinte in einem Moment und lachte im nächsten. Das war keltisch, nahm er an, und er verabscheute das keltische Temperament, das sich bei seiner Mutter so verheerend ausgewirkt hatte.

Jetzt war sie ganz annehmbar. Nicht hübsch wie Shelagh, und ganz bestimmt keine strahlende Schönheit wie Freddie, aber sie übte eine warme und lebhafte Anziehungskraft aus. Gleichgültig dachte er darüber nach, wie ihr Leben während der letzten Jahre wohl ausgesehen hatte. Sie lebte alleine in einer Wohnung; wahrscheinlich kam sie ganz gut zurecht. Er hatte gehört, daß sie an der Universität recht beliebt war, obwohl sie zu einer ziemlich verrückten Clique gehörte, die angeblich fortschrittliche Gedanken hatte.

So sah sie gar nicht aus. Wie sie so dalag mit geschlossenen Augen, halb schlafend, schien sie sehr jung und leicht verwundbar. Auch ziemlich traurig und etwas enttäuscht.

Er wandte sich ungeduldig ab. Ihn ging das nichts an. Er hatte nicht die Absicht, sich in das Leben seiner Geschwister einzumischen. Er war nur zu einem einzigen Zweck hier – wieder fit zu werden. Darauf wollte er sich konzentrieren, und schließlich waren diese Ferien nur ein Zwischenspiel.

4

Freddie seufzte tief beim Anblick des schmutzigen Frühstücksgeschirrs. »Wer spült? Wer putzt den Boden und kocht die Mahlzeiten? Oh, was für eine schrecklich langweilige Beschäftigung ist die Hausarbeit. Können wir nicht jemanden dafür einstellen?«

»Völlig hoffnungslos«, sagte Shelagh bestimmt. »Mrs. Youngson, unsere Kaufmannsfrau, hat für mich dieses nette Maori-Mädchen gefunden, aber nur für die drei Tage. Sie hat ihr eigenes Heim und braucht kein Geld.«

»Na ja, wir sind doch zu dritt«, sagte Angela mutig. »Wir können uns abwechseln. Natürlich muß gekocht werden, aber daraus wollen wir keine große Affäre machen.«

»O Schreck! Wenn man sich vorstellt, daß man bei diesem schönen Wetter im Haus hocken muß, um zu kochen. Natürlich werde ich meinen Anteil übernehmen, aber ich weiß eigentlich nicht genau, wie man kocht. So etwas haben wir in der Schule nicht gelernt.«

»Dann fängst du am besten so bald wie möglich damit an«, sagte ihr Bruder, »wenn du eine gute Hausfrau und Mutter werden willst. Natürlich ist es nicht ganz leicht für uns. Ich glaube, ich muß auch etwas tun. Laßt mich also beim Spülen helfen.«

»Das ist ein edles Angebot«, lobte Angela. »Jetzt

kannst du dich wirklich nicht mehr beklagen, Freddie.«

»Weil ich die älteste bin, will ich den heutigen Tag übernehmen«, erbot sich Shelagh, »aber ihr zwei müßt die Hausarbeit erledigen. Die Köchin putzt nicht und macht keine Betten.«

Freddie fegte mit dem Besen wie ein Wirbelwind durch das Haus, dann ging sie hinaus, um den Garten auszukundschaften. Ein breiter, bemooster Pfad führte durch ehemalige Blumenbeete; jetzt wucherten wilde Sträucher durcheinander, und Obstbäume, die schon lange keine Früchte mehr trugen, kämpften sich durch das Gestrüpp und rangen mit den Flechten. Wo einst Blumen geblüht hatten, wuchsen jetzt nur noch Immergrün und Efeu.

Zwei schöne Magnolienbäume waren geblieben, auch einige große Gummibäume, und auf beiden Seiten schirmte eine dicke Hecke die Nachbargärten ab. Das Grundstück war groß; es bedeckte bestimmt einen Morgen Land und mußte einmal sehr schön gewesen sein.

Freddie fand es romantisch. Diese breiten Erdhügel unter den Magnolienbäumen, die jetzt blaues Immergrün überwucherte, waren vielleicht alte Gräber. Sie schob die natürliche Decke aufgeregt beiseite, fand aber nur eine wenig erfreuliche Sammlung zerbrochener Flaschen und verbeulter Kochtöpfe. Es waren also nur alte Abfallhaufen. Etwas enttäuscht ging sie den Pfad hinunter.

Er endete an der hohen Hecke, in der sich ein

großes, einladendes Loch befand. Sie bückte sich, schaute hindurch und sah einen gemähten Rasen und einen schwer beladenen Pflaumenbaum.

Auf allen vieren zwängte sie sich durch das Loch; die Berberitzen verfingen sich in ihrem Haar und zerkratzten ihr das Gesicht, und sie spürte, wie der Ärmel ihres Kleides leicht einriß. Aber diese Mißgeschicke spornten sie nur an, und noch immer auf allen vieren kroch sie auf dem Rasen weiter.

Als sie dort angelangt war, hockte sie sich auf die Fersen, warf ihr wildes Haar zurück und war erstaunt, genau in die Augen eines großen Hundes zu sehen, dessen Gesicht sich mit dem ihren auf einer Höhe befand.

Freddie war entsetzt.

Sie wußte nur wenig über Hunde, außer, daß man sich nie vor ihnen fürchten darf. Na ja, wenn dieser Hund auch nur einigermaßen klug war, würde er sehen, daß sie sich fürchtete. Sie wäre gerne weggelaufen, aber sie kniete auf ihrem Rock, und das hinderte sie an der Flucht.

»Mein guter Hund. Lieber alter Junge«, sagte sie mit schwacher, heuchlerischer Stimme.

Der Hund schien sie auszulachen und starrte sie weiter an.

Dann sagte eine Männerstimme: »Guten Tag. Was ist denn mit Ihnen geschehen? Warum müssen Sie auf allen vieren herumkriechen? Kümmern Sie sich nicht um den Hund. Er blufft nur. Dorthin, Rough, alter Junge.«

Der Hund trottete davon, und Freddie sah einen

jungen Mann, der sie voll Interesse betrachtete und zu ihr herunterlächelte.

»Wie wäre es, wenn Sie sich wieder auf Ihre zwei Füße begeben würden? Das heißt, nur wenn Sie können. Für einen Hund ist das nicht ganz so einfach. Soll ich Ihnen helfen?«

»Natürlich nicht.« Schnell und anmutig sprang sie auf. »Man fühlt sich idiotisch, wenn man so herumkriecht«, fuhr sie fort, wobei sie versuchte, ihr Haar zu ordnen. »Ich frage mich, wie es ein Tier fertigbringt, so würdevoll dabei auszusehen. Ist der Hund wirklich harmlos?«

»Viel zu harmlos, aber er gehört nicht mir. Er soll meine Tante bewachen, denn sie lebt alleine hier, aber er ist ein absoluter Versager und würde jedem Einbrecher die Hand lecken. Aber trotzdem, sie vergöttert ihn.«

»Fühlt sie sich so ganz allein auf diesem Hügel nicht einsam?«

»Sie liebt die Einsamkeit, und außerdem kommt mein Bruder ziemlich oft her. Ich selbst habe mich gerade wegen dieser Sache hier bei ihr einquartiert«, und dabei zeigte er seinen rechten Arm, der sich in einer Schlinge befand.

Jetzt schwatzte Freddie hastig los: »Oh, sind Sie auch verletzt? War es Kinderlähmung? Mein Bruder hat sie gehabt, und er ist schrecklich empfindlich auf dem Gebiet. Heute morgen hat er mir fast den Kopf abgerissen, als ich sagte, er wäre wie Roosevelt. Dabei hätte er sich eigentlich freuen sollen, denn Roosevelt hat die Krankheit besiegt, und Bill wird es auch gelingen. Im Augenblick hinkt er nur etwas. Wie haben Sie sich am Arm verletzt?«

»Es ist lange nicht so schlimm wie Kinderlähmung. Nur einer kleiner Absturz, weil mich ein verdammter Farmer mit feuchtem Dünger beladen hat.«

»Er hat Sie beladen? Wie meinen Sie das? Das klingt ja unwahrscheinlich geheimnisvoll.«

»Ist es eigentlich nicht. Ich bin ein Handelspilot und arbeite für eine Düngegesellschaft. Neulich konnte ich das Zeug nicht richtig verstreuen, weil es feucht war. Da habe ich versucht, es abzuwerfen, was nicht ganz gelungen ist. Das Flugzeug war nicht schwer beschädigt, aber ich brauche etwas Erholung. Und das ausgerechnet dann, wenn es am meisten zu tun gibt.«

»Aber das ist ja phantastisch! Sie hätten dabei ums Leben kommen können. Eines der Mädchen hat uns von dem Düngen aus der Luft erzählt. Der Pilot stürzte ab, und es war schrecklich. Ich finde, daß Sie sehr tapfer sind.«

Er lachte. »Aber gar nicht. Es ist eine Arbeit wie jede andere. Aber warum kamen Sie auf allen vieren angekrochen, wenn Sie Angst vor Hunden haben?«

»Sie machen sich über mich lustig. Eigentlich kam ich durch die Hecke und wollte gerade aufstehen, als ich den Hund traf. Jetzt werde ich wohl besser zurückkriechen.«

Sie hoffte, er würde widersprechen, und er tat es. Er fand, daß sie ein nettes und ziemlich schönes

Mädchen war. Anna würde sie gerne mögen; sie kam immer gut mit Schulmädchen zurecht. Er sagte: »Noch nicht. Auf der anderen Seite könnte auch ein Hund sein. Essen Sie ein paar Pflaumen, und kommen Sie mit, um meine Tante kennenzulernen. Was haben Sie in dem alten Haus gemacht? Haben Sie das auch erforscht?«

»Nein, wir leben darin. Es gehört uns, und wir sind gekommen, um unseren Urlaub hier zu verbringen. Vier von unserer Familie, und es ist ziemlich eigenartig. Wissen Sie, die meisten von uns haben sich jahrelang nicht gesehen, so kennen wir uns eigentlich nicht genau.« Und nun entwarf sie ein farbiges Bild von ihren Geschwistern.

»Lieber Himmel, was für eine interessante Familie! Und Sie – Sie sind sicher aus einem teuren Internat für die Ferien nach Hause zurückgekehrt.«

Freddie war beleidigt. »Da vermuten Sie falsch, denn ich bin schon Ewigkeiten mit der Schule fertig. Letztes Jahr habe ich sogar als Lehrerin gearbeitet. Ja, das stimmt, Sie brauchen gar nicht zu lachen! Ich habe beim Sportunterricht assistiert. Aber ich habe wieder damit aufgehört, weil es nichts zu bieten hat, wenn man nicht richtig ausgebildet ist. Ich werde also in diesen Ferien ernsthaft über meine Zukunft nachdenken und dann beschließen, was zu tun ist.«

»Gut. Kommen Sie inzwischen einmal mit ins Haus, um meine Tante kennenzulernen.«

Freddie zögerte. Er war ein sehr attraktiver junger Mann, nicht sehr groß, aber ungefähr fünf

Zentimeter größer als sie. Und darauf kam es ja an. Vielleicht nicht gerade eine Schönheit, denn er hatte rötliches Haar und viele Sommersprossen; aber seine Augen waren braun und freundlich, und sein Gesicht hatte einen festen Schnitt. Ziemlich aufregend, und ein ganz guter Start in Tainui. Aber das mit der Tante war ein Jammer. Für Tanten hatte Freddie nicht viel übrig.

Er bestand jedoch darauf und ging durch einen gepflegten Garten zu einem kleinen Haus voraus, das wie ihr eigenes Blick aufs Meer hatte. Als sie ankamen, hörte sie das Geräusch einer Schreibmaschine, die ungeduldig, aber nicht gerade sachverständig bearbeitet wurde.

Er sagte: »Mein Name ist übrigens Nick Lorimer. Vielleicht haben Sie schon von meiner Tante gehört. Sie schreibt.«

Freddie blieb stehen und dachte darüber nach. Sie hatte in Angelas Wohnung verschiedene Schriftsteller kennengelernt und hielt nicht viel von ihnen. Aber natürlich hätten sie sich nie mit Miss Lorimer abgegeben. Sie schrieb Unterhaltungsromane, die sich gut verkauften. Nicht was sie ›eine bedeutende Persönlichkeit‹ genannt hätten. Andererseits konnte sie ganz nützlich sein. Freddie hatte vor, in ihrer Freizeit einen Roman zu schreiben, und vielleicht würde Miss Lorimer ihr einige Ratschläge erteilen.

Plötzlich bekam sie Gewissensbisse, zupfte an Nicks Ärmel und sagte hastig: »Eigentlich ist es doch noch nicht Ewigkeiten her ... seit ich mit der

Schule fertig bin, meine ich. Aber schon ein ganzes Jahr.«

Er lachte. Sie war wirklich ein nettes Mädchen, obwohl sie für ihr Alter erstaunlich kindlich wirkte. Er sagte: »Ein Jahr ist eine lange Zeit – wenn man sie gut ausnutzt.«

»Aber das ist ja gerade die Schwierigkeit. Das habe ich nicht getan. Es war ziemliche Zeitverschwendung, und ich möchte jetzt alles Versäumte nachholen.«

Er nickte ernsthaft, und in diesem Augenblick rief eine freundliche Stimme vom Haus her: »Nick, bist du es? Dieses verdammte Farbband verheddert sich schon wieder. Komm doch bitte und bring es in Ordnung.«

Dann trat eine hochgewachsene Frau auf die Veranda und sah Freddie. »Oh, du hast mir einen Gast mitgebracht. Wie nett.«

Anna Lorimer hatte graues Haar und sah gar nicht wie eine Intellektuelle aus. Sie hatte lustige Augen und ein freundliches Lächeln. Ihr altes Baumwollkleid war keineswegs aufregend. Freddie erklärte völlig außer Atem, daß sie eine Nachbarin sei und durch die Hecke gekrochen wäre, um zu sehen, was sich auf der anderen Seite befand. Sie hätte alle Bücher von Miss Lorimer gelesen und hoffe, nicht zu stören.

»Natürlich nicht. Die Schreibmaschine spielt mir ohnehin einen Streich, und außerdem lasse ich mich nur zu gerne unterbrechen. Das tut meiner Art zu schreiben gut. Sie gehören also zu der Familie

Standish? Wie schön, Nachbarn zu haben. Nick beginnt sich zu langweilen. Aber wir wollen nicht über Bücher sprechen, das gibt für alle Beteiligten Schwierigkeiten. Bitten Sie doch Ihre Geschwister, mich einmal zu besuchen. Vielleicht nicht gerade durch die Hecke, das haben die Kleider nicht so gerne.«

»Es war unverschämt von mir, das zu tun.«

»Aber gar nicht. Ich bin froh, daß ich das Loch nicht geschlossen habe. Ich habe es mehrmals versucht, aber Rough hat es immer wieder aufgewühlt. Er ist davon überzeugt, daß es auf der anderen Seite Kaninchen gibt.«

Eine halbe Stunde später platzte Freddie ins Wohnzimmer und sagte:

»Ich war nebenan. Macht keine so erschreckten Gesichter. Wir können nicht hier herumsitzen und uns den ganzen Tag lang anstarren. Irgendeiner muß etwas unternehmen. Da drüben wohnt eine nette alte Frau, die schreibt, und ein Neffe, der fliegt und einen gebrochenen Arm hat. Er ist süß – jedenfalls ist es ein Anfang.«

Nachdem Nick geduldig das Farbband in Ordnung gebracht hatte, kehrte Miss Lorimer mit einem zufriedenen Lächeln an die Schreibmaschine zurück. Sie dachte insgeheim: »Endlich lerne ich eine Standish kennen – und was für ein hübsches Mädchen. Das ist wahrscheinlich die Jüngste. Irgend jemand sagte, sie sehe ihrer Mutter ungeheuer ähnlich, nur sei sie netter. Schön für Nick, aber ich muß einfach Stephen dazu bewegen, auch zu kommen.«

Nick brauchte nur wenige Tage, bis er in seiner charmanten Art den Weg zum Haus der Standishs gefunden hatte. Er war ein angenehmer und freundlicher Mensch, der Unterhaltung suchte und über seinen Arm sehr verärgert war, der ihn für einige Zeit an der Arbeit hinderte. Die Familie nebenan war für ihn ein Geschenk des Himmels.

Und er für sie, besonders für Bill, der sein eigenes Leiden einfach nicht mehr so schmerzlich empfinden konnte, wenn er sah, wie Nick es mutig als ein vorübergehendes Unglück nahm. Für einen Mann, der daran gewöhnt war, fast jeden Tag der Woche seine Glieder aufs Spiel zu setzen, bedeutete ein leichtes Hinken nichts.

»Wir sind ein Paar Krüppel. Sie ein Bein und ich einen Arm. Aber Sie sind schon weiter als ich. Sie werden im Handumdrehen wieder gesund sein.«

Shelagh freute sich – so mußte man mit Bill sprechen; aber Freddie schnappte nach Luft. Ein Paar Krüppel. Das war ja viel schlimmer, als wenn man jemanden mit Roosevelt oder mit Byron verglich. Nicht zu fassen, daß Bill auch noch liebenswürdig grinste.

Angela hatte andere Gründe, sich erleichtert zu fühlen. Das war ein Kamerad für Freddie, diesmal der richtige. Nach dem jungen Mann im Zug hatte sie etwas gebangt, wen Freddie wohl als nächstes auflesen würde.

Am Vormittag des Heiligen Abends hatte Nick

gesagt: »Ihr Standishs werdet wohl alle eure Strümpfe vors Fenster hängen und so weiter. Soll ich mich um Mitternacht einschleichen und den Weihnachtsmann spielen?«

Geschenke? Sie tauschten traurige Blicke. Jahrelang hatten sie nichts zu Weihnachten geschenkt. An Geburtstage dachten sie manchmal, und das war schon lästig genug. Angela sagte: »Ich fürchte, wir sind an Weihnachtsfeste in der Familie nicht mehr gewöhnt. Ich habe nichts mitgebracht. Du, Shelagh?« »Nein. Das habe ich völlig vergessen. Aber wir könnten etwas kaufen.«

Sie sah unentschlossen aus, aber Bill sagte: »Keine schlechte Idee. Was haltet ihr davon, wenn wir die einheimischen Geschäfte nach diesen sorgfältig ausgesuchten kleinen Geschenken durchstöbern, um zu beweisen, wie sehr wir einander lieben? Wir könnten einen Wettbewerb veranstalten, um zu sehen, wer das beste für ein paar Pfund bekommt. Hier ist mein Geld, Shelagh. Würdest du bitte für mich einkaufen?«

Angela sagte: »Gut, das macht bestimmt Spaß. Ich bin gespannt, was sich in Tainui finden läßt«, aber Freddie schien nicht sehr begeistert. »Zwei Pfund«, sagte sie zögernd, »ist das nicht ziemlich viel? Es kommt doch auf den guten Willen an, oder nicht?«

Sie lachten alle, aber irgend etwas in ihrer Stimme erstaunte Nick, so daß er sie nachdenklich ansah. Angela sagte: »Mit zwei Pfund kommst du noch billig weg. Sei nicht gemein, Freddie. Denk einmal daran, wieviel Geld Max dir gibt, abgesehen von deinen guten Verdiensten im letzten Jahr. Wir wollen jeder zwei Pfund ausgeben. Komm mit, dann werden wir sehen, wer am besten einkaufen kann.«

Bill sah ihnen nach, als sie weggingen. Er hatte nicht die Absicht, auf der Dorfstraße zu erscheinen und das Interesse und Mitleid der Faulenzer dort zu erregen. Eine alte Dame hatte ihn schon mitleidig gefragt, ob sein Hinken von einer Kriegsverletzung käme, und Bill, der nicht wußte, ob er mehr verärgert sein sollte, weil man ihn für alt genug hielt, an irgendwelchen Gefechten teilgenommen zu haben, oder weil er zugeben mußte, daß das nicht der Fall war, hatte ihr fast den Kopf abgerissen. Hinterher hatte er sich geschämt, denn von Natur aus war er ein höflicher junger Mann. Jetzt aber achtete er darauf, daß er in der Öffentlichkeit nur noch in seinem Auto erschien.

Nick ging den Hügel neben Freddie hinunter, die ungewöhnlich still war. Plötzlich sagte er: »Was ist passiert? Pleite?«

»Wie hast du das erraten? Nick, es ist schrecklich. Ich habe jeden Pfennig von meinem Gehalt für das nächste Vierteljahr ausgegeben, bevor wir hier ankamen. Als wir das Fahrgeld bezahlt hatten, war nichts mehr übrig, und ich mußte mir sogar von einem ziemlich unsympathischen jungen Mann meinen Kaffee bezahlen lassen. Ich möchte es den anderen nicht erzählen. Der Wechsel, den ich von Vater bekomme, ist hoch, und sie sagen alle, ich wäre egoistisch, weil ich das meiste für Kleider ausgegeben habe.«

»Warum machst du dir Sorgen? Ich werde dir das Geld leihen, und du kannst es zurückschicken, wenn du wieder Geld hast.«

»Nein, das kann ich unmöglich machen. Das wäre mir schrecklich. Aber trotzdem, vielen Dank.«

»Dann erzähl es doch Angela. Schließlich kennst du sie ja ziemlich gut.«

»Das kann ich einfach nicht tun. Du hast doch gehört, was sie gesagt hat, und in den letzten Ferien hat sie mir wegen meiner Extravaganzen schon den Marsch geblasen. Nein, ich muß mir etwas ausdenken.«

»Das ist doch albern. Gehe nach vorne und erzähle es ihnen, oder gehe zurück und bitte Bill um das Geld.«

»Das möchte ich nicht tun. Dann würde ich es mir lieber von dir leihen. Bill kenne ich kaum, und er ist in geschäftlichen Dingen so clever. Vielleicht fragt er, wo das Geld geblieben ist, und ich weiß es wirklich selbst nicht mehr. Warte mal einen Moment. Ich habe eine Idee. Nick, sei ein Engel und sieh auf dem Postamt nach, ob irgendwelche Pakete für mich angekommen sind. Es müßten eigentlich welche da sein, denn unsere Post wird nachgeschickt.«

»Gut. Ich glaube, ich habe es begriffen. Der große Tauschhandel?«

»Ja. Findest du das gemein, Geschenke wegzugeben, die man selbst bekommen hat, und zu behaupten, man hätte sie gekauft? Aber das ist die einzige Möglichkeit, die mir einfällt.«

»Ich sehe keinen Grund, warum du das nicht tun solltest. Es ist doch dein Eigentum.«

»Ja, und ich will versuchen, keine Lügengeschichten zu erzählen. Das ist wahrscheinlich auch nicht nötig. Sie werden keine Fragen stellen. Hier ist eine Einkaufstasche. Nimm sie mit, dann wird niemand die Pakete sehen.«

»Ach du meine Güte, damit werde ich wie eine richtige Dame aussehen.« Skeptisch betrachtete er die modische Tasche. »Macht nichts. Wenn schon, dann auch richtig. Ich gehe jetzt zum Postamt und sammle die Pakete ein, und du siehst dir lange und interessiert die Schaufenster an. Bei so etwas muß man sich Zeit lassen.«

Sie folgte den Anweisungen, jedoch nicht sehr glücklich. Irgendwie war die ganze Angelegenheit nicht sehr ehrlich.

Als ihre Geschwister fertig waren, warteten sie am Kai auf sie. Alles war mit Urlaubern überfüllt, und als Freddie die kleine Straße herunterkam, bemerkten ihre Schwestern, daß sie die Aufmerksamkeit aller erregte. Shelagh sagte erneut: »Fast Mutters Ebenbild – das Gesicht, die Haarfarbe, der Körperbau, einfach alles.«

»Nur äußerlich«, entgegnete Angela wie gewöhnlich. »Vielleicht auch die Tatsache, daß sie offensichtlich nicht erwachsen werden möchte. Aber das wird vorübergehen, denn sie ist wirklich klug. Sie ist von den Mädchen in der Schule natürlich etwas verwöhnt, aber kein bißchen egoistisch; man kann gut mit ihr zusammenleben. Sie redet etwas zuviel, tritt häufig ins Fettnäpfchen und bricht dann schrecklich leicht in Tränen aus.«

»Geht sie wirklich nach Sydney?«

»Max hat nichts dagegen, aber sie ist sich nicht sicher.«

»Sie ist viel zu hübsch, um alleine zu reisen. Ich wünschte, sie hätte ein richtiges Zuhause.«

Angela hätte sagen können: »Du hättest sie vielleicht manchmal zu dir einladen können.« Das lag ihr auf der Zunge, denn Shelaghs selbstgefällige Gelassenheit ärgerte sie. Ihre Schwester fuhr fort: »Sie ist ziemlich hinter jungen Männern her, nicht wahr? Sieh dir nur diese albernen Jünglinge da an.«

Freddie hatte ihr widerwärtiges Schicksal vergessen und freute sich ungeheuer darüber, daß man sie bewunderte. Sie lächelte alle an und alle lächelten zurück. Dann kamen aus einer Gruppe faulenzender Jünglinge, die auf dem Bürgersteig herumlungerten, laute Pfiffe. Shelagh war entsetzt.

»Diese frechen kleinen Teufel. Hoffentlich weist sie sie zurecht.«

Aber das tat sie nicht. Im Gegenteil, sie drehte sich um und schenkte ihnen ein kurzes, aber strahlendes Lächeln. Dann ging sie ganz unbekümmert weiter. Angela lachte, aber Shelagh war schockiert und zeigte es.

»Freddie, warum hast du diese gräßlichen kleinen Jungen auch noch so ermutigt?«

Sie brauste sofort auf. »Weil es mir Spaß machte. Stell dich nicht so an, Shelagh! Außerdem brauchst du gar nicht zu versuchen, bei mir die ältere Schwester zu spielen, denn ich habe dich jahrelang überhaupt nicht gesehen.«

Der Hieb saß, und Shelagh errötete langsam. Angela griff ein, in dem Bemühen, streng zu sein. »Pfeifen auf der Straße ist fürchterlich gewöhnlich.«

»Nur wenn man eine schlechte Phantasie hat. Ich empfinde es eher als Ausdruck der Bewunderung. Gut für die Stimmung. Irgendwie beruhigend.«

Angela gab es auf, lachte und sagte neckend: »Du scheinst den netten jungen Mann völlig vergessen zu haben, der dir sagte, wie sehr er dich liebt. Ich dachte, du würdest sein Andenken in Ehren halten.«

»Er war natürlich himmlisch, aber er ist nicht hier, und warum sollte man die Zeit verschwenden und der Vergangenheit nachweinen? Es ist ein phantastischer Tag, und –« rief Freddie, indem sie plötzlich zu singen begann, »der Himmel hängt voller Geigen.«

Diese obenhin geäußerten Worte taten ihre Wirkung. Freddie hatte recht. Es war wirklich sinnlos, dachte Angela, noch mehr Zeit an die Vergangenheit zu verschwenden. Man mußte sich eingestehen, daß man ein schrecklicher Idiot gewesen war, und einen Schlußstrich unter die ganze Episode ziehen. Das würde sie tun.

Shelagh sagte: »Ich werde besser heute an Dinah

Morice schreiben. Bill möchte, daß sie kommt, sobald sie kann.«

Ihre jüngste Schwester erhob lauthals Einspruch. »Doch nicht noch ein Mädchen? Und ausgerechnet dann, wenn ich gerade einen Mann aufgetrieben habe! Wir werden ja einfach erdrückt, und wenn es die auf dem Foto ist, das auf Bills Nachttisch steht, so sieht sie wie eine ziemlich langweilige Tante aus.«

»Das kann man auf einem solchen Foto nicht beurteilen, und langweilig kann sie nicht sein, sonst wäre Bill nicht so eng mit ihr befreundet.«

»Warum nicht? Sie ist das einzige Kind von dem alten Morice... Jetzt spring mir nicht gleich ins Gesicht, Shelagh, ich meinte ja nur...«

Glücklicherweise hatte Nick sie jetzt eingeholt und blinzelte Freddie geheimnisvoll zu. Die hübsche Einkaufstasche, die er hin und her schwenkte, schien zu platzen, und er murmelte: »Fünfzehn. Auswahl genug. Komm 'rüber in unseren Garten, und dann werden wir mit dem Tauschgeschäft beginnen.«

Am Morgen des ersten Weihnachtstages wachte Shelagh früh auf; auf dem gegenüberliegenden Hügel bimmelte die kleine Kirchenglocke verheißungsvoll. Drei Jahre lang war sie an Weihnachten immer mit Robert zum Frühgottesdienst gegangen; heute befand er sich irgendwo auf einem Schiff, und sie saß hier mit einer ihr fremden Familie in einem Haus der unglücklichen Erinnerungen auf dem Trockenen. Sie hielt es für richtig, aufzustehen und in die Kirche zu gehen, aber eine große Müdigkeit überkam sie. Sie drehte sich wieder um und versuchte, weiterzuschlafen.

Die Glocke weckte auch Angela. Sie lag still und versuchte, ihre Gefühle zu ordnen. Letztes Jahr um diese Zeit war sie mit Freunden von der Universität nach *Milford Sound* getrampt, und die Geschichte mit Wyngate Millar hatte gerade begonnen. Jetzt hatte sie ihr Ende gefunden, und nicht gerade ein angenehmes. Gestern noch hatte sie die unglückliche Affäre in die Vergangenheit verbannt. Sie wollte nicht so albern sein und sie auferstehen lassen, weil Weihnachten war. Sie war zweiundzwanzig, und ihr Leben lag noch nicht in Trümmern. Jetzt konnte sie ihr dramatisches Unglück leicht belächeln; sie mußte diese Jahre an der Universität vergessen, in denen sie sich so sehr bemüht hatte, so ehrgeizig gewesen war. Sie mußte sich einfach selbst vergessen und sich für andere Menschen interessieren – für ihre Familie zum Beispiel.

In diesem Augenblick platzte ihre jüngere Schwester ins Zimmer, eine ungeheure Pralinenschachtel im Arm.

»Sieh dir das an. Auf der Treppe! Oh, fröhliche Weihnachten, Angela. Aber lies nur, was da steht: ›Für die jüngste Miss Standish von einem unbekannten Verehrer, der sie heute abend auf der Party am Strand suchen wird.‹ Nun, was hältst du davon? Wer könnte das wohl sein?«

»Sehr wahrscheinlich der picklige Jüngling, der gestern hinter dir hergepfiffen hat.«

»Das darf nicht wahr sein. Das glaube ich nicht. So viel Geld kann er gar nicht haben. Diese Schachtel hat ein Vermögen gekostet. Wir wollen uns gleich darüber hermachen.«

»Um sieben Uhr morgens? Dazu bin ich nicht mehr jung genug. Außerdem machen Pralinen schrecklich dick.«

»Ich weiß. Ist es nicht himmlisch, sich darüber keine Sorgen mehr machen zu müssen? Du hast das natürlich nie nötig gehabt, und ich nehme jetzt auch nicht mehr zu, also kann ich loslegen.«

»Wecke Shelagh nicht. Sie sah gestern abend sehr müde aus.«

»Man sieht, daß sie älter wird, findest du nicht? Ich meine, sie ist unheimlich still und irgendwie traurig. Gar nicht wie jemand, der Ferien macht.«

»Sie konnte sich nie leicht begeistern. Keine Spur von keltischem Temperament, die Glückliche.«

»Aber es ist mehr als das! Das weiß ich ganz bestimmt. Wenn man erst einmal erwachsen ist, versteht man Gefühle und Leidenschaften und all diese Dinge. Zumindest«, verbesserte sich Freddie ehrlich, »werde ich mich darum bemühen, wenn es bei mir noch nicht so weit ist, und zwar ziemlich bald.«

»Um so besser für dich. Aber ich weiß nicht, was das mit Shelagh zu tun haben soll.«

»Dann hast du eben kein Gefühl dafür. Aber ich spüre es, und ich weiß, daß es mit Robert

Krach gegeben hat. Es ist nicht ein einziger Brief angekommen, nicht einmal ein Telegramm zu Weihnachten. Natürlich war es zu schön, um wahr zu sein. Jeder Standish weiß, was es heißt, verheiratet zu sein.«

»Das ist reine Angabe. Du weißt überhaupt nichts davon.«

»Tu doch nicht so gönnerhaft! Natürlich erinnere ich mich an Mutter und Vater, auch wenn ich damals noch klein war. Sieh sie dir jetzt an. Vier Kinder in alle Winde verstreut.«

Angela brach in Gelächter aus. »Klingt ja schrecklich dramatisch, ist aber reine Phantasie. Wir wurden nicht in alle Winde verstreut. Max hat gut für uns gesorgt, und Mutter war meistens zu Hause, bis du groß warst. Wie dem auch sei, Robert und Shelagh haben keine Kinder, die in alle Winde verstreut werden können.«

»Noch nicht. Das wollten sie auch bestimmt nicht. Wenn zwei Menschen so ineinander vernarrt sind wie sie, dann haben sie es nicht eilig, Kinder zu bekommen. Sie wollen erst einmal lange für sich sein. Das habe ich gemerkt.«

»Dann hast du mehr Erfahrung als ich. Die zwei sind schon in Ordnung. Ich höre, daß Shelagh aufgestanden ist. Komm schon, hab ein bißchen Weihnachtsstimmung.«

Am Frühstückstisch öffneten sie ihre Geschenke. Als Shelagh das herrliche Geschenk ihrer jüngsten Schwester unter Freudenschreien auspackte, ereignete sich das Unglück.

»Aber das ist ja phantastisch! Wie hast du das nur in Tainui gefunden? Ich habe nichts dergleichen gesehen.«

Und dann flatterte aus den Falten des Weihnachtspapiers eine große Weihnachtskarte, auf der in runder Kinderschrift stand:

›*Für unsere schöne Sportlehrerin von der Klasse IV a.*‹

Sie fiel mit der beschrifteten Seite nach oben auf den Tisch, und die Schrift war groß und für alle gut sichtbar. Einen Augenblick lang herrschte Schweigen, dann sagte Bill: »Mich trifft der Schlag – das ist überhaupt nicht gekauft!«

Alle sahen Freddie an; sie hatte einen hochroten Kopf, und Tränen traten ihr aus den Augen. Angela sagte tadelnd: »Du hast wohl mit allen deinen Geschenken gemogelt. So ein Kopftuch hat niemand in den kleinen Geschäften hier gesehen. Auch die Handschuhe nicht. Oh Freddie, du hast nur so getan, als hättest du sie hier gekauft.«

Shelagh reagierte am schlimmsten. Sie schloß das Paket wieder und schob es über den Tisch. »Es war nett von dir, Freddie, aber du mußt es behalten. Die Mädchen fänden es schrecklich, wenn du es verschenken würdest.«

Bill trieb es auf die Spitze: »Und was ist mit meinen Büchern, die so einmalig schienen? Wahrscheinlich von der Klasse V.«

Das war zuviel. Freddie sprang vom Tisch auf; die Tränen rollten ihr über die Backen, und sie stieß stockend hervor: »Ihr seid gemein! Ihr alle! Ihr versteht das nicht. Ich hatte kein Geld. Ich scheine nie Geld zu haben. Von Nick wollte ich mir nichts leihen, denn man leiht sich nichts von Männern. Ich wollte es keinem von euch sagen, also mußte ich etwas tun. Ihr seid alle so eingebildet und so schnell eingeschnappt. Und ich wollte doch Geschenke machen. Schöne Geschenke. Und schließlich waren es ja meine eigenen Sachen. Ich konnte mit ihnen machen, was ich wollte. Man könnte meinen, ich hätte sie gestohlen.« Und unter lautem Schluchzen stürzte sie aus dem Zimmer.

Es herrschte tiefes Schweigen.

Dann sagte Bill: »Ich glaube, sie hat recht. Es waren ihre Sachen – aber warum hat sie nicht einfach gesagt, daß sie pleite war?«

Shelagh drehte das Päckchen geistesabwesend in ihrer Hand. »Irgendwie scheint es mir doch Betrug zu sein. Ich glaube, wir verstehen sie einfach nicht.«

Angela sagte langsam: »Keiner von uns versteht sie. Wißt ihr, niemand hat es je versucht. Sie wollte nur nett sein, und wir haben sie alle verurteilt. Damit tun wir niemandem etwas Gutes.«

»Wie meinst du das – niemandem etwas Gutes?« fragte Bill.

»Na ja, schließlich ist sie eure Schwester. Ihr hättet euch auch an ihre Existenz erinnern können. Familien tragen eben eine gewisse Verantwortung.«

»Eltern ja. Aber da hört es auch auf.«

»In unserem Fall hat es gar nicht erst begonnen. Freddie hat ein klägliches Schicksal gehabt. Mutter wollte sie nie. Sie wurde in die Schule abgeschoben und mußte so lange wie möglich dort bleiben, weil es einfacher war. Mutter war auf Reisen, Max zeigte sich nicht. Ich – ich habe ihr nicht viel geholfen. Ich habe eigentlich kein Recht, Moral zu predigen. Ich habe mich nur mit meinem eigenen Leben beschäftigt, und sie war mir im Weg. Seit sie klein war, hat sie eigentlich kein richtiges Zuhause mehr gehabt, und auch damals war sie nicht sehr glücklich.«

»Na ja, wir haben es gut überstanden, Shelagh und ich. Du auch. Freddie muß es aber noch überstehen.«

Plötzlich war es um Angelas gute Laune geschehen. »Wie eingebildet ihr doch seid, du und Shelagh! Ihr habt euch so bald wie möglich gedrückt. Ihr habt euch nicht im geringsten um uns gekümmert. Mir machte das natürlich nichts aus«, fügte sie mit hochrotem Kopf hastig hinzu, »aber bei Freddie ist das anders. Sie ist schön und nicht so robust wie ich. Sie hat noch keine Erfahrung. Sie versucht nur, abgebrüht zu erscheinen. Die Kindheit, die wir gehabt haben, läßt einen so werden. Ich weiß es, weil... Na ja, sprechen wir nicht davon.«

»Bei Shelagh war es doch nicht so.«

»Sie hat Robert sehr früh gefunden. Sie hat ihr Zuhause und ihren Mann. Ihr habt eure Arbeit. Das ist alles, was ihr zwei braucht, und dann verzieht ihr das Gesicht, wenn Freddie jungen Männern schöne Augen macht und versucht, uns ihre Geschenke aufzudrängen. Ich behalte meines auf jeden Fall. Es gefällt mir, und es gefällt mir auch, wie sie es mir gegeben hat.« Mit diesen Worten nahm Angela ihr Tuch und die Handschuhe und ging schnell aus dem Zimmer.

Bill versuchte jetzt zu lachen und sagte: »Das keltische Temperament, wie schon so oft.« Aber es war ein kläglicher Versuch, und er schämte sich, daß er es ausgesprochen hatte.

Shelagh äußerte sich langsam: »Ich fürchte, sie hat recht. Ich glaube, ich war wirklich egoistisch. Ich war froh, wegzukommen. Schließlich hatte ich drei Jahre lang Vater und Mutter genossen. Ich habe manchmal über Freddie nachgedacht, habe mir aber eingeredet, es würde ihr schon gut gehen. Ich werde jetzt nach ihr sehen, und ich mag das Geschenk gerne, das sie mir gegeben hat.«

Bill summte eine traurige kleine Melodie. Er hatte hier friedlich Ferien machen und schwimmen wollen; schwimmen konnte er vielleicht. Was die Bücher betraf – vielleicht hatte sie ein Recht, zu verschenken, was ihr gehörte. Er würde der Kleinen sagen, daß alles in Ordnung war, und sogar, daß es ihm leid tat, so gemein gewesen zu sein.

5

Es war immer einfach gewesen, sich mit Freddie wieder zu versöhnen. Sie fanden sie tränenüberströmt und untröstlich unter dem größten Magnolienbaum sitzend.

Sie war bereit, ihnen auf mehr als halbem Weg entgegenzukommen.

»Ich habe euch betrogen. Ich hätte es euch sagen sollen. Aber ich dachte, es wäre in Ordnung, weil es meine eigenen Sachen waren, auch wenn ich sie nicht gekauft habe.«

»Natürlich waren sie das«, sagte Angela in ihrer empfindsamen, praktischen Art. »Und ich bin sicher, daß du dich nur schwer von meinem Kopftuch getrennt hast. Jeder würde sich in einer schwierigen Lage so verhalten. Ich weiß, daß ich auch einmal schrecklich in Schwierigkeiten war, als die Läden geschlossen hatten, und ich jemanden vergessen hatte. Ich habe dann wie eine Wahnsinnige Taschentücher ausgetauscht – und wahrscheinlich einige an dieselben Leute zurückgeschickt.«

»Vor vier Jahren habe ich mich einmal schrecklich in die Nesseln gesetzt«, sagte Bill brummend. »Ein Mädchen hatte mir sechs Leinentaschentücher geschenkt, auf denen meine Initialen von Hand aufgestickt waren. Wenige Wochen später spielte ich mit ihrem Bruder Golf, lieh ihm eines davon und sagte: ›Das Ding brauchst du mir nicht wiederzugeben‹, und sie war dabei und erkannte es wieder. Das war das Ende dieser Geschichte.«

Freddie lachte und sprang auf. »Es tut mir leid, daß ich so kindisch war. Ich kann die Tränen einfach nicht zurückhalten, und dabei versuche ich es wirklich. Außerdem hätte ich euch alles doch bald gebeichtet, denn ich fühlte mich nicht wohl in meiner Haut.«

»Bist du sicher«, fragte Shelagh freundlich, »daß es den Mädchen nichts ausmacht, wenn ich den Puder behalte? Er ist so schön, und ich bin ganz verliebt in das Döschen.«

Freddie war außer sich vor Freude. »Aber natürlich nicht. Ich habe rauhe Mengen davon. Man hat sie mir gegeben, als ich die Schule verließ, und dazu gesagt: ›Du wirst sie brauchen, wenn du erwachsen bist.‹ Ich war ziemlich wütend darüber. Bitte behalte es, Shelagh. Bist du auch ganz sicher, daß du nicht nur meine Gefühle schonen willst?« fragte sie ängstlich, wobei ihre Augen schon wieder leicht feucht wurden.

»Das tut sie nicht«, sagte Angela bestimmt. »Jeder würde es gerne behalten. Wir haben uns alle so albern benommen, daß du gar nicht mehr zu weinen brauchst. Komm, wir wollen Miss Lorimer bitten, mit uns auf Weihnachten anzustoßen.«

Angela und Freddie fanden die Schriftstellerin in einem Liegestuhl auf ihrer Veranda; neben ihr saß in einem zweiten Liegestuhl ein älterer Herr. Das war Dr. Wyatt, ein kleiner grauhaariger Mann, der, abgesehen von seinem hervorragenden Kopf und seinen tiefliegenden Augen, etwas unscheinbar wirkte. Man tauschte freundliche Weihnachtswünsche aus, die begeistert von Roughs Gebell begleitet wurden, der die Familie Standish mittlerweile in sein Herz geschlossen hatte. Angela bückte sich und streichelte ihn. »Schön, einen Hund zu haben. Ich wollte immer einen, aber Mutter mag Hunde nicht, und außerdem zogen wir ständig um. Als ich dann eine Wohnung hatte, konnte ich mir dort keinen Hund halten.«

»Und ich bin kaum je ohne Hund gewesen. Stephen schenkte mir Rough vor vier Jahren. Rough war damals ein junges Hündchen, und mein Neffe wollte ihn nicht behalten. Er ist ein guter Kamerad.«

»Ihr anderer Neffe ist ein Farmer?« fragte Angela höflich.

»Ja, und seine Farm liegt nur fünfzig Meilen entfernt von hier. Ich gehe manchmal dorthin, um wieder zum Busch und zum Land zurückzukehren.«

»Zurückzukehren? Haben Sie einmal dort gelebt? Erzählen Sie uns die Geschichte Ihres Lebens«, bettelte Freddie.

»Das ist keine aufregende Geschichte, obwohl es ein glückliches Leben war. Wo soll ich beginnen?«

»Vielleicht geben Sie Ihr Examen zu«, schlug der Doktor verschmitzt vor.

»O ja, Angela wird es ohnehin nichts ausmachen. Ein bescheidenes Examen, aber ich halte es ziemlich geheim. Es ist schon schlimm genug, Romane zu schreiben; man muß nicht auch noch als Akademikerin bekannt sein. Ich wollte einmal Lehrerin werden, und deshalb habe ich ein Examen gemacht. Ich erzähle euch nicht, wieviele Jahre das zurückliegt. Als ich einige Jahre unterrichtet hatte, verlor mein Bruder Ralph seine junge Frau. Nick und Stephen waren noch Kinder, deshalb habe ich den Lehrerberuf aufgegeben – oh, eigentlich leichten Herzens. Der liebe Ralph hat mich tausendfach dafür entschädigt. Dann habe ich mich um die Familie gekümmert.«

»Sie hat uns aufgezogen. Wir hatten ein verdammtes Glück«, sagte Nick und lächelte sie an.

»Auch ich hatte Glück. Wir lebten im Busch auf Ralphs Farm. Ich fand es herrlich. Richtiges Hinterland – eine lehmige Straße, ein Sammelanschluß, und so weiter.«

»Das ist das Leben, über das Sie geschrieben haben«, kommentierte Angela. »Wissen Sie, ich habe mich immer gefragt, ob Sie das alles selbst erlebt haben.«

»Sie haben sich gefragt? Das ist ein ziemlicher Schlag, wenn ich denke, daß ich eigentlich ziemlich realistisch schreibe. – Dann kam der Krieg. Stephen fand einen Weg, sich schließlich doch heimlich zu melden; natürlich war er noch viel zu jung. Mein Bruder war nie sehr kräftig gewesen, und er starb kurz vor Kriegsende. Ich habe mich eine Zeitlang durchgekämpft, aber es war schwer Hilfe zu bekommen, und Nick ging noch zur Schule.

Und dann schrieb Stephen, daß er für längere Zeit nicht nach Hause kommen könnte und ich nicht versuchen sollte, alleine weiterzumachen, sondern die Farm besser verkaufen würde. Nick wollte sie nicht, also schien es so am besten zu sein. Ich verkaufte sie und zog hierher – und das ist, fürchte ich, alles.«

»Und Stephen wurde schließlich doch Farmer? Ein Jammer, daß Sie die Farm nicht behalten haben.«

»Ich bin froh, daß wir das nicht getan haben, denn seine jetzige Farm ist ziemlich klein, und ich hätte ihn nie gesehen, wenn wir den Hof in *Te Kauri* behalten hätten.«

»Te Kauri!« riefen die Mädchen wie aus einem Munde, und Freddie fuhr fort: »Aber da hat doch Vater seine Farm. Er geht oft dorthin. Kannten Sie ihn?«

»O ja«, antwortete Miss Lorimer ruhig. »Wir haben ihn ziemlich oft gesehen, und er war mit meinem Bruder eng befreundet. Ich habe ihn jedoch nicht wiedergesehen, seit ich mein neues Leben hier begonnen habe.«

»Aber warum haben Sie uns das denn nicht vorher erzählt?« fragte Freddie hartnäckig weiter.

»Das wollte ich tun, sobald ich euch besser kannte, denn ich finde alte Tanten ein Greuel, wenn sie junge Menschen sofort mit dem Ausspruch überfallen: ›Ich kannte eure Eltern.‹ Das ist, als würde man einen Anspruch geltend machen. Außerdem habe ich mich immer danach gesehnt, um meiner selbst willen geliebt zu werden, wie es in den Filmen so schön heißt.«

»Haben Sie Mutter gekannt?« fragte Angela vorsichtig.

»Ich habe sie nur einmal vor vielen Jahren getroffen, als euer Vater sie mit zur Farm brachte«, sagte Anna mit der gleichen Vorsicht. »Ihnen sieht man nicht an, daß Sie ihre Tochter sind, aber Freddie ist das genaue Abbild ihrer Mutter.«

»Nur äußerlich«, antwortete Freddie automatisch. »Erzählen Sie uns von Ihrem Neffen.«

»Stephen? Da gibt es nicht viel zu erzählen. Ich finde sie natürlich beide herrlich, aber eigentlich ist Stephen nur ein netter Farmer. Sie werden ihn selbst sehen. In ein oder zwei Tagen kommt er hierher. Und jetzt werde ich mich wohl besser um mein Weihnachtsessen kümmern.« Denn wie alle Romanschriftsteller haßte Anna die Ernüchterung, und sie hatte nicht die Absicht, Stephen herauszustreichen, damit er sich dann vielleicht als Enttäuschung erwies.

Als sie alle gemeinsam den Weg hinuntergingen, sagte Freddie fröhlich:

»Was für ein Segen, daß noch ein Mann kommt. Mädchen haben wir mehr als genug. Und außerdem kommt noch Bills Dinah. Wir kennen sie zwar nicht, aber wir haben sie eingeladen, damit Bill in seinem Unglück getröstet wird. Eigentlich ist es ziemlich ärgerlich, denn ich finde, sie sieht schrecklich langweilig aus.«

Freddie hatte sich von dem Familiengericht

schnell erholt, dachte Angela. Tatsächlich machte sie später für ihre drei Gäste eine unglaublich gute Geschichte daraus. Jetzt holte sie die Pralinenschachtel hervor, drängte sie allen auf und erzählte von ihrem geheimnisumwitterten Auftauchen auf der Treppe.

»Und ich würde so gerne zu der Party gehen, aber Bill will nicht, weil er nicht tanzen kann, und Shelagh kann man damit nicht belästigen. Wie ist es mit dir, Nick? Zum Tanzen brauchst du nicht beide Hände.« »Nein, aber um einen *hangi* zu bewältigen wohl. Tut mir leid, aber ich muß auch passen.«

»Was ist ein *hangi*?«

Dr. Wyatt erklärte, daß es ein Festessen sei, das von den Einheimischen in ihren eigenen Öfen zubereitet würde. An Weihnachten wetteifern die Maoris und die Pakehas miteinander in der Gastfreundschaft.

»Wir gehen alle hin. Miss Lorimer macht ihren alljährlichen Besuch, und sogar der arme alte Geoffrey Matthews schaut manchmal herein. Zuerst veranstalten wir um sieben Uhr draußen auf der Wiese ein Festessen. Für das Mittagessen sorgen die Maoris und bereiten es zu; es ist ein herrlicher Spaß. Dann gehen alle zum Tanz in die Halle bis Mitternacht. Das Abendessen ist Sache der Pakehas. Ich hoffe immer, daß ich vorher abberufen werde. Zuviele Cremekuchen und belegte Brötchen! Die Küche der Maoris ist mehr nach meinem Geschmack.«

»Oh, das klingt ja himmlisch«, sagte Freddie

sehnsüchtig. »Wie bringen sie es fertig, im Freien zu kochen?«

»Sie benutzen dazu ihre Lehmöfen, die mit Steinen ausgelegt und gut verkleidet sind. Wenn Sie hingehen möchten, dann schließen Sie sich Miss Lorimer und mir an. Das ist nicht wie in der Stadt, wo jeder einen Partner haben muß. Dort werden Sie viele finden.«

»Sie sind süß. Das wäre doch eine herrliche Gelegenheit, Leute kennenzulernen, oder nicht?«

»Ja, und Sie dürfen Ihren Pralinenfreund nicht enttäuschen. Wie ist es mit Miss Angela?«

Angela hatte nicht die geringste Lust mitzugehen, aber ihre letzten Erfahrungen sagten ihr, daß irgend jemand um Freddies willen mitgehen sollte, und sie stimmte mit etwas erzwungener Begeisterung zu.

Um sieben Uhr hatte sich vor der Halle eine große Menge versammelt, und die Mädchen wurden den Maoris und Pakehas vorgestellt. Das war ihre erste Erfahrung mit den Einheimischen auf ihrem eigenen Grund und Boden in diesem Teil des Landes, der von ihnen getrennt war. In der Schule hatten sie Maori-Freunde gehabt, aber man hatte keinen Unterschied gemacht, und es hatte auch keine Rassenschranken gegeben. Hier waren die Maoris anders. Sie behielten ihre eigenen Sitten und Bräuche bei, vermischten sich zuweilen mit den Pakehas, hielten sich aber im großen und ganzen abseits.

Es war eine freundliche Atmosphäre, und Angela sah sich interessiert um. Freddie war insgeheim sehr aufgeregt, denn sie fühlte mit Sicherheit, daß ihr Verehrer zugegen war und sie wahrscheinlich in diesem Augenblick beobachtete. Das konnte der Anfang einer großen Romanze sein; sie mußte es ihm leicht machen. Er hatte bestimmt nicht den Mut, in ihre Gesellschaft einzudringen. So sonderte sie sich ab und war ganz alleine, als die Festlichkeiten begannen.

Als es sieben Uhr schlug, nahm ein Chor von Maori-Mädchen und -Männern auf den Stufen zur Halle Platz und sang leise und sanft Weihnachtslieder in jener vollkommenen Harmonie, welche den Gesang der Maoris auszeichnet. Dann sprach der Maori-Priester das Gebet in seiner eigenen Sprache, und alle setzten sich ins Gras, um die kleinen geflochtenen Körbchen mit Leckereien entgegenzunehmen, die eine Schar von fröhlichen Maori-Mädchen den Gästen reichte.

Freddie sah sich um.

Keine Spur von einem Verehrer, und sie war von ihrer eigenen Gesellschaft abgeschnitten. Sie setzte sich schnell hin, als ihr ein Körbchen überreicht wurde. Es war eine Erleichterung, daß die Maoris mit Rücksicht auf die Kleider ihrer Gäste für Teller gesorgt hatten, die unter den Körben aus geflochtenem Flachs standen.

Das war eine große Hilfe. Auf einem Berg aus fettem gebratenem Schweinefleisch lagen Scheiben von wildem Truthahn. Daneben ein halbes Dutzend neuer Kartoffeln und in jeder Ecke des Korbes grüne Erbsen.

Freddie starrte das Schweinefleisch entsetzt an. Sie war nie in der Lage gewesen, fette Sachen zu ertragen, und vor Schweinefleisch hatte sie einen ›Horror‹, wie Bill es nannte. Schon der Anblick allein stieß sie ab. Fettes Fleisch lag da in tropfenden Scheiben, halb durchsichtig, und das Fett sickerte durch den Korb auf den Teller darunter. Das war für Freddie einfach verheerend.

Sie sah wild um sich. Es war zu schrecklich, um wahr zu sein. Sie kannte ihre eigene Schwäche. Sie mußte das Fett loswerden oder zusammenbrechen. Wenn nur Angela in der Nähe gewesen wäre. Es gab keine Hoffnung auf Flucht, und niemand war da, um ihr zu helfen. Auf beiden Seiten wurde sie von fröhlichen, hungrigen Menschen bedrängt, die in dem herrlich zubereiteten Essen schwelgten und über das wahrscheinliche Gewicht der Opfertiere und die Fettmenge, die sie abgeben würden, diskutierten. »Fett«, sagte eine ölige Stimme neben ihrem Arm. »In Massen. Ein herrliches Zeug. So nahrhaft.«

»Ich muß es wissen«, sagte jemand auf ihrer anderen Seite. »Ich bin Schweinemetzger und kann euch sagen, daß diese Schweine ein herrliches Schlachtfest abgegeben haben.«

Freddie warf ihrem Nachbarn einen entsetzten Blick zu. Er saß in ihrer Nähe, ein stämmiger, rotgesichtiger Mann, der das von seinen Gastgebern gelieferte Besteck niedergelegt hatte und nun ein großes und sehr fettes Stück Schweinefleisch nicht weit von Freddies Gesicht entfernt schwenkte. Sein

Mund war reichlich mit Fett beschmiert, und er aß geräuschvoll und mit Genuß.

Das war zuviel.

Freddie wurde kreidebleich, und die Tränen traten ihr in die Augen. Diese Symptome hätte Angela sofort mit Wut und Schrecken als das erste Stadium ihres Unglücks erkannt. Aber Angela war nicht da. Niemand war da, und in ungefähr zwei Minuten würde sie sich blamieren.

Irgendwie mußte sie fliehen. Aber wie? Da sie die anderen Gäste nicht niedertrampeln und ihre freundlichen Gastgebern nicht beleidigen konnte, gab es keinen Ausweg. Ihr war schlecht, und die Schweißtropfen standen ihr auf der Stirn. Entschlossen redete sie sich ein, daß sie nichts gegessen hatte, daß es alles Einbildung war und daß sie sich zusammennehmen mußte, um diese aufsteigende Welle der Übelkeit zu besiegen.

»Ich muß einfach an etwas anderes denken«, murmelte sie aufgebracht. »Es wird mir nicht schlecht werden. Ganz bestimmt nicht. Ganz bestimmt nicht.«

Sie war so durcheinander, daß sie den hochgewachsenen jungen Mann, der neben ihr stand, nicht bemerkte. Aber plötzlich sagte eine Stimme laut: »Lieber Gott, sehen Sie sich nur das Boot auf dem Lastwagen an. Es muß von der anderen Seite kommen. Ein nettes kleines Boot, aber was für eine Ladung für diese Haarnadelkurven!«

Freddie blieb reglos sitzen und drehte nicht einmal den Kopf. Sie machte sich weder etwas aus den Booten noch aus Lastwagen. Aber man zeigte sich allgemein interessiert, und alle drehten die Köpfe, um die Straße zu betrachten, die gerade unterhalb der Halle verlief. Der dicke Mann stand mit seinem Stück Fleisch in der Hand auf, um nichts zu versäumen, und in diesem Augenblick zwängte sich der junge Mann an seinen Platz, beugte sich über sie und sagte ihr ruhig ins Ohr: »Geben Sie es mir. Schnell, solange die anderen nicht hersehen. Da... ich habe das ganze fette Zeug auf meinen Teller geschoben. Jetzt nehmen Sie sich zusammen. Es ist weg. Sehen Sie nicht hin. Ich werde es schon schaffen.«

Freddie war schwindelig vor Erleichterung. Es war alles so schnell gekommen, daß sie nicht einmal ihren Retter gesehen hatte, und jetzt war er verschwunden. Er hatte also das Schweinefleisch. Als sie es wagte, einen Blick auf den Korb zu werfen, waren nur die Kartoffeln, die Erbsen und der Truthahn geblieben. Er hatte sie gerettet, aber was hatte er mit dem Fleisch gemacht? Ein schriller Aufschrei der Hunde am Rande ihrer Gesellschaft beantwortete ihre Frage. Der dicke Mann sagte: »Diese Maori-Hunde zanken sich ständig. Wahrscheinlich hat ihnen jemand einen Knochen hingeworfen.« Freddie senkte den Kopf und kicherte etwas hysterisch.

Innerhalb von ein oder zwei Minuten war der junge Mann zurück, bahnte sich einen Weg durch die Menge, entschuldigte sich höflich bei dem Schweinemetzger und setzte sich ganz selbstverständlich neben sie. Sie sah ihn voll Bewunderung an und flüsterte: »Sie sind ein Engel.«

Es gab wohl nicht viele Wesen, mit denen er weniger Ähnlichkeit haben konnte. Er war ein hochgewachsener, dunkler junger Mann, näher an den Dreißig als an den Zwanzig, stark sonnenverbrannt, ziemlich gut aussehend, mit einem ernsten Zug um den Mund, der jedoch durch den Humor in seinen Augen wettgemacht wurde. Kein Adonis, dachte Freddie, aber trotzdem hatte er ein gewisses Etwas...

Sie lächelte ihn strahlend an, obwohl ihre Augen noch immer mit Tränen gefüllt waren, allerdings mehr vom Lachen als vom Weinen.

Er erschrak, als er ihre Tränen entdeckte, und sagte bestimmt: »Reißen Sie sich zusammen. Es ist ja alles gut. Es ist Weihnachten, und da dürfen Sie nicht weinen.«

»Aber das tue ich ja gar nicht. Ich versuche nur, das Lachen zurückzuhalten. Die Hunde waren schuld. Wie haben Sie das nur fertiggebracht?«

»Ganz einfach. Alle besahen sich das Boot auf dem Lastwagen, und ich war längst weit weg, bevor die Hunde mit ihrem Kampf begannen.«

»Oh, Sie haben mir das Leben gerettet.« Plötzlich hatte sie einen Geistesblitz. »Aber Sie haben mir natürlich die Pralinen geschickt! Deshalb haben Sie mich angesehen.«

Diese naive Bemerkung belustigte ihn. Sicherlich sahen viele Leute sie an. Aber er sagte nur: »Pralinen? Was für Pralinen? Sie wollen mir doch nicht erzählen, daß Sie sich vor einem *hangi* mit Pralinen vollgestopft haben? Da hat sich die Hilfe ja kaum gelohnt.«

Sie war enttäuscht und etwas beleidigt. »Ich habe mich natürlich nicht vollgestopft. Sicher habe ich ein paar versucht, aber Pralinen haben mir noch nie etwas ausgemacht, nur fette Sachen, und Schweinefleisch ist am schlimmsten. Irgend jemand hat mir eine himmlische Pralinenschachtel geschickt. Es war kein Name angegeben, aber er schrieb, er würde mich auf der Party treffen. Ich dachte, Sie müßten es sein.«

»Ich war es aber nicht. Ich habe Sie vor dem heutigen Abend noch nie gesehen, und ich schicke fremden Mädchen keine Pralinen, besonders dann nicht, wenn sie einen schwachen Magen haben.«

»Aber mein Magen ist nicht schwach – nur bei fetten Sachen. Warum haben Sie mir dann so geholfen?«

»Zum Wohle aller, einschließlich Ihres eigenen. Ich kenne diese Symptome. Ich habe eine kleine Nichte, und manchmal bin ich dazu verurteilt, sie mit auf eine Party zu nehmen. Sie ißt und ißt und scheint ganz fröhlich zu sein. Dann wird sie plötzlich grün, läßt ihren Löffel fallen und bekommt diesen glasigen Blick. Danach bleiben ungefähr noch zwei Minuten Zeit.«

Dieser Vergleich mißfiel Freddie, und sie sagte kühl: »Manche Kinder überessen sich natürlich. Das finde ich ziemlich widerlich«, und dann lachte sie plötzlich in ihrer überraschenden Art. »Dieser gläserne Blick. Ich weiß. Kein Wunder, daß Sie sich beeilten.«

Auch er lachte, und sie waren augenblicklich Freunde. Sie freute sich über ihre Neuentdeckung. Es war ein Jammer, daß er so hochnäsig war und über Nichten sprach, aber abgesehen davon war er eine ganz gute Errungenschaft.

In der Zwischenzeit hatte Angela fünfmal gesagt: »Danke. Es geht ihnen beiden gut. Mutter ist im Augenblick in Irland.«

Sie war mehreren alten Bewohnern des Ortes vorgestellt worden, die ihre Eltern offensichtlich noch in interessanter Erinnerung hatten. Ihr Takt war qualvoll. Die Nachricht von ihrer Trennung hatte sich ganz eindeutig verbreitet.

Plötzlich schmolz die kleine Gruppe um sie zusammen. Die Leute sahen im Weggehen etwas ängstlich über die Schulter zurück, und sie beobachtete, wie eine sonderbare Gestalt auf sie zukam. Dr. Wyatt flüsterte hastig: »Geoffrey Matthews. Er kann es nicht abwarten, Sie kennenzulernen. Er schwärmt für Ihre Mutter. Erwähnen Sie bitte Ihren Vater nicht.«

Er war ein hochgewachsener, hagerer alter Mann mit aristokratischen Zügen und einem leicht arroganten Auftreten. Aber seine Augen hatten einen wilden Blick, und er starrte Angela wortlos an, als der Doktor ihn vorstellte. Dann sagte er plötzlich: »Sind Sie wirklich ihre Tochter? Sie sind völlig anders.«

Mit einem kleinen Lächeln gab Angela ihre stereotype Antwort: »Sie haben recht, aber meine jüngere Schwester ist Mutters Ebenbild.«

Das schien ihn zu verärgern. Seine Augen blitzten, und er sagte: »Unmöglich. Niemand kann so aussehen wie sie.« Dann schlug seine Stimme plötzlich um, und er sagte aufgeregt und eifrig: »Ich erwarte sie jeden Tag. Wirklich jeden Tag.«

Angela war erstaunt. »Aber Mutter ist in Irland.«

Das tat er mit einer Handbewegung ab. »Jeden Tag. Sie wird hierher kommen. Ich bin sehr alt, aber ich werde sie wiedersehen.« Und dann mit erschreckender Leidenschaftlichkeit: »Aber er? Ich vermute, daß er tot ist?«

Völlig verwirrt sah sie sich nach Hilfe um, aber Dr. Wyatt war verschwunden. Mit gespielter Gleichgültigkeit sagte sie: »Mein Vater? O nein. Er ist irgendwo in der Gegend.«

Geoffrey Matthews schien sie nicht gehört zu haben. Er starrte in die Ferne, sein Gesicht war haßverzerrt. Plötzlich überkam sie eine der flüchtigen Erinnerungen aus ihrer Kindheit, die sie zu bannen versucht hatte.

Ihr Vater und ihre Mutter hatten sich wie üblich gestritten. Oder besser, sagte sie sich als Kind, sie haßten einander wie üblich. Es war eigentlich kein richtiger Streit; das war das Verwirrende für ein kleines Mädchen gewesen. Ihr Vater hatte kühl gesagt: »Ich habe heute morgen deinen verrückten Verehrer Matthews getroffen. Könntest du ihm vielleicht beibringen, daß es besser ist, Szenen in der Öffentlichkeit zu vermeiden? Vielleicht kannst du auch aufhören, ihm dauernd von deinen Sorgen zu erzählen.« Und die sonst so schöne Stimme ihrer Mutter hatte hoch und etwas schrill geantwortet: »Ich werde mit Geoffrey reden so viel ich will. Du bist nur eifersüchtig.«

Ihr Vater hatte spöttisch und verbittert gelacht. »Eifersüchtig? Du schmeichelst dir selbst. Aber ich habe Mitleid mit einem armen alten, verliebten Narren, und ich warne dich davor zu glauben, daß du ihm etwas Gutes tust; im Gegenteil, du wirst ihn an den Rand des Wahnsinns bringen, wenn du...«

Aber das Kind hatte sich die Ohren zugehalten und war weggelaufen. Und hier war nun einer der unglücklichen Geister aus der Kindheit auferstanden. Vielleicht war es falsch gewesen, herzukommen.

Matthews riß sich ebenfalls von seinen unangenehmen Träumereien los und verbeugte sich höflich. »Sie werden mich entschuldigen. Ich bin nicht an Menschenmassen gewöhnt. Sie könnten vielleicht zu meinem Haus kommen. Dort können wir über Ihre Mutter sprechen. Ich hoffe, sie wiederzusehen«, und ohne weitere Worte ging er weg und bahnte sich nun schnell seinen Weg durch die Menge. Aller Augen folgten ihm neugierig und etwas ängstlich.

Dr. Wyatt kehrt zurück. »Tut mir leid, aber ein Mann bat mich um einen kleinen Rat, ohne extra in die Sprechstunde kommen zu müssen. Hat Matthews Sie sehr erschreckt? Er ist ziemlich harmlos.«

»Lebt er allein? War er nie verheiratet?«

»Unglücklicherweise nein. Er ist schon seit Jahren nicht ganz bei Sinnen. Er war in Ihre Mutter einfach vernarrt. Sie war immer freundlich zu ihm. Sie könnten vielleicht zu ihm gehen und ihn besuchen.«

»Das werde ich auch, aber an Freddie ist ihm bestimmt mehr gelegen.«

»Ich glaube nicht, daß das klug wäre. Man läßt ihm besser seine Erinnerungen. Die Wahrheit wird ihn wahrscheinlich erschrecken. Oh, hier kommt Miss Lorimer, etwas erhitzt von ihren vielen Pflichten. – Na, wieviele Komplimente haben Sie entgegennehmen müssen?«

Anna lächelte ziemlich zerstreut. »Die Leute sind sehr nett, aber es muß doch schwierig für sie sein. Ich wünschte wirklich, sie würden sich nicht verpflichtet fühlen, über diese albernen Bücher zu sprechen. Jetzt bricht alles auf. Der Rest der Gesellschaft ist in der Halle.«

Erst kamen einige unvermeidliche Reden, die Gott sei Dank kurz waren. Die hervorragendste Leistung wurde von dem Maorihäuptling des Distrikts erbracht, einem großen, sehnigen Mann mit leicht adlerähnlichen Gesichtszügen. Zuerst sprach er in Maori, dann in schönem und fließendem Englisch. Freddie, die neben ihrem Retter stand, war ganz gefesselt.

»Was für eine Stimme! Außerdem sieht er gut aus. Ich könnte mich Hals über Kopf in ihn verlieben.«

Er lächelte über ihre kindliche Art und flüsterte zurück: »Das würde ich an Ihrer Stelle nicht tun. Er hat eine Frau und neun reizende Kinder.«

»Neun? Wie gräßlich. So eine Enttäuschung. Wir wollen hingehen und tanzen.«

»Was ist mit dem unbekannten Verehrer? Sollten Sie den ersten Tanz nicht für ihn aufheben? Pralinen sind teuer, wissen Sie.«

»Ja, aber er ist nicht aufgetaucht. Glauben Sie, das muß ich tun? Kann ich es nicht ihm überlassen?«

Sie sagte das so ernst, daß er sich nicht zum erstenmal fragte, wie alt sie wohl sein mochte, und als sie nun als erste die Tanzfläche betraten, fragte er: »Sind Sie schon aus der Schule?«

Oh, seit Ewigkeiten«, entgegnete sie lebhaft. »Letztes Jahr habe ich sogar unterrichtet.« Dann bekam sie plötzlich Gewissensbisse: »Na ja, es ist vielleicht keine Ewigkeiten her. Ich scheine mich daran zu gewöhnen, etwas zu schwindeln, aber mit der Zeit bekommt man es schon satt, für so jung gehalten zu werden. In Wirklichkeit bin ich achtzehn, und ich habe letztes Jahr an meiner alten Schule beim Sportunterricht geholfen.«

Daraufhin erzählte sie ihm ihre Lebensgeschichte, alles über ihre eigenartige Familie und ihre Eltern. »Jetzt sind wir also für einen langen Urlaub hier. Es ist so eigenartig, zu einer Familie zu gehören.«

»Schön, oder das Gegenteil?«

»Beides. Man fühlt sich mehr wie die anderen auch. Das Schlimme ist nur, daß sie meinen, sie könnten einen herumkommandieren, auch wenn sie einen kaum kennen. Aber das ist wahrscheinlich genau das, was man allgemein Familienleben nennt.«

Er lächelte. »Es muß dennoch seine guten Seiten haben.«

»Ja, nur Bill ist ziemlich traurig, weil er hinkt, und Shelagh scheint sehr unruhig zu sein. Angela behauptet, sie sei immer so gewesen, aber ich meine, es kommt daher, weil sie von ihrem Mann getrennt ist.«

»Könnte sein, meinen Sie nicht?«

»Ich weiß es wirklich nicht. Wir waren immer ziemlich erleichtert, wenn Vater wegging. Wir mochten ihn schon, aber Mutter hatte ihn nicht sehr gern, und irgendwie machte das alles kaputt, als wir klein waren.«

Er empfand plötzlich Mitleid mit ihr. Trotz ihrer Schönheit und ihrer fröhlichen Munterkeit hatte sie viel verpaßt. Dann lächelte er über sich selbst. Das war die verheerende Wirkung eines schönen Gesichts. Dieses Kind würde jeden anständigen Mann zu einem fahrenden Ritter machen.

Dann sagte sie plötzlich: »Jetzt habe ich Ihnen alles über uns erzählt, nun sind Sie an der Reihe.«

»Das ist nicht weniger als recht und billig. Was möchten Sie wissen?«

»Oh, alles. Wie es kommt, daß Sie hier sind, wie Sie heißen, was Sie tun, wie lange Sie bleiben.

Und natürlich, ob Sie verheiratet, verlobt oder mit jemandem befreundet sind.«

Er lachte, als er sie zu einem Stuhl führte. »Dazu werde ich einige Zeit brauchen. Zunächst einmal, mein Name ist Jonathan Blake. Zweitens bin ich Arzt. Vor drei Jahren habe ich mein Examen gemacht, und jetzt komme ich gerade von einer Forschungsreise aus Edinburgh zurück.«

»Ein Arzt? Deshalb haben Sie das sofort gesehen – mich und das Schweinefleisch, meine ich.«

»Dazu braucht man kein geübtes Auge. Warum ich hier bin? Weil ich Zeit habe, und weil ich diesen Teil des Landes erforschen wollte und das Glück hatte, noch eine Hütte zu bekommen. Der Mann, der sie gemietet hatte, wurde in die Stadt zurückgerufen. So bin ich eingezogen. Wie lange ich hier sein werde? Das hängt davon ab, wie es mir gefällt. Ich werde in der Praxis jetzt nicht gebraucht, denn ich habe bis Ende Februar Urlaub. Und nun zum Schluß: Ich bin Junggeselle, und, wie Sie es so taktvoll ausdrücken, nicht befreundet.«

»Oh, herrlich! Dann sind Sie wirklich ein Geschenk Gottes. Wo ist Ihre Praxis?«

Als er es ihr sagte, stieß sie einen leichten Freudenschrei aus. »Da wohnen wir ja auch! Das heißt, ich wohne nirgends, aber Angela hat dort eine Wohnung, und ich lebe bei ihr, bis ich mir über meine Zukunft im klaren bin. Es ist so schwierig. Sie könnten mir helfen, denn Sie sind ein Mann von Welt.«

Ihre Aufrichtigkeit verwirrte ihn. Er hatte schon

viele moderne Mädchen kennengelernt, aber sie waren anders gewesen. Aber es war nicht gespielt. Vererbung oder Umwelt oder der unbewußte Wunsch, der Wirklichkeit zu entfliehen? Er beschloß, nicht zu versuchen, psychologisch vorzugehen, und sagte gelassen: »Ich frage mich, wo Ihr Verehrer ist, aber wahrscheinlich ist er nur einer von Dutzenden.«

Sie sah ihn mit ganz ehrlichen Augen an. »O nein; deshalb bin ich ja so gespannt auf ihn. Das letzte Jahr war eine reine Enttäuschung. Ich dachte, ich würde ein Abenteuer nach dem anderen erleben, aber es war nicht viel anders als im Jahr vorher. Ich habe kaum Männer kennengelernt. Ich habe mir ein herrliches Abendkleid gekauft, hatte aber nie Gelegenheit, es anzuziehen.«

In diesem Augenblick bemerkten sie beide einen jungen Mann, der um sie herumschlich. Freddie sah äußerst interessiert auf; konnte das ihr Verehrer sein? Dann murmelte sie verzagt: »Gräßlich langweilig. Ungefähr zwanzig. Oh je, ich hoffe nur, daß er das nicht ist – der mit den Pralinen, meine ich.«

Aber er war es, und Jim Masters wäre bestimmt zutiefst beleidigt gewesen, wenn er ihre Schätzung seines Alters gehört hätte. Er war vierundzwanzig und der verwöhnte Sohn neureicher Eltern, mit glatten Manieren und grenzenloser Selbstgefälligkeit. Er begann seine Annäherung, indem er sich mit der Hand über das blonde Haar strich und sagte: »Ich hoffe, die Pralinen haben geschmeckt?

Oh, das freut mich. Ich habe Sie von meinem Motorboot aus schwimmen sehen und dachte, daß ich Sie kennenlernen müßte.«

»Ist das das nette kleine Boot, das *Liebste* heißt?«

Freddie spürte, daß sie ihre Enttäuschung tapfer verbergen mußte.

»Ja. Sie können einmal mitfahren. Etwas langweilig hier; die Mädchen werden schon ganz wahnsinnig, wenn jemand ein Boot und ein Auto hat. Das ist immer so.«

Ziemlich angewidert und zutiefst enttäuscht kehrte Freddie an Jonathans Seite zurück, nachdem sie es bestimmt abgelehnt hatte, mit Jim Masters hinauszugehen, ›um den alten Mond zu betrachten‹.

»Nichts Aufregendes. Ziemlich schrecklich, nicht einmal tanzen kann er. Trotzdem, er hat ein Boot, und die Pralinen darf man auch nicht vergessen.«

Er lächelte und versuchte, sich darüber zu amüsieren, aber seine Stimme war ziemlich trocken, als er fragte: »Bedeutet ein Boot so viel?«

»Eigentlich nicht. Wenn es stürmisch ist, werde ich leicht seekrank. Aber ich muß einfach das Beste aus diesen Ferien machen. Ich möchte Erfahrungen sammeln.«

»Was für eine Art von Erfahrungen?«

»Oh, alles, was mein Äußeres und meine Gefühle verändert, so daß die Leute nicht immer sagen: ›Und wann sind Sie aus der Schule gekommen?‹ Das macht mich ganz krank.«

Sie war natürlich die Königin des Abends und schwelgte in diesem Gefühl. Auf eine stillere Art amüsierte sich auch Angela besser als sie erwartet hatte. Jonathan Blake tanzte mit ihr und kam zu dem Schluß, daß sie ein sehr nettes Mädchen sei, völlig anders als ihre schöne und kindliche Schwester, aber empfindsam und humorvoll. Sie mochten einander gerne, und er ließ sich dankbar von ihr einladen, immer zu ihnen zu kommen, wenn er Lust dazu hätte. Freddie half noch nach, indem sie ihm sagte, daß ein Haus voller Mädchen eine Plage sei; genau wie in der Schule.

Angela saß bei Anna Lorimer, als der kleine Doktor abberufen wurde.

Es war gerade elf Uhr, und das Abendessen sollte in Kürze serviert werden. Anna sagte freundlich: »Er richtet diese Dinge immer so geschickt ein. Natürlich ist er müde.«

»Wie nett er ist! Tainui kann glücklich sein, einen solchen Doktor zu haben.«

»Der ganze Distrikt. Im Umkreis von zwanzig Meilen gibt es keinen anderen Arzt. Ein moderner junger Mann legt keinen Wert auf eine Landpraxis mit einem Vierundzwanzigstundentag.«

»Das glaube ich gerne. Das ist ein junger Arzt, der gerade mit Freddie tanzt.«

»Das Kind ist wie ein Gemälde. Kein Wunder, daß die jungen Männer sich um sie scharen.«

»Aber sie kann gar nicht genug davon bekommen. Ich gewinne direkt mein Selbstbewußtsein zurück. Sie hat mit einem kleinen Scheusal getanzt –

aber er hat ihr Pralinen geschenkt und besitzt ein Boot.«

»Lassen Sie ihr etwas Zeit, um zu sich selbst zu finden. Aber was ist denn jetzt mit ihr passiert?«

Freddie hatte als Mittelpunkt einer fröhlichen Gruppe an der Tür gestanden. Ganz plötzlich hielt sie in der Unterhaltung inne und starrte mit weit aufgerissenen Augen einen Mann an, der gerade hereinkam. Angela konnte nicht sehen, wer es war, aber sie hörte, wie ihre Schwester aus vollem Halse rief: »Du? Oh du lieber Himmel! Wie ist das bloß möglich? Angela, komm schnell, er ist da!«

Die Menge löste sich auf, als sie blindlings auf die Tür losstürzte. Angela sprang auf, über das ganze Gesicht strahlend, aber zwischen ihr und der Tür befand sich die Menschenmenge, und sie konnte den Neuankömmling nicht sehen. War es möglich? Hatte ihr Brief ihn erreicht? Aber würde er hierher zurückkommen?

Jetzt gingen sie durch die Halle. Ein großartiges Paar. Freddie und ein hochgewachsener älterer Herr, blond, gebräunt und sehr gut aussehend, mit einer sportlichen Figur und an den Schläfen ergrautem, aber noch vollem Haar. Angela tat zwei Schritte vorwärts und sagte: »Max! O Max!«

Standish hatte sich nie an die Vorschriften der Gesellschaft gehalten, nicht einmal in der Stadt; in Tainui ignorierte er ihre Existenz völlig. Er umarmte seine kleine Tochter liebevoll und erblickte dann Anna Lorimer. Er machte zwei lange Schritte auf sie zu und sagte mit seiner angenehmen Stimme:

»Guten Tag Anna, meine Liebe. Wie viele Jahre das her ist! Ich hatte die Absicht, dich zu besuchen. Dann kam der Brief von diesem Mädchen, und ich dachte, ich würde zwei Fliegen mit einer Klappe schlagen... Du lieber Himmel, wie herrlich, dich wiederzusehen.«

Und dann bedachte er die literarische Jungfrau mit ›einem schmatzenden Kuß‹, wie Freddie es später nannte. Die Zuschauer hielten voller Erregung den Atem an, aber Miss Lorimer nahm die ihr erwiesene Aufmerksamkeit völlig ruhig entgegen und sagte nur: »Ja, Max, das ist wirklich ein Familientreffen. Ich freue mich, daß du auf deine Figur aufgepaßt hast.«

In diesem Augenblick lenkte das Orchester – ein Klavier, eine Geige und ein Cello – die glotzenden Augen von dieser überraschenden Szene ab und begann laut und rhythmisch einen Two-Step zu spielen.

6

Am nächsten Morgen schwamm die *Angel* fröhlich im Hafen; offensichtlich hatte ihr die Überlandreise nichts ausgemacht.

Die Familie Standish mit Nick und Anna erforschten das Schiff.

Standish war höchst zufrieden mit sich selbst. Er hatte viele Unannehmlichkeiten auf sich genommen, um bei dem Familientreffen zugegen zu sein – er hatte sogar die Gesellschaft einer attraktiven Blondine dafür geopfert.

»Interessant, sich als Vater zu fühlen«, bemerkte er zu Miss Lorimer.

»Da bin ich sicher. Du wirst deine Rolle sehr gut spielen, vorausgesetzt, daß es nur für kurze Zeit ist.«

»Angela freut sich ebenfalls.«

»Ungeheuer. Sie liebt dich sehr, viel mehr als du verdienst.«

»Ein netter Mensch, Angela; die beste von allen, wenn auch nicht äußerlich.«

»Ein sehr netter Mensch. An normalen Maßstäben gemessen ist sie auch hübsch. Dem Vergleich mit den Schönheiten in deiner Familie kann sie natürlich nicht standhalten. Im Augenblick ist sie jedoch ziemlich traurig.«

Er sah sie scharf an.

»Traurig? Was ist mit Angela los?«

»Ich weiß es nicht, aber irgend etwas hat ihr einen Schlag versetzt. Sie ist ja gesund und wird darüber hinwegkommen. Sie wird wohl daran gewöhnt sein. Ihre Kindheit kann nicht glücklich gewesen sein. Einige Männer hätten es um ihretwillen ausgehalten.«

»Du bist noch immer hart. Halte es mir zugute, daß ich es viele Jahre ausgehalten habe. Es ging nicht, Anna. Ich konnte das Eheleben eben nicht mehr ertragen.«

»Ich vermute, daß viele Menschen so empfinden, aber sie halten aus.«

»Ich war nie ein Heiliger. Und außerdem, wer hat darunter gelitten? Der Familie geht es gut. Meine Kinder blühen auf, insbesondere die Jüngste. Ich hätte nie gedacht, daß aus ihr eine solche Schönheit werden würde. Es ist natürlich bedauerlich, daß sie ihrer Mutter so sehr ähnelt, aber ich glaube, sie hat ein Herz. Ihr liegt die ganze Welt zu Füßen, nicht wahr?«

»Meinst du? Mir scheint sie eher bemitleidenswert – sie ist verzweifelt hinter dem Vergnügen her, weil sie unsicher ist. Sie weiß, daß sie viel versäumt hat, und sie fürchtet sich, noch mehr zu verpassen.«

In diesem Augenblick kam Freddie auf sie zu. »Das ist ein herrliches Boot, aber ich bin froh, daß du einen Motor hast. Ich würde mich nicht gerne auf den Wind verlassen. Wirst du viel mit uns hinausfahren? Nur der Schlaftrakt ist etwas klein. Du mußt dich schon gut mit deinem Passagier verstehen, wenn du so nahe mit ihm zusammen schläfst, nicht wahr?«

Miss Lorimer, die alles über Maxwell wußte und gewisse Vorstellungen von seinen Passagieren hatte, errötete leicht und sah düster aufs Meer hinaus, aber er sagte ungerührt: »Ich suche mir immer einen netten Passagier aus, und ich kam bisher mit jedem gut aus. Will Angela dir nicht den Kompaß zeigen?«

Auch Angela wußte von diesen Passagieren. Als sie zum erstenmal davon erfuhr, war es ein Schock für sie gewesen, aber in letzter Zeit war es ihr gelungen, nicht daran zu denken. Mit Max konnte man nur seine Freude haben; man durfte nicht über ihn urteilen.

Die zwei älteren Standishs vertraten ohne große Schwierigkeiten denselben Standpunkt, denn sie hatten sich nie sehr viel aus ihrem Vater gemacht. Er war ein fröhlicher, wenn auch egoistischer Kamerad und würde ein angenehmer Zuwachs zu ihrer Feriengesellschaft sein – aber nicht mehr.

Als Angela an diesem Abend das Zimmer ihrer jüngeren Schwester betrat, fand sie eine Gestalt in einem altmodischen blauen Samtgewand, die vor dem Spiegel einherstolzierte.

»Freddie!« keuchte sie im ersten Augenblick bestürzt: »Oh, das ist dieses Kleid von Mutter. Wie kamst du nur darauf, es anzuziehen?«

Ihre Schwester sah etwas verlegen aus. »Warum nicht? Mutter ist nicht tot oder so etwas, und alle sagen immer: ›Das genaue Ebenbild‹; also wollte ich natürlich sehen, wie das Ebenbild aussieht. Ich wünschte, es gäbe einen Maskenball. Dann würde ich als ›die Dame in Blau‹ gehen.«

»Aber es wird keinen geben. Nicht in Tainui und nicht im Hochsommer. Außerdem dürftest du das Kleid nicht anziehen, da viele Leute es erkennen könnten. Und Max wäre es wahrscheinlich auch nicht recht.«

»Du weißt ganz genau, daß es ihm nichts ausmachen würde. Er würde nur lachen. Hast du gesehen, was ich mit meinen Haaren gemacht habe? Ich habe sie so frisiert, wie Mutter sie auf dem Foto an der Wand trägt. Es ist auch dasselbe Kleid.«

»Zieh es aus! Es macht mich ganz nervös, wenn ich daran denke, daß einer von den anderen hereinkommen könnte.«

Freddie faltete es zusammen und legte es in den Schrank zurück, wobei sie obenhin bemerkte: »Vater und Miss Lorimer müssen sich sehr gut gekannt haben. Hast du bemerkt, wie er sie küßte?«

Irgend etwas in ihrer Stimme ärgerte Angela, die nun lebhaft sagte: »Bemerkt? Ich nehme an, daß jeder in der Halle es gesehen hat.«

»Das ist noch gar nichts. Max würde sich durch ganz Tainui küssen, wenn er dazu aufgelegt wäre.«

»Trotzdem, er war ganz verändert, als er sie sah. Irgendwie meine ich, Angela...«

»Ich aber nicht. Du meinst immer, und es kommt nie etwas dabei heraus.«

»Ich hasse es, wenn du die Überlegene spielst, nur weil du auf der Universität warst. Ich habe dir schon einmal gesagt, daß ich sehr viel Intuition besitze. Du erinnerst dich, daß ich sofort wußte, daß etwas zwischen Shelagh und Robert nicht stimmt. Jetzt hör mal zu: Ist auch nur ein einziger Brief oder eine Postkarte angekommen?«

»Ich weiß es wirklich nicht. Ich schnüffle nicht in der Post anderer Leute herum.«

»Wie eingebildet du bist! Trotzdem ist es sehr komisch. Und sie wechselt immer das Thema, wenn wir von ihm sprechen.«

»Shelagh hat nie viel geredet, besonders nicht über jemanden, den sie gern mochte.«

»Da steckt aber mehr dahinter. Ich glaube, er hat etwas verbrochen. Unterschlagen oder gefälscht oder was man sonst macht. Ich nehme an, er ist im Gefängnis.«

Angela brach in Gelächter aus.

»Der tugendhafte Robert! Meine Liebe, du redest wie jemand in einem Kriminalfilm.«

»Vielleicht befinden wir uns in einem, oder vielleicht ist Robert verschwunden. Wie dem auch sei, wir wollen versuchen, Shelagh aufzumuntern. Ein anderer Mann wäre die beste Heilung.«

»Großartig. Dann mußt du einen finden.«

»Wir haben doch Nick. Natürlich möchte ich ihn nicht verlieren, aber er ist so lustig, daß er ihr bestimmt guttun wird.«

»Zu jung und nicht ihr Typ. Wie wäre es mit Dr. Blake?«

Das war ein geschickter Vorstoß, und Freddie wurde rot. »O nein, viel zu ernst und gut und eigentlich fast wie Robert. Nick ist da besser. Ich will versuchen, sie zusammenzubringen.«

Angela sagte nur: »Liebe kleine ahnungslose Schwester, geh ein bißchen spazieren, damit du einen kühlen Kopf bekommst«, aber als Freddie gegangen war, starrte sie das alte Foto von Alicia an der Wand an. Sie sah sehr schön aus, aber ihr Gesicht war leer. Weder Freude noch Schmerz hatten es gezeichnet. Angela wandte sich langsam ab und dachte bei sich: Du hast mit achtzehn geheiratet. Freddie ist auf dem besten Weg, sich in ihn zu verlieben. Wird er wie Max sein? Sie ist viel, viel zu jung – und genau das warst du auch.

Ihr Gesicht war ernst, als sie das Zimmer verließ.

Zwei Tage später sagte Shelagh zu ihren Geschwistern: »Heute nachmittag soll Dinah Morice ankommen. Will nicht irgend jemand im Haus bleiben?«

Freddie schüttelte den Kopf. »Ich nicht. Sie ist Bills Freundin, nicht meine. Ich gehe zu den Felsen mit Nick und Jonathan auf Krabbenfang.«

»Wäre es nicht nett...?« begann Shelagh, aber Freddie gab nicht nach.

»Nein, kein bißchen. Bill würde es auch nicht für mich tun. Warum sollen wir uns plötzlich als Familie geben, nur weil seine Dinah auftaucht? Eigentlich wäre es auch nicht ganz ehrlich.«

Angela lachte. Freddie ging immer gleich zum Angriff über. Aber sie sagte: »Tut mir leid, aber ich gehe mit Max fischen. Schließlich sind zwei von uns auch genug. Es ist unnütz, ihr gleich als geballte Familie gegenüberzutreten.«

Freddie rief ohne Gewissensbisse noch vom Garten her: »Viel Spaß – ich gehe jetzt.«

Aber wenige Stunden später war der Spaß danebengegangen. Jonathan war schuld daran. Freddie war fest überzeugt, daß sie richtig vorging. ›Wenn du willst, daß sich ein Mann in dich verliebt‹, hatte eine ihrer erfahrensten Freundinnen ihr gesagt, ›dann vergib dir nie etwas. Am besten ist es, mit einem anderen zu flirten.‹ Und das tat Freddie, von Nick liebenswürdig unterstützt. Aber es schlug fehl, denn Jonathan schien das überhaupt nichts auszumachen. Er saß friedlich rauchend und lesend auf einem Felsen und nahm überhaupt keine Notiz von dem ganzen Unsinn, der sich unter dem Deckmantel eines Krabbenfangs vollzog. Es war enttäuschend, und Freddie stellte erstaunt fest, daß seine Gleichgültigkeit sie ärgerte.

Angela hingegen verbrachte einen völlig friedlichen und harmonischen Nachmittag auf dem Segelboot ihres Vaters. Das Fischen war nicht sehr amüsant, aber sie war glücklich, mit Max zum erstenmal allein zu sein. Man hatte sich so viel zu sagen wie immer, aber irgendwie war es schwierig, das Gespräch zu beginnen.

Standish war sich ihres Schweigens voll bewußt. Vor einem Jahr hätte sie fröhlich geplaudert und gelacht, hätte es nicht abwarten können, ihm alles mögliche anzuvertrauen. »Sie ist traurig«, hatte Anna gesagt, und die Worte hatten ihn bekümmert. Denn von all seinen Kindern liebte er nur diese Tochter wirklich. Plötzlich faßte er einen Entschluß, wandte sich zu ihr um und fragte: »Was ist mir dir nicht in Ordnung, Angela? Irgend etwas ist doch nicht in Ordnung? Willst du mir's erzählen?«

Das war ein Zitat von vor vielen Jahren, als sie mit allen Sorgen ihrer stürmischen Kindheit zu ihm gestürzt war und immer hatte ›erzählen wollen‹. Würde sie es jetzt wollen, oder war das alles vorbei? Er beobachtete sie mit einer Unruhe, die er sorgfältig zu verbergen suchte.

Einen Augenblick herrschte Schweigen, und dann sagte sie langsam: »Ja, ich möchte es erzählen, aber nur dir.«

Er fühlte sich geschmeichelt und ungeheuer erleichtert, aber er sagte nur: »Dann schieß los.«

»Es ist eine dumme Geschichte. Ein Mädchen versucht, besonders klug zu sein und verliert den Boden unter den Füßen. Eine Liebesgeschichte geht schief. Der übliche Blödsinn. Vor sechs Monaten habe ich geglaubt, mein Herz wäre gebrochen. Jetzt scheint es aber erschreckend schnell zu heilen.«

»Gut. Das war es also. Ich habe kein Verständnis für gebrochene Herzen. Das paßt überhaupt nicht zu dir.«

»Das war ja die Schwierigkeit. Das paßte alles nicht zu mir. Es ist ziemlich hart, zu entdecken, daß man nicht so zäh ist, wie man gedacht hat. Die Geschichte ist nicht lang. Du kennst die Kreise, in denen ich an der Universität verkehrte? Es sind nicht die besten. Es gibt viele andere Verbindungen, aber diese schienen meinen Wünschen am meisten entgegenzukommen. Es war so anders – so ausgefallen. So ließ ich mich in eine ziemlich radikale Gesellschaft hineinziehen. Aber sie war aufregend, und das hatte ich gesucht. Ich hatte so viel verpaßt, weißt du – zu Hause und all das.«

Er nickte, aber nicht beschämt. Er war sicher, daß sie zu Hause nicht viel Spaß gehabt hatte.

»Der Mann war der Star von uns allen. Wir sahen uns häufig und mochten uns wirklich sehr gerne. Er kam auch oft in meine Wohnung.«

Sie machte eine Pause und erinnerte sich an diese Abende am Feuer, an die Argumente, das Gelächter über die altmodischen Ansichten, ihr unruhiges, aufgeregtes Glück. Sie schüttelte diese Gedanken an die Vergangenheit mit einem schnellen Achselzucken ab und erzählte weiter.

»Vor ungefähr sechs Monaten bat er mich, ihn zu heiraten. Gerade bevor er abreiste, um an einem weiteren Lehrgang in England teilzunehmen. Das hatte ich erwartet. Mädchen merken das, wenn sie nicht gerade ganz dumm sind. Ich hatte mir schon zurechtgelegt, was ich sagen würde. Ich war nicht scharf auf die Ehe. Davon hatte ich zu Hause genug gesehen.«

Diesmal zuckte er zusammen, fragte aber ruhig: »Was wolltest du denn?«

»Alles, worüber wir gesprochen hatten – Liebe, aber auch Freiheit. Kein Zusammenleben in demselben Haus, wo man sich erst langweilt und schließlich haßt wie du und Mutter. So sagte ich, als er mich bat, ihn zu heiraten, daß ich zwar in ihn verliebt sei, aber nichts von der Ehe hielte. Aber wenn er wollte, würde ich schon morgen mit ihm zusammenleben.«

Standish merkte, daß seine Hand, die die Angel hielt, leicht zitterte. Er drückte sie gegen den Bootsrand. »Und er?« Seine Stimme war etwas lauter, als er es gewollt hatte.

Sie antwortete langsam und schmerzlich: »Wir waren in seiner Wohnung, tranken etwas. Er lachte und sagte: ›Da hast du Glück gehabt, meine Liebe. Ich wußte, daß du das sagen würdest. Ich kenne dich in- und auswendig. Mit der Ehe wird es also nichts. Aber – warum morgen? Warum nicht heute nacht?‹ Dann hob er sein Glas und sagte: ›Jetzt ist heute nacht.‹«

Ein Schweigen entstand. Standish dachte mürrisch bei sich selbst, daß jene Narren doch recht hatten, die behaupteten, daß Gottes Mühlen langsam mahlen. Aber er sah mit völlig ausdruckslosem Gesicht geradeaus, und jetzt begann sie wieder zu sprechen.

»Als er das sagte, geschah etwas in mir. Ich weiß nicht, was es war. Ich war nicht beleidigt, weil er mich gebeten hatte, seine Geliebte zu werden. Ich hatte es ihm ohnehin angeboten, und ich bin keine Puritanerin. Aber ich war wütend. Zum Teil auf ihn und zum Teil auf mich selbst, was die ganze Sache noch schlimmer machte. Ich sah plötzlich sonnenklar, daß alles Schwindel gewesen war. Es war alles gespielt gewesen. Ich hatte gehofft, er würde stolz sagen: ›Nein, mein Liebling. Heirat oder nichts‹, und dann wäre ich in seine Arme gestürzt. Statt dessen war ich in meine eigene Falle gegangen. Ich war nur ein dummes Schulmädchen gewesen, hatte versucht, besonders klug zu sein, und damit hatte er gerechnet – er hatte damit gerechnet, mich nicht heiraten zu müssen.«

Standish sagte langsam: »Und dann?«

»Dann sagte ich: ›Du gemeiner Kerl‹, und stürzte aus der Wohnung. Ich schlug sogar die Tür hinter mir zu. Ein ziemlich kläglicher Abgang nach allem, was ich gesagt hatte. Und das ist alles. Natürlich versuchte er, es wiedergutzumachen. Wir hatten einen albernen Streit, aber kurz darauf reiste er nach England. Ich blieb weiter mit den anderen zusammen, weil ich mir nichts anmerken lassen wollte, aber ich hatte es ziemlich satt. Ich weiß nicht, ob er aus England zurück ist, und es ist mir auch egal.«

Standish war erstaunt und etwas belustigt über die Erleichterung, die plötzlich in ihm aufstieg. Er empfand flüchtiges Mitleid für den armen Narren von einem Mann, aber er empfand auch Ärger. Dann fragte er sich selbst, warum. Der Mann hatte nichts getan, was gegen die eigenen Gesetze der Standishs verstieß. Die Sache war nur, er hatte es Angela angetan, und das veränderte alles.

Er lehnte sich zu ihr hinüber und streichelte hastig ihre Hand. »Na ja, das ist vorbei. Vergiß es.«

»Das will ich auch. Aber ich gebe die Universität auf. Ich habe das alles satt, und es wäre mir nicht gleichgültig, ihn die ganze Zeit zu sehen. So zäh bin ich nicht. Man fühlt sich leicht gedemütigt.«

Diese Worte versetzten ihn in ihre Kindheit zurück. Sie war zehn Jahre alt, und er fand sie bitterlich weinend. Er hatte sie in seine Arme genommen, und sie flüsterte: »Ich habe gehört, wie Mutter sagte, ich wäre ihr häßliches Entlein, ein kleines unansehnliches Ding. Ich – ich fühle mich so gedemütigt.« Er tröstete sie damals, hielt sie ganz fest, haßte diese Frau zutiefst, und plötzlich hörte das Schluchzen auf. Sie sah ihm ins Gesicht und begann zu lachen.

Max drehte sich zu ihr um, um sie anzusehen und merkte, daß sie auch jetzt lachte. Sie sagte: »Komisch, zum erstenmal entdecke ich die lustige Seite der Angelegenheit. ›Noch nicht trocken hinter den Ohren‹, würden die Amerikaner sagen. O Max, du bist einmalig! Na ja, jetzt ist es vorbei – und ich habe dich sehr gern.«

Dann fügte sie schnell hinzu: »Aber du bist der schlechteste Angler der Welt. Gib mir die Angel. Sieh nur, wie sie durchs Wasser schleift. Ich wette, daß ich innerhalb von zwanzig Minuten einen Fisch fange.«

»Du warst schon immer ein eingebildeter kleiner Fratz. Ein Paar Nylonstrümpfe gegen ein Päckchen Zigaretten, daß du keinen fängst.«

Aber er verlor die Wette, denn sie zog sehr gekonnt innerhalb einer Viertelstunde einen Fisch an Land. Trotzdem fühlte Standish, daß er an diesem Tag viel gewonnen hatte.

Spät am Nachmittag kam Dinah Morice in ihrem eigenen kleinen Wagen an. Shelagh merkte, daß dieser Ausflug für sie ein großes Abenteuer war, hieß sie herzlich willkommen, führte sie in ihr Zimmer und sagte ruhig: »Die anderen sind alle beim Angeln oder auf Entdeckungsreise. So ist es eigentlich immer. Jeder geht seinen eigenen Weg. Eine Art Zigeunerleben. Wird Ihnen das etwas ausmachen?«

Sie war sehr schüchtern, aber ein Lächeln huschte über ihr Gesicht. »Ich werde es herrlich finden. Ich habe mich nie so frei bewegen können. Vater zieht Hotels vor, und im allgemeinen begleite ich meine Eltern. Natürlich gefällt es mir auch«, fügte sie als gute Tochter hinzu.

Shelagh kam zu dem Schluß, daß Bill wie immer klug gewählt hatte. Dinah war keine Schönheit; ein schlankes, blondes Mädchen mit ernsten Augen und einer blassen, reinen Haut. Ihre Kleider waren geschmackvoll, und sie verstand es, sie zu tragen. Obwohl sie sehr jung und überhaupt nicht selbstsicher war, wirkte sie nicht schwach. In ihrem Gesicht kam viel ruhige, verhaltene Kraft zum Ausdruck.

Wenn Bill sich freute, sie zu sehen, so war es kaum zu erkennen. Seine Schwester meinte, daß er mehr Begeisterung hätte zeigen können. Die Selbstverständlichkeit, mit der er sie als sein Eigentum behandelte, hätte ein klügeres Mädchen verärgert, und als sie nach seinem Bein fragte, war seine Antwort ziemlich ungehalten.

»Mir geht es gut. Ich möchte nichts mehr von diesem Blödsinn hören.«

Shelagh eilte ihr zu Hilfe, indem sie Bill sagte, er sei viel zu empfindlich, und Kinderlähmung sei keine Schande; aber in diesem Augenblick hörte man laute Stimmen am Tor, und er rief erregt: »Lieber Himmel, doch nicht schon wieder dieser verdammte kleine Masters!«

Freddie machte ein schuldbewußtes und verzeihungsheischendes Gesicht. Jim wurde wirklich zur Last. Er hatte sich ihnen am Strand angeschlossen, und die kleinen Spielchen, die mit Nick so angenehm gewesen waren, wurden laut und albern mit ihm.

Sie war sich Jonathans belustigter Blicke sehr bewußt, und in ihrer Verzweiflung hatte sie beschlossen, nach Hause zu gehen und sich Dinah Morice anzusehen. Zu ihrer Bestürzung bestand Jim darauf, sie zu begleiten.

»Ich kann nichts dafür«, murmelte sie Bill in der Küche zu. »Er hängte sich einfach an mich. Na ja, schließlich will er uns mit seinem Boot hinausfahren, und er meint es nicht böse. Du übst nur immer Kritik, aber du tust nie etwas.«

»Was soll ich denn tun? Ihn hinauswerfen? Du hättest dir schon etwas einfallen lassen können, um ihn loszuwerden, wo Dinah gerade angekommen ist.«

»Es tut mir leid, Bill«, sagte sie völlig zerknirscht. »Ich weiß, wie wichtig es für uns ist, einen guten Eindruck zu machen, so daß sie merkt, daß du eine anständige Familie hast. Ich kann mir vorstellen, wie du...«

»Um Himmels willen!« rief ihr Bruder in einer Mischung von Ärger und Belustigung. »Hör auf und geh und spiel mit deinem Freund.« Mit diesen Worten verließ er Freddie, die sich Vorwürfe machte, daß sie ihn so geärgert hatte.

Wenn sie ehrlich war, mußte sie sogar zugeben, daß er recht hatte. Sie mochte Jim nicht wirklich gerne, und er hatte so ein dickes Fell. Er drängte sich immer auf, und wenn er erschien, war Jonathan jedesmal einfach verschwunden. Wenn er sich an die Anstandsregeln gehalten hätte, wäre er ihr zur Seite gestanden und sie wäre den verdammten jungen Mann losgeworden. Statt dessen unterhielt er sich jetzt mit Shelagh und vergaß offensichtlich alles andere.

Vielleicht, dachte sie traurig, hatte Angela recht gehabt, und Jonathan war wirklich die Abwechslung, die ihre Schwester brauchte. Sie schienen gute Freunde geworden zu sein. Sie schluckte krampfhaft; eifersüchtige Menschen waren gräßlich, und vielleicht hatte er sie auf dem *hangi* gar nicht so gerne gemocht. Er war hilfsbereit, und sie hatte in der Klemme gesessen. Sie mußte zufrieden sein, dachte sie heldenhaft, ihn um Shelaghs Glück willen aufzugeben. Um dies zu beweisen, war sie den ganzen Abend mit Jim sehr fröhlich und ziemlich albern und weinte sich dann in den Schlaf.

Es war erstaunlich, dachte Angela, wie schnell und leicht Anna Lorimer eine der ihren geworden war. Das kam zum einen durch ihre angenehme Art, zum anderen durch die alte Freundschaft mit Max. Er zog sich häufig auf ihre Veranda zurück, um zu rauchen und zu lesen, während Anna hastig und sehr schlecht am Tisch daneben tippte.

»Sie hilft mir, meine Jugend noch einmal zu erleben«, sagte er ihnen. »Mit euch jungen Dingern fühlt sich ein alter Kauz wie ich noch älter. Aber Anna und ich sind mehr oder weniger Altersgenossen.«

Eines Nachmittags schlüpfte Angela durch die Hecke, wo das Loch von Nick bequem vergrößert worden war, und entdeckte einen fremden Mann, der im Garten umherspazierte und sich völlig heimisch zu fühlen schien. Das mußte Annas zweiter Neffe, Stephen, sein. Angela beobachtete ihn eine Weile, bevor er sie sah. Er war nicht rothaarig wie Nick und hatte auch nicht dessen fröhliche Unbefangenheit. Er war größer, mit mächtigen Schultern, braunen Haaren und hagerer Figur, und seine blauen Augen waren von jenen ansprechenden Fältchen umgeben, die entstehen, wenn man oft in weite Fernen sieht. Freddie hätte ihn sehr aufregend gefunden, aber er sah verläßlich und solide aus.

Er drehte sich um und erblickte ein zierliches dunkles Mädchen mit tiefliegenden, ausdrucksvollen Augen, die an ein kleines Äffchen erinnerten, mit einem breiten, ernsten Mund und dunklem Haar, das sich in einer natürlichen Welle an ihren

Kopf schmiegte. Eine der Standish-Schwestern, dachte er – nicht die Hübsche mit dem goldenen Haar, und nicht die Jüngste, die eine Schönheit war. Das mußte die Mittlere sein. Anna hatte nicht viel von ihr erzählt, außer daß sie sie am liebsten mochte.

Sie lächelte offen und freundlich. »Guten Tag. Ich schleiche mich hier widerrechtlich ein, aber das tue ich oft. Sie müssen Stephen sein. Ich bin Angela Standish. Ja, *Angela* – grausam für jemanden, der so kohlrabenschwarz ist wie ich, aber Mutter ging ziemlich willkürlich mit Namen um. Warten Sie nur, bis Sie Shelagh sehen; sie ist so blond, wie man nur sein kann.«

»Wie unangenehm! Wie ist es mit Ihrer jüngsten Schwester? Hat sie auch Pech gehabt?«

»Ja, schrecklich; es war so schlimm, daß sie es nicht mehr ertragen konnte. Niemand darf ihren ersten Vornamen erfahren. Sie hat sich für Fredericka entschieden, und alle nennen sie Freddie.«

»Freddie ist nicht schlecht. Kommen Sie herein. Anna macht Tee.«

Es war eine angenehme kleine Gesellschaft. Das lag nicht zuletzt an Stephen. Er glänzte nicht in der Unterhaltung, aber man spürte, daß er sich für einen interessierte, daß das, was man sagte, wichtig war. Er war ein guter Zuhörer und würde phantastisch zu Freddie passen, dachte Angela innerlich lachend, als sie den Weg zurückging. »Freu dich, Freddie! Noch ein Mann am Horizont. Stephen ist angekommen.«

Bill machte ein mürrisches Gesicht. »Hoffen wir, daß er besser ist als Masters.«

Freddie brauste auf.

»Wie du darauf herumreitest! Was du möchtest, ist natürlich ein Harem.«

»Und du möchtest, daß dir jeder Mann in Tainui nachläuft.«

»Wie du wieder übertreibst! Bei deiner Arbeit ist das bestimmt nicht gut. Ich meine, ein Buchhalter sollte sehr genau sein. Stell dir nur vor, wenn du Tausende von Pfund sagst statt Hunderte!«

Dinah lachte, und das machte Bill plötzlich noch wütender. Er sagte: »Ich glaube, du kannst nicht glücklich sein, wenn dich nicht irgendein Mann anbetet. Du bist ganz anders als Shelagh und Angela. Ich weiß wirklich nicht, wo du das her hast.«

»Natürlich von Mutter«, antwortete sie ruhig. »Sie ist schrecklich eitel, und einer von uns mußte ja wie sie werden.«

Er lachte widerwillig und fragte sich ärgerlich, was man darauf wohl antworten konnte.

Als Freddie und Angela allein waren, sagte die ältere Schwester sanft: »Findest du nicht, daß du ein bißchen übertreibst? Ich weiß, wir haben alle geflirtet, als wir gerade aus der Schule kamen. Aber wirklich, dieser schreckliche kleine Masters ...!«

Zu ihrem Erstaunen und ihrer Bestürzung traten Freddie die Tränen in die Augen. »Es ist ja alles gut und schön, aber ich muß doch irgend jemanden haben. Er verehrt mich, und er ist der einzige, der das tut. Eigentlich der einzige Junge, der das je getan hat.«

Diese ehrliche und rührend einfache Feststellung entwaffnete Angela. Wäre Jim nur nicht ein so gräßlicher Mensch gewesen! Am schlimmsten benahm er sich in der Standish-Familie, denn dort fühlte er sich unterlegen, gab deshalb an und protzte unglaublich. Es war alles sehr unangenehm; nicht zuletzt auch Freddies offensichtliche Versuche, ihn gegen den selbstsicheren Jonathan auszuspielen. Das wirkte so kindisch, und Blake war eindeutig ein Mann von Welt. Angela fürchtete, man könnte ihre jüngere Schwester verletzen, und zu ihrer eigenen Überraschung entdeckte sie, daß ihr das Sorgen machte. Was war mit dem berühmten Gleichmut der Standishs geschehen?

Und, Spaß beiseite, war es möglich, daß sich Jonathan wirklich von Shelaghs Ruhe angezogen fühlte, ihrer Zurückhaltung und ihrer Würde, die so ganz von dem Temperament ihrer Schwestern abwichen?

Am nächsten Tag, als sich die ganze Gesellschaft zum Picknick an den Ozeanstrand begeben hatte, schien sich diese Vermutung zu bestätigen.

Es herrschte wilde Brandung, typisch für die Westküste, die vom Hafen durch hohe Sanddünen getrennt war. Die Straße erstreckte sich nur über einen Teil ihres Weges, den Rest mußten sie zu Fuß zurücklegen und ihre Körbe tragen.

Es war sehr heiß, und alle hatten sich erschöpft in die Fluten gestürzt. Aber nun saßen Dr. Blake und Shelagh am Strand, beobachteten die anderen und sprachen dann und wann miteinander. Freddie erregte mit den einmaligen Kunststücken, die sie in der Brandung vollführte, großes Aufsehen, ebenso wie der gräßliche Jim mit seiner albernen Verliebtheit. Shelagh brach das kameradschaftliche Schweigen, um zu bemerken: »In solchen Sachen ist Freddie phantastisch. Der Sport scheint ihr zu liegen.«

»Ja. Will sie es beruflich verwerten?«

»Ich glaube schon. Vater sagt, sie könnte nach Sydney gehen.«

Er nickte schläfrig. »Für Sport findet man immer Verwendung.« Niemand, der sein ausdrucksloses Gesicht betrachtete, hätte erraten, daß er zu sich selbst sagte: ›Sie wird nicht gehen, wenn ich es verhindern kann.‹

Anna saß unter einem weitausladenden Puriribaum mit Standish an ihrer Seite. Nicht weit davon entfernt räkelten sich Angela und Stephen träge. Anna beobachtete die Schwimmer. Mußte Nick wirklich Dinah so sehr mit dem Surfbrett helfen? Sie erinnerte sich an ihre Unterhaltung vom Abend zuvor und lächelte. Nick hatte gesagt: »Dinah ist ein sehr nettes Mädchen, aber sie ist schrecklich schüchtern. Sie muß erst geweckt werden.«

Sie hatte streng geantwortet: »Aber nicht von dir. Sie ist Bills Freundin.«

»Bill ist schrecklich unhöflich. Er ist nicht an Konkurrenz gewöhnt.«

Sie hatte versucht, mißbilligend dreinzusehen.

»Du hast also vor, für Konkurrenz zu sorgen?« Aber sie hatte natürlich gelacht, denn sie wußte, daß sie bei Nick überhaupt keine Angst zu haben brauchte. Er neigte mehr zu leichten, netten Flirts als irgendein anderer Mann, den sie kannte, aber er würde niemals ernsthaft jemanden verletzen. Trotzdem wollte sie nicht, daß ihre Neffen diese Gesellschaft durcheinanderbrachten.

Stephen jedenfalls machte in dieser Richtung keinerlei Anstrengungen, und unlogischerweise störte sie das an ihm. Warum war er bei Mädchen immer so langsam? Jetzt saß er neben Angela, schien ihre attraktive Figur im dunkelroten Badeanzug überhaupt nicht zu bemerken, und Angela döste vor sich hin. Miss Lorimer war auf beide böse.

In Wirklichkeit war Stephen hellwach. Er dachte, daß dieses Mädchen eine gute Reiterin abgeben würde – sie hatte kräftige, feste Hände, sicherlich auch viel Mut und ein gutes Gleichgewicht. Als könnte sie seine Gedanken lesen, öffnete sie plötzlich die Augen und sagte: »Wäre dieser Strand nicht herrlich zum Reiten? Ein wunderbarer harter Strand; die Pferde würden der Brandung ausweichen und vor Aufregung tanzen.«

Er war erstaunt. »Reiten Sie? Ich dachte, Sie wären ein Stadtkind.«

»Seien Sie nicht so gönnerhaft. Auch Stadtkinder reiten. Natürlich nicht wie Kinder vom Land, aber es gibt Reitschulen und Mietpferde.«

»Na ja, das mag schon sein.« Dann merkte er unangenehm berührt, daß auch das gönnerhaft geklungen hatte, denn sie sagte schnell: »Mehr können wir eben nicht tun. Ich bin regelmäßig geritten, bevor... Tja, bevor mich das Universitätsleben so in Anspruch genommen hat. Ich habe mich nicht oft auf dem Land aufgehalten. Meine Freunde waren meistens arme Geschöpfe wie ich, die in der Stadt leben mußten. Aber wenn ich einmal dort Ferien machte, bin ich die ganze Zeit geritten.«

Bemüht, die Sache wiedergutzumachen, sagte er: »Ich könnte ein paar Pferde von der Farm mitbringen, wenn Sie möchten. Weiden gibt es hier genug.«

»Aber Sie wohnen doch fünfzig Meilen entfernt. Wie wollen Sie sie hierher bringen?«

»Ich habe einen Lastwagen, und die Pferde sind daran gewöhnt, zu Sportveranstaltungen gefahren zu werden. Es wäre ganz einfach.«

Anna freute sich; das war schon besser. Sie sagte: »Laß ihn nur, Angela. Er ist wirklich nur ein halber Mensch, wenn er kein Pferd hat.«

Standish mischte sich ein. »Wie ist es mit dir, Anna? Du warst doch eine gute Reiterin. Warum hältst du dir hier kein Pferd?«

»Wenn man Freude am Reiten haben soll, braucht man einen Begleiter. Außerdem muß ich meiner scheußlichen Schreibmaschine treu bleiben. Verleger lieben Pünktlichkeit.«

»Wovon handelt das neue Buch?«

»Von unbedeutenden Leuten, wie meine Kritiker sagen werden. Es sind ganz gewöhnliche Menschen in ganz gewöhnlichen Situationen. Davon verstehe ich etwas. Ich habe selbst ein ziemlich einfaches Leben geführt.«

»Bist du noch journalistisch tätig?«

»O ja, oft. Das macht mir Spaß, und ich bin stolz darauf, daß in meinem Nachruf stehen wird: ›Sie war eine fähige Journalistin.‹ Das ist nicht gerade der Nachruf, von dem ich einmal geträumt habe, aber mehr verdiene ich nicht.«

»Was hast du dir erträumt? Ich hätte nie gedacht, daß du auf der Farm solche Träume hattest. Du schienst eine so zufriedene Hausfrau zu sein.«

»Auch Hausfrauen können träumen. Meine Träume? Natürlich wollte ich den Neuseeland-Roman schreiben. Danach fragen die Kritiker ständig, aber ich werde es nicht tun.«

Stephen wollte das nicht gefallen. »Du könntest es«, sagte er aufgebracht.

»Lieber guter Stephen! Nein, ich kann es wirklich nicht – ich müßte stark und realistisch und modern sein, und das bin ich nicht.«

»Ich glaube, das könnten Sie sein, wenn Sie es versuchten«, sagte Angela.

»Nein. Ich will es auch gar nicht. Ich bin ganz damit zufrieden, meine Leser harmlos zu unterhalten und über Leute und Dinge zu schreiben, die ich kenne. Nicht das, was die Intellektuellen gutheißen.«

»Aber du liest viel modernes Zeug«, fuhr Stephen hartnäckig fort.

»Und ich bewundere auch eine ganze Menge davon, aber es ist nichts für mich. Meine Erfahrungen sind bedauerlicherweise begrenzt. Ich habe im wirklichen Leben nie jemanden gekannt, der eine lebende Katze in einen glühenden Ofen stecken würde, und meine Freunde scheinen ihre Geliebten nicht umzubringen oder sich gegenseitig die Ehefrauen wegzunehmen. Komm, laß uns nicht von diesen langweiligen Dingen sprechen. Was ist mit den Pferden?«

»Wenn du möchtest, könnten wir vier sie morgen holen. Nick könnte mitkommen.« Annas Laune besserte sich zusehends. Vielleicht würde doch alles gut werden, dachte sie, aber sie sagte nur: »Das wäre doch sehr schön, Max, oder nicht? Jetzt geh noch einmal schwimmen, Stephen. Es ist ja eine Schande, wenn ein kräftiger Farmer Angst vor kaltem Wasser hat. Nimm ihn mit, Angela.«

Als er fröstelnd in die Wellen tauchte, sagte Stephen: »Sind Sie sicher, daß es Sie nicht langweilt, auf eine Farm zu fahren? Huh! Gräßlich kalt, finden Sie nicht?«

»Ausgesprochen lauwarm. Natürlich werde ich mich nicht langweilen. Ich möchte etwas über Land und Leute erfahren. Ich bin viel zu einseitig. Nein, Sie können sich nicht drücken. Los, wir wollen schwimmen!«

Nick sagte: »Vielen Dank. Natürlich werde ich in den nächsten Tagen irgendwann auf die Farm fahren. Aber morgen bin ich mit Dinah verabredet. Wir werden es noch einmal mit dem Wellenreiten versuchen. Mach kein so verdrießliches Gesicht, Anna. Bill hatte die Wahl. Aber er findet, daß Wellenreiten ein Sport für Teenager ist.«

Sein Gesichtsausdruck war so unschuldig, daß Anna nur von neuem nachdrücklich betonen konnte: »Sie ist ein sehr nettes Mädchen, wie ich schon sagte, Nick.«

»Ich weiß, aber Bill scheint es nicht zu merken. Er hat sie fast aufgefressen, als sie sagte, Wellenreiten sei für sie der Himmel auf Erden. Er hat für solche Dinge nichts übrig, weißt du.«

»Du entwickelst Missionseifer. Aber nimm sie ihm nicht weg.«

Dabei wußte sie ganz genau, daß er es nicht tun würde; Nick war immer aufrichtig, und nie hatte er sich einem Mädchen gegenüber schlecht benommen.

Die anderen fuhren um sieben Uhr los; eine Zeit, die Stephen für späten Vormittag zu halten schien. Anna wählte den Rücksitz, weil sie die Straße gut kannte und wußte, daß sie und Maxwell dann ungestört plaudern konnten. Zuerst, als sie noch auf der Straße waren, auf der sie Tainui erreicht hatten, redeten sie nicht viel, aber als sie dann abbogen, um meilenweit durch den dichten Busch zu fahren, begann Angela, Stephen Fragen über seine Farm zu stellen.

»Sie werden mich für sehr unwissend halten. Ich glaube, mein Leben war schrecklich einseitig.«

»Es ist noch nicht zu Ende. Sie haben noch Zeit genug, die andere Seite zu entdecken.«

Die Straße war holprig und kurvenreich, und er erklärte, daß das nicht die normale Zufahrt sei. Seine Farm lag auf der anderen Seite der Hügel, welche die Ebene von der Küste trennten. Er lebte in einer zivilisierten Gegend, nur fünfzehn Meilen von einer Stadt entfernt. Absolut kein Hinterland.

Am Fluß der Hügel überquerten sie einen tiefen und trägen Fluß, der, wie Stephen Angela erzählte, schrecklich über die Ufer trat, wenn in den Hügeln ein Unwetter herrschte. Die Brücke war einmal weggeschwemmt worden, und gelegentlich war sie unpassierbar. Jetzt fuhren sie einen Steilweg entlang, wo die Straße sich wand und dann scharf abbog. Glücklicherweise war sie nicht sehr stark befahren. Angela war erstaunt, als Stephen plötzlich sagte: »Macht es Ihnen etwas aus, den Wagen nach Hause zu fahren, während ich den Lastwagen übernehme? Anna hat keinen Führerschein mehr, und Mr. Standish sagt, Sie könnten besser fahren als er.«

Sie konnte es nicht gut ablehnen, denn er brachte die Pferde ja für sie alle dorthin, aber sie sagte skeptisch: »Natürlich werde ich es versuchen. Ich habe nie ein eigenes Auto gehabt, aber ich bin früher mit dem Wagen meiner Eltern gefahren, und ich habe einen Führerschein. Von diesen modernen Autos verstehe ich allerdings nichts.«

Er sagte ruhig: »Das werden Sie schon hinkriegen«, und sie dachte, daß er ein junger Mann war, der normalerweise ohne Umstände seinen Willen durchsetzte.

Schließlich hörte der Busch plötzlich auf, und einige Gebäude begannen aufzutauchen. Stephen erklärte, daß dies eine Kaserne sei, die sich bis oben auf den Hügel hinziehe. Eine Meile weiter unten auf der anderen Seite würden sie zu seiner eigenen Farm kommen, die er kurz als Schaf- und Rinderweide von ungefähr tausend Morgen Größe beschrieb. Als Angela sagte, das wären riesige Ausmaße, lachte er und erwiderte, so schlimm wäre es nicht.

»Das werden Sie wahrscheinlich einen Vorort nennen«, sagte sie, als sie die weiter unten verstreuten Häuser und Farmen sah.

Er gab zu, daß man nachts von der Veranda die fünfzehn Meilen entfernten Lichter der Stadt sehen konnte, und sie vermutete, daß dies so etwas wie ein Rückzug war.

Obwohl das Haus ziemlich modern war, wirkte es sehr geräumig, und Stephen und sein Schäfer lebten nur in vier Zimmern davon. Angela schien es ein langweiliges und phantasieloses Dasein, und Andy, der Schäfer, machte ihr nicht den Eindruck eines sehr unterhaltsamen Kameraden. Er war ein ehemaliger Soldat, taub aus dem Kriege zurückgekehrt, etwa Ende dreißig und so schüchtern, daß er bei ihrer Ankunft floh. Aber offensichtlich versorgte er das Haus gut. Die Zimmer waren zwar leer, aber sauber, und im Eisschrank befanden sich Milch und Fleisch.

Die beiden Junggesellen besaßen alle technischen Errungenschaften, sogar eine Waschmaschine, denn Stephen bemerkte nebenbei, daß Hausarbeit schrecklich lästig sei und es sich auszahle, sie auf dem schnellsten Weg zu erledigen. Haus und Garten interessierten ihn offensichtlich nicht.

Aber als er Angela später zu einem Ritt über die Hügel mitnahm, wurde er plötzlich ein ganz anderer Mensch: interessiert, lebendig, ein guter Unterhalter. Er war nicht länger der ziemlich einsilbige Mann, den sie in Tainui gekannt hatte. Er gehörte hierher.

»Sind Sie sicher, daß Sie sich nicht langweilen? Farmer müssen für intellektuelle Menschen ein Greuel sein.«

»Aber ich bin nicht intellektuell, zumindest nicht mehr als Sie auch. Erzählen Sie mir nur nicht, Sie hätten Ihren Geist für diese Farm nicht angestrengt. Ich hasse es, wenn jemand über geistige Dinge redet, als gäbe es sie nur auf der Universität.«

Der Ritt war eine reine Freude für sie. Die Pferde waren gelöst, gut ausgebildet und leicht zu handhaben. Stephen ritt phantastisch und mühelos. Jetzt wurde Angelas Interesse geweckt, denn er war ein guter Lehrer. Als sie ihre Pferde zum Stehen brachten, um vom höchsten Punkt des Hügels aus die Aussicht zu betrachten, sagte sie einfach: »Sie müssen hier sehr glücklich sein.«

»Das ist meine Art zu leben. Für die Stadt würde ich nichts taugen.«

»Ich glaube, Sie könnten es schon, wenn Sie wollten. Aber das hier ist ein gutes Leben.«

Er sah überrascht aus und errötete leicht. Es mußte ihm sehr viel bedeuten, dachte sie.

Zu Anna sagte sie später: »Ich wünschte, ich wüßte mehr über diese Dinge. Schließlich sind wir ein Land der Farmen, und Max liebt das Ländliche. Stephen muß mich für ziemlich dumm halten.«

»Es hat ihm bestimmt Spaß gemacht, Ihnen alles zu erklären. Jeder redet gerne über seine Angelegenheiten. Er spricht meistens über das Land. Aber es ist so schwierig, ihn über seine anderen Interessen auszufragen.«

»Was sind seine anderen Interessen?«

»Lesen und Bücher und die Ideen anderer Leute. Vor dem Krieg dachte ich eigentlich, ein pädagogischer Beruf würde ihm liegen, aber er sagt, auf der Farm hätte er beides, die Arbeit im Freien und dann die Abende und Regentage, um zu lesen.«

»Ich habe schon bemerkt, daß es herrlich viele Bücher hier gibt, aber irgendwie dachte ich, sie würden Ihnen gehören. Auch Zeitschriften. Liest er denn den *New Statesman* und den *Spectator*? Und Sie wollen mir doch nicht erzählen, daß er heutzutage die Witze in *Punch* versteht?«

»Er sagt, der *Punch* sei für ihn ein geistiges Training anstelle von Kreuzworträtseln. O ja, sie gehören alle ihm, und die meisten seiner bevorzugten Bücher stehen in seinem Zimmer.«

»Aha«, sagte Angela leise zu sich selbst. Aber Miss Lorimer hörte die Überraschung, spürte das Interesse und schmunzelte vielsagend.

Die beiden Pferde, die sie geritten hatten, sollten auch zum Strand gebracht werden. Bess war das kleinere von beiden, das fröhlichere, der Sprinter. Donald war kraftvoll, ausdauernd, mit einer Gangart, die immer gleich blieb, und ein hervorragendes Springpferd.

Enttäuschende Namen, dachte Angela, aber vielleicht hatte Stephen trotz des vielen Lesens nicht allzuviel Phantasie mitbekommen. Die Pferde kletterten in den Lastwagen, den Andy gegen einen sicheren Erdwall gefahren hatte, ohne Schwierigkeiten zu machen oder nervös zu werden, und Angela staunte über ihren Gehorsam.

»Stephen versteht es, das Beste aus den Tieren herauszuholen«, sagte Anna, die nicht zeigen wollte, wie stolz sie darauf war. »Er rechnet nie mit Schwierigkeiten, deshalb gibt es auch keine.«

Bis ich mich ans Steuer setze, dachte Angela nervös. Sie fürchtete sich vor dieser Rückreise. Wie sie schon gesehen hatte, war es ein modernes Auto mit Lenkradschaltung, aber Stephen war die Ruhe selbst. »Überhaupt kein Problem. Sie werden sich sofort daran gewöhnen. Einfach so.« Und dann folgte eine schnelle, angedeutete Demonstration. »Aber ich verstehe es nicht. Ich bin technisch nicht begabt«, protestierte sie.

»Das sagen Frauen immer. Es erspart ihnen Arbeit. Es ist wirklich ganz einfach.« Aber er zeigte es ihr noch einmal, dieses Mal langsamer. Sie seufzte und sagte zu Max, der mit Anna gemütlich auf der Hausbank saß: »Ich bin sicher, du würdest mit diesem riesigen Ungeheuer besser fahren als ich.« Aber er erwiderte nur gelassen: »Überhaupt kein Grund zur Aufregung. Du fährst viel besser als du meinst.« Natürlich wußte er, wie sie sich fühlte, dachte sie. Er verstand sie immer. Nicht wie dieser ziemlich tyrannische junge Mann.

Vom Lastwagen rief Stephen fröhlich: »Passen Sie nur auf die steilen Abhänge auf. Die Straße hängt etwas, und die Ränder sind ein bißchen schlecht. Aber es wird schon gehen.«

»Berühmte Abschiedsworte«, rief sie mit zusammengebissenen Zähnen zurück; dann lächelte sie, als sie daran dachte, wie Wyngate Millar dieses Klischee verurteilt hätte.

Alles ging gut, bis Angela plötzlich vor einer Kurve auf einem steilen Berg schalten mußte. Sie fingerte an der Schaltung herum, bekam den Gang nicht herein, würgte den Motor ab und bremste mit einem wilden Ruck, in der Erwartung, gleich einen Stoß versetzt zu bekommen, wenn der Lastwagen auf ihre Stoßstange auffuhr.

Aber Stephen hatte sich an die Verkehrsregeln gehalten und befand sich in sicherer Entfernung. Er kam an das Wagenfenster und sagte aufmunternd: »Sie haben sich phantastisch gehalten. Am besten fahren Sie etwas zurück, für den Fall, daß jemand um die Kurve kommt. Zurück, sagte ich. Sie haben den Vorwärtsgang drin!«

Seine ruhigen Anweisungen gaben ihr den Rest. Links von sich sah sie den steilen Abhang und fuhr mit außergewöhnlicher Entschlossenheit und großer Geschwindigkeit rückwärts genau auf ihn zu. Eine Hand schoß durch das Fenster und riß zwanzig Zentimeter vor dem Abgrund das Steuer herum, während sie sich so weit zusammennahm, daß sie erneut bremsen konnte. Aber der Schock verband sich mit ihrem heftigen Temperament, und sie sagte wütend:

»Ich hasse es, fremde Autos zu fahren. Es war gemein von Ihnen, mich dazu zu zwingen. Lassen Sie mich den Lastwagen fahren. Er ist altmodisch, und ich kann mit ihm umgehen.«

Er antwortete in einem ruhigeren und sanfteren Ton als sie ihn je von ihm gehört hatte: »Das war meine Schuld. Ich habe Sie gehetzt. Sie fahren gut. Es wird Ihnen nicht wieder passieren. Der Lastwagen ist zu schwerfällig für Sie. Machen Sie sich keine Sorgen.«

Augenblicklich war der Wutanfall vorüber, und sie murmelte: »Tut mir leid, daß ich die Fassung verloren habe, aber ich hätte uns alle umbringen können. Ich weiß nicht, welcher Teufel mich geritten hat. Wir haben buchstäblich am Rande des Abgrunds gestanden. Ach, ist schon gut, ich fahre weiter, aber ich mag Autos nicht. Pferde können Sie mir immer geben«, und sie lächelte ihn reumütig an.

Vielleicht war es dieses Lächeln, diese offene Entschuldigung, oder vielleicht auch ihr Interesse an der Farm zusammen mit der Bemerkung über die Pferde; was auch immer der Grund gewesen sein mochte, als Stephen in den Lastwagen zurückkletterte, bemerkte er mit einem plötzlichen Schock, daß er begann, sich in dieses attraktive, reizende, temperamentvolle, interessante und völlig vernünftige Mädchen zu verlieben.

Als Angela sicher und ohne weiteren Zwischenfall eine halbe Meile weit gefahren war, erinnerte sie sich, daß der gleichmäßige Redefluß hinter ihr während der ganzen Episode nicht abgerissen war. Es war auch nicht der geringste Kommentar erfolgt, als Maxwell und Anna sahen, wie sie dem Tode entgegenrasten. Das war natürlich typisch für Max, offensichtlich auch für Miss Lorimer.

Als sie zu Hause ankamen, sagte Angela zu Stephen: »Das war ein herrlicher Tag. Vielen Dank. Nehmen Sie mich bitte noch einmal mit und geben Sie mir Fahrunterricht.«

So sollten Mädchen immer sprechen, dachte er. Dem könnte kein Mann widerstehen. Sie bemerkte befriedigt, daß Stephen leicht errötete und in jungenhafter Verwirrung sagte: »Das werde ich sehr gerne tun – und vielen Dank, daß Sie das Auto gefahren haben.«

Die Dinge liefen wirklich gut. Fast so gut, wie Miss Lorimer sie in einem ihrer leichten und sehr romantischen Romane hätte erfinden können.

Aber für Freddie sah es anders aus. Sie hatte

einen gräßlichen Tag verbracht. Nick, ihr geheimer Verbündeter, hatte Dinah zum Wellenreiten mitgenommen und sie in schlechter Stimmung zurückgelassen, die durch Jim Masters' fröhliches und dreistes Erscheinen auf der Türschwelle nicht gerade gebessert wurde. Jonathan war hereingeschlendert, hatte eine halbe Stunde lang dem zugehört, was Jim für eine geistreiche Unterhaltung hielt, und war dann mit Shelagh weggegangen. Freddie war wieder einmal an der Reihe, das Abendessen zu kochen.

Als die anderen mit den Pferden ankamen, war sie so aufgeregt, daß sie den im Ofen schmorenden Braten völlig vergaß. Stephen, der immer freundlich war, nahm sie mit, um ihr zu zeigen, wie die Pferde sicher in die Koppel geführt wurden, und dann eilte sie zu Mrs. Youngson hinunter, um mit ihr den Kauf der Reithosen zu besprechen, die Maxwell seiner mittellosen Tochter mit gelassener Großzügigkeit spenden wollte. Sie waren natürlich nicht in Tainui zu haben, und Freddie war nicht weit davon entfernt, Angela für egoistisch zu halten, weil sie ihre eigenen für alle Fälle eingepackt hatte.

»Nein, ich hasse es, in langen Hosen zu reiten«, erklärte sie der liebenswürdigen und verständnisvollen Kaufmannsfrau. »Sie werfen Falten und rutschen bis zu den Knien herauf. Meinen Sie, Sie könnten mir ein Paar Reithosen besorgen?«

»Ich glaube schon. Ich werde in der Stadt anrufen und versuchen, sie mit dem Bus morgen abend zu bekommen.«

Mrs. Youngson war wirklich nichts zuviel, überlegte Freddie. Sie rannte zurück, traf Angela auf dem Hügel, erzählte von ihrem Erfolg und bekam nun Vorwürfe, daß sie ihrer netten Freundin solche Mühe gemacht hatte. Aber das Schlimmste kam noch. Sie konnte Jonathan und Shelagh in der Ferne friedlich am unteren Ende des Gartens sitzen sehen, und keiner von beiden schien den starken Brandgeruch bemerkt zu haben, der ihr sofort in die Nase stieg, als sie die Veranda betrat.

Drei Minuten später wurde das Paar vom Erscheinen einer tragischen Gestalt überrascht, die einen qualmenden Kessel vor sich hertrug. Er enthielt eine harte schwarze Masse, umgeben von ein paar verkohlten Resten, die wohl einmal Kartoffeln gewesen waren. Mit einer heftigen Bewegung warf Freddie ihren Kessel mitsamt Inhalt in das Immergrün. Als eine steinharte Kartoffel an seinem Ohr vorbeisauste, sprang Jonathan auf und sah sich nun der tränenüberströmten Freddie gegenüber.

»Ihr hättet auch darauf aufpassen können«, schluchzte sie. »Und der Metzger hat geschlossen, und alle haben Hunger, und ich erleide überhaupt immer Schiffbruch.«

Shelagh sagte: »Tut mir leid, aber du hast mir nichts davon gesagt, und wir haben es hier draußen nicht gerochen. Mach dir keine Sorgen. Es ist immer noch Brot und Käse da.«

»Du weißt genau, daß Bill sich über mich lustig machen wird, und Angela hat Hunger, und Dinah wird mich für einen Dummkopf halten.«

Aus dem Gebüsch kam ein sonderbares Geräusch. Rough hatte den verbrannten Braten entdeckt, hielt ihn offensichtlich für ein Geschenk des Himmels und versuchte, ihn abzukühlen, indem er ihn mit einer Pfote leicht beklopfte. Jonathan sagte: »Paß auf, alter Junge! Du wirst dich verbrennen und dir daran die Zähne ausbeißen.«

Das war zuviel des Guten, und mit einem schrecklichen Schluckauf drehte sich Freddie um und rannte zurück zum Haus. Mit drei Schritten hatte Jonathan sie überholt. Er legte beruhigend den Arm um ihre Schultern und sagte leichthin: »Wie wäre es, wenn Sie wieder lachen würden? Die Reihe mit dem Abendessen ist jetzt ohnehin an mir. Waschen Sie sich Ihr Gesicht und erzählen Sie mir dann, was ich kaufen muß. Ich selbst wäre gegen Zunge aus der Büchse und Tomaten nicht abgeneigt, aber vielleicht fällt uns noch etwas Besseres ein.«

Es machte Spaß, mit Jonathan einzukaufen; mit ihm zusammen war alles herrlich. Sie unterhielten sich über Mrs. Youngson, und er stimmte ihr zu, daß sie die Letzte wäre, die es für unverschämt halten würde, wenn man sie bat, innerhalb von vierundzwanzig Stunden Reithosen zu besorgen, denn ihr schien nie etwas zu viel zu sein. »Ist sie nicht ein Engel? Ich mag diese ruhigen, sicheren Menschen gerne. Wenn ich einmal in ihrem Alter bin, möchte ich genauso sein wie sie.«

Er machte den Fehler, scherzhaft vorzuschlagen, daß sie schon jetzt mit dem Üben beginnen könne, aber sie war noch immer sehr empfindlich und brauste sofort auf. Ihr ganzer Kummer war wieder da.

»Ich weiß, daß Sie gerne sanfte Mädchen wie Shelagh mögen; das ist bei allen tonangebenden Männern so. Sie halten sie für ein frommes Lamm, aber ich muß Ihnen sagen, daß sie nicht so sanft ist wie es scheint. Unter der Oberfläche ist sie wie Granit. Mutter versuchte, sie davon abzuhalten, Robert zu heiraten, und sie hat nie widersprochen oder gekämpft wie Angela und ich. Sie hat Robert einfach weiter geschrieben und ihn geheiratet, sobald sie einundzwanzig war.«

»Sehr vernünftig von ihr. Was war denn mit Robert nicht in Ordnung?«

»Nichts, aber Mutter weigerte sich, den Haushalt allein zu führen, bis Angela aus der Schule kam. Natürlich war Robert nicht besonders reich oder so, aber damals war eigentlich alles mit ihm in Ordnung.«

Es war unmöglich, die tiefe Bedeutung, die in das Wort *damals* gelegt wurde, zu überhören, und Jonathan fragte ruhig: »Und jetzt? Ist er vom Pfad der Tugend abgewichen?«

»Na ja, natürlich ist da irgend etwas, denn sie sind schon eine ganze Zeit getrennt, und sie schreiben sich nie. Und dann ist sie so eng mit Ihnen befreundet, früher hat sie sich nie um andere Leute gekümmert.«

Er sagte ruhig: »Andere Leute scheinen sich auch nicht um uns zu kümmern, deshalb trösten wir uns gegenseitig.«

Freddies Herz hüpfte plötzlich vor Freude. Vielleicht war ihre Taktik doch falsch. Sie sagte halb zu sich selbst: »Wenn doch bloß nicht alles immer so schwierig wäre.« Aber er hörte es, und als Antwort auf seinen fragenden Blick versuchte sie, ihre Bemerkung schnell zu überspielen. »Sehen Sie sich nur Nick an. Er gehörte ganz mir, bevor Dinah kam, und jetzt ist er mit ihr genauso gut befreundet.«

»Warum auch nicht? Er ist ein freundlicher Mensch, einer dieser fröhlichen, unbeschwerten Burschen.«

»Und was ist mit dem armen Bill? Er sieht schrecklich verdrießlich aus – so, als wäre er von seinem Lieblingslämmchen gebissen worden.«

Er lachte, sagte aber: »Ich würde mich nicht um die beiden kümmern. Sie eignen sich nicht zum Missionar.«

»Aber wozu eigne ich mich? Sie haben mir kein bißchen geholfen. An diesem ersten Abend auf dem *hangi* dachte ich, Sie wären genau derjenige, an den man sich wenden kann, aber Sie haben sich nicht um mich gekümmert. Sie bummeln nur mit Shelagh herum.«

»Die Erleuchtung wird schon über mich kommen. Insgeheim beobachte ich Sie sehr aufmerksam. So gehen Ärzte vor, und Sie sind ein sehr gutes Übungsobjekt.«

Das war nicht das, was sie wollte, überlegte Freddie, aber immer noch besser, als nicht beachtet zu werden. Ihre Stimmung hob sich schnell, und sie hörte eifrig zu, als er sagte: »Ich habe hier eine neue Freundin gefunden. Sie werden sie bestimmt mögen. Kommen Sie heute abend mit, um sie kennenzulernen.«

»Liebend gerne. Wer ist es? Ist sie jung? Mögen Sie sich sehr gerne?«

»Sehr.« Aber irgend etwas in seiner Stimme nahm den Worten ihren Stachel, und sie sagte: »Ich wette, daß sie bezaubernd ist. Wir wollen erst dieses Essen hinter uns bringen und dann sofort losgehen.«

Auf diese Weise lernte Freddie Matron kennen. Blake hatte über den Arzt von ihr gehört, dessen Praxis er gekauft hatte. Der alte Mann hatte gesagt: »Übrigens, wenn Sie nach Tainui gehen sollten, müssen Sie einfach Matron Harvie besuchen. Sie wird ein Erlebnis für Sie sein.«

Dr. Wyatt hatte dem zugestimmt. »Sie müssen unbedingt hingehen. Sie geht den Touristen aus dem Weg, und an Weihnachten war sie verreist, sonst hätten Sie sie auf dem Fest getroffen. Sie wird sich für einen jungen Arzt interessieren. Sie mag Männer gerne, und sie mögen sie.«

Jonathan war also hingegangen und hatte sehr bald Matrons Lebensgeschichte herausgefunden. In der ganzen Gegend war sie als ›Matron‹ bekannt, und auch heute noch war diese hervorragende Frau, die das Distriktskrankenhaus geleitet hatte, für den ganzen Distrikt nichts anderes als die ›Schwester‹, denn alle, insbesondere die zurückgekehrten Soldaten, waren sich darin einig, daß niemand je diesen Titel mehr verdienen konnte als sie.

Sie war nicht mehr jung, denn sie hatte schon im ersten Weltkrieg Dienst getan, und als er vorüber war, wurde sie nach Tainui geschickt, um dort das kleine Krankenhaus zu schließen, das, wie die Behörden glaubten, jetzt überflüssig war.

Stattdessen hielt sie es fünfundvierzig Jahre lang geöffnet und focht die Sache mit allen hohen Persönlichkeiten aus, die kamen, um zu protestieren.

›Fünfzig Meilen über holprige Straßen, bevor die Patienten ein Krankenhaus erreichen? Wie würden Sie es finden, wenn man das mit Ihrer Mutter machte? Nein, es muß offen bleiben, und der ganze Distrikt steht hinter mir.‹

Sie standen alle wie ein Mann hinter ihr, und die hohen Persönlichkeiten zogen wieder ab, schändlich besiegt. Sie zitterten nämlich vor ihr, während der ganze Distrikt sie verehrte. Man unterstützte sie zuverlässig und überließ ihr die meisten harten Kämpfe, denn man wußte, daß es ihr Spaß machte, für eine gute Sache zu streiten. »Nur über meine Leiche werden sie es schließen«, sagte sie. Alle halfen ihr, mit Geld und kleinen Geschenken, mit Nahrungsmitteln, Geräten, mit allem, was sie aufbringen konnten. Als Matron sich schließlich zurückzog, waren die Straßen geschottert, die Beförderung einfacher, und niemand hatte etwas dagegen einzuwenden, als das Krankenhaus in ein Entbindungsheim verwandelt wurde.

Aber sie vergaßen sie nicht, und da sie fürchteten, sie könnte den Distrikt verlassen, bauten die zurückgekehrten Soldaten ihr ein Häuschen am

Hügel. Es gehörte ihr auf Lebenszeit. Hier waren die Soldaten immer willkommen und versammelten sich in Freude am Gedenktag ihrer Armee. Vielleicht fühlte Matron sich mit Männern wohler als mit Frauen, denn ihre Art war sehr direkt und ihre Methoden manchmal unkonventionell. Sie nahm Jonathan Blake sofort unter ihre Fittiche.

»Sie haben also die Praxis eines praktischen Arztes gekauft, obwohl Sie Chirurg sind? Das tut Ihnen gut. Bevor sich ein Arzt spezialisiert, sollte er viele Jahre lang harte Arbeit als praktischer Arzt verrichten. So lernt er die Leute verstehen. Zu viele junge Männer sitzen heutzutage auf ihren vier Buchstaben, arbeiten acht Stunden am Tag und brauchen nachts nie aufzustehen – für die habe ich keine Zeit.«

»Ich nehme an, daß Sie sehr viele Fälle damals zur Stadt schicken mußten?«

»Ja, eine ganze Menge konnten wir nicht behandeln. Das war eine grausame Reise. Auf dem schlammigen Teil mit Pferden, dann wechselten wir in einen Wagen über, und dann nahmen wir wieder die alte Pferdekutsche. Die Schwerkranken habe ich immer begleitet. Das mußte ich nicht tun, aber sie hatten gerne jemanden in ihrer Nähe.«

Er dachte, daß auch er sie gerne in seiner Nähe haben würde, wenn er Schmerzen hätte.

»Dr. Wyatt sagte mir, Sie seien auf Lungenentzündung spezialisiert gewesen. Es gab doch damals kein Penicillin. Wie haben Sie es gemacht?«

Ihre blaßblauen, lustigen Augen blinzelten ihm

zu. »Geben Sie mir eine Flasche Weinbrand, und ich werde die Leute morgen wieder heilen.«

Wie die alten Einheimischen gewöhnte auch er sich an, bei Matron einfach ›hereinzuschauen‹. Und dann sagte er eines Tages: »Da ist ein Mädchen hier...«, und er hielt inne.

Sie zwinkerte mit den Augen. »Das brauchen Sie mir nicht zu erklären, junger Mann. Ich habe mir schon gedacht, daß es in Tainui außer mir noch andere Attraktionen gibt.«

»Sie ist noch ein richtiges Kind. Viel zu unreif für ihr Alter. Eine Standish. Haben Sie die Familie gekannt?«

»Jeder kannte sie, aber sie waren immer gesund, und ich hatte damals keine Zeit für gesunde Menschen. Der Vater war nicht einmal so schlecht, aber egoistisch wie ein Teufel. Die Mutter war schön, aber dumm.«

»Das Mädchen *ist* eine Schönheit, aber nicht dumm. Es ist an der Zeit, daß sie erwachsen wird, aber sie hat Angst davor. Sie ist unsicher und fühlt sich verloren. Natürlich hat sie nie einen festen Hafen gehabt. Kein Familienleben. Sie ist gerade aus der Schule gekommen, und die Freiheit ist ihr zu Kopf gestiegen.«

»Das wird sie überwinden, wenn sie eine Arbeit findet. Was will sie tun?«

»Sie hat sich noch nicht entschlossen.«

»Gut, ich will sie mir einmal ansehen. Ich mag hübsche Mädchen gerne, wenn sie keine Dummköpfe sind.«

»Freddie hat einen hellen Verstand, aber sie braucht ihn meistens nur, um herumzualbern.«

»Und wie alt ist sie? Über achtzehn? Es ist dumm, ein Mädchen bis zu diesem Alter in einer Schule einzusperren. Wahrscheinlich einfacher für ihre Mutter, nehme ich an.«

»Letztes Jahr hat sie Sportunterricht gegeben. Aber es war dieselbe Schule, und für sie hat sich das Leben nicht sehr geändert.«

»Sport? Oh! In der Zeit hätte sie lieber ein Baby zur Welt bringen sollen. Es ist besser, jung zu heiraten, wie es früher üblich war. Schon gut. Bringen Sie sie her, wenn Sie wollen.«

Sie gingen noch am selben Abend hin, und Freddie war verwirrt und begeistert zugleich. Sie verliebte sich in das Häuschen und seinen Garten mit den wildwachsenden Blumen.

»Ja, ich habe das alles selbst umgegraben. Es war nur eine Weide. In diesem Garten habe ich schon alles ans Tageslicht befördert außer einer Flasche Whisky und einer Leiche.«

Jonathan brachte sie dazu, von früheren Zeiten zu sprechen und von den Kämpfen um das Distriktskrankenhaus.

Sie erzählte auch von anderen Kämpfen, von Kämpfen um menschliches Leben und gegen das Schicksal.

»Aber die Geburten waren eine andere Sache. So erfreulich. Den Müttern ging es immer besser, und sie ruhten sich aus. Wir verwöhnten sie, so gut wir konnten. Es waren die einzigen Ferien, die manche Frauen von den Milchfarmen seit Jahren gehabt hatten.«

»Ferien?« wiederholte Freddie. »Aber ich meinte, jeder würde Krankenhäuser hassen. Ich dachte, es wäre vielleicht gerade eine Stufe besser als ein Gefängnis.«

»Das darfst du nicht glauben. Das Krankenhaus ist viel besser, als um fünf Uhr früh aufstehen zu müssen, um zu melken und fast den ganzen Tag hart zu arbeiten und abends wieder zu melken. Ein Krankenhaus bietet hübsche Zimmer und gute Mahlzeiten und viel Gesellschaft.«

»Aber liegen die Menschen nicht immer im Sterben und haben Schmerzen?«

»Schmerzen und Tod gibt es überall, aber im Krankenhaus versuchen wir, beides zu lindern.«

»Und Sie haben den ganzen gräßlichen Krieg hindurch Menschen gepflegt? Irgendwie kann ich verstehen, daß Frauen sich freiwillig dazu melden, aber in Friedenszeiten scheint es eintönig und langweilig. Schwere Arbeit und Anstrengungen. Ich kann nicht verstehen, daß manche Mädchen sich dazu entschließen.«

»Weil du es nicht richtig siehst. Es hat natürlich seine Schattenseiten, aber das ist bei allem so, und es ist der Mühe wert – was man nicht von jeder Arbeit sagen kann.«

Als sie gingen, war Freddie einige Minuten lang ungewöhnlich still; dann sagte sie: »Ich glaube, es ist ein gutes Gefühl, wenn man im Alter zurückschaut und weiß, daß man etwas getan hat, was der Mühe wert war. Aber wenn man jung ist, möchte man nur glücklich sein und viele Abenteuer haben. Geht es Ihnen nicht auch so, Jonathan?«

Er gab irgendeine belanglose Antwort darauf, denn er hatte nicht die Absicht, ihr eine Lektion zu erteilen.

Das war der Beginn ihrer Freundschaft. Er nahm sie noch einmal mit, und dann begann sie, alleine hinzugehen. Eines Tages, als Matron und Jonathan alleine in kameradschaftlichem Schweigen beisammen saßen, sagte sie: »Das ist ein nettes Mädchen. Ein gutes Mädchen. Aber sie muß erwachsen werden. Sie ist noch viel zu kindlich. Sie muß das Leben ernst nehmen. Schließlich ist sie doch eine Frau.«

»Achtzehn? Sie ist noch keine richtige Frau. Wir müssen ihr Zeit lassen.«

Sie warf einen schlauen Blick auf sein teilnahmsloses Gesicht, und dann sagte sie scharf: »Menschen, die immer davon reden, anderen Zeit zu lassen, verpassen schließlich den Bus selbst.«

Jonathan gab keine Antwort, aber als er zu seiner kleinen Hütte am Strand zurückging, fragte er sich nervös, was Matron wohl damit gemeint hatte.

8

Stephen und Angela waren zweimal über die Hügel geritten, aber als er sagte: »Heute nachmittag wollen wir zu diesem Strand hier gehen«, meldete sie Bedenken an.

»Vielleicht heute abend? Ich habe Mr. Matthews versprochen, heute nachmittag für ihn einzukaufen, aber ich würde gerne später mitkommen.«

Die Familie zog Angela mit ihrer sonderbaren Freundschaft zu dem alten Mann auf. Warum sollte man sich die schönen Ferien dadurch verderben, daß man gute Taten vollbrachte? So Bill. Warum sollte man Krach mit einem Menschen riskieren, der offensichtlich geistig nicht ganz gesund war? So Shelagh. Warum diesen ganzen Weg zurücklegen, um jemandem zuzuhören, der von Mutter schwärmte, und den Angela nicht einmal besonders gern mochte? Freddie war wie gewöhnlich grundehrlich.

Aber Angela hatte sich angewöhnt, zweimal in der Woche hinzugehen. Irgend jemand mußte es tun, und sie nahm damit Mrs. Youngson eine der vielen Gefälligkeiten ab, die sie vergnügt und bescheiden verrichtete.

»Sie sind viel zu sehr beschäftigt, um ihm sein Brot und sein Gemüse zu bringen«, hatte Angela protestiert, aber Mrs. Youngson sagte, irgend jemand müsse sich um den armen alten Mann kümmern, und es sei ein ganz angenehmer Spaziergang. Das paßte zu ihr. Obwohl sie einer der meistbeschäftigten Menschen im Dorf war, hatte sie immer noch Zeit für solche Botengänge und war bemüht, sie geheimzuhalten.

»Ich habe nichts zu tun, und er hat mich gebeten, ihn zu besuchen.«

»Das ist ungewöhnlich. Er ist ein richtiger Einsiedler geworden.«

»Na ja, er scheint Mutter sehr gerne gehabt zu haben.«

Mrs. Youngsons bedenkliches Gesicht deutete ihr an, daß Maxwell nicht der einzige war, der die Ermutigungen ihrer Mutter für gefährlich gehalten hatte.

Angela hatte Matthews Häuschen wenige Tage nach dem Fest zufällig entdeckt. Es war an einem grauen Nachmittag, und der Wind blies rauh und böig, so daß sogar Tainui grau und düster und etwas traurig aussah.

Angela, deren Stimmung zum Wetter paßte, war alleine losgewandert, und ungefähr eine Meile vom Dorf entfernt war sie auf das einsame kleine Haus an einer verlassenen Stelle des Strandes gestoßen. Davor befand sich ein kleiner Garten mit auffallend leuchtenden Blumen, und während sie sie mit Interesse betrachtete, ging die Tür auf, und der alte Mann erschien.

Er machte ein verbissenes Gesicht, bereit, sich über jeden Eindringling zu ärgern, aber er erkannte sie und verbeugte sich mit seiner sonderbaren altmodischen Höflichkeit. Er sah wild und grau aus, genau wie der Tag selbst.

»Guten Tag. Ein unfreundliches Wetter. Das richtige für traurige und einsame Gedanken. Aber Sie haben bestimmt glückliche Gedanken; Sie sind doch noch so jung.«

Die Vertraulichkeit der Bemerkung überraschte sie, aber sie antwortete ruhig: »Glauben Sie nicht, daß jeder einige unglückliche Erinnerungen hat? Wenn das nicht so wäre, würden wir immer zurückschauen und wünschen, die Vergangenheit würde wiederkehren.«

Er dachte ernsthaft darüber nach, dann sagte er: »Das mag sein. Viele führen ein trauriges Leben. Meines war jahrelang unglücklich – und dann kam sie. Und Sie sind ihre Tochter. Kommen Sie nur in meine Wohnung und sehen Sie sich den Schatz an, den sie mir hinterlassen hat.«

Angela ging mit, obwohl sie fühlte, wie die Ungeduld in ihr hochstieg.

Er mochte bemitleidenswert sein, aber er war wirklich verrückt, Alicia Standish in einem so rosigen Licht zu sehen. Dann fiel ihr ein, daß das auch andere getan hatten. Ihr Vater war ein völlig normaler Mensch gewesen, aber auch er hatte sie für eine Göttin gehalten, als er sie heiratete, und auch noch einige Jahre später.

Es mußte etwas Außergewöhnliches sein, eine solche Schönheit zu besitzen.

Sie folgte ihm in das kleine Haus und fühlte sich überhaupt nicht unbehaglich. Sie war sicher, daß er zu ihr freundlich sein würde und auch für alle anderen harmlos war.

Das kleine, saubere Zimmer wurde von einer vergrößerten Fotografie ihrer Mutter beherrscht. Es war dieselbe, die in Freddies Schlafzimmer an der Wand hing. Alicia lächelte in ihrem Samtkleid mit trügerischer Lieblichkeit von einem Regal, auf dem eine Vase mit frischen Blumen stand. Die Blumen waren ungeschickt arrangiert, aber leuchtend und schön.

»Ich züchte sie für sie. Sie muß jeden Tag ein Geschenk an ihre Schönheit bekommen.«

Angela schämte sich, weil sie das Bedürfnis hatte, zu lachen. Schnell sprach sie von dem Reiz des Bildes und sagte, daß sie Mutter genauso in Erinnerung habe.

»Ich sehe sie immer, auch wenn sie nicht körperlich anwesend ist. Sie kommt durch die Türe und sagt: »Geoffrey, mein alter Freund, du bist meine Zuflucht. Du allein verstehst mich. Laß mich bei dir sitzen und vergessen.«

Das war zuviel des Guten, und Angela konnte ein leichtes Lächeln nicht zurückhalten. Das sah Mutter ähnlich. Voller Dramatik und wahrscheinlich unmittelbar einem ihrer alten Romane entnommen. Aber trotz ihrer Ungeduld hatte sie tiefes Mitleid mit dem alten Mann, und sie ermutigte ihn, von seiner Göttin zu sprechen. Er war rührend dankbar, und ihre Freundschaft wuchs, als sie die Aufgabe übernahm, seine Einkäufe für ihn zu übernehmen und sie ihm zu bringen.

Freddie sagte natürlich von oben herab: »Mich würde er bestimmt am liebsten mögen, weil ich die einzige bin, die wie Mutter ist. Nimm mich demnächst einmal mit zu ihm.«

Aber inzwischen hatte Angela erkannt, wie unausgeglichen seine geistige Verfassung war, und sie stimmte mit Dr. Wyatt überein, daß der Anblick von Freddie für seine noch vorhandene geistige Gesundheit gefährlich sein konnte.

Heute konnte sie es nicht abwarten, Matthews zu verlassen, denn sie freute sich auf den Ritt mit Stephen. Es war ein herrlicher Abend, und sie hatte wirklich recht gehabt mit ihrer Vermutung, daß die Ozeanküste ein idealer Ort für einen Galopp sei. Von einer Felsenkette zu anderen erstreckte sich ohne Unterbrechung der stahlgraue Sand über eine halbe Meile hinweg. Es war Flut, und die Wellen waren gerade hoch genug, um den Pferden einen Vorwand dafür zu bieten, zu tänzeln und sich zu produzieren.

Als sie nach einem Galopp bis zum anderen Ende der Felsen stehenblieben, glühten Angelas Backen, und ihre großen Augen blitzten. Ihr Haar war mit einem großen Baumwollkopftuch bedeckt, das sie bei Mrs. Youngson gekauft hatte, und als sie Stephen anlachte, lächelte er zurück. Sein braunes Gesicht war so lebendig wie damals, als er von der Farm, von seinem Vieh und von seinen Zukunftsplänen erzählt hatte.

Aber als sie jetzt langsam nebeneinander ritten, schwiegen sie beide.

Sie brach das Schweigen, indem sie sagte: »Hier möchte ich am liebsten Gedichte rezitieren. Das Reiten hat bei mir immer diese Wirkung. Aber von den modernen Gedichten fallen mir keine passenden ein, und die anderen kenne ich nicht sehr gut.«

Er antwortete nicht, und sie hatte das Gefühl, daß es ziemlich albern gewesen war, so etwas zu sagen. Er kannte sich in Gedichten bestimmt nicht gut aus, denn auf diesem Gebiet waren Farmer beschränkt. Sie hatte voller Überraschung gehört, daß er viel las; sie war immer der Meinung gewesen, daß ein Farmer sich mit der Tageszeitung oder einem Landwirtschaftsblatt zufriedengab und normalerweise darüber einschlief. Nicht daß ihr diese Schwäche etwas ausgemacht hätte, denn im Augenblick langweilte sie die Erinnerung an ihre intellektuellen Beschäftigungen, die sie einmal völlig in Anspruch genommen hatten. Warum war es denn so lebenswichtig, was T. S. Eliot mit einer bestimmten Zeile gemeint hatte, und war es wirklich von Bedeutung, wenn der Roman aus der Mode kam?

Sie sagte nachdenklich, mehr zu sich selbst als zu ihm: »Wie kommt es, daß man durch das Reiten – durch das Leben im Freien – eine neue Sicht der Dinge bekommt? Sieht man sie aus einem anderen Blickwinkel? Ich glaube, man lernt, Wichtiges von Unwichtigem zu trennen.«

Er sagte leise, fast tonlos etwas; es klang wie ein Zitat, und sie fragte: »Was war das? Was haben Sie gesagt?«

Er zögerte, wurde verlegen und murmelte dann: »Nichts. Nichts Wichtiges. Nichts Besonderes.«

Diese Ausflüchte weckten ihre Neugierde. »Ich glaube, es war ein Gedicht. Sagen Sie es mir.«

»Es würde Ihnen nicht gefallen. Es ist nicht modern. Mit Reim und allem. Sollen wir noch einmal galoppieren?«

»Versuchen Sie nicht, das Thema zu wechseln. Sie sehen schrecklich geheimnisvoll aus. Sagen Sie nur nicht, daß es etwas Unzüchtiges war, Stephen. Mir macht das nichts aus. Ich kann viel vertragen. Also los.«

Sein Gesicht war hilflos, er sah verzweifelt um sich und vermied ihren lachenden Blick. Aber es gab keine Flucht; nur den glänzenden Sand, den wolkenlosen Abendhimmel, die glitzernden Wellen. Dieses Mädchen war verflixt hartnäckig. Er haßte es, dabei ertappt zu werden, wenn er ein Gedicht zitierte, besonders von einer Akademikerin.

»Warum sind Frauen so neugierig? Ich sage Ihnen doch, es ist überhaupt nicht interessant.«

»Das nützt Ihnen überhaupt nichts. Ich rühre mich nicht von der Stelle, bis Sie damit herausrücken. Wenn ich neugierig bin, dann sind Sie störrisch. Los, Stephen. Die Flut steigt, und Sie wollen Bess doch sicher nicht nur wegen eines Zitats ertränken.«

Sie war einfach liebenswert, wenn sie so lachte. Natürlich mußten das auch andere Männer gefunden haben. Er sagte widerwillig: »Na ja, wenn es also unbedingt sein muß. Es ging darum, daß sich die Dinge beim Reiten scheiden, wie Sie gesagt haben. Dabei mußte ich an den Satz denken: ›*Mein Herz ist besänftigt, gestillt ist der Schmerz.*‹ Jetzt aber vorwärts. Ich habe Ihnen ja gesagt, daß das nicht Ihr Stil ist.«

»Wie wollen Sie wissen, was mein Stil ist? Von wem ist es? Ich reite noch nicht weiter!«

»Browning, wenn Sie es wirklich wissen wollen. Robert, nicht Elizabeth.«

Sie hätte nie erwartet, daß er überhaupt von ihrer Existenz wußte, schon gar nicht, daß er ihre Vornamen kannte. »Gut, aber ich will nicht das ganze Buch durchsuchen, um es zu finden.« (Sie hatte so wenig Browning gelesen wie möglich, hauptsächlich, weil sie der Meinung war, daß Wyngate Millar ihn verachtete.) »Ich verstehe überhaupt nicht, warum Sie sich deswegen so anstellen. Sagen Sie mir doch den Namen des Gedichts.«

Der Gedanke, daß es in Annas Haus keinen Browning gab, und daß es mehr als unwahrscheinlich war, daß sie sich einen in Tainui leihen könnte, erleichterte ihn, und er sagte gereizt: »Es heißt ›*Der letzte gemeinsame Ritt*‹. Sollen wir eigentlich die ganze Nacht hier verbringen? Ich dachte, wir wollten reiten.«

Sie lachte und ließ Bess in Galopp fallen. Beim Reiten ordnete sie ihre Gedanken. Ein Farmer und Browning. Wahrscheinlich hatte er mehr von den alten Dichtern gelesen als sie selbst, und außerdem hatte er, ganz im Gegensatz zu ihren jungen intellektuellen Freunden, viele Interessen im Freien.

Sie merkte, wie ein Gefühl in ihr aufstieg, das sie, seit Wyngate Millar in ihr Leben getreten war, für keinen Mann mehr empfunden hatte.

Sie riß sich zusammen, denn sie dachte an all die zynischen Ideen, die sie für ihre eigenen gehalten hatte. Zweiundzwanzig und im Begriff, sich nach einer ersten Niederlage gleich wieder einfangen zu lassen – eine Gegnerin von Sentimentalitäten, plötzlich fasziniert, weil ein Mann wie ein Zentaur ritt; stolz darauf, erwachsen zu sein und voll Bewunderung für einen Farmer, weil er – ein dummes altes Wort! – ›männlich‹ war. Dann sagte sie sich, daß schließlich Interesse und Verliebtsein nicht dasselbe waren.

Mit der Liebe war sie fertig, und jetzt war es gut, jemanden zu haben, mit dem man sich unterhalten konnte, mit dem man reiten konnte, und der einem half, die unangenehme Erinnerung an das letzte Jahr auszulöschen.

An diesem Punkt ließ sie ihr Pferd im Schritt gehen, und als sie aufsah, begegnete sie zufällig Stephens Blick. Was sie da sah, ließ sie heftig erröten vor Überraschung und plötzlichem Glück. Sie versuchte, es abzuschütteln; ›nichts als Hormone‹, wie Wyn sagen würde. Es war ganz gleich, Hormone oder nicht, er sah sie an, wie Wyngate sie nie angesehen hatte.

»Nein«, sagte Anna, »ich habe keinen Browning hier. Ich habe meine ganzen Dichter an Stephen weitergegeben. In diesem Häuschen ist so wenig

Platz, und ich komme ganz gut mit dem *Oxford Dictionary* und den neuen Anthologien aus.«

»Es scheint eigenartig, daß ein Farmer Gedichte liest.«

»Oh, ich weiß nicht. Farmer sind doch Menschen wie alle anderen auch. Stephen liest zum Beispiel viel lieber als Nick.«

An diesem Abend sagte Standish zu seiner Lieblingstochter: »Mein Kind, du mußt vorsichtig sein. Du blühst zu einer Schönheit auf, ehe du dich's versiehst. Und eine späte Blüte ist immer gefährlich. Dabei können Frauen leicht den Kopf verlieren.«

»Mach dir keine Sorgen, mein Lieber, es gibt überhaupt keine Gefahr. Ich werde nicht erblühen, und ich werde meinen Kopf nicht verlieren. Außerdem bist du hier, um auf mich aufzupassen.«

»Trotzdem müßte deine Mutter, wenn sie dich sehen könnte, ihre Worte zurücknehmen.«

»Das häßliche Entlein? Das stimmt noch immer, weißt du. Sieh dir dagegen nur Freddie an. Wie kann jemand erblühen, der ein Gesicht wie ein Affe hat?«

»Affen sind zauberhafte kleine Geschöpfe. Denk daran – du bist gewarnt!«

Sie gab ihm einen leichten Kuß auf die Stirn. »Du bist der einzige Mann, den ich verzaubern möchte, aber du bist viel zu stark, um dich einfangen zu lassen.«

Aber in ihrem Innersten war sie sicher, daß das nicht mehr stimmte; das Schlimme war nur, daß Max es ganz bestimmt ebenfalls wußte.

Am nächsten Morgen traf sie Wyngate Millar.

Er ging sehr schnell um die Ecke beim alten Laden, und Angela fielen gleichzeitig drei Dinge auf: eine eigenartige Überzeugung, daß – was auch immer die Wissenschaftler dazu sagen mochten – sich das Herz wirklich umdrehen konnte; die Erkenntnis, daß er, obwohl er hübsch war, leicht weibisch aussah; ein kurzer Aufschrei von Freddie und deren nervöser Seitenblick auf sie.

»Guten Tag. Und guten Tag – Freddie, nicht wahr? Ja, Angela, wie ich höre, hast du dich in ein Familientreffen gestürzt.«

Er hatte also gewußt, daß sie hier war, was ihm den ersten Vorteil einräumte.

Nun, er würde sehen, daß sie auch allein zurechtkam. Ihre Stimme zitterte kaum merklich, als sie sagte: »Tag, Wyn. Im Augenblick scheint die ganze Welt in Tainui aufzutauchen. Hat es dir in England gefallen?«

Es kostete sie ungeheure Anstrengung, aber sie wünschte, sie könnte sicher sein, daß ihre Gesichtsfarbe so normal war wie ihre Worte. Sie hatte ein Gefühl, als wäre das ganze Blut aus ihren Wangen gewichen und würde jetzt zurückfließen. Eine abscheuliche, altjüngferliche Reaktion, die sofort unterdrückt werden mußte.

»Sehr gut. Ich bin vor Weihnachten zurückgekommen, aber als ich dich suchte, entdeckte ich, daß du ausgeflogen warst.«

Das gab ihr ein besseres Gefühl, und ihre Augen blitzten. Du unverschämter Mensch, dachte sie.

Hast du dir vorgestellt, daß ich auf dich warten würde? Wir waren doch schon miteinander fertig, bevor du abgereist bist.

Aber sie sagte nur ruhig: »Das ist ein herrlicher Ort für Ferien. Zufällig paßte es allen, und so kam es zu dem Familientreffen. Und was ist mit dir?«

»Ein paar von uns machen auch Urlaub. Erinnerst du dich an das letzte Jahr?«

»Vor allem an die Sandfliegen. Ich hoffe, du hast dieses Mal mehr Glück. Habt ihr eine Hütte oder einen Wohnwagen oder was sonst?«

»Nur Wohnwagen. Bis ich herausgefunden hatte, wo...« Er hielt inne, und sein kurzer Blick auf Freddie ließ das Mädchen erröten. »Bis ich mich entschlossen hatte, wo ich hingehen wollte, war nicht einmal mehr ein Schuppen zu haben.«

Freddie sagte: »Wenn es dir nichts ausmacht, Angela, dann gehe ich schon weiter – ich habe versprochen...«

Aber ihre Schwester sagte fröhlich: »Ist nicht nötig. Ich komme mit. Tainui ist klein, und wir werden bestimmt noch einmal aufeinanderstoßen.« Aber sie hatte ihre Rechnung ohne den hartnäckigen Wyngate gemacht.

»Ich begleite euch, wenn es dir nichts ausmacht. Es ist ziemlich schwierig, hier genügend sportliche Betätigung zu finden.«

Irgendeine boshafte Eingebung ließ Angela sagen: »Wenn das so ist, dann leihst du dir besser eines unserer Pferde. Reiten ist ein herrlicher Sport. Einmal etwas anderes als Schriftstellerei.«

»Eure Pferde? Ich wußte nicht, daß euer Familienbesitz auch einen Pferdestall einschließt.«

»Sie gehören eigentlich nicht uns. Sie wurden uns von einem Nachbarn geliehen, aber wir dürfen sie benutzen, wenn wir wollen. Heute bist du dran, Freddie, oder nicht?«

Wyngate ignorierte absichtlich ihre jüngere Schwester, und seine schlechten Manieren ärgerten Angela, die vergaß, daß sie in ihrer Wohnung oft gesagt hatte: »Es ist eigentlich lästig, aber an diesem Wochenende ist meine jüngere Schwester wieder fällig.«

Dr. Millar wechselte das Thema; Pferde, dachte sie, waren wohl weniger nach seinem Geschmack. »Ein interessanter kleiner Ort. Die Geschichte der Maoris ist hier lebendig. Es ist ihnen gelungen, sich ziemlich zu isolieren. Man merkt, daß die Sommergäste nur geduldet werden wegen des Geldes, das sie bringen.«

Na ja, wenn er nicht übers Reiten sprechen wollte, dann würde es um so schöner sein, an einem der nächsten Tage in Stephens Begleitung an ihm vorbeizugaloppieren, und ihm zu zeigen, daß ... Was wollte sie ihm eigentlich genau zeigen? Das war doch alles kindisch, ebenso schwach wie die Versuche der armen Freddie, einen Mann gegen den anderen auszuspielen. Sie konnte sich nicht vorstellen, daß Stephen sich friedlich in diese Rolle fügen würde.

»Das ist unser Haus. Möchtest du mit hineinkommen?«

Es war eine sehr widerwillige Einladung, aber er nahm sie an. Freddie verdrückte sich schnell, und Dinah und Bill waren nicht zu Hause. Es erleichterte sie, weder Nick noch Stephen im Haus zu finden, nur Shelagh, die teilnahmslos und blaß aussah, aber höflich wie immer war.

Dr. Millar äußerte sein Interesse für die alten Pohutukawas am anderen Ende des Gartens, und nur ungern wanderte Angela mit ihm hinunter. Kaum waren sie außer Hörweite, da nahm er sie bei den Schultern und sagte wütend: »Warum hast du meine Briefe nicht beantwortet? Warum hast du mich so kühl abgewiesen?«

Sie wollte ganz ruhig sprechen, aber seine Hände auf ihren Schultern brachten zu viele Erinnerungen zurück, und ihre Stimme klang atemlos und verärgert. »Du weißt, warum. Für mich war es vorbei.«

»Und noch einmal – warum?«

»Weil ich mich nicht gerne lächerlich mache.«

»Jetzt willst du mir doch nicht erzählen, daß du eine viktorianische Rolle spielst? Die gekränkte Jungfrau. ›Wie können Sie es wagen, mir unschickliche Anträge zu machen, Sir?‹ Etwas kläglich, Angela, nach all unseren Gesprächen. Auch nach der Tatsache, daß der Vorschlag von dir kam. Versuche, ehrlich zu sein. Du bist es immer gewesen.«

Dies brachte die Schlacht auf ihr eigenes Gebiet. Keine Entschuldigung, keine Reue, nur der Vorwurf der Inkonsequenz. Und noch schlimmer: er hatte recht. Sie sagte: »Nein, ich war nie ehrlich. Diese ganzen Monate hindurch nicht. Vielleicht bin ich eine viktorianische Gestalt. Vielleicht habe ich mich zurückversetzt – oder weitergelebt. Nimm es, wie du willst. Also was willst du?«

»Nur das: Ich lasse es nicht dabei. Warum, glaubst du, bin ich hierhergekommen? Diese ganze Gesellschaft ist zwar sehr an geistigen Dingen interessiert, aber sie ist auch verdammt unternehmungslustig. Trotzdem habe ich sie überzeugt, daß Tainui der richtige Ort ist, weil ich dich zur Vernunft bringen wollte. Ich bereue überhaupt nichts, Angela. Ich bin ärgerlich. Verdammt ärgerlich.«

Sie standen da und starrten einander an, völlig melodramatisch und schrecklich unbeherrscht. Glücklicherweise hörten sie in diesem Augenblick Schritte, und eine fröhliche Stimme rief ihnen entgegen: »He, ihr, Angela! Was steht heute auf dem Programm? Anna ist unter einem Papierwust begraben. Sollen wir... Oh, Entschuldigung. Ein Neuankömmling?«

Sie war dankbar, daß es Nick und nicht Stephen war. Nick hatte immer eine so selbstverständliche Art. Er akzeptierte Wyngate mit einem fröhlichen: »Einer von den Intellektuellen aus den Wohnwagen? Ich bin heute morgen dort hineingeplatzt. Ich sah ein Mädchen im Gras sitzen und in einem dieser schmalen Gedichtbände lesen, und ich fand, daß sie etwas verhungert aussah. Wir hatten beim Fischen gerade einen guten Fang gemacht, so habe ich ihr etwas davon angeboten, und sie hat sich buchstäblich darauf gestürzt. Ein ganz nettes Mädchen übrigens. Trägt eine Hornbrille.«

Für Nick waren alle Mädchen ganz nett, dachte Angela gehässig.

Dramatik und Verlegenheit verschwanden, und sie schlenderten fröhlich plaudernd zum Haus zurück. Nick nahm natürlich an, daß Dr. Millar ein hochgeschätzter Freund aus Angelas Studententagen war, der gekommen war, um den Familienkreis zu erweitern. Sie fragte sich grimmig, wie er reagieren würde, wenn sie sagte: »Dränge ihn nicht, hereinzukommen. Als wir das letztemal zusammen waren, habe ich ihm angeboten, seine Geliebte zu werden, und er hat mit großer Begeisterung angenommen.« Das würde selbst Nick etwas hart finden.

Aber sie war wild entschlossen, alles genauso leichtzunehmen, wie Wyn es tat. Er durfte nie erfahren, wie viel es damals für sie bedeutet hatte, wie leer ihr die Tage nach der Trennung vorgekommen waren.

Sie sagte: »Ich nehme an, daß alle zum Kaffee hier sein werden. Komm und hilf mir, Nick. Freddie macht sich zum Reiten fertig, und Stephen wird sie gleich abholen.« Für sich fügte sie hinzu: Und wenn er kommt, wird Wyngate Millar nicht mehr so zufrieden mit sich sein.

Aber als Stephen kam, um Freddie zu begleiten, die in ihren Reithosen wie eine junge Diana aussah, erwies sich alles als ziemlich enttäuschend. Natürlich sah Stephen sehr gut aus – Reithosen und ein offenes Hemd standen ihm immer. Sie hoffte, daß Wyngate von ihren Freunden beeindruckt sein würde. Als sie die beiden miteinander bekannt machte, gab es nicht das geringste Anzeichen von Feindseligkeit. Ganz im Gegenteil, sie unterhielten sich sofort sehr freundlich darüber, wie gefährlich es sei, das Gebüsch an der Westküste zu sehr zu beschneiden und so eine Erosion zu verursachen. Statt sich auf fremdem Boden zu fühlen oder sich wie ein verknöcherter Intellektueller zu benehmen, schien sich der verdammte Dr. Millar völlig zu Hause zu fühlen.

Als Bill und Dinah ankamen und ihre Unterhaltung etwas allgemeiner wurde, redete er noch immer ganz selbstverständlich, aber Angela hielt den Atem an, als Max erschien. Sie hatte keinen Namen genannt, aber natürlich würde er erraten, daß dies der Mann aus ihrer albernen Geschichte war. Aber auch hier entstand keine Spannung, denn Standish war sehr freundlich zu dem Neuankömmling, ruhig wie immer und bei weitem der bestaussehende Mann im Raum. Sie war sicher, daß Wyn in sich hineinlachte, weil er ihre Verärgerung darüber bemerkte, daß niemand seine Gegenwart übelzunehmen schien.

Aber eines stand für sie fest: Er würde sich ihrer Gesellschaft nicht anschließen, wie es Jim Masters gelungen war. Die Reiter gingen jetzt, Stephen versprach, mit Freddie, dem Neuling, Geduld zu haben, und Bill, Dinah und Nick waren mit Jonathan zum Tennis verabredet. In der Küche sagte sie höflich zu Wyngate: »Nein danke, du brauchst mir bei den paar Tassen nicht zu helfen.

Du mußt zu deinen Freunden zurückgehen – die neuesten Gedanken aus Oxford müssen diskutiert werden.«

»Sie können auch ohne mich fertig werden.«

»Ich komischerweise auch«, erwiderte sie. »Wir wollen miteinander ins reine kommen, Wyn. Zwischen uns ist es aus. Endgültig. Bleib also bei deinen Freunden und deinen Schriftstellern. Ich will beide nicht.«

»Du warst immer schon rücksichtslos, wenn du schlechte Laune hattest. Wie benehme ich mich, wenn wir uns treffen?«

»Wir leben in einem freien Land, und du hast hier dieselben Rechte wie ich. Wenn du Abwechslung suchst, kannst du ja herkommen. Ich hoffe, daß ich mich zivilisiert benehmen werde.«

»Früher hast du das getan, aber du scheinst wieder in den alten Trott verfallen zu sein. Ländlich und so. Sag mir, ist es der junge Mann mit dem Flugzeug oder der Farmer im Reitanzug? Beide scheinen nicht ganz dein Fall zu sein, meine Liebe.«

»Es ist zufällig keiner von beiden, aber du bist es auch nicht. Ich will meinen Frieden haben.«

»Das wird dich nicht lange zufriedenstellen. Aha, da kommt ja schon ein anderer Naturbursche. Ist das auch ein Verehrer von dir? Ich fürchte, dieses Mal kann ich dir nicht gratulieren.«

Jim Masters suchte Freddie. Er machte ein sehr betrübtes Gesicht, als er hörte, daß sie ausgeritten war. Nie hätte ich gedacht, daß ich dieses kleine

Ungeheuer einmal freudig begrüßen würde, sagte Angela zu sich selbst. Aber sie stürzte sich förmlich auf ihn, führte ihn ins Haus, nickte Millar gleichgültig zum Abschied zu und war nun dazu verurteilt, sich bis zu Freddies Rückkehr mit Jim zu befassen. Ihre Schwester war ihr noch nicht einmal dankbar dafür. »Oh, Angela, du hättest Jim nicht zu unterhalten brauchen. Bis auf gestern, als wir in der Stadt waren, hat er jeden Tag hier verbracht. Und ich hasse einfach Menschen, die einen kleinen Wink nicht verstehen, du nicht?«

»Da bin ich ganz deiner Meinung, aber es ist noch schlimmer, wenn sie einen Schlag ins Gesicht nicht vertragen können.«

Freddie sah ihre Schwester an und sagte dann ruhig: »Ich mag ihn eigentlich nicht – Dr. Millar, meine ich. Ich habe ihn nie gemocht. Oh, ich wünschte so sehr, er wäre nicht gerade jetzt aufgekreuzt, um alles zu verderben.« Dann sagte sie schnell: »Du wolltest doch eigentlich nichts mehr von der Universität hören, nicht wahr?«

»Nein, Freddie, du hast recht.« Angela war erstaunt, daß sie sich diese Worte ernsthaft sagen hörte, aber irgendwie konnte sie der Warmherzigkeit ihrer Schwester nicht widerstehen.

»Weißt du, wenn er in deine Wohnung kam, fühlte ich mich immer noch überflüssiger als sonst. Es schien ihm Spaß zu machen, sich so auszudrücken, daß ich es nicht verstand.«

»Überflüssiger als sonst? Oh, Freddie, habe ich dir je dieses Gefühl gegeben?«

»Nein, nein. Du hast es ja nicht absichtlich getan, und natürlich habe ich es verstanden. Ich meine, du hattest endlich ein Heim und wolltest nicht, daß ich darin eindrang. Es war völlig natürlich.«

In dieser Feststellung lag nicht der geringste Tadel; Freddie akzeptierte damit lediglich die Tatsache, daß sie nicht erwünscht gewesen war. Angela wurde von Gewissensbissen geplagt. Sie legte einen Arm um ihre Schwester. »Mein Kleines, du bist ein Dummkopf. Die Wohnung war doch als Heim für uns beide bestimmt. So hatte es Max gewollt.«

»Ich glaube nicht, daß Vater das wirklich jemals beabsichtigt hat. Er hat nie an irgend jemanden von uns gedacht außer an dich. Es war schrecklich lieb von dir, daß du mich aufgenommen hast, aber ich wußte immer, daß es dein Heim war.«

»Verdammt noch mal«, rief Angela wütend, »was für ein Scheusal bin ich gewesen. Denk nicht mehr daran, Freddie. Jetzt ist alles vorbei – die klugen Gesellschaften und die Unterhaltungen – dieses ganze Leben, das eigentlich gar nicht mein Leben war. Ich bin davon geheilt.«

Freddie sagte nichts, aber in dem Blick, den sie ihrer Schwester zuwarf, lagen Zärtlichkeit und Mitgefühl. Sie hatte jetzt erfahren, wie weh es tat, unglücklich zu sein, und sie wußte, daß Angela sehr unglücklich gewesen war. Das brachte die ältere Schwester dazu, schnell zu sagen: »Jetzt haben wir uns gefunden und müssen zusammenhalten. Wir werden dieses Jahr in der Wohnung eine schöne Zeit haben – neue Freunde gewinnen, neue

Dinge unternehmen. – Und zum Teufel mit dem intellektuellen Leben!« Aber Freddie wußte, daß sie eigentlich sagen wollte: Zum Teufel mit Wyngate Millar!

Vor Freude drehte sie sich einmal um sich selbst. Es würde herrlich sein, mit Angela die Wohnung zu teilen, wirklich zu spüren, daß es auch ihr Zuhause war. So herrlich, daß sie nicht einmal daran dachte, daß sie letzten Endes nach Sydney gehen mußte.

Dann seufzte sie und kehrte auf den Boden der Tatsachen zurück. Jetzt blieb ihr nichts anderes übrig, als nach draußen zu gehen und freundlich mit Jim Masters zu sein. Vor zwei Tagen hatte er einige von ihnen auf seinem Boot hinausgefahren. Jetzt mußte sie sich revanchieren.

9

Beim Mittagessen sagte Shelagh plötzlich: »Das ist ein hübscher Anhänger, Freddie. Ich habe ihn noch nie bei dir gesehen.«

Alle sahen auf, und Freddie errötete; dann sagte sie schnell: »Das ist nur eine Imitation. Hat wahrscheinlich nur ein paar Pennies gekostet.«

Irgend etwas in ihrer Stimme veranlaßte Jonathan, sie noch einmal anzusehen; sie schien sich gar nicht wohl in ihrer Haut zu fühlen. Angela besah sich den Anhänger näher. »Er ist schön und für eine Imitation sehr schlicht. Modeschmuck ist sonst so schrecklich auffallend.«

Jonathan streckte seine Hand aus. »Ich will mir das einmal ansehen, Freddie. Diese Imitationen haben mich schon immer interessiert.«

Er betrachtete den Anhänger einen Moment lang und hätte ihn zurückgegeben, aber Bill griff danach. Freddie sagte: »Natürlich hätte ich ihn nie angenommen, wenn er echt gewesen wäre.«

Es entstand eine Pause, dann sagte Bill: »Willst du damit sagen, daß Masters ihn dir geschenkt hat?«

Sie sah kläglich aus, und Angela wünschte, Max wäre da, oder auch Nick und Stephen; sie konnten solche Situationen gut überspielen. Bill legte ihn mürrisch auf den Tisch. »Das ist keine Imitation. Der Anhänger ist echt und hat wahrscheinlich fünfzig Pfund gekostet.«

»Er ist nicht echt. Sei nicht so gemein! Jim ist gestern in die Stadt gegangen und hat ihn in einem der kleinen Läden erstanden. Da bin ich ganz sicher.«

»Er hat ihn ganz bestimmt nicht in Tainui gekauft, und außerdem ist er echt«, sagte Jonathan barsch.

Angela versuchte, einzugreifen. »Wie sollte Freddie das wissen? Jeder verschenkt heutzutage diese kleinen wertlosen Dinge. Jetzt fangt doch nicht alle an, über sie herzufallen.«

Diese mitleidige Unterstützung war ein Fehler. Freddie erhob sich vom Tisch, in Tränen aufgelöst. Dinah sagte ruhig zu Bill: »Ich finde euch abscheulich. Ihr habt kein Recht...«

Bill hörte sich selbst sagen: »Tut mir leid. Es geht mich natürlich nichts an, aber verdammt noch mal, wie kann er wagen, ihr so etwas zu schenken? Und sie hätte von ihm nichts annehmen dürfen.«

Freddie schluckte schwer und sah Jonathan hoffnungsvoll an, aber der sagte überhaupt nichts, sondern schob ihr nur den Anhänger über den Tisch zu. Er war ärgerlich, das wußte sie, denn seine Lippen waren fest aufeinandergepreßt. Sie nahm den Schmuck und warf ihn mit aller Wucht durch das Zimmer. »Gräßliches Ding! Ich will es gar nicht. Und ich hasse euch alle!«

Das war kein guter Abgang, und zu allem Unglück knallte sie noch die Türe hinter sich zu.

Einen Augenblick lang herrschte völliges Schweigen. Dann stand Dinah sehr bedächtig auf, schob ihren Stuhl vorsichtig an seinen Platz zurück und sagte sehr bestimmt zu Bill: »Du hast mir immer erzählt, daß ihr keine Familie seid, und daß du dich nicht viel um deine Schwestern kümmern willst. Das scheint mir nicht der richtige Augenblick, um damit anzufangen.«

Dann verließ sie das Zimmer und schloß die Tür leise hinter sich.

Bill sagte: »Zum Teufel«, und dann »Weiber!« Aber er wußte, daß er kläglich versagt hatte, und wartete nun darauf, daß Jonathan etwas sagen würde.

Doch Dr. Blake erhob sich nur von seinem Stuhl, ging durch das Zimmer, holte den Anhänger aus der Ecke, wo er gelandet war und übergab ihn Angela. »Gib ihn ihr besser zurück«, sagte er freundlich, »er ist ziemlich wertvoll. Bin ich heute mit Spülen dran?«

Das war nicht der Fall, und so ging er ohne ein weiteres Wort hinaus, während Angela den Anhänger nahm und Freddie zu suchen begann. Sie war weder in ihrem Zimmer noch auf der Veranda. Wahrscheinlich vergoß sie Tränen unter ihrem bevorzugten Magnolienbaum. Da sie wußte, wie sehr sie selbst es haßte, beim Weinen überrascht zu werden, gab Angela ihre Suche auf und begann mürrisch mit dem Geschirrspülen.

Es war ein unglücklicher Zufall, daß ausgerechnet Jim Masters Freddie entdeckte. Sie saß nicht unter ihrem Baum, sondern lag am Strand, die Augen geschlossen, als schliefe sie, und er stand eine

Minute lang da und starrte sie an. Lieber Himmel, wie schön sie war!

Freddie hatte die Schritte gehört, und ihr Herz machte einen Sprung. Jonathan war gekommen, um sich mit ihr zu versöhnen. Es hatte so gar nicht zu ihm gepaßt, als er mit dieser kalten, tadelnden Stimme sprach. Wieso war es so schrecklich gewesen, den Anhänger anzunehmen? Sie war sicher gewesen, daß Jim ihn bei Woolworth erstanden hatte, und sie hatte ihn nicht verletzen wollen, indem sie das Geschenk zurückwies. Sie würde Jonathan alles erklären, und sie würden wieder Freunde sein.

Dann öffnete sie die Augen und sah, daß Jim neben ihr stand. Sofort setzte sie sich ruckartig auf. »Oh, ich dachte, du wärst... Jim, warum hast du mir diesen Anhänger gegeben?«

»Weil er dir so gut stand, Schätzchen.«

Wie sie es haßte, wenn er sie so nannte! Immerhin erleichterte ihr das die folgenden Worte: »Aber du wußtest doch, daß ich ihn nur für eine Imitation hielt, die fast nichts gekostet hatte.«

Er lachte eingebildet. »Kosten? Mach dir darüber keine Sorgen. Ich kann es mir leisten. Für dich ist das Beste gerade gut genug, Hübsches.«

»Aber ich hätte das natürlich nicht annehmen dürfen. Nicht so etwas Wertvolles. Ich dachte, es wäre eine Art Scherz zur Erinnerung an die Ferien, weil du in zwei Tagen abreist. Ich hätte ihn nie angenommen, wenn ich gewußt hätte, daß er echt ist. Es tut mir leid, Jim, aber du mußt ihn zurücknehmen. Vielleicht wird das Geschäft das Geld zurückzahlen, oder vielleicht möchte ein anderes Mädchen ihn gerne haben.«

Sie redete zuviel, weil es schrecklich war, zu beobachten, wie er vor ihr stand, seinen weichen Mund halb geöffnet.

»Ein anderes Mädchen? Es gibt kein anderes Mädchen. Nur dich, Freddie.« Und ehe sie sich's versah, bekam sie den ersten Heiratsantrag ihres Lebens.

Das war wirklich höchst unangenehm. Sie fand es abscheulich, jemanden verletzen zu müssen, und er sah aus, als würde es ihm wirklich etwas ausmachen. Aber trotzdem, dachte Freddie schuldbewußt, war es ziemlich aufregend, endlich einen Heiratsantrag zu bekommen, auch wenn er von Jim kam.

Und es war eigentlich kein richtiger Antrag, denn Jim dachte unglücklicherweise weniger daran, seine Liebe auszudrücken oder seine Angebetete zu besingen, als mit seinem eigenen Reichtum, seinem schnellen Auto, seinen reichen Eltern und all den Vorteilen, die sie aus einer Heirat mit ihm haben würde, anzugeben. Davon wurde er derart in Anspruch genommen, daß Freddie ihn erst nach geraumer Zeit unterbrechen konnte, um ihn zu überzeugen, daß er sich vertan hatte, hoffnungslos vertan; daß sie ihn zwar gerne mochte (das, beschloß sie, mußte sie sagen, auch wenn es nicht stimmte; ganz einfach, weil es freundlich war), aber daß sie ihn nicht heiraten wollte. Eigentlich wolle sie gar niemanden heiraten. (Das war eine noch schlimmere Lüge, aber nun kam es schon nicht mehr darauf an.)

Aber auch jetzt war er noch nicht überzeugt. »Ich weiß, daß du jung bist. Ich auch, und die anderen werden sagen, daß ich verrückt bin, mich zu binden. Aber – nun, ich muß in zwei Tagen abfahren – und du bist so schön!«

Freddie konnte dem nicht völlig widerstehen und sagte in schmelzendem Ton: »Ich bin so glücklich, daß mich jemand mag.«

Das war ein Fehler, denn jetzt begann er von neuem, streckte seine Hand aus, um sie hochzuziehen und sagte: »Laß uns zu den anderen gehen und ihnen unser Geheimnis verraten. Wir wollen sie alle überraschen. Das wird sie umhauen. Allerdings nicht so sehr, wie es manche Mädchen umhauen wird. Sie werden dir die Augen auskratzen wollen, Schätzchen.«

Diese unschöne Bemerkung rief erneut ihren Widerstand hervor, und sie sagte ihm kurz und bestimmt, daß sie ihn nicht heiraten könne, wobei sie, um ihre Absage etwas zu mildern, wieder hinzufügte, daß sie überhaupt niemanden heiraten wolle. Sie hoffte nur insgeheim, daß es ehrlicher klang, als es gemeint war. Aber das konnte ihn nicht überzeugen, denn es war unmöglich, sein Selbstbewußtsein zu erschüttern und ihn merken zu lassen, daß er – zumindest bei diesem Mädchen – völlig unerwünscht war. Jim Masters mit seinem guten Gehalt, seinen herrlichen Aussichten, mit seinem Boot und seinem Auto! Doch er mußte es schließlich doch akzeptieren, und einen Augenblick lang war er wütend; dann machte er zu ihrem Schrecken den Eindruck, als werde er gleich in Tränen ausbrechen.

Das war fürchterlich. Sie selbst fühlte sich ebenfalls so kläglich, daß nur wenig fehlte, um sie auch zum Weinen zu bringen. Die Vorstellung jedoch, wie sie beide alleine am Strand saßen und ihre Tränen vermischten, rettete sie; es brachte sie beinahe zum Lachen, was natürlich noch schockierender gewesen wäre. Aber Jim sah ihr Lächeln, und das machte ihm die Wahrheit besser klar als irgend etwas anderes.

Er sagte mürrisch: »O.K., wenn das so ist... Aber ich halte dich für verrückt. Du hättest ein schönes Leben mit mir haben können. Wenn du natürlich so darüber denkst, dann lassen wir es eben. Wie du sagtest, es gibt massenhaft andere Mädchen.«

Das war schon besser, wenn auch nicht gerade schmeichelhaft. Sie sagte freundlich: »O ja, massenhaft, Jim. Du wirst mich bald vergessen. Es ist nur ein Strohfeuer, wie es in den Büchern immer heißt.«

Das war ein sehr selbstloses Eingeständnis, denn sie wollte nicht, daß ihr erster Heiratsantrag als Strohfeuer abgetan wurde. »Ich werde den Anhänger holen, und ich danke dir so sehr, daß du ihn mir geben wolltest, Jim, und dafür, daß – daß du mich ein bißchen gerne gehabt hast. Ich werde immer daran denken.«

Das ermutigte ihn zu sagen: »Dann wollen wir zusammen im Boot hinausfahren. Ganz alleine. Unser letzter Ausflug. Ich bin noch nie mit dir alleine hinausgefahren.«

Sie sah skeptisch drein. Der Nachmittag war heiß, und sie fühlte sich müde von den vielen Aufregungen. Außerdem hatte sie die Hoffnung, daß Jonathan noch nach ihr suchen könnte; dann wollte sie ihm sagen, daß sie den Anhänger zurückgegeben hatte und konnte sogar andeuten, daß Jims Absichten letzten Endes doch völlig ehrenhaft gewesen waren.

Sie sagte: »Ich bin schrecklich schläfrig, und es ist glühend heiß.«

»Aber ich meine doch nicht jetzt. Heute abend, wenn es kühl ist. Warum nicht?«

Sie wußte eigentlich nicht genau, warum, aber sie verspürte keine Lust. Aber das war gemein, sagte sie zu sich selbst. Sie hatte seinen Antrag abgelehnt; sie würde ihm seinen Anhänger zurückgeben; so mußte sie wenigstens ein kleines Zugeständnis machen.

»Na ja, dann komm zum Abendessen«, sagte sie zögernd, »und dann sehen wir weiter.«

Bis dahin würde Jonathan sicher zurück sein. Er würde schon einen Ausweg wissen, um sie aus dieser Klemme zu befreien.

Trotz seiner gebrochenen Gefühle und der kühlen Blicke der Familie genoß Jim sein Essen an diesem Abend sehr. Shelagh hatte es zubereitet, und auf ihre Kochkünste konnte man sich immer verlassen.

Angela konnte nur sehr begrenzt kochen, und Freddie, dachte ihr hungriger Liebhaber, war eine reine Katastrophe in der Küche. Vielleicht, meinte er jetzt, war ihre Absage doch nicht so schlimm. Essen war wichtig, und sie würde nie eine gute Köchin abgeben.

Bevor er das Boot verlassen hatte, um die kleine Gesellschaft zu besuchen, hatte er sich mit ein paar Drinks getröstet, und sein Selbstbewußtsein war zurückgekehrt. Freddie sah sonderbar reizend aus; sie war irgendwie sanfter, fast wehmütig. Er meinte, daß sie vielleicht ihre Ablehnung schon bedauerte, und es hätte ihn sehr geschmerzt, zu erfahren, daß sie in Wirklichkeit auf Jonathans Schritte horchte. Er kam oft nicht zum Abendessen, dachte sie, aber er würde sicher später hereinschauen, und sie würde nicht weggehen, bevor er gekommen war.

Als er auftauchte, saß sie auf der Veranda, lauschte dem Gelächter aus der Küche, wo Nick beim Spülen half, und den Seufzern ihres zurückgewiesenen Liebhabers, die vom Liegestuhl neben ihr kamen. Sie fand diese Laute sehr ergreifend und merkte nicht, daß einerseits Shelaghs herrlicher Curry und andererseits die Drinks auf dem Boot schuld daran waren.

Jonathan betrat die Veranda, und sofort sprang Jim auf, um zu Freddie zu sagen: »Der Mond geht auf; wie ist es mit unserer Fahrt?«

Sie sah Dr. Blake hoffnungsvoll an. Bestimmt hatte er die Einladung gehört und würde ihr irgendeinen Vorwand liefern, um abzulehnen. Aber er ging mit einem kurzen Gruß an ihnen vorüber, und sie hörte, wie er zu Shelagh im Wohnzimmer sagte: »Kommen Sie heute abend mit mir, wenn ich Matron besuche?«

Das war zu viel. Freddie hatte begonnen, Matron als ihr und Jonathans ausschließliches Eigentum zu betrachten, und jetzt wollte er Shelagh mitnehmen, ohne sie auch nur zu bitten, sie zu begleiten.

Sie hörte, wie ihre Schwester zustimmte, und plötzlich stand sie von ihrem Stuhl auf. »Gut. Gehen wir, Jim«, sagte sie und lief schnell den Weg hinunter. Sie wollte Shelagh nicht mit Jonathan weggehen sehen. Sie wußte ganz genau, wie er seine langen Schritte den ihren anpassen würde, wie er seinen Kopf über ihr leuchtend goldenes Haar beugen würde. Das hatte sie so oft gesehen, und es hatte sie immer verletzt. Es würde Spaß machen, heute abend in Jims Boot hinauszufahren, und hatte sie sich nicht immer so sehr gewünscht, Spaß zu haben?

Jetzt kam Dinah auf die Veranda, setzte sich ganz ruhig auf einen Stuhl, betrachtete den dünnen Mondstrahl auf dem Wasser und dachte, daß sie all das bald hinter sich lassen mußte, um nach Hause zurückzukehren. Es würde ihr schrecklich fehlen; das selbstverständliche, freundliche Kommen und Gehen, das Familienleben, das so ungezwungen und so herzlich war, der Sport im Freien, das Reiten mit Nick (der damit angab, daß er ein Pferd auch noch mit einer Hand dirigieren konnte, und dem das auch gelang), das Wellenreiten mit Nick und die Spaziergänge, die Gespräche und das Lachen mit allen, besonders mit Nick.

Und Bill? Diesem Thema wich sie aus.

Bill hatte sich erholt. Er würde bald in die Stadt zurückkommen. Sie hatte noch viel Zeit, um über Bill nachzudenken, und außerdem war er wahrscheinlich ohnehin böse auf sie.

In diesem Augenblick kam er heraus, setzte sich neben sie auf das Verandageländer und versuchte, im Dämmerlicht ihr Gesicht zu sehen. »Müde? Du bist sehr unternehmungslustig in letzter Zeit. Ist dir das Reiten in dieser Hitze nicht zuviel?«

Sie fand es eigenartig, daß er über ihre öffentliche Zurechtweisung so hinwegging; Bill war in letzter Zeit wirklich anders geworden.

Sie sagte: »Ich reite so gerne. Das war schon immer so.«

Das ärgerte ihn, denn es war eine der wenigen Sportarten, die er nicht glänzend beherrschte. Unklugerweise sagte er: »Du bist den Hügel gestern sehr schnell heraufgeritten. Die Stute war nicht mehr unter deiner Kontrolle. Wenn dir an der Kurve ein Auto entgegengekommen wäre...«

Seiner Meinung nach unterbrach sie ihn ziemlich grob. »Bess war völlig unter Kontrolle; Nick sagt, ich würde gut mit ihr fertig. Ich bin in der Stadt viel geritten, und du nicht.«

»Vielleicht nicht, aber ich kann sehen, wenn ein Pferd praktisch durchgeht. Euer Reiten im Ponyclub ist etwas ganz anderes als das hier.«

Nein, dachte sie, er hatte sich eigentlich doch nicht geändert. Er war noch immer viel zu selbstsicher, viel zu sehr bereit, sie herumzukommandieren.

»Warum reitest du nicht mit aus und gibst mir Unterricht, wenn du so viel davon verstehst?«

Seine Antwort, schmeichelte er sich selbst, war zurückhaltend und vernichtend zugleich. »Natürlich fühle ich mich für deine Sicherheit verantwortlich, Dinah. Deine Eltern haben sich immer darauf verlassen, daß ich auf dich aufpasse.«

Sie sprang auf, erhob sich nicht langsam wie üblich, sondern mit einem plötzlichen Ruck, und dann sagte sie ganz laut: »Haben sie das getan? Dann ist es an der Zeit, daß das aufhört. Ich will verflucht sein, wenn ich eine Gouvernante brauche.«

Dann ließ sie ihn mit seinen Gedanken allein.

Auf dem Wasser war es sehr ruhig. Die meisten anderen Vergnügungsboote waren zurückgefahren, und das Meer lag verlassen und still da. Jim ruderte schweigsam zu seinem Boot; sein beschränkter Geist war mit einer Menge widerstreitender Gedanken beschäftigt. Wie schön sie in diesem Licht aussah! Wie bestimmt sie ihn abgewiesen hatte! Er faßte nach dem Anhänger, der verschmäht in seiner Tasche lag. Das alles war ein bitterer Schlag für seinen Stolz gewesen. Jetzt brauchte er ein paar Drinks.

Freddie war erstaunlich unerfahren mit Alkohol.

In einer Zeit, in der viele Mädchen Alkohol ebenso freizügig tranken wie Männer, und ihn auch ebensogut vertrugen, hatte sie nur mit Sherry und bei ein oder zwei festlichen Gelegenheiten mit etwas Champagner Erfahrungen gemacht. Der Geruch von Whisky war ihr verhaßt, und sie konnte nie vergessen, wie sehr sie den Weinbrand verabscheut hatte, den man ihr bei einer ihrer Gallenkoliken eingeflößt hatte.

Aber Gin war etwas ganz Neues. Wenn man ihn mit Ginger Ale mischte, konnte man den Gin kaum noch herausschmecken; aber das lag wohl auch daran, daß Jim gesagt hatte, er hätte nur ein paar Teelöffel davon hineingegeben. Sie schluckte das Getränk wie Limonade und freute sich über das angenehme Gefühl, das sie überkam.

Jetzt fuhren sie den Kanal hinunter zur anderen Seite des Hafens, und alles war vom Mondschein in reine Schönheit verwandelt. Freddie begann zu fühlen, daß das Leben ihr vielleicht doch noch etwas zu bieten hatte.

Als sie ein zweites Glas Gin mit Ginger Ale getrunken hatte, war sie sich dessen sicher. Jim, der jedesmal zwei große Drinks auf einen der ihren getrunken hatte, lachte, als sie ihr Glas absetzte.

»Wie du das so 'runterschüttest! Niemand würde glauben, daß du gerade aus der Schule kommst.«

Sie freute sich über dieses Lob. Es klang so nach Erfahrung. Aber plötzlich schlug ihre Stimmung um, und sie saß traurig im Heck des Bootes und überlegte sich, warum Jonathan Shelagh ihr vorzog. Dabei war sie doch hübsch. Alle sagten es, zumindest alle außer Dr. Blake. Er hatte nie ihr gutes Aussehen bewundert, und wahrscheinlich zog ihn Shelagh mehr an. Als Jim sie zu einem weiteren Drink aufforderte, stimmte sie eifrig zu. Sie war überzeugt, daß sie sich danach besser fühlen würde.

Aber das war nicht der Fall. Ganz im Gegenteil, sie fühlte sich eigenartig schläfrig. Vielleicht war in diesen Drinks doch mehr Gin gewesen, als Jim zugegeben hatte. Nach ein paar Teelöffeln konnte man sich nicht so fühlen. Sie fühlte sich, als würde sie schweben; als hätte sie überhaupt keine Beine. Als...

Freddie schlief fest; sie vergaß ihre Sorgen und träumte, sie sei eine Möwe, die auf den Wellen trieb, hochgehoben und wieder leicht ins Wasser tauchend.

Sie erwachte, als das Boot langsam anhielt. Der Mond war hinter den Wolken verschwunden, und das Meer sah schwarz und ölig aus. Sie mußte eine halbe Stunde lang geschlafen haben. Ihr Kopf schmerzte schrecklich, und die freudige Stimmung, die der Gin verursacht hatte, war verflogen. Die Welt war langweilig und ihr Leben leer. Außerdem hatte sie einen scheußlichen Geschmack im Mund.

Sie sagte zu Jim, der ihr gegenübersaß und sie beobachtete: »Es tut mir leid, daß ich eine so langweilige Begleitung war, aber es war eine herrliche Fahrt. Ich danke dir sehr. Jetzt gehe ich aber besser nach Hause. Es ist bestimmt schon nach zehn.«

»Es ist nach elf. Mach dir keine Sorgen. Sie glauben, du bist im Bett.«

»Ja, sehr wahrscheinlich, und genau da möchte ich auch gerne sein. Laß uns an Land rudern.«

Er regte sich nicht. Seine Stimme war ziemlich dunkel, und in seinem Verhalten war irgend etwas Sonderbares. Er sagte: »O nein, das werden wir nicht, Schätzchen. Ich fahre dich heute nicht an Land.«

Schon wieder dieser alberne Name – und wovon sprach er bloß? Sie war wütend und überrascht, aber überhaupt nicht ängstlich. Wer konnte vor diesem dummen Jungen Angst haben? Sie sagte fröhlich: »Sei doch kein Dummkopf. Natürlich gehe ich nach Hause, und wenn du mich nicht hinfährst, dann werde ich eben selbst rudern. Aber – aber wo ist das kleine Boot?«

Freddie spürte leichte Angst in sich aufsteigen, denn das Boot war nicht da. Jim lachte unangenehm. »Du hättest mehr Ginger Ale und weniger Gin trinken sollen, Baby. Hast du nicht gesehen, wie ich das Boot auf der anderen Seite an der Mole festgebunden habe? Nein, du hast geschlafen, hübsch zusammengekuschelt, nicht wahr? Ja, ich habe es dortgelassen. Ich dachte, das würde uns einen Streit ersparen. Ich werde es morgen früh holen.« Jetzt überkam sie die kalte Wut. »Das war klug von dir. Aber ich kann schwimmen, und verdammt viel besser als du.«

Dann fiel ihr plötzlich ihre schreckliche Angst vor Haien ein. Ihr Traum war Wahrheit geworden: Ein schwarzes Meer, auf dem sie alleine schwamm, und die Haie sie jagten. Sie sah jetzt, daß sie sich nicht vor dem üblichen Ankerplatz befanden, sondern viel weiter draußen. Es war eine riesige Strecke zurückzulegen. Dann kam sie zu dem Schluß, daß sie sich selbst in diese unglückliche Lage gebracht hatte; es hatte keinen Zweck, hier zu sitzen und zu weinen. Sie schleuderte ihre Sandalen von sich und beschloß eben, ihre Würde zu opfern und auch ihr Kleid auszuziehen, als er sagte: »Gerade an dieser Stelle habe ich gestern abend einen Hai gesehen.«

Sie erschauerte, beherrschte sich dann aber, als sie ihn lachen hörte. Vorsichtig betrachtete sie ihn im Dämmerlicht. Er war ziemlich betrunken, fand sie, und auf jeden Fall nicht kräftiger als sie; außerdem war sie viel besser trainiert. Sicherlich konnte sie einen guten Kampf durchstehen und wahrscheinlich auch gewinnen.

Aber selbst wenn ihr das gelingen sollte, was hatte sie davon? Angenommen, sie machte ihn kampfunfähig, dann wußte sie immer noch nicht, wie sie die teuflische Maschine starten sollte. Nein, die einzige Möglichkeit war, zu schwimmen.

Sie starrte auf das dunkle Wasser und konnte einen heftigen Schauder nicht zurückhalten. Ja, jetzt hatte sie Angst, und er wußte es. Sie hörte, wie er noch einmal jenes gräßliche Gekicher von sich gab und dann sagte: »Du hast wohl nicht so recht

Lust? Du würdest dich besser damit abfinden, hierzubleiben. Morgen früh können wir auftauchen und zu Papa sagen: ›Na, wie ist es? Jetzt mußt du *ja* sagen, nachdem wir schon einmal angefangen haben.‹ Ihm wird es nichts ausmachen, er ist an solche Abenteuer gewöhnt.«

Freddie drehte sich wütend um und versetzte Jim mit aller Kraft einen Schlag. Sie war außer sich vor Wut; diese Worte sollte er büßen. Er fiel nach hinten, sein Kopf schlug auf der Bootskante auf, dann rutschte er auf den Boden des Bootes.

Starr vor Entsetzen betrachtete sie ihn. War er tot? So starb man in Büchern. Würde sie wegen Mordes vor Gericht kommen? Sie begann, hemmungslos zu weinen, laut und verzweifelt wie ein Kind.

In diesem Augenblick hörte sie das gleichmäßige Eintauchen von Rudern im Wasser hinter dem Boot, und eine fröhliche Stimme sagte: »Hallo, ihr da! Ist das die *Liebste*? Ah, Sie sind es, Freddie. Wollen Sie mit nach Hause fahren?«

10

Er stand neben ihr im Boot und betrachtete die Gestalt, die regungslos auf dem Boden lag.

»Habe ich ihn umgebracht?« jammerte Freddie laut. »Oh, ich weiß, daß ich ihn umgebracht habe.«

Jonathan nahm Jims Handgelenk und beugte sich hinunter; dann richtete er sich sofort wieder auf und lachte: »Keine Spur. Er ist nur betäubt und ein bißchen betrunken. Er wird ganz schnell wieder zu sich kommen. Allerdings wird er seinen Kopf bis morgen spüren.«

Er redete, um ihr Gelegenheit zu geben, sich zusammenzunehmen, aber sie gab sich nicht die geringste Mühe; sie weinte noch immer verzweifelt. Er sagte aufmunternd: »Kommen Sie jetzt. Es ist sinnlos, zu warten, bis seine Kopfschmerzen beginnen. Es wird ohnehin Zeit, daß Sie zu Hause erscheinen. Klettern Sie ins Boot. Vergessen Sie Ihre Sandalen nicht. Haben Sie sonst noch irgend etwas vergessen?«

Er leuchtete mit einer Taschenlampe umher. Hatte Jonathan über Jim auch wirklich die Wahrheit gesagt? Vergewisserte er sich nun, daß sie nichts zurückließ, was sie verraten konnte? Sie wußte, daß alle edlen Retter in Kriminalromanen das taten.

Aber sie versuchte nicht zu widersprechen; noch

immer laut schluchzend, kletterte sie in das Boot. Jonathan legte Jim in eine bequemere Stellung und sah, daß er schon Anzeichen zeigte, in ein vielleicht traurigeres und weiseres Leben zurückzukehren. Dann ruderte er schnell an den Strand, half Freddie beim Aussteigen und machte das Boot fest, ohne sich weiter um eine Unterhaltung zu bemühen. Sie wartete hilflos auf ihn, und er nahm sie beim Arm, um aufmunternd zu sagen: »Nach Hause, mein Kind. Fühlen Sie sich gut?«

Da sie stets fest entschlossen war, keine körperliche Schwäche zu zeigen, sagte sie: »Aber natürlich. Ich fühle mich immer gut.«

Dann stolperte sie über ein Stück Treibholz und fiel beinahe hin.

»Wie wäre es, wenn Sie sich ein bißchen hinsetzen würden? Bis zum Haus haben wir einen ziemlich steilen Weg vor uns.«

»Aber was werden sie denken?«

»Sie sind alle zu Bett gegangen und glauben, daß Sie auch längst schlafen.«

»Was haben Sie da draußen getan?«

»Nach Ihnen gesucht.«

Das tröstete sie, und sie hörte auf zu frieren. »Aber wie wußten Sie das?«

Er wollte sagen: Ich machte mir Sorgen um dich. Außerdem schämte ich mich, daß ich so ein selbstgerechter, eingebildeter Affe war und dich verletzt habe. Deshalb habe ich aufgepaßt und gewartet.

Statt dessen sagte er gelassen: »Wir saßen auf

Matrons Veranda. Wie Sie wissen, hat man von dort aus einen guten Blick auf das Meer. Ich fand, daß sich dieses Boot eigenartig benahm, und ich hatte gehört, wie der kleine Jim Sie einlud, mit ihm hinauszufahren. Außerdem sah ich, daß er einen über den Durst getrunken hatte, und so dachte ich, es wäre besser, nachzusehen.«

»Dieses gräßliche kleine Scheusal – und ich dachte, er verehrte mich so.«

Ihre Stimme war tieftraurig, und er gab ihrem Arm einen hastigen kleinen Klaps.

»Gegen Gin hat die Verehrung kaum eine Chance. Machen Sie sich nichts daraus. Sie haben ihn kampfunfähig gemacht. Das hat Sie für den Schrecken entschädigt.«

Aber damit war sie nicht einverstanden. »Vor ihm hatte ich keine Angst, es waren nur die Haie.«

»Was für Haie?«

»Er sagte, er hätte genau an jener Stelle einen gesehen, und das Boot hatte er auf der anderen Seite festgemacht. Also hätte ich schwimmen müssen. Er weiß, daß ich schreckliche Angst vor Haien habe.«

Sie erschauerte, und er legte einen Arm um sie. Dieser Arm wirkte beruhigend, und Freddie war sicher, daß es Shelagh nichts ausmachen würde, denn sie fürchtete, daß es ein völlig brüderlicher Arm war.

»Aber wenn Sie keine Angst vor ihm hatten, warum haben Sie dann einfach zugesehen, wie er das Boot zurückließ?«

Sie begann wieder zu schluchzen und verbarg ihr Gesicht an seiner Schulter. Er bemerkte, daß sie wie ein kleines Kind weinte. Man konnte es eigentlich nicht als Weinen bezeichnen. Er kam zu dem traurigen Schluß, daß es mehr ein Gebrüll war. Zum Glück war der Strand völlig verlassen.

Jetzt schluckte sie, setzte sich auf und sagte: »Oh, Jonathan, es ist so schrecklich. Ich kann es Ihnen einfach nicht sagen.«

»Dann lassen Sie es«, sagte er nüchtern. »Aber hören Sie auf zu weinen. Sie werden furchterregend aussehen, wenn irgend jemand im Haus noch auf ist.«

»Aber ich muß es jemandem erzählen, und sogar Angela wäre entsetzt. Und außerdem sind Sie genau wie ein Bruder.«

Er sagte ziemlich kurz angebunden: »Na ja, wenn es sein muß, dann erzählen Sie – hoffentlich dauert es nicht die ganze Nacht.«

»Es ist etwas ganz Schreckliches passiert.« Er erstarrte, nahm jedoch seinen Arm nicht weg.

»Ich – ich war betrunken.«

Die Erleichterung war so groß, daß er herzlich zu lachen begann. Freddie fühlte sich verletzt und wandte sich ab.

»Es ist überhaupt nicht zum Lachen. Oh, ich schäme mich ja so! Ich wollte ganz anders sein. Ich habe andere oft davon sprechen hören, daß Mädchen bei Partys zuviel getrunken hatten, und ich dachte: Das wird von mir nie jemand sagen.«

»Wird auch niemand. Niemand kann nüchterner

sein als Sie, als ich Sie fand, es sei denn, lautes Gebrüll wäre ein Zeichen von Trunkenheit. Es wäre jedenfalls ein ungewöhnliches.«

»Lachen Sie nicht, und seien Sie nicht so überlegen. Ich dachte, es würde Spaß machen, einen Drink zu nehmen, und Jim sagte, es wäre nur ein Teelöffel Gin drin. Es machte mich warm und glücklich, und deshalb habe ich noch einen getrunken. Aber dann fühlte ich mich plötzlich wieder ganz elend, und so... und so...«

»Und so haben Sie noch einen getrunken. Das war ein Fehler, aber es passiert fast jedem einmal.«

»Danach bin ich fest eingeschlafen, und deshalb wußte ich überhaupt nicht, daß er das Boot angebunden hatte und so. Oh, Jonathan, ist das nicht schrecklich?«

Er schien diese Frage ernsthaft zu prüfen, dann sagte er:

»Überhaupt nicht. Jedenfalls haben Sie Ihre Erfahrungen mit Gin gemacht. Ein eigenartiges Getränk; es scheint so harmlos zu sein, und plötzlich wirft es einen um. Jetzt wissen Sie es ja.«

»Ja, aber was für einen schwachen Kopf ich haben muß; ein paar Teelöffel sollten niemandem etwas ausmachen.«

»Ich traue dem Teelöffel nicht. Der arme junge Kerl hat den Kopf verloren.«

»Wie können Sie ihn nur bemitleiden?« fragte sie wütend. »Er versuchte, mich betrunken zu machen und mich dann zu... zu...«

»Sie zu verführen? Das glaube ich nicht, meine Liebe. Auf jeden Fall werden ihn schlimme Kopfschmerzen an Sie erinnern.«

»Aber es ist so eigenartig. Er schien mich sehr gerne zu haben. Er – er bat mich heute nachmittag, ihn zu heiraten, und dann ...«

»Wir wollen das vergessen. Jim ist ein Dummkopf, aber wenn Sie das nächstemal einen Mann abweisen, dann gehen Sie nicht wieder hin, um im Mondschein Gin mit ihm zu trinken. Und wenn Sie sich gut fühlen, wollen wir doch jetzt nach Hause gehen, oder nicht?«

Als sie langsam den Hügel hinaufgingen, brach er das Schweigen und sagte: »Dieser Anhänger, Freddie ...«

»Oh, ich habe ihn natürlich zurückgegeben. Ich weiß, daß Sie mich für dumm halten, aber wie sollte ich wissen, daß er echt war und viel gekostet hatte?«

»Sie konnten es nicht wissen. Es tut mir leid, daß ich mich so dumm angestellt habe. Wir wollen das vergessen und Freunde sein, meinst du nicht?« Er drückte ihre Hand.

»Oh, gerne. Du bist so lieb, Jonathan.«

Als sie am Tor ankamen, sagte sie: »Ein häßliches Getränk, dieser Gin. Mein Kopf zerspringt. Ich würde ja gerne ein Aspirin nehmen, aber ich möchte mich nicht an Drogen gewöhnen. Das ist noch schlimmer als Alkohol, oder?«

»Aspirin ist ein anerkanntes Mittel gegen Kater. Nein, ich mache mich nicht über dich lustig. Nimm eins, meine Liebe. Es wird dir nicht weh tun. Da kannst du dich auf mich verlassen.«

Sie sagte sanft: »Natürlich verlasse ich mich auf dich, Jonathan, und ich werde alles tun, was du sagst – immer.«

Als er sie verlassen hatte und den Hügel hinunterging, sagte Blake ernst zu sich selbst: »So geht es nicht, mein Junge. Nur keine Verführung von Kindern, ganz gleich, was Matron auch sagen mag.«

Als Jonathan am nächsten Morgen ankam, machte Angela ein besorgtes Gesicht.

»Freddie scheint sich irgendwo einen Bazillus eingehandelt zu haben. Sie ist im Bett.«

»Was für Symptome hat sie?«

»Eigentlich gar keine. Aber sie muß Schmerzen haben, denn sie hat geweint. Das tut sie zwar sehr oft, aber diesmal scheint es anders zu sein. Jedenfalls will sie nichts essen und möchte mit niemandem sprechen.«

»Das klingt mir nicht nach Bazillen. Wahrscheinlich ist es die Sonne oder ihr Magen. Warum holt ihr nicht Dr. Wyatt, um nach ihr zu sehen?«

»Das habe ich schon vorgeschlagen, weil Bill Angst vor Kinderlähmung hat, aber natürlich ist es das nicht. Aber als ich Dr. Wyatt erwähnte, sprang sie aus dem Bett und sagte, sie würde weglaufen, wenn wir das täten – und es war ihr wirklich ernst damit. Jonathan, ich weiß, wie genau Ihr Ärzte es mit den Vorschriften nehmt, aber bitte gehen Sie zu ihr und sehen Sie nach, was Sie mit ihr anfangen können. Dr. Wyatt hat soviel zu tun, und ich weiß, daß er das nicht übelnehmen wird.«

»Gut, aber lassen Sie mich alleine. Sie könnte irgend etwas nach mir werfen.«

Er ging allein zu ihr, aber Freddie zeigte keinerlei Neigung, gewalttätig zu werden; sie lag da und starrte vor sich hin. Als er sprach, errötete sie plötzlich und wandte das Gesicht ab. Gestern abend hatte sie nur Erleichterung verspürt; heute morgen hätte sie alles dafür gegeben, wenn er die ganze Geschichte niemals erfahren hätte. Wäre es nur jemand anderes gewesen als Jonathan.

Aber sonderbarerweise schien er genau derselbe zu sein, und ruhig sagte er: »Nun, hat das Aspirin gewirkt? Du würdest besser aufstehen und schwimmen gehen.«

»Oh, das ist unmöglich. Ich schäme mich so sehr. Ich kann anderen Leuten nicht ins Gesicht sehen.«

»Warum nicht? Sie wissen nichts davon, und ich verbiete dir als dein medizinischer Berater, es irgend jemandem zu erzählen. Du regst nur alle Leute auf, wenn du hier herumliegst. Angela meint, du hättest irgendeinen schrecklichen Bazillus.«

»Aber was meinst du, Jonathan? Du kannst doch nicht mehr dasselbe von mir denken wie gestern.«

»Warum nicht? Du bist genau derselbe Mensch, abgesehen davon, daß dein Gesicht ziemlich schlimm aussieht.« In Wirklichkeit hatte er darüber nachgedacht, wie herrlich ihre Schönheit im Morgenlicht zur Geltung kam, trotz der Schatten unter ihren Augen und des fehlenden Make-ups. Aber er hoffte, daß der Treffer angekommen war.

Das war nicht der Fall; sie sagte nur: »Mein Gesicht ist mir völlig gleichgültig. Auf mich kommt es an.«

»Genau. Es ist aber eigentlich ein nettes Gesicht, und es sollte vor Freude darüber strahlen, daß es sich nicht im Bauch eines gräßlichen Haies befindet.«

Das brachte sie auf.

»Wie kann man so etwas Gräßliches überhaupt sagen? Du machst dich über mich lustig. Du verstehst nicht, daß ich von mir selbst nie wieder dieselbe Meinung haben kann.«

»Das ist auch verdammt gut so. Du warst viel zu eingebildet.«

Sie versuchte, beleidigt auszusehen, aber statt dessen lachte sie, und er sagte: »Jetzt wollen wir alles vergessen. Bis auf eines.« Er machte eine Pause und sah mit ungewöhnlichem Ernst auf sie herunter. »Laufe nicht zu sehr hinter dem Vergnügen her. Mache keinen Selbstzweck daraus. Du wirst noch genug davon haben, aber das beste Vergnügen kommt von alleine, wenn du arbeitest. Das wäre die heutige Lektion. Und es wird dich interessieren, daß die *Liebste* in aller Stille ganz früh heute morgen auf einen Lastwagen geladen wurde.«

Jetzt setzte sie sich auf. »Oh, Gott sei Dank! Dann ist er weg. War er nicht verletzt?«

»Nur sein Stolz, genau wie bei dir. Natürlich auch sein Kopf, aber ich habe ihn verarztet.«

»Was?? Ist er heute morgen zu dir gekommen?«

»Nein ich bin gestern abend, nachdem du zu Bett gegangen warst, noch hinausgerudert, um eine kleine barmherzige Mission durchzuführen. Ich dachte, er könnte vielleicht etwas Jod und Aspirin brauchen. Und so war es auch. Das war das Ende von Mr. Masters und der ganzen Episode. Wie ist es nun mit dem Schwimmen?«

»Herrlich! Oh, Jonathan, du bist so lieb zu mir. Ohne dich wäre ich gestorben.«

Er lachte und ging hinaus. Sie war in Ordnung – für heute.

Zwei Tage später ging Anna Lorimer, mit sich und der Welt zufrieden, den Hügel hinauf. An diesem Morgen hatte sie ihr Manuskript zu einem ziemlich unordentlichen Päckchen verpackt und es auf die Post gebracht, um es nach England zu schicken.

Nach gründlicher Prüfung des Gewichts und einer mühsamen Rechnerei verkündete der Postmeister etwas erschrocken, daß es mehr als zwei Pfund kosten würde.

Bestimmt könnte Miss Lorimer es auf eine andere Art versenden? Mit ernsten Gesichtern versammelte sich der ganze Personalstab, um zu protestieren; es war absurd.

Sicher schon wieder ein neues Buch? Dann konnte es doch nicht so eilig sein.

Unglückerweise war es sehr eilig; es war seit drei Jahren in jedem Januar dasselbe. Anna schämte sich dessen zutiefst und war bei früheren Gelegenheiten darauf bedacht gewesen, die Meinung der Einheimischen nicht dadurch zu schockieren, daß sie ihr Manuskript von Tainui aus schickte. Aber dieses Jahr konnte sie nicht zu einem größeren und unpersönlicheren Postamt fahren. Nachdem sie unter Entschuldigungen erklärt hatte, daß es mit dem Schiff langsam und schwierig sei, zahlte sie mit einem Scheck, und widerwillig stimmte der Postmeister zu, das Paket loszuschicken.

Wenn sie doch nur die Dinge ruhig und ordentlich machen könnte, dachte sie. Aber es war immer dasselbe – sie arbeitete bis tief in die Nacht, geriet in schreckliche Hetze, und die Luftpost war der einzige Ausweg. In den letzten drei Tagen hatte sie sich völlig von der Außenwelt abgeschlossen gehabt.

Trotzdem, jetzt war es zu Ende; sie hätte die ganze Welt umarmen können. Sie war frei, und ihre Verpflichtungen waren erfüllt. Jetzt konnte sie sich vergnügen, ohne von quälenden Gedanken verfolgt zu werden. Natürlich war das Buch wahrscheinlich ein Fehlschlag, sicher das schlechteste, was sie je geschrieben hatte. Das sagte sie sich jedes Jahr, und jedes Jahr spürte sie, daß es ihr im Augenblick einfach gar nichts ausmachte.

Am Tor der Standishs bog sie ein, und Angela kam aus dem Haus, noch entzückter als sonst, sie zu sehen, weil Wyngate Millar ihr eben mit großem

Nachdruck und zu ihrem eigenen Besten einen Vortrag über die Notwendigkeit eines intellektuellen Antriebs in jedem Leben hielt. Der Vortrag dauerte nun schon mehr als eine Stunde.

»Das ist das erstemal seit Tagen, daß ich Sie wiedersehe. Und Sie sehen so zufrieden aus. Ist das Buch fertig?«

»Ja. Fertig und abgeschickt und zu den Akten gelegt.«

»Kommen Sie doch herein. Wyn Millar ist hier; ich glaube, Sie kennen ihn noch nicht. Sie waren ja tagelang nicht ansprechbar.«

Sie machte die beiden miteinander bekannt, aber Dr. Millar war nicht sehr herzlich. Das mußte wohl die ältliche Jungfer sein, die diese unbedeutenden Romane schrieb. Sie sah aus, als beabsichtigte sie, hierzubleiben, gerade jetzt, wo er einmal die schwer faßbare Angela für sich hatte.

»Sie beide sollten viel gemeinsam haben«, sagte Angela, wobei ihre Augen boshaft blitzten. »Wyn schreibt auch. Natürlich keine Romane, aber Gedichte und Kritiken und literarische Artikel; nicht wahr, Wyn?«

Das war ganz bewußt herausfordernd, und das Glitzern in ihren Augen beseitigte einige von Annas Befürchtungen. Es hatte ihr nicht gefallen, was sie von dem literarischen Freund aus Angelas Vergangenheit gehört hatte, der sie so gut zu kennen schien und ein ziemlich eingebildeter, angeberischer Mensch sein mußte. Das war Nicks Auffassung. Stephen hingegen sagte nur, daß er in Ordnung zu sein scheine und viele über Landwirtschaft und Düngemittel wisse; in jeder Hinsicht wohl ein fähiger Bursche. Das hatte Anna sehr geärgert, aber sie hatte versucht, sich mit dem Gedanken zu trösten, daß er so nur von einem Rivalen sprechen würde.

Sie lachte über Angelas Vorstellung. »Ich fühle mich sehr geschmeichelt, aber Mr. Millar wahrscheinlich nicht. Siehst du, es sind keine literarisch wertvollen Romane, und ich schreibe nur leichte Sachen, die manche Leute unterhaltsam finden.«

Angela sagte schnell: »Aber sie sind sehr beliebt. Sie verkaufen sich.«

Der Blick, den Wyn ihr schenkte, war mitleidig und bedeutete ihr klar: »Oh, das. Wie du nachgelassen hast! Als ob es *darauf* ankäme.«

Sie unternahm einen erneuten Versuch. »Und es ist doch wichtig, die Leute zu unterhalten, findest du nicht, Wyn? Es ist zur Abwechslung einmal ganz nett, zu verstehen, was man liest, ohne sich unheimlich anstrengen zu müssen.«

»Es ist gewiß erholsam, wenn man Erholung wünscht«, sagte er widerwillig.

Anna fügte hinzu: »Sie versucht nur, uns beide aufzuziehen. Wo ist Max hingegangen?«

Als sie Angelas boshaftes kleines Gesicht betrachtete, bekam sie plötzlich Mitleid mit dem jungen Mann. Es war doch nicht seine Schuld, wenn seine Ankunft alle ihre eigenen Pläne über den Haufen zu werfen drohte. Stephen hatte gesagt, er sei fähig, und sogar Nick gab zu, daß er, wie die meisten jungen Neuseeländer, viel vom Zelten verstand. Natürlich machte ihn das noch gefährlicher, aber man wartete auch wohl vergebens auf den komischen, zerstreuten Professor, wie er in Romanen steht.

Angela sagte: »Er ist auf der Veranda. Bleiben Sie doch zum Kaffee. Er wird sich so freuen, Sie zu sehen. Er ist momentan sehr mürrisch und hält nicht mehr viel vom Familienleben.«

»Warum, was ist passiert? Seit drei Tagen habe ich kaum mit jemandem gesprochen. Sind mir einige Aufregungen entgangen?«

»Eigentlich nicht. Aber Freddie war gestern krank, und heute ist es Shelagh. Sie liegt hinter fest verschlossener Tür und verweigert jede Form von Nahrung. Max nimmt es als eine persönliche Beleidigung. Sie wissen ja, wie er jede Art von Krankheit haßt.«

»Das ist sehr unvernünftig von ihm. Übrigens, wo ist Nick?«

»Er reitet mit Freddie. Sie war ziemlich niedergeschlagen, und Nick sorgt sich immer schrecklich, wenn irgend jemand unglücklich ist. Er ist ein Goldschatz.«

»Ja, eigentlich ein guter Junge«, sagte Anna, verzweifelt bemüht, das Gespräch so unverfänglich wie möglich zu halten. »In ein oder zwei Tagen wird er abreisen müssen. Er ist praktisch wieder gesund.«

»Ja, und Dinah auch ziemlich bald. Unsere Gesellschaft löst sich auf. Das ist traurig. Stephen sagt, er würde noch ein oder zwei Wochen bleiben, vorausgesetzt, daß er einen Tag nach Hause kann, um nach den Schafen zu sehen. Sie können ihn doch begleiten, oder nicht?«

»Ich glaube eigentlich nicht«, sagte Miss Lorimer nicht ganz wahrheitsgemäß. »Ich bin etwas müde, nachdem ich jetzt das verteufelte Buch abgeschlossen habe. Aber irgend jemand sollte mitgehen, denn er wird den ganzen Tag draußen sein, und er und Andy brauchen wirklich eine Mahlzeit. Sie haben wahrscheinlich keine Zeit?«

Hier blickte Wyn Millar, der sich in ein Buch vergraben hatte, unangenehm berührt auf. Das veranlaßte Angela zu ihrem Entschluß. »Aber ich würde nichts lieber tun! Ich habe noch nie gesehen, wie die Schafe oder die fetten Lämmer eingeteilt werden. Sagen Sie doch bitte Stephen, daß mir jeder Tag recht ist, an dem es ihm paßt.«

Und das, dachte Anna etwas gehässig, als sie auf die Veranda hinausging, ist dir ein Dorn im Auge, mein hochnäsiger junger Mann.

Maxwell begrüßte sie ziemlich mürrisch. »Ich habe dich seit drei Tagen nicht gesehen. Diese verdammte Schreiberei, nehme ich an. Ich dachte, du wolltest mit uns zusammensein.«

»Sei nicht so egoistisch, Maxwell. Ich mußte das Buch beenden. Ich muß leben, weißt du. Eure Gesellschaft ist sehr gut ohne mich fertig geworden.«

»Sie ist völlig am Ende. Am einen Tag sieht Freddie wie ein Gespenst aus, am nächsten Shelagh. Ich weiß gar nicht, was sie haben. Trotz aller ihrer Fehler hatte ihre Mutter eine herrliche Konstitution, und der Himmel ist mein Zeuge, daß ich immer gesund bin. Diese moderne Generation...«

Sie unterbrach ihn lachend. »Das Märchen der Alten. Warum sollen die armen Mädchen nicht ab und zu einmal einen unpäßlichen Tag haben, auch wenn sie kerngesunde Eltern hatten? In Wirklichkeit bist du gekränkt, weil die jungen Leute mit ihrem Vergnügen beschäftigt waren und ich mit meiner Arbeit. Du bist immer reichlich verwöhnt worden.«

»Aber weiß Gott nicht von dir.« Er lachte plötzlich. »Ich weiß wirklich nicht, wie ich mit dir immer zurechtgekommen bin. Du bist ein ausgesprochen unfreundlicher Mensch, und ich habe keine Ahnung, warum ich dich so gerne mag.«

In diesem Augenblick brachte Angela, die den verdrießlichen Dr. Millar alleingelassen hatte, den Kaffee hinaus und hörte die letzten Worte. Sie dachte: »Er mag sie gerne. Natürlich, vielleicht ist es nur die alte Freundschaft, aber trotzdem. Wenn nur Mutter nicht im Wege wäre...«

Zur ungefähr gleichen Zeit sagte Alicia Standish zu ihrem Vetter Miles: »Du kennst meine hohen Grundsätze, mein lieber Miles, und die Bande der Ehe sind sehr heilig. Aber wenn nur Maxwell nicht im Weg wäre...«

Bill und Dinah kletterten mit Angeln bewaffnet in den Felsen herum. Er war zwar nicht mehr auf ihren Streit von vor einigen Abenden zurückgekommen, aber er hatte gründlich darüber nachgedacht. Vor sechs Monaten hätte sich Dinah natürlich entschuldigt; oder vielmehr, vor sechs Monaten hätte Dinah erst gar nicht so mit ihm gesprochen. Vor allem hätte sie ihn nie beschimpft. Natürlich freute er sich, daß sie etwas Geist zeigte, aber er hoffte, sie würde es nicht übertreiben.

Jetzt sagte er: »Hier wollen wir haltmachen und eine Angel von diesem Felsen werfen. Stephen hat hier gestern einen guten Fang gemacht.«

Aber als er die Angel ausgeworfen hatte, setzte er sich und schien sie völlig zu vergessen. Dinah bemerkte: »Dein Bein ist doch wieder gut, oder? Das Herumklettern in den Felsen macht dir nichts mehr aus?«

Vor einem Monat wäre er aufgebraust, aber jetzt freute er sich eigentlich über die Frage. Seit über einer Woche hatte sie sich nicht mehr nach seiner Gesundheit erkundigt. Er sagte freundlich: »Ich bin wirklich wieder gesund und überhaupt nicht müde. Noch etwa zwei Wochen, und dann kann ich wieder arbeiten.«

»Und ich werde heimreisen müssen. Vor einigen Tagen bekam ich einen Brief von Mutter, in dem sie schrieb, daß sie etwas mit mir besprechen wolle, was zu lang sei, um es brieflich zu erledigen. Ich habe telegraphiert, daß ich Ende der Woche nach Hause komme.«

»Aber ich dachte, du würdest bleiben, bis ich abreise. Es ist bestimmt nicht so wichtig.«

»Es könnte aber wichtig sein, und du kommst ja bald. Ich habe diese Ferien unheimlich genossen, Bill. Sie waren ganz anders als sonst.«

»Auch du bist anders. Manchmal scheinst du kaum noch dieselbe Dinah zu sein.«

»Oh, das bin ich, aber – das Vergnügen und die Freiheit sind mir wahrscheinlich nur etwas zu Kopf gestiegen.«

Insgeheim gab er ihr recht; sie war ein ruhiges anständiges Mädchen gewesen, zurückhaltend und sehr sanft, kurz gesagt, wie Shelagh. Aber das schien sich zu ändern. Jetzt plauderte sie immer lustig mit Angela, ließ sich von Nick aufziehen oder lachte mit Freddie. Manchmal fühlte er sich richtig ausgeschlossen. Es war eine schwierige Erfahrung für einen erfolgreichen, populären jungen Mann. Alles würde wahrscheinlich ganz anders sein, wenn Dinah wieder in der Stadt war und wieder zu dem einzigen Kind ältlicher Eltern in einem ruhigen und geordneten Haus wurde.

Er sagte: »In Tainui muß irgend etwas in der Luft liegen. Das Stadtmädchen Dinah kenne ich besser.«

»Dann tust du gut daran, das neue Mädchen kennenzulernen, Bill, denn ich glaube eigentlich, daß die andere Dinah ein für alle Mal verschwunden ist.«

Er hatte kaum Zeit, dies zu schlucken, als sie aufsprang und sagte: »Komm. Es ist aussichtslos,

215

bei diesen Wellen hier zu fischen. Und Mr. Standish fährt heute nachmittag mit uns in seinem Boot hinaus.«

Er stand auf und zog gehorsam seine Angel ein. Was sie eben gesagt hatte, hatte ihn beunruhigt, denn in Wirklichkeit erkannte er, daß er mit dieser neuen Dinah nicht viel weiter zu kommen schien, und er wünschte sich die alte Dinah inständig zurück.

11

Angela fühlte sich rastlos und unsicher. Sie war mit der Überzeugung nach Tainui gekommen, mit Wyn Millar fertig zu sein; sie hatte wirklich begonnen, ihn zu vergessen. Sie hatte nie erwartet, ihn wiederzusehen, und jetzt war er hier, wollte zu ihrer Gesellschaft gehören und ergriff nun schamlos jede Gelegenheit, sie alleine zu sehen. Die Freunde von der Universität und das Mädchen mit der Hornbrille taten ihr leid. Dr. Millar vernachlässigte seine Pflichten.

Man hatte ihr übel mitgespielt. Das Leben schien an jenem Abend neu zu beginnen, als sie mit Stephen am Strand geritten war.

Der Tag auf der Farm war herrlich gewesen. Plötzlich fühlte sie sich wie von einer langen Betäubung erwacht.

Sie sagte sich selbst, daß das das Leben war, das sie genießen konnte; und obwohl sie sich ihrer Inkonsequenz schämte, fügte sie hinzu, daß Stephen der Mann war, den sie lieben konnte.

Sie war auch ziemlich sicher gewesen, daß er dasselbe für sie empfand. Sein Gesicht hatte sie an jenem Abend erstaunt, und sie gab sich darüber keiner Täuschung hin. Ein Mädchen, so hatte sie zu Max gesagt, spürt das einfach, und sie hatte es gespürt. Aber nach Wyns erneutem Erscheinen war alles anders geworden.

Äußerlich hatte sich nichts geändert. Stephen kam noch immer zu ihnen, nahm an ihren Picknicks teil, spielte Bridge mit Max und ritt sogar mehrmals mit ihr aus. Aber er schien sich etwas zurückgezogen zu haben; er beobachtete und wartete ab. Das paßte Angela überhaupt nicht. Hätte er sie nur gebeten, seine Frau zu werden, sie hätte sofort ja gesagt, und das hätte Wyngate Millar gedemütigt. Dann hätte er auf seine intellektuellen Freunde im Wohnwagen zurückgreifen müssen.

Angela war ein ehrlicher Mensch, und das brachte sie dazu, sich selbst gegenüberzutreten. Inwieweit war verletzter Stolz an ihren Gefühlen für Stephen beteiligt? War es möglich, daß sie nur mit dem Mann abrechnen wollte, der sie so leichtfertig behandelt hatte?

In diesem Punkt, sagte sie sich selbst, mußte sie vorsichtig sein. Sie wollte keine Fehler mehr machen. Beim letztenmal hatte sie sich selbst verletzt; Stephen wollte sie nicht verletzen.

Sie freute sich ungeheuer auf den Tag alleine mit ihm auf der Farm. Dann konnten sie vielleicht zu der selbstverständlichen Freundschaft zurückkehren, die so glücklich begonnen hatte. Wenn sie erst einmal den allgegenwärtigen Wyn los war, würde alles wieder in Ordnung kommen.

Und so war es ein ziemlicher Schock für sie, als sie hörte, wie Stephen ganz selbstverständlich sagte: »Wir fahren morgen auf die Farm, Millar. Ich muß die Lämmer eintreiben, und Angela hat versprochen, für uns zu kochen. Würden Sie gerne mitkommen und etwas vom Land sehen? Vielleicht hat auch eines der Mädchen vom Camping-Platz Lust dazu. Im Auto ist noch viel Platz.«

Angela traute ihren Ohren kaum. Sie hoffte, daß sie ihre Überraschung und ihren Kummer nicht gezeigt hatte, aber dann sah sie Wyns schnellen, belustigten, siegesgewissen Blick, und sie fühlte, wie ihr das Blut in den Kopf stieg. Er sagte herzlich: »Vielen Dank, Stephen. Ich würde gerne mitkommen. Ich werde auch Diane fragen.«

Diane hieß das Mädchen also, das sie Dr. Millar hatte nachlaufen sehen, wenn sie ihn zufällig am Strand getroffen hatte. Sie hoffte, daß Diane kam. Sie hoffte, daß sie zur Abwechslung einmal Stephen nachlaufen würde. Das konnte nur zu leicht geschehen, wenn sie ihn zu Pferd sah, und das würde Wyngate recht geschehen.

Aber das Glück war nicht auf ihrer Seite. Diane, erklärte Dr. Millar ruhig am Abend vor dem Ausflug, litt unter einem schweren Sonnenbrand. Sie waren an der Ozeanküste zu lange in der Sonne geblieben.

Angela dachte gehässig, daß er sie wahrscheinlich absichtlich so lange dort festgehalten hatte, indem er ihr Gedichte vorlas, so daß sie nicht merkte, wie sie sich die Beine verbrannte.

Sie wollten um vier Uhr dreißig losfahren, weil Stephen rechtzeitig auf der Farm sein mußte, um die Lämmer einzutreiben, ehe der Inspektor um neun Uhr ankam. Bis sie auf der Farm eintrafen, würde Andy die Schafe schon gemustert haben.

»Wie wird es dir schmecken, um vier Uhr früh aufzustehen und dir dein eigenes Frühstück zu machen?« fragte Angela Wyn bösartig am Abend vor der Abfahrt. Dann überlegte sie, daß die verliebte Diane wahrscheinlich von ihrem Schmerzenslager aufstehen würde, um für ihn zu sorgen.

Er betrachtete sie unbeeindruckt mit seinen hellbraunen Augen. »Das wird mir ohne große Anstrengung gelingen. Es ist nicht das erstemal, daß ich um vier Uhr auf bin.«

»Nach einer Party, aber nicht davor«, schnappte sie zurück. Dann fand sie es albern, daß ihr Temperament sie wieder einmal verraten hatte. Hätte Anna Lorimer davon gewußt, wäre sie ebenso verärgert gewesen wie sie selbst.

»Wenn es jemand anderer wäre als Stephen, würde ich sagen, er versucht, Wyngate Millar in einem schlechten Licht zu zeigen. Ein Intellektueller auf dem Land – so in der Art.«

»Das ist nicht Stephens Stil und Millars auch nicht. Millar ist ein fähiger Bursche, und das Land ist ihm bestimmt nicht fremd.«

»Tja, ich weiß wirklich nicht, was in Stephen gefahren ist«, sagte Anna wütend, und Nick grinste, wobei er ihr auf die Schulter klopfte. »Kopf hoch, altes Mädchen. Stephen ist ein unbeschriebenes Blatt, aber er weiß immer, was er tut.«

Das konnte Anna nur hoffen, aber trotzdem war alles äußerst ärgerlich. Angela war das Mädchen, das sie sich für ihn gewünscht hatte, ein idealer Kamerad fürs Leben. Sie war sehr darauf bedacht gewesen, sich nicht einzumischen, aber es fiel ihr schwer, nicht scharf zu fragen: »Warum Dr. Millar?« Schließlich war dieser Tag der Zweisamkeit ihre eigene Idee gewesen.

Als Angela kurz vor vier Uhr durch das Klingeln des Weckers wach wurde, spürte sie, daß der ganze Plan falsch war. Mit Wyn würde er auf jeden Fall danebengehen. Widerwillig stieg sie aus dem Bett.
Eine halbe Stunde später kam Stephen auf Zehenspitzen ins Haus, um den Tee zu trinken, den sie in der Küche bereithielt. Sie fuhren ab, ohne jemanden aufzuwecken, denn über Nacht hatte er den Wagen auf dem Hügel geparkt, so daß er jetzt geräuschlos hinunterrollte.
Wyn sollten sie auf dem Campingplatz auflesen. Wie schön und einfach alles wäre, dachte Angela, wenn er nicht mitkäme. Mit Stephen konnte man sich unterhalten oder schweigen, wie man wollte; man brauchte sich überhaupt nicht anzustrengen. Aber wenn die beiden Männer beisammen waren, dann empfand Angela immer Anspannung und Unbehagen. Wyns zynische Kritik und Stephens Zurückhaltung störten sie.
Es war jedoch in der Nacht keine barmherzige Plage über ihn gekommen. Er wartete am Tor und sah überraschend gut und hellwach aus. Ja, er hatte gefrühstückt. Nein, es war keine schreckliche Anstrengung gewesen. Das alles war sehr enttäuschend für Angela.
Es dämmerte, als sie das verschlafene Dorf hinter

sich ließen. Bevor sie der Bucht den Rücken kehrten, schimmerte ein blasser Lichtstrahl über die Schlammpfützen und verwandelte ihre Eintönigkeit in geheimnisvolle Schönheit. Sie brach das Schweigen, um zu bemerken: »Wie herrlich das ist! Der Himmel überzieht sich mit Morgenröte.«

Stephen schenkte ihr einen kurzen, wenig begeisterten Blick. »Das ist hier kein gutes Zeichen. Gestern war es zu heiß. Hoffen wir nur, daß wir keinen Regen bekommen.«

Sie fühlte sich befangen; sie wußte, daß Wyngate das für eine ausgesprochen bäurische Bemerkung hielt. Wahrscheinlich belächelte er die ganze Situation. Aber es war Stephen, der lachte. »So etwas kann nur ein Farmer sagen. Wir müssen immer eine herrliche Aussicht betrachten und über den Wollpreis reden, oder über die schneebedeckten Berge sehen und uns überlegen, was wir mit unseren einjährigen Schafen machen«, und Wyn stimmte ihm vom Rücksitz scherzhaft zu. Als wären sie Verbündete, dachte Angela.

Was war mit Stephen geschehen? Er mußte wissen, daß Wyn absichtlich nach Tainui gekommen war, um sie zu sehen. Er mußte vermuten, daß sie in der Vergangenheit einmal eng befreundet gewesen waren. Wenn er es nicht tat, so war das nicht Dr. Millars Verdienst. Wenn er sich wirklich von ihr angezogen gefühlt hatte, empfunden hatte, was seine Augen an jenem Abend auszudrücken schienen, dann konnte er zu einem Rivalen nicht so freundlich sein und ihn nicht buchstäblich mit offenen Armen empfangen. Hatte sie sich erneut getäuscht? War Stephen letztlich doch wie Nick – ein guter Kamerad und weiter nichts? Das war ein bitterer Gedanke. Und wie sooft in ihrer Kindheit, fühlte sie sich auch jetzt gedemütigt.

Aber sie sollten nie etwas davon erfahren, und so lachte sie und scherzte und flirtete etwas mit den beiden Männern, die beide auf ihre Stimmung eingingen.

Sie gaben ein sehr harmonisches Trio ab, dachte Angela ärgerlich.

Auch Andy war schon in der Dämmerung aufgestanden, und die Schafe waren bereits gemustert und warteten in Gehegen. Stephen begab sich direkt zu den Gattern, und Angela sagte: »Ich gehe ins Haus und beginne mit dem Frühstück.« Millar zögerte und erwiderte dann zu ihrer Überraschung: »Ich kann vielleicht etwas helfen.« Und mit diesen Worten folgte er Stephen.

»Na ja«, sagte sie mit einem traurigen Lächeln zu sich selbst, »ich scheine nicht sehr gefragt zu sein. Das kleine Mädchen, das weggeschickt wird, um die Hausarbeit zu verrichten.«

Die Männer kamen pünktlich und verspeisten ein üppiges Frühstück. Stephen sagte: »Der Bursche wird nicht mehr als ein oder zwei Stunden brauchen, um die Lämmer auszusortieren.«

»Sie werden ihn wahrscheinlich zum Tee hereinbringen?« fragte sie, denn sie hatte immer gehört, daß es auf dem Land üblich war, zuerst jedem eine Tasse Tee anzubieten.

Stephen wich aus. »Das wird er nicht wollen. Er muß zur nächsten Farm weiter. Er wird überhaupt nicht ins Haus kommen.«

»Das ist aber nicht gastfreundlich. Dabei wollte ich Teekuchen backen.«

Er wechselte das Thema. »Wenn er weg ist, müssen wir die Mutterschafe abführen. Andy kann eine Ablösung vertragen. Möchten Sie mitkommen?«

»Liebend gerne, aber wie sieht es mit einem Pferd aus?«

»Das kriegen wir schon hin. Andy wird Millar sein eigenes leihen, und ich habe noch ein Pony für Sie. Dann ist da noch ein junges Pferd, das ich reiten kann. Das Pony ist ein kleines, bockiges Ding, aber es kann Hügel hinaufklettern, die steil wie Hauswände sind.«

Sie hoffte insgeheim, daß das nicht notwendig sein würde. Sie war meistens auf Straßen und am Strand geritten, und der Gedanke an steile Hügel gefiel ihr nicht. Außerdem mußte das Pony, wenn es auf der einen Seite hinaufstieg, auf der anderen wieder hinunterklettern, und es würde sehr unangenehm sein, sich an seinem Hals festzuklammern, wenn es über einen senkrechten Abhang schlitterte.

Dann machte ihr der Einfall wieder Mut, daß Dr. Millar ihr überallhin würde folgen müssen; sicher war er ein schlechterer Reiter. Das gab ihr die Gelegenheit zu glänzen. Wenn Wyn erst Stephen zu Pferd sah, würde er sich nie wieder überlegen fühlen.

Sie lächelte jetzt schon beim Gedanken an die komische Figur, die der hochnäsige junge Mann abgeben würde.

Als sie mit dem Frühstück fertig waren, fragte Angela: »Kann ich mit zu den Gehegen kommen und zusehen, wenn ihr die fetten Lämmer einteilt? Ich möchte gerne sehen, wie ihr ihnen das Zeichen aufbrennt.«

»Angela«, bemerkte Wyn Millar, »zeigt die helle Begeisterung eines Stadtkindes, zumindest für diesen einen Tag.«

Stephen schien ihr Einfall nicht sehr zu gefallen; er sagte nur: »Sie kommen besser nicht mit zu den Gehegen. Sie haben nicht gerne Frauen dabei. Ich werde Ihnen alles später zeigen.«

Darüber war sie beleidigt, und sie bemerkte verärgert zu Wyn, als Stephen gegangen war: »Auf dem Land gehört eine Frau offensichtlich an den Spülstein.«

»Natürlich. Alles ist einfach und primitiv. Aber du merkst wohl, mein liebes Kind, daß es dein starker Mann nicht gerne hat, wenn Außenseiter sehen, was er in seiner Höhle versteckt hält? Im Hinterland ist es offensichtlich nicht üblich, daß Mädchen Junggesellen zu Hause besuchen.«

»Sei nicht so albern und gehässig«, fuhr sie ihn an. »So dumm ist er nicht. Du scheinst zu glauben, daß alle Farmer noch in der Steinzeit leben. Da kommt das Auto des Inspektors.«

»Dann verdrücken wir uns besser diskret«, riet er ihr und ging hinaus.

Angela setzte sich mit einem Buch ans Fenster. Es gab genug Auswahl. Sogar Wyn hatte zugeben müssen, daß Stephen eine gute Bibliothek besaß. Plötzlich erinnerte sie sich an Browning; sie wollte das Gedicht nachlesen. Sie suchte unter den Büchern, fand jedoch keine Dichter. Wahrscheinlich standen sie auf Stephens Regal im Schlafzimmer. Das ungute Gefühl, daß Wyn Stephens Gepflogenheiten vielleicht doch richtig sah, hielt sie davon ab, bis dorthin vorzudringen.

Um zehn Uhr kam Stephen zurück und war sehr zufrieden mit der Arbeit des Vormittags. Der Handel war gut gewesen; viel besser, als er erwartet hatte. Die Lastwagen kamen um zwei; es blieb also gerade noch Zeit für eine Tasse Tee, und dann mußten sie die Mutterschafe wegbringen.

Andy hatte die Pferde gesattelt; ein schmales, unansehnliches Pony für Angela, ein starkes Reitpferd für Wyn und ein nervöses junges Pferd für Stephen. Angela gratulierte sich, daß sie Reithosen und ein Hemd mitgebracht hatte, und da sie merkte, daß sie sehr gut aussah, hielt sie ihren großen Augenblick für gekommen. Jetzt nahte die Rache. Zu Pferd würde Wyn sicher eine komische Figur abgeben.

»Nein, du brauchst das Pony nicht für mich festzuhalten«, sagte sie zu Stephen. »Ich komme schon zurecht.«

Es ist schwer zu beschreiben, was passierte. Vielleicht war das Pony zur Seite getreten; vielleicht war Angelas Sprung schlecht berechnet gewesen. Die demütigende Tatsache war, daß sie zu weit sprang und aufs Gesicht gefallen wäre, hätte Stephens Arm sie nicht schnell gepackt. Er hielt sie mühelos fest und sagte: »Es hat einen knochigen Rücken. Sie sind gewöhnt, auf Bess aufzusteigen.«

Angela setzte sich nun vorsichtig im Sattel zurecht, verärgert über ihr Mißgeschick und wütend über Wyn, der das Pferd so geschickt bestiegen hatte und jetzt sanft in die Ferne lächelte. Sie wendete das Pony, und er drehte neben ihr, saß selbstverständlich und elegant auf dem Pferd. Zwar bildete er nicht wie Stephen die völlige Einheit von Pferd und Reiter, gab aber trotzdem eine sehr achtbare Figur ab. Es hatte keinen Zweck zu bestreiten, daß der unangenehme Bursche reiten konnte, und dies sogar recht gut.

Sie sagte unfreundlich: »Ich hätte nie gedacht, daß du reiten kannst. Wo hast du es gelernt?«

Stephen war vorgeritten, um das Tor zu öffnen, und hörte Wyngates Antwort nicht. »Gelernt? Daran kann ich mich nicht mehr erinnern. Ich habe einen Onkel mit einer Farm – wie die meisten Neuseeländer. Aber ich bin jahrelang nicht auf einem Pferd gesessen, bis Stephen mich neulich auf Bess galoppieren ließ, als ich ihn am Strand traf. Enttäuscht?«

»Wieso enttäuscht?« Aber zu sich selbst sagte sie: Stephen wußte also ganz genau, daß er reiten konnte. Er will offensichtlich, daß er sich von seiner besten Seite zeigt.

Millar lachte nicht sehr angenehm. »Sei doch ehrlich, meine Liebe. Natürlich ist es ein Schlag für dich, nachdem du so offensichtlich darauf gewartet hast, daß ich mich blamiere. Das ist natürlich ziemlich boshaft und rachsüchtig von dir.«

»Weshalb rachsüchtig?«

»Aus Rache dafür, daß ich dir deinen herrlichen Tag verdorben habe – und auch noch für andere Dinge.«

Der Ritt war eine Enttäuschung, zumindest für Angela. Das Pony mußte traben, um mit den anderen mitzukommen, und die beiden Männer unterhielten sich über den Weltmarkt, die wirtschaftliche Lage, die Steuern; eben über all die langweiligen Dinge, über die Männer sprechen. Sie wünschte, sie wäre zu Hause geblieben. Offensichtlich hatte Stephen sie nur zu der Farm gebracht, weil sie nützlich war. Er machte sich nicht die Mühe, sie zu unterhalten. Sie trabte hinterher, sah klein und armselig auf ihrem klapprigen Pony aus und fühlte sich wie eine indianische Frau, die den Herren der Schöpfung folgt. Da sie kein demütiges Wesen war, fühlte sie sich äußerst verärgert, als sie auf der Farm ankamen.

Die Lastwagen trafen bald nach ihrer Rückkehr ein, und Angela bereitete mürrisch eine weitere Mahlzeit zu. Es war sehr heiß; Wyn war mit den anderen Männern hinausgegangen, und sie döste über ihrem Buch. Sie blieben lange Zeit weg, und langsam kühlte sich die Luft ab. Die Sonne verschwand hinter den Wolken, und der Lärm in den Gehegen war endlich verstummt. Angela wachte auf, als die Männer wieder hereinkamen.

Ihre Stimmung hatte sich gebessert, und ihr Kopf war klar.

Andy aß und verschwand dann. »Ißt er nie mit Ihnen?« erkundigte sie sich bei Stephen.

»Immer, wenn wir allein sind. Aber seine Taubheit macht ihn schüchtern, deshalb meidet er Besucher.«

»Sagt er überhaupt etwas?«

»Ja, aber nicht während der Mahlzeiten. Es wird langweilig, wenn man immer zusammen ist, deshalb holt sich jeder von uns ein Buch und liest.«

»Das ist zumindest sehr erholsam«, kommentierte Wyn. »Sie fahren wohl sehr selten in die Stadt?« Angela konnte das belustigte Mitleid aus seiner Stimme heraushören.

»Ziemlich häufig. Immer, wenn wir Lust haben – zu Konzerten, Filmen und zu den Aufführungen der Akademie. Ich hoffe, daß Andy ein Mädchen gefunden hat. In letzter Zeit ist er ziemlich häufig weg. Ich würde es gerne sehen, wenn der gute Kerl eine nette Frau fände.«

»Dann hätten Sie auch gleich eine Haushälterin«, sagte Angela.

»Nein, so etwas geht nie gut. Ich würde die Hütte vergrößern und sie ihnen gemütlich einrichten.«

»Wird das nicht ziemlich einsam für Sie werden?« fragte Wyngate.

Stephen antwortete nicht, aber plötzlich stand er auf und ging zum Fenster. Sie hatten lange beim Essen gesessen, und jetzt verdunkelte sich der Himmel furchterregend. Er sagte: »Wir machen uns besser auf den Rückweg. Tut mir leid, Angela, denn Sie sind sicher müde, nachdem Sie heute morgen so früh aufgestanden sind. Ich dachte, Sie könnten in dem freien Zimmer noch etwas schlafen. Aber in den Hügeln regnet es heftig. Dieser rote Himmel hatte also doch etwas zu bedeuten.«

»Aber es ist doch noch alles vollkommen ruhig; wird es schlimm werden?«

»Ja, wegen des Flusses – und das Gewitter wird in ein paar Minuten hier herunterkommen. Sehen Sie sich die Wolke an!«

»Wie ist es mit der anderen Straße?« fragte Wyngate. »Können wir den Fluß nicht meiden und den anderen Weg nehmen?«

»Er verläuft in einem Dreieck und ist ungefähr hundert Meilen lang. Nein, ich glaube, wir beeilen uns lieber.«

Aber der Regenguß hatte begonnen, ehe sie fertig waren. Angela erlebte zum erstenmal ein Sommergewitter in den Hügeln. Der Regen floß in Strömen, und sie war durchnäßt, bevor sie das Auto erreichte, obwohl sie Stephens Regenhaut angezogen hatte. Aber es war schon zu spät. Sobald sie den Fluß sahen, wußten sie es. Stephen hielt an und blickte kläglich über das Ufer auf die schmutzigbraunen, brausenden Fluten.

»Zu dumm von mir! Wenn es so aussieht, muß es in den Hügeln schon lange geregnet haben.«

»Aber bis vor ein paar Stunden war es doch noch schön.«

»Zu Hause, aber in der Umgebung ist das Wetter

völlig anders. Das ist ein tückischer Fluß; trotzdem wollen wir uns die Sache einmal ansehen – vielleicht kommen wir noch rüber.«

Aber das Wasser brauste schon über die Brücke, und sie sahen sofort, daß es hoffnungslos war. Angela sagte: »Na ja, bis morgen früh wird es doch vorbei sein? Niemand wird sich Sorgen machen, und außerdem können wir über unser Telefon ein Telegramm nach Tainui schicken. Ich freue mich eigentlich jetzt auf meinen Schlaf.«

Ein lautes Gähnen vom Rücksitz deutete darauf hin, daß auch Dr. Millar die Folgen des frühen Aufstehens und eines Tages im Freien zu spüren begann.

»Keine schlechte Idee«, bemerkte er brummig. »Ich persönlich kann auf dem Sofa schlafen.«

Als sie die Farm wieder erreicht hatten, telefonierte Stephen mit einem Nachbarn. Die Niederungen in der Nähe der Brücke, sagte dieser, stünden unter Wasser, und es gäbe keine Hoffnung, daß die Brücke vor dem nächsten Morgen frei wäre. Mit diesem Punkt sehr zufrieden, gähnte Wyn erneut und sagte: »Das Problem wären wir los. Jetzt lege ich mich auf das Sofa, und in den nächsten paar Stunden will ich nicht geweckt werden.«

In der Küche sagte Angela: »Es wird Spaß machen, eine Nacht hier zu verbringen, und ich glaube, die Temperatur wird sich abkühlen. Später wollen wir Feuer machen, Stephen. Ich liebe es, im Hinterland vor einem großen Holzfeuer zu sitzen.«

Aber er sagte nur: »Meinen Sie, daß Sie wirklich schlafen müssen, oder können wir jetzt losfahren?«

»Losfahren? Aber Sie haben doch gesagt, das wäre heute abend unmöglich.«

»Tainui zu erreichen, ja. Aber ich werde Sie zu einem Gasthaus in der Stadt fahren und Sie morgen früh vor dem Frühstück abholen.«

»Aber um Himmels willen, warum? Ich würde lieber hier übernachten als in einem Gasthof. Das wäre schrecklich langweilig, und ich habe mich so auf eine Nacht hier am gemütlichen Feuer gefreut, wenn Wyn sicher in seinem Bett verstaut ist und der Regen herunterströmt. Das wäre schön, Stephen, und wir könnten über all die Dinge reden, die wir nie richtig erörtern können, wenn die ganze Familie um uns herum ist. Ich fände es so herrlich! Wir würden einen Heidenspaß haben.«

Er hatte ihr ernst zugehört, und als sie zu sprechen aufgehört hatte, sagte er: »Das hätte ich auch gerne getan, Angela.«

Sie fragte mit einem geheimnisvollen Flüstern: »Ist es wegen Wyn? Ich weiß, daß er sehr lästig werden kann, aber ich habe ihm sofort angesehen, daß er sich, sobald er sich verdrücken kann, ins Bett legen würde. Und dann können wir uns wirklich unterhalten.«

Er sagte nur: »Wir sollten uns besser beeilen. Übrigens werde ich irgendeinen Schlafanzug für Sie suchen.«

Sie war verletzt und beleidigt. »Oh, zum Teufel

mit dem Schlafanzug. Ich glaube, es ist wahr, was Wyn gesagt hat – Sie sind gräßlich konventionell. Ich persönlich glaube, Sie sind nichts anderes als eine pedantische alte Frau. Ist ein zweiter Mann im Haus kein ausreichender Anstandswauwau? Und wer soll es denn erfahren? Natürlich die Familie, aber sie nimmt es, wie Sie sich vielleicht denken können, nicht so genau mit dem, was sich gehört. Ihre Tante auch, aber sie hat etwas gesunden Menschenverstand, im Gegensatz zu Ihnen. Warum sollte ich aus einem geräumigen, warmen Haus an einem nassen Abend vertrieben werden, nur um Ihre albernen Moralvorstellungen zu befriedigen? Das ist doch völlig veraltet!«

»Tut mir leid. Nicht für mich. Ich werde Ihnen den Schlafanzug holen. Bürste und Kamm werde ich Ihnen auch noch suchen. Es ist halb sechs. Die Gasthöfe geben um sechs Uhr Abendessen. Wir machen uns jetzt auf den Weg.«

Jetzt verlor sie die Beherrschung: »Sie sind ausgesprochen ungastlich und eine richtige alte Jungfer! Alle meine Freunde würden sich totlachen, wenn sie das wüßten.«

»Dann können Sie ihnen ja eine gute Geschichte erzählen, wenn Sie zurückkommen.«

Die Tränen traten ihr in die Augen vor Enttäuschung über den Tag und auch darüber, daß er genauso schlecht zu Ende gegangen war, wie er begonnen hatte. »Das ist gemein. Gut, wenn Sie mich nicht wollen, dann möchte ich nicht bleiben. Holen Sie den verdammten Schlafanzug. Sie haben mir den Tag schon lange vorher verdorben, und dies ist nur der würdige Abschluß.«

Er sah sie einen Augenblick lang schweigend an, dann ging er weg und holte geschäftig den Schlafanzug, der nicht gebügelt und auf seine riesige Figur zugeschnitten war. Die Haarbürste lehnte sie ab, begnügte sich mit dem Kamm in ihrer Tasche und war erstaunt, als er triumphierend eine völlig neue Zahnbürste hervorholte.

»Ich habe immer ein paar neue in Reserve«, sagte er und sah sie hoffnungsvoll an, wie ein kleiner Junge, der versucht, jemanden durch ein Geschenk zu besänftigen. Gegen ihren Willen lächelte sie, als sie sie annahm.

In diesem Augenblick ging die Tür auf, und Wyngate Millar kam herein. Er sah schläfrig und ziemlich zerzaust aus. »Was ist hier los? Die Türen gehen auf und zu, und es herrscht allgemeine Unruhe. Warum bist du nicht in diesem Bett in dem freien Zimmer, Angela?«

Sie sagte: »Weil Stephens Konventionen mich dazu zwingen, in die Stadt zu fahren, um dort die Nacht zu verbringen.«

Das war gemein von ihr; sie merkte es, sobald es ausgesprochen war, insbesondere als Wyn in Gelächter ausbrach und sagte: »Habe ich dich nicht gewarnt?«

Stephen ignorierte ihn einfach und sagte nur: »Ich werde in einer Stunde zurück sein, Millar. Sind Sie fertig, Angela?«

»Du willst mir doch nicht erzählen, daß du

wirklich gehst? Guter Gott!« sagte Wyn im Tone tiefster Verachtung und drehte sich auf dem Absatz um.

»Du siehst es ja selbst«, sagte Angela, als sie Stephen auf die Veranda folgte.

Er wandte sich um und sah sie an.

»Natürlich sehe ich es. Ich habe es die ganze Zeit gesehen. Warten Sie hier, ich hole den Wagen.«

Was meinte er nun damit?

Schweigend fuhren sie in die Stadt. Es war ein freundliches kleines Landstädtchen, und Angela hätte es bestimmt interessant gefunden, wäre nur ihre Laune besser gewesen. Stephen bestellte ihr Zimmer, bezahlte es und verabschiedete sich dann auf der Schwelle von ihr.

»Um zehn Uhr werde ich hier sein. Wir müssen wohl einen Umweg machen, denn es ist unwahrscheinlich, daß die Straße frei sein wird. Ich hoffe, daß Sie gut untergebracht sind.«

»Ich komme schon zurecht. Es ist ein nettes Hotel. Stephen – es tut mir leid, daß ich so boshaft war. Ich bin schrecklich launisch, nicht wahr? Aber ich wollte bleiben, wo ich war. Es wäre auch so einfach gewesen.«

Er schenkte ihr einen jener Blicke, die sie nicht ergründen konnte, dann sagte er langsam: »Vielleicht für dich. Für mich nicht. Denn siehst du, ich liebe dich.«

Bevor sie auch nur ein Wort sagen konnte, drehte er sich auf dem Absatz um, sagte über die Schulter: »Gute Nacht«, und war verschwunden.

Sie wollte hinter ihm herlaufen, ihn am Arm packen, ihm wie ein kleines Kind sagen: »Oh, Stephen, ich bin so glücklich. So schrecklich glücklich!« Aber sie blieb, wo sie war und beobachtete von der Schwelle, wie er schnell in sein Auto stieg und die Straße hinunterfuhr. Automatisch nahm sie wahr, daß er hier jeden zu kennen schien und mit vielen Passanten Grüße tauschte. Natürlich mochten ihn alle Leute gerne. Sie mochte ihn ja auch gerne.

Sie mochte ihn gerne?

Sie wiederholte das unpassende Wort mit einem überglücklichen Lachen, als sie in ihr Zimmer eilte, um den riesigen Schlafanzug und die neue Zahnbürste einzuweihen.

Es war ein langer Tag gewesen, und Angela hätte eigentlich fest schlafen sollen. Zwar fiel sie, bald nachdem sie zu Bett gegangen war, in einen seligen Schlaf, wachte aber schon vor Mitternacht auf und lag bis in die frühen Morgenstunden wach.

Was ging nun auf der Farm vor? Saßen Stephen und Wyn wohl lesend und plaudernd vor dem großen Kamin? Plaudernd? Sie wälzte sich unruhig hin und her. Instinktiv fragte sie sich äußerst mißtrauisch, was Wyn wohl sagen mochte.

Natürlich würde er nicht direkt von ihr sprechen; so dumm war er nicht. Aber sie kannte seine Methoden. Sie hatte ihn beobachtet, wenn er ein bestimmtes Ziel im Auge hatte, und sogar zu der Zeit, als sie noch verliebt gewesen war, hatte sie seine Spitzfindigkeit beunruhigend gefunden. Eine

Andeutung hier, ein Hinweis dort. Vergangene Episoden, an denen Stephen keinen Anteil hatte; Erlebnisse, aber in falschem Licht dargestellt; Gefühle, die einmal echt gewesen waren – wenn sie ehrlich war, mußte sie das zugeben-, die aber lange tot waren. Sollte dieses neue, dieses ständige Glück verdorben werden, bevor es richtig begonnen hatte?

Angela stieg unruhig aus dem Bett, stolperte über die Schlafanzugbeine, fluchte wütend und suchte nach dem Buch, das sie von der Farm mitgebracht hatte.

Die Turmuhr, die unangenehm nahe war, schlug eins, und sie versuchte zu lesen. Mit dem Licht und dem Versuch, sich zu konzentrieren, kam der gesunde Menschenverstand zurück.

Wyn war kein Schurke aus einem Melodrama, er war nur ein egoistischer und ziemlich zynischer Mensch, und sie hatte den Fehler begangen, sich in ihn zu verlieben.

Sie war immer der Meinung gewesen, daß man für seine Fehler bezahlen mußte. Und es nützte nichts, deshalb zu jammern.

Ungefähr eine Stunde später lachte sie plötzlich. Sie mußte an Dr. Millars entsetztes Gesicht denken, als er sagte: »Guter Gott!«

Natürlich mußte er so verblüfft über Stephens ziemlich übertriebene Besorgnis um ihren Ruf sein, den er selbst so bereitwillig geopfert hätte. Es war möglich, daß gerade der Gegensatz seine Wirkung getan hatte.

Sie konnte sich jetzt schon ausmalen, was er wieder im Kreis seiner College-Bewunderer sagen würde: »Angela ist ganz naturverbunden geworden und hat sich in einen von diesen Farmern verliebt. Sie ist bestimmt die letzte Puritanerin und viel zu romantisch.«

Aber Romantik hin oder her, es stimmte.

12

Angela erwachte spät mit einem Gefühl der Erleichterung und des Glücks, das sie im ersten Augenblick erstaunte, bis ihr alles wieder einfiel. Stephen empfand also doch etwas für sie. Sie kuschelte sich zufrieden im Bett zusammen und wäre wieder eingeschlafen, hätten sie nicht die Turmuhr und die Frühstücksglocke des Hotels aufgeschreckt, die gemeinsam acht Uhr verkündeten. Als sie sich anzog, überlegte sie, daß ihre Fahrt wahrscheinlich etwas peinlich werden würde. Jetzt, da sie und Stephen sich verstanden, würde das Trio wahrscheinlich nicht mehr so gut harmonieren. Aber verstanden sie sich wirklich? Er hatte ihr keine Gelegenheit gegeben, zu sagen ›Ich liebe dich auch‹, keine Gelegenheit, seinen sonderbaren Antrag anzunehmen, wenn man das wirklich einen Antrag nennen konnte. Und dann war da noch immer das Rätsel mit Wyn Millar; warum hatte Stephen sich so offensichtlich bemüht, sie zusammenzubringen?

Nach dem Frühstück erforschte sie die kleine Stadt. Der Anblick einer Leih- und Handbibliothek erinnerte sie wieder an Browning und an das nicht auffindbare Gedicht. Es war noch nicht zehn Uhr, aber das Mädchen, das die Veranda kehrte, erlaubte ihr, für eine Minute hineinzugehen, ›um schnell etwas nachzusehen‹.

Nach einigen Schwierigkeiten entdeckte sie

Browning ziemlich vernachlässigt und verstaubt auf dem obersten Regal und nach noch intensiveren Bemühungen fand sie das Gedicht ›*Der letzte gemeinsame Ritt*‹. Als sie die Seiten durchblätterte, kam sie zu dem Schluß, daß Wyngate zumindest in einem Punkt recht gehabt hatte: Browning schien mit Sicherheit bei weitem zu viel geschrieben zu haben. Sie las das Gedicht einmal durch und dann noch einmal, und jetzt erinnerte sie sich dunkel daran. Es hatte sie damals, als sie es als Pflichtübung hatte lesen müssen, besonders beeindruckt. Aber jetzt interessierte es sie. Diese Stelle gefiel ihr:

›Und der Himmel ist Zeuge, daß ich und sie
Reiten, gemeinsam reiten, für immer reiten.‹

Als sie das Buch zurückstellte, lächelte sie spöttisch über sich selbst. Wie albern ihr Gehabe doch manchmal gewesen war. Jetzt begann sie zu vermuten, daß sie im innersten ihres Herzens eine Romantikerin war. An diesem Morgen schwelgte sie direkt in Gefühlen, und sie genoß es. Sie mußte versuchen, das zu verbergen.

Die Männer warteten gemeinsam auf sie in der Hotelhalle. Keiner von beiden schien auch nur im geringsten verlegen zu sein, als sie erschien. Es hätte gestern sein können, obwohl sich Stephens Verhalten geändert hatte. »Hast du gut geschlafen?«

Sie lächelte ihn an. »Nicht sehr gut. Die Turmuhr machte so viel Lärm, und dann habe ich mich immer wieder in dem Schlafanzug verfangen.«

»Dann kannst du auf der Fahrt ein bißchen dösen. Einer von uns wird dich wecken, wenn es etwas Besonderes zu sehen gibt.«

Am frühen Nachmittag setzten sie Wyngate vor seinem Campingplatz ab, wo Diane schon ungeduldig in Gesellschaft einiger noch jüngerer Studenten wartete.

Zu Hause lag Shelagh auf dem Sofa der Veranda, und Angela fiel auf, daß sie müde und blaß aussah. Sie vergaß einen Augenblick lang ihr eigenes Glück und hoffte, daß mit Shelaghs Ehe nicht wirklich etwas schiefgegangen war. Sie wünschte, daß alle Welt glücklich und jede Ehe ein Erfolg sein sollte.

»Miss Lorimer machte sich etwas Sorgen wegen des Flusses. Wir konnten das Unwetter von hier aus sehen. Wir waren sehr erleichtert, als wir euer Telegramm aus der Stadt bekamen.«

»Aber ich habe nicht telegraphiert«, sagte Angela. »Ich wollte es tun, aber dann habe ich es völlig vergessen.«

»Ich habe telegraphiert«, sagte Stephen und sah nun leicht verlegen aus.

Als sie alleine in der Küche waren, um Tee aufzugießen, neckte Angela ihn: »Du hast also in meinem Namen telegraphiert. Ich glaube, das nennt man ein Alibi konstruieren.«

Er errötete leicht, verfolgte das Thema aber nicht weiter und kam auch nicht auf seine überraschende Erklärung auf der Schwelle des Hotels zurück. Angelas Glück begann, langsam dahinzuschwinden, und sie war äußerst verwirrt. Warum sollte ein

Mann so nebenbei sagen, daß er ein Mädchen liebte, und es dann dabei belassen? Er war ein ausgesprochen aufregender Mensch. Sie verabschiedete sich mit dem unangenehmen Gefühl, um etwas betrogen worden zu sein. Sie wußte einfach nicht, woran sie bei ihm war.

Bill hingegen war nicht gewillt, Dinah im unklaren über seine Absichten zu lassen. An diesem Abend waren sie unten am Strand und erörterten ein bestimmtes Thema mit äußerster Gründlichkeit. Er begann, indem er sagte:
»Du fährst also wirklich morgen ab?«
»Ich muß, obwohl ich nicht möchte. Ich habe eine herrliche Zeit hier verbracht, und es hat mir Spaß gemacht, zu einer großen Familie zu gehören.«
»Mir hat es auch besser gefallen, als ich gedacht hatte. Ich habe vorher auch in keiner Familie gelebt – zumindest nicht mehr, seitdem ich erwachsen bin, und auch damals... Ja, wie du sagst, es war eigentlich ziemlich schön. Trotzdem, Dinah, was ich jetzt möchte, ist nicht die Familie. Ich möchte dich.«
Sie war weder verlegen noch zögerte sie, wie sie es noch vor einem Monat getan hätte. Sie sah ihn schüchtern, aber aufrichtig an und fragte: »Warum genau willst du mich eigentlich?«
Die Frage verwirrte ihn. Das war die Entgegnung eines scharfsinnigen Mädchens, und er hätte schwören können, daß Dinah nicht scharfsinnig war.

Er nahm ihre Hand und sagte fröhlich: »Als ob du das nicht wüßtest! Ich möchte dich natürlich heiraten. Das war doch immer abgemacht, oder nicht? Du warst immer meine Freundin.«

Sie ließ ihre Hand in der seinen, sagte jedoch nachdenklich: »Ja, das stimmt wahrscheinlich. Ich habe nie einen anderen jungen Mann gut gekannt. Du warst immer da, sogar auf den Partys – und auf Partys habe ich nie geglänzt.«

»Aber du hast hier geglänzt.«

»Ich fühlte mich ganz anders. Dazu haben alle beigetragen, besonders Nick.«

Er ließ ihre Hand los und sagte scharf: »Wie meinst du das – ›besonders Nick‹?«

»Er war so gut zu mir. Anfangs war ich schrecklich schüchtern. Ich war immer schüchtern. Aber er half mir, das zu überwinden, und er hat mir das Gefühl gegeben, daß ich ganz attraktiv und unterhaltsam bin. Ich mag Nick sehr gerne.«

»Heißt das, daß du in ihn verliebt bist?«

Ihr Lachen beruhigte ihn sofort. »O nein, überhaupt nicht. Er ist ebensowenig in jemanden verliebt wie ich. Aber er war ein Engel, und ich bin jetzt sicher, daß ich mich nie wieder so langweilig und hoffnungslos fühlen werde.«

»Du bist in niemanden verliebt? Ich war immer in dich verliebt, Dinah, auch als du langweilig und hoffnungslos warst, wie du es nennst.«

»Du warst nicht sehr in mich verliebt«, sagte sie mit erschreckender Offenheit. »Du hast mich einfach als selbstverständlich hingenommen, nicht zuletzt weil ich dich so bewunderte. Aber du warst nicht in mich verliebt.«

Er bewegte sich unbehaglich. »Ich bin kein romantischer Bursche. Das weißt du. Aber ich wollte dich schon seit langem heiraten, und ich – na ja, ich dachte, du würdest ebenso empfinden.«

»Oh, das war auch so. Das war immer so. Vor zwei Monaten sehnte ich mich danach, daß du mir einen Heiratsantrag machst. Ist es nicht ein Segen, daß du das nicht getan hast?«

Das war beunruhigend.

»Warum?« stammelte er.

»Oh, weißt du«, sagte sie ernsthaft, »wir wären einfach so geblieben, wie wir waren. Du so klug und beliebt, und ich hätte dich bewundert und Angst vor den anderen gehabt. Auch vor dir. Das wäre schrecklich und so langweilig für dich gewesen.«

»Du hättest mich nicht gelangweilt. Du hast dich verändert, und jetzt würde dich der vorherige Zustand nicht mehr befriedigen. Das sehe ich ein. Sag mir, was ich tun soll.«

Seine Bescheidenheit bewegte und erstaunte sie, und sie sagte freundlich: »Nichts, liebster Bill. Du bist unheimlich nett zu mir, aber das genügt nicht. Wenn ich heirate, möchte ich, daß mein Mann verrückt nach mir ist und auf alle möglichen dummen Gedanken kommt. Sogar darauf, daß ich schön bin. Natürlich soll er mich nicht für eine Schönheit wie Freddie halten, aber auch nicht für die graue Maus, die ich bin. Ich möchte, daß er es herrlich findet, wenn ich *ja* sage – nicht nur, daß es eine zufriedenstellende Absprache ist und alles schon seit Jahren ausgemacht war.«

Es entstand ein Schweigen, und dann sagte er langsam: »Ich kann nicht gut lügen, Dinah. Und du weißt, daß ich nicht so verliebt bin. Vielleicht kann ich niemals so verrückt nach jemandem sein. Aber ich mag dich sehr gerne. Erst seit kurzem habe ich gemerkt, wie sehr, denn jetzt entdecke ich, wie du wirklich bist.«

»Ich auch. Und ich möchte diese Entdeckung weiter fortsetzen. Es ist interessant. Und du mußt mir helfen, Bill.«

»Könnte ich dir nicht auch helfen, wenn wir verlobt wären?«

»Nein, weil ich dann früher oder später einen Rückfall bekommen und sagen würde: ›Wie du meinst, Bill‹ und ›Du weißt es am besten, Bill‹. Nein, ich muß eine Zeitlang ganz frei sein, und dann...«

»Und dann darf ich es wieder versuchen? Willst du das sagen? Und in der Zwischenzeit möchtest du nicht, daß ich dich sehe und mit dir ausgehe?«

»O doch. Ich bin so an dich gewöhnt. Du würdest mir schrecklich fehlen.«

Er zuckte zusammen; dann versuchte er zu lachen. »Gut. Wir wollen von vorne anfangen. Du sollst nicht mehr als ›meine Freundin‹ bekannt sein. Freie Bahn und keine Hindernisse. Das – das wird mir nicht gefallen, weißt du.«

»Dann fürchte ich, lieber Bill, mußt du es eben bleiben lassen.«

Mit dieser unschönen Bemerkung fand die Unterhaltung ein unbefriedigendes Ende, denn Dinah sagte plötzlich: »O Bill, wir haben die Zeit vertrödelt, und Nick hat mir versprochen, ein letztes Mal mit mir zu reiten. Wir müssen uns beeilen.«

Es war nicht gerade angenehm, dachte er mißmutig, daß sein Heiratsantrag als ›vertrödelte Zeit‹ bezeichnet wurde. Gegen seinen eigenen Willen fragte er noch einmal: »Du bist ganz bestimmt nicht in Nick verliebt?«

»Mein Ehrenwort. Ich bin in niemanden verliebt, wie ich dir eben schon gesagt habe. Nicht einmal in dich, Bill. Aber ich glaube, ich bin eigentlich in das Leben verliebt.«

Am nächsten Tag reiste sie ab, lachend und winkend, und sie fuhr ihr geliebtes Auto ziemlich waghalsig mit einer Hand. Als sie an diesem Abend beim Essen saßen, sagte Freddie: »Es tut mir leid, daß Dinah nicht mehr da ist. Vorher wollte ich eigentlich nicht, daß sie kam, aber ich habe sie sehr gerne. Zuerst dachte ich, sie wäre ziemlich langweilig. Aber das stimmt nicht. Man kann seinen Spaß mit ihr haben. Und sie hat eine Menge Chancen, nicht wahr, Bill?«

Das war genau das, was er zu fürchten begann. Aber er sagte nur: »Und wie ist es mit dir? Auch du hast dich verändert. Irgend etwas ist mit dir geschehen, seit du diesen gräßlichen kleinen Masters losgeworden bist. Du bist so ernst geworden. Sag nur nicht, daß du deine Seele entdeckst oder die guten Vorsätze von Neujahr mit ein paar Wochen Verspätung wahrmachst?«

Sie sah verlegen aus, wie immer, wenn man sie an den unglücklichen Jim erinnerte. »O nein, aber es ist Zeit, daß ich das Leben ernst nehme. Es ist eine ernsthafte Sache.«

»Welch hehrer Gedanke! Mir tut es eigentlich leid, daß du ein so langweiliges neues Blatt in deinem Leben aufgeschlagen hast. Ich mochte dich so, wie du warst.«

Ein Lob stieg ihr noch immer leicht zu Kopf, und sie sagte eifrig: »Wirklich, Bill? Ich hatte Angst, daß mich alle für ein albernes kleines Ding hielten.«

»Einerseits ja, aber andererseits warst du in Ordnung. Und wo hast du dich in der letzten Zeit versteckt? Du warst fast immer weg.«

»Ich habe Matron sehr oft besucht. Sie ist unheimlich interessant. Ich habe noch nie einen Menschen wie sie kennengelernt.«

»Sie hat etwas vom Leben gesehen und besitzt eine unglaubliche Sicherheit, nicht wahr?«

»Sie ist großartig, und Jonathan meint das auch. Er ist jetzt bei ihr. Er wollte nicht mit mir zum Essen zurückgehen. Matron erklärte, sie könne ihm nur einen kleinen Imbiß machen, aber er sagte irgend etwas Kluges über vegetarische Kost. Mich haben sie nicht dazu aufgefordert«, fügte sie ziemlich traurig hinzu.

Zu diesem Zeitpunkt saßen Jonathan und Matron sehr gemütlich in ihrem kleinen Eßzimmer. Der Imbiß war sehr reichhaltig und gut zubereitet gewesen, und vorher hatte es einen hervorragenden Sherry gegeben.

Jetzt brach Jonathan das selbstverständliche Schweigen, um zu sagen: »Sie ist zu jung. Es ist ganz natürlich, daß sie Sie auf ein Podest stellen und Sie nachahmen möchte. Man muß ihr die Heldenverehrung zugute halten.«

»Vielen Dank für das Kompliment, aber ich nehme an, daß es tiefer geht. Ich glaube, sie hat plötzlich erkannt, daß das Leben kein Spiel ist. Deshalb möchte sie das beste aus dem ihren machen.«

»Ja, zum Teil ist es das. Sie hat einen Anstoß bekommen, und sie hat begonnen, erwachsen zu werden. Aber sie sollte sich nicht entschließen, alles so plötzlich zu tun. Nachher wird sie es bereuen und sich selbst unglücklich machen.«

»Sie reden, als ob eine Krankenschwester sich für ein Leben lang verpflichten würde. Es sind nicht einmal drei Jahre. Sie kann diesen Beruf aufgeben, wann immer sie will. Ich glaube nicht, daß sie es tun wird. Sie ist alles andere als dumm. Sie will nur ein festes Ziel im Leben haben.«

»Ich meine, wir sollten sie nicht zu sehr beeinflussen. Sie sollte es sich erst gut überlegen.«

»Was für ein vorsichtiger Mensch Sie sind! Warum soll sie es nicht versuchen? Schon ein Jahr strenge Disziplin würde ihr guttun. Zu Hause hat sie das nie kennengelernt, und ein Typ wie sie ordnet sich auch in der Schule nur teilweise unter. Sie wird für das Leben gewappnet sein, wenn sie Krankenschwester wird.«

»Das ist es ja gerade. Sie ist noch so jung und unerfahren.«

»Mein lieber Freund. In wenigen Monaten wird sie neunzehn. Es wird Zeit, daß sie aufwacht. Wenn sie ein oder zwei Jahre an andere Menschen denkt, Leiden und Schmerzen sieht, wird sie eine phantastische Frau werden. – Obwohl ich nicht glaube, daß sie dazu kommt, ihren Kursus zu beenden«, fügte sie mit einem plötzlichen Augenzwinkern hinzu.

»Warum nicht?« fragte er ziemlich mürrisch. »Wenn sie sich einmal zu etwas entschlossen hat, dann tut sie es auch.«

»Aber sie ist viel zu attraktiv. Und Sie kennen ja diese jungen Ärzte. Sie halten nicht alle etwas davon, einem Mädchen Zeit zu lassen«, sagte Matron triumphierend und war stolz, daß sie das letzte Wort behalten hatte.

13

Shelagh, dachte Anna Lorimer, mochte zwar zur Familie gehören, aber niemand hätte sich mehr absondern können. Sie war eigentlich nicht einmal ein interessierter Beobachter. Ein undurchsichtiges unpersönliches Wesen, und trotzdem konnte man sie nicht als egoistisch bezeichnen, sie drückte sich vor keiner Arbeit, sie war nicht launisch, sie versteckte sich nicht in ihrem Zimmer und unternahm keine langen einsamen Spaziergänge. Anna fühlte, daß sie mit Sicherheit Charakter besaß, denn ihr Verhalten in der Vergangenheit bewies, daß sie eine ungewöhnliche Entschlußkraft besaß. Aber im Augenblick schien es, als ob ihre ganzen guten Eigenschaften brachlagen, als wartete sie lediglich ab, als lebte sie kaum. Außer Bill und vielleicht auch Jonathan Blake schien keiner aus den Familien ihr näherzukommen.

Natürlich mußte man berücksichtigen, daß sie sich offensichtlich nicht wohl fühlte und wahrscheinlich unter der Hitze litt. Eines Morgens traf Anna sie allein, wie sie völlig müßig herumsaß, den Blick auf das Meer gerichtet, und ihre Gedanken – ja, wo genau waren ihre Gedanken? Das wußte niemand.

»Ich glaube, unser Klima ist für Sie anstrengender als das von *South Island*. Sie sehen müde aus.«

»Ach, ich bin wahrscheinlich nur faul, ja, und

heiß ist es wirklich. Aber Tainui ist ein schöner Ort.«

»Ich liebe ihn. Jetzt sind die meisten Urlauber abgereist, und man sieht, wie es wirklich ist. Einen Monat lang geht es hier ungefähr wie in jedem anderen kleinen Dorf an der Küste zu. Dann beruhigt sich alles wieder, und jeder atmet erleichtert auf. Keiner hat es eilig, und jeder hat Zeit, einem zu helfen. Ich liebe diese Muße und diese Freundlichkeit. Der einzige, der in ständiger Hetze lebt, ist unser Arzt.«

»An ihn habe ich schon gedacht. Es ist albern, weiter krank herumzulaufen, und trotzdem scheint es mir nicht richtig, ihn zu belästigen, wenn er so beschäftigt ist.«

»Er sagt immer, daß er dazu da ist. Er wird kommen, wenn Sie ihn anrufen, Shelagh.«

»Ich glaube, ich werde in seine Sprechstunde gehen. Ich kann ihn nicht für irgendeine Kleinigkeit herrufen.«

»Gut, morgens hat er immer von zehn bis zwölf Sprechstunde, und auch an manchen Abenden, und...«

In einiger Entfernung hörten sie Freddies Stimme, und Shelagh sagte schnell: »Würden Sie es bitte den anderen nicht erzählen? Ich hasse es, wenn man Umstände wegen mir macht.« Anna nickte und fragte beiläufig: »Wo ist Angela? Reitet sie mit Stephen?«

Miss Lorimer war beunruhigt, daß sich keine Fortschritte zeigten; offensichtlich hatte dieser verdammte junge Intellektuelle an jenem Tag auf der Farm alles verdorben.

»Nein. Sie besucht ihren alten Mann und kauft für ihn ein.« Zumindest, dachte Anna erleichtert, vergeudete sie ihre Zeit nicht damit, Dr. Millar zuzuhören, wie er die Gesetze des Universums darlegte.

Laut sagte sie: »Sie ist sehr gut zu ihm. Ich glaube, ich könnte das nicht tun. Ich habe eigentlich Angst vor ihm. Aber ich kann auch nicht mit Geisteskranken umgehen.«

»Ich auch nicht, aber Angela scheint es nichts auszumachen. Obwohl ich glaube, daß es sie bekümmert, wenn er beginnt, über Vater herzuziehen. Sie hat Angst, daß sie sich treffen. Er hat natürlich immer für Mutter geschwärmt. Daran kann ich mich erinnern.«

»Das erzählen sich die Leute, und sie war sehr gut zu ihm und hat ihn regelmäßig besucht.«

»So ist Mutter manchmal«, sagte Shelagh in dem gleichgültigen Ton, in dem sie alle von Alicia sprachen. »Man kann bei ihr nie vorhersagen, wie sie die Leute behandeln wird. Zu manchen war sie unheimlich nett, besonders zu den Alten. Sie ist so oft nach Irland gereist, weil der alte Vetter Frederick sie sehen wollte.«

Anna fand es nur bedauerlich, daß Alicia ihren Mann und ihre Kinder nicht mehr von dieser Freundlichkeit hatte fühlen lassen; aber sie war natürlich in diesem Punkt voreingenommen, wies sie sich selber zurecht.

Heute wurde sogar Angelas Geduld hart auf die Probe gestellt. Geoffrey Matthews war schwieriger als gewöhnlich. Aus irgendeinem Grund war er überzeugt, daß seine Göttin jeden Augenblick erscheinen würde. »Sie hat schon vorher zu kommen versucht, aber dieser Mann hat sie davon abgehalten. Standish nennt er sich, aber ich nenne ihn Satan.«

Insgeheim über diesen Kosenamen für ihren Vater belustigt, versuchte Angela doch, das Thema zu wechseln, indem sie ihn veranlaßte, über den Burenkrieg zu sprechen, in dem er gedient hatte. Er wurde dabei etwas vernünftiger und holte seine Auszeichnungen hervor, um sie ihr zu zeigen.

»Und hier habe ich noch etwas«, sagte er und kramte zu ihrem Schrecken plötzlich eine altmodische Flinte vom Grund seines Schranks hervor. Er hatte sie in diesem Feldzug getragen, erzählte er ihr, und jetzt hielt er sie immer bereit.

»Ich zeige sie Ihnen, weil Sie mich nie verraten werden. Sie sind ihre Tochter, und Sie sind gut wie sie. Ich habe auch Munition hier, immer zum Einsatz bereit.«

»Wozu bereit?« fragte sie nervös, da sie befürchtete, daß er von der Ankunft ihres Vaters gehört haben könnte. Aber er entgegnete nur ausweichend: »Sie sagen, daß ich verrückt bin. Sie können sehen, daß sie lügen. Aber manchmal ist mein Kopf sonderbar, sehr sonderbar. Sie werden Geoffrey Matthews nie hinter Gitter bringen. Deshalb ist meine Flinte bereit.«

Angela fragte sich, ob Dr. Wyatt dies wußte; würde er einem alten Mann, der offensichtlich wahnsinnig war, erlauben, eine Flinte in seinem Haus versteckt zu halten?

Doch Matthews war zu seinem Lieblingsthema, ihre Mutter, zurückgekehrt und sagte nun: »Aber bevor ich sterbe, wird sie kommen. Sie hat oft gesagt: ›Unsere Seelen werden sich immer finden, Geoffrey, und wir werden uns auch wiedersehen. Zweifle nie daran.‹ Ich zweifle nicht daran. Sie hat ihr Wort gegeben; aber sie muß bald kommen, sehr bald.«

Angela empfand tiefes Mitleid für ihn, daß er seit vielen Jahren für dieses oberflächliche Versprechen lebte. Aber zu ihrer Bestürzung wechselte er schon wieder das Thema, zog über ihren Vater her und endete mit dem frommen Wunsch: »Auf daß seine Seele zur Hölle fahre.«

Angela fand, daß das etwas zu weit ging; auch von der nachsichtigsten Tochter konnte man erwarten, daß sie dieses Gespräch abbrach. Sie widersprach jedoch nicht, sondern beruhigte sich damit, daß der alte Mann eigentlich immer an seinem eigenen Strand blieb. Er würde Matthews wahrscheinlich nie sehen.

Als sie erschöpft nach Hause kam, war sie verärgert, sowohl Wyngate Millar als auch Stephen dort zu finden. Die beiden Männer hatten sich nicht sehr oft gesehen. Wyn war verschiedentlich zu ihnen gekommen, gelassen und wie immer selbstzufrieden, und hatte mit einem spöttischen, verschwörerischen

Lächeln auf ihre ländlichen Interessen angespielt. Stephen hingegen hatte sich völlig rar gemacht und verbrachte mit seiner Tante und seinem Bruder mehr Zeit als zuvor. Aber er versuchte nicht, sie zu meiden.

An diesem Morgen sagte er freundlich:
»Du siehst erschöpft aus. Was hast du getan?«
»Ich habe nur Mr. Matthews besucht. Es war heute etwas schwierig, mit ihm fertig zu werden.«
Freddie sagte: »Du tust zu viel. Laß mich das nächste Mal hingehen. Das wäre eine herrliche Überraschung für ihn. Vielleicht denkt er sogar, es ist Mutter.«
»Und dann wäre es völlig um ihn geschehen. Er ist schon ziemlich verrückt und...« Aber sie hielt inne; sie konnte ihnen nicht von der Flinte erzählen. Er hatte ihr vertraut.
»Ich finde, du könntest mich mitnehmen, und mir deine Sehenswürdigkeit zeigen«, sagte Wyn geringschätzig. »Ich interessiere mich für Verfolgungswahn, weißt du. Worüber spricht er?«
»Meistens über Mutter. Heute morgen erzählte er mir, sie habe ihm gesagt, daß ihre Seelen vereint wären, auch wenn sie getrennt seien. Hörst du nicht, wie sie es sagt, Freddie? Natürlich war der arme alte Mann einfach hingerissen.«
Sie lachte, aber nicht unfreundlich, und Dr. Millar lachte auch.
»Ja, wie ein Schuljunge. Er muß sehr kindisch sein.«
Aber Stephen lachte nicht.

Aus irgendeinem Grund verletzte es ihn, wenn Angela so von ihrer Mutter sprach. Er dachte an seine eigene, glücklich verlaufene Kindheit. Ihr war so viel entgangen. Ein Mann mochte sie noch so sehr lieben, er könnte es ihr nie ersetzen.

Er wechselte das Thema. »Nick fährt morgen ab. Dr. Wyatt hat den Arm verarztet. Er nimmt den Morgenbus.«

»Wie furchtbar«, klagte Freddie, die sich plötzlich wieder an *Liebe im Kalten Klima* erinnerte. »Er wird mir schrecklich fehlen. Er ist zu allen so nett, und seit Dinah abgereist ist, ist er wieder zu mir zurückgekehrt.«

Sie lachten, und Angela sagte: »Um dich zu trösten, wollen wir heute abend eine Party geben.«

»Aber wir kennen niemanden, den wir einladen können.«

»Miss Lorimer, Stephen, Nick, Jonathan – dich natürlich auch, Wyn, wenn du gerne kommen möchtest«, fügte sie zögernd hinzu. »Und wir wollen versuchen, auch Dr. Wyatt und deine Matron einzuladen. Das würde dir doch gefallen, Freddie?« »Herrlich, wenn wir sie dazu bringen können. Jonathan soll sie fragen. Für ihn tut sie es vielleicht.«

»Diese Frau«, bemerkte Wyngate, der Freddie nicht mochte und den auch das junge Mädchen ganz offensichtlich verabscheute, »scheint wirklich eine fixe Idee zu sein. Die Leute eilen diesen unangenehm steilen Hang hinauf, um sie zu besuchen. Sie hängen an ihren Lippen. Sie zitieren sie bei jeder

Gelegenheit. Ja, wirklich eine fixe Idee. Das liegt in Tainui wohl in der Luft.«

Freddie verlor bedauerlicherweise die Geduld. Er war ein ekelhafter junger Mann, und sie war ganz sicher, daß er etwas getan hatte, um Angelas Liebesgeschichte mit Stephen zu verderben. Sie sagte: »Ich weiß nicht, wovon Sie sprechen, aber ich glaube, Sie wissen es selbst nicht. Natürlich sprechen Leute, die sich schrecklich klug geben wollen, immer über Komplexe und fixe Ideen. Ich weiß nur, daß niemand von uns etwas getan hat, was mit Matrons Leistung zu vergleichen wäre. Sie hat ihr Leben damit verbracht, für andere Menschen zu sorgen, anstatt herumzusitzen und Gedichte zu lesen, die kein Mensch versteht, und über Freud zu reden.« Nach diesem Volltreffer verließ sie das Zimmer, bevor ihre Familie protestieren konnte.

Später sagte sie zu Matron: »Ich konnte mich einfach nicht beherrschen. Die Leute reden soviel und tun nichts, was sich lohnt. Irgend jemand sollte ein Buch über Ihr Leben schreiben.«

»Nein danke. Von diesen Dingen gibt es heute zu viel. Aber ich hätte gerne, daß man eine Geschichte über das Distriktskrankenhaus schreibt und über alle Tricks, die wir anwenden mußten, um es offenzuhalten und Geld zu bekommen.«

»Wie habt ihr das gemacht?«

»Jeder half, aber natürlich hatte niemand viel Geld zur Verfügung. Doch gelang es allen, wenigstens eine Kleinigkeit zu geben. An einem Tag war es ein Stuhl, an einem anderen ein Nachttopf oder ein Gefäß für Blumen. Dann wurden kleine Spiele und Konzerte veranstaltet. Den Erlös davon bekamen wir, und die Regierung mußte das ganze subventionieren. Irgendwie haben wir uns durchgeschlagen.«

Freddie grübelte einen Augenblick lang darüber, dann sagte sie: »Natürlich muß man ein ganz besonderer Mensch sein, um Krankenschwester zu werden, oder nicht? Man nennt sie die hilfreichen Engel.«

Matron brummte. »So hat mich nie jemand genannt. Am wenigsten das Gesundheitsministerium. Mir ist eigentlich häufig aufgefallen, daß Mädchen mit viel Geist, richtige lebhafte junge Teufel, im allgemeinen die besten Krankenschwestern abgeben. Vielleicht liegt ihnen das besonders. Jedenfalls scheinen sie dem besser gewachsen zu sein.«

»Jemand wie ich würde sich dafür wohl nicht eignen?«

»Aber natürlich. Du gäbst eine prächtige Krankenschwester ab.« Danach wechselte sie klugerweise das Thema und sagte, sie wäre bereit zu kommen, wenn sie auf ihrer Party wirklich ein altes Faktotum brauchten, und wenn sie um zehn Uhr gehen könnte.

Es war eine gelungene Party. Shelagh, der es viel besser zu gehen schien, kochte ein Prachtessen, das, wie Jonathan versicherte, die Erinnerung an Freddies schlimmste Versuche auslöschte. Matron, die erklärte, sie sei jahrelang nicht mehr Essen gegangen, wurde von Dr. Wyatt und Anna geschickt dazu gebracht, über die früheren Schwierigkeiten im Krankenhaus zu erzählen.

»Wir hatten natürlich keine Kuh, und ich plante schon immer, was ich tun würde, wenn wir unsere eigene Milch und unseren eigenen Rahm hätten. Irgendwie habe ich fünf Pfund zusammengekratzt und dem Ministerium eine Unterstützung abgerungen. Und so beschloß ich, eine Kuh zu kaufen – damals waren sie noch viel billiger. Ich verstand natürlich überhaupt nichts von den Viechern, aber ich hatte zwei gute Sachverständige für Viehzucht an der Hand, die die Wahl für mich trafen. Jack brachte die Kuh nach Hause und stellte sie auf seine Weide. Ich war enttäuscht, daß sie so lange zum Kalben brauchte, denn ich konnte es nicht erwarten, den Rahm zu bekommen. Ich glaube, ich habe an diesen zwei Männern viel herumgemeckert.

Jedenfalls kam eines Morgens die kleine Krankenschwester hereingestürzt und sagte: ›Unsere Kuh hat ihr Kalb. Sie ist in der Koppel. Aber sie sieht bösartig und wild aus, und sie will das arme Kälbchen nicht zu sich lassen.‹ Sie war ein Mädchen aus der Stadt und verstand noch weniger von Kühen als ich. Na ja, ich sah aus dem Fenster und erblickte die beiden auf der Koppel. Da mir der Blick der Kuh nicht geheuer war, rief ich Jack an und fragte ihn, wie er dazu käme, mir ein so wildes Tier zu kaufen.

Er sagte: ›Was für eine Kuh? Deine Kuh hat nicht gekalbt.‹ Ich sagte: ›Red doch keinen Blödsinn. Sie rast wie eine Wahnsinnige über die Koppel.‹ Er sagte: ›Ja, ich kann nicht mehr sagen, als daß deine Kuh hier ist. Ich sehe sie mir gerade an.‹ Dann ging einer der Patienten, der Farmer war, auf die Veranda, um sich die Sache anzusehen. Er konnte sich vor Lachen kaum noch halten und beinahe wäre seine Narbe aufgeplatzt. Und wissen Sie warum? Wissen Sie, was Kai – der andere Mann, der bei dem Kauf dabeigewesen war und dem ich mit meinen ewigen Anrufen lästig war –, was dieser Unmensch getan hatte? Er hatte einen wilden Stier in die Koppel des Krankenhauses gebracht und dazu ein drei Monate altes Kalb. Und nun wartete ganz Tainui darauf, daß einer von uns mit einem Eimer herauskommen würde, um den Stier zu melken. Ja, ich brauchte eine ganze Weile, bis das wieder in Vergessenheit geriet.«

Alle lachten, außer Dr. Millar, der gelangweilt aussah. Angela murmelte er zu: »Dieses Gerede über die gute alte Zeit ist überhaupt nicht mein Geschmack. Die guten alten Pioniere langweilen mich immer schrecklich. Komm und rauche eine Zigarette mit mir im Garten.«

Sie zögerte. Sie hatte sich nicht gelangweilt und wollte mehr hören. Aber Stephen schien sie nicht zu beachten und unterhielt sich mit Maxwell Standish, und jetzt entstand allgemeines Gerede und Gelächter. Na ja, sie würde die Lage besser ein für alle Mal klären.

Als sie zum Strand hinuntergingen, dachte sie, daß sie sich noch vor einem Jahr geschmeichelt gefühlt hätte, wenn sie von ihm auserwählt worden wäre. Seine Nähe hätte sie begeistert. Heute abend fühlte sie sich nur ungeduldig und ziemlich verlegen.

An einer Wegbiegung blieben sie jetzt stehen und betrachteten das stille Meer. An diesem Abend schien der Mond nicht, und es war Flut. Das kleine Motorboot war verschwunden; nur *Angel* und einige Fischerboote waren zu sehen. Er sagte: »Unsere Gruppe reist nun ab. Ich habe mich noch nicht entschlossen, ob ich bleiben oder mit ihnen abfahren soll. Was meinst du, Angela?«

»Das liegt ganz bei dir.«

»Nicht ganz, das weißt du. Weiche nicht aus. Bis du an diesen verdammten Ort kamst, warst du ein aufrichtiger Mensch.«

»Gerade in dem Punkt irrst du. Und zwar völlig. Ich war ausgesprochen unaufrichtig. Ich wollte stark und intellektuell sein, und so habe ich Theater gespielt. Ich habe es zuletzt sogar selbst geglaubt. Das habe ich inzwischen überwunden.«

»Und mich hast du auch überwunden?«

»Ja. Schon vor sechs Monaten, Wyn.«

»Als – was ist das richtige Wort? – Geliebten vielleicht? Aber ich glaube, als netter achtbarer Ehemann wäre mir das nicht passiert.«

»Die Frage stellte sich nicht.«

»Heute abend stellt sie sich. Mit anderen Worten, ich habe mich entschlossen. Willst du mich heiraten, Angela? Es ist ein guter, aufrichtiger Heiratsantrag.

Auch dein altmodischer Freier könnte ihn nicht besser stellen.«

Er hatte es nicht annähernd so klar ausgesprochen, dachte sie. Sie sagte: »Und ich gebe dir eine gute, aufrichtige Antwort – nein, Wyn.«

Es entstand ein langes Schweigen. Dann zündete er sich noch eine Zigarette an und sagte nachdenklich: »Ist das dein Ernst? Wahrscheinlich bin ich selber schuld. Ich habe einen taktischen Fehler gemacht. Ich verstehe mich nicht so gut darauf wie dein befreundeter Farmer, so demütigend das auch scheint. Und natürlich kann in sechs Monaten viel geschehen – in Tainui scheint es sogar schneller zu gehen.«

»Da hast du recht, aber trotzdem vielen Dank für deinen ehrenhaften Antrag. Sobald du in die Stadt zurückgekehrt bist, wirst du froh sein, daß die Sache zu Ende ist. Wie du schon sagtest, in Tainui scheint man auf sonderbare Gedanken zu kommen.«

Er warf die Zigarette weit den Abhang hinunter, und wie auf Verabredung kehrten sie um und gingen auf das Haus zu. Plötzlich lachte sie und sagte: »Weißt du, Wyn, du hast eigentlich ein unheimliches Glück. Die edle Geste – und keine Konsequenzen.«

Er sagte langsam: »Sei nicht boshaft. Und trotzdem, vielleicht hast du recht. Vielleicht war mein Lebensstil nie deiner, konnte nie deiner sein. Vielleicht findest du dein Glück auf dieser ziemlich häßlichen Farm, du wirst über die Hügel reiten –

aber du tätest gut daran zu lernen, wie man ein Pferd besser besteigt, meine Liebe – und mit deinem viktorianischen Ehemann über viktorianische Poesie sprechen.«

»Warum mußt du immer spotten, gerade dann, wenn du einmal nett warst? Hier sind keine Studenten, die dich bewundern und dir Beifall spenden.«

»Ein schwerer Hieb. Man scheint sich das hier anzugewöhnen. Aber nun im Ernst, viel Glück, meine Liebe. Wenn wir uns das nächste Mal wiedersehen, wirst du eine entschlossen blickende Pionierin mit rauhen Händen sein und fest im Sattel sitzen – hoffentlich.«

Sie lachte. »Ein ziemlich zivilisiertes Pionierleben, und ich werde meine Hände nicht vernachlässigen. Ich danke dir, Wyn, und du wirst ein Professor werden mit einer sehr reizenden, sehr intellektuellen Frau, die dich im Zaum hält – soweit das möglich ist.« Sie rannte die Stufen zur Veranda hinauf, ein Stein war ihr vom Herzen gefallen. Es war vorüber. So leicht war es also gewesen. Und sie wußte jetzt, daß sie eigentlich niemanden verletzt hatte.

In dem großen Wohnzimmer hatten sie die Matten zusammengerollt und tanzten. Matron und Dr. Wyatt waren gegangen, und Nick machte Freddie, die heute abend niedergeschlagen zu sein schien, alberne Liebeserklärungen. In Jonathans Armen schwebte Shelagh leicht wie eine Feder, kaum faßbar. Als Angela beobachtend auf der Schwelle stand, wurde sie von Mitleid gepackt, als sie sah, wie oft Freddies Blicke sich auf sie richteten. Aber bald bemerkte sie die anderen nicht mehr, denn Stephen war gekommen, und sie tanzten sofort. Sie hatte kaum beachtet, wie Dr. Millar unauffällig die Runde machte und sich höflich und förmlich verabschiedete. Von der Tür aus winkte er ihr ungezwungen und etwas spöttisch zu, und einen Augenblick lang nahm sie ihre Hand von Stephens Schulter, um nachlässig zurückzuwinken.

Sie sagte: »Wyn reist morgen ab«, und irgend etwas in Stephens Gesichtsausdruck veranlaßte sie, schnell hinzuzufügen: »Und Nick auch. Unsere Gesellschaft bricht auf.«

»Wir werden Nick vermissen. Besonders Anna. Schade, daß ich in zwei Tagen abreisen muß. Am Donnerstag beginnen wir mit der Schafschur.«

Plötzlich erschien ihr alles trübe und traurig. Zwei Tage. Bestimmt würde er vorher noch irgend etwas sagen? Bestimmt merkte er, daß jetzt, wo Wyn nicht mehr im Wege war, alle Schranken gefallen waren?

Angela wurde ein letzter Abschied von den Universitätsfreunden am nächsten Morgen am Bus erspart. Die Studenten waren mit zwei Autos und ihren Wohnwagen früher abgereist. Nick wollte noch an diesem Abend den Zug in der Stadt erreichen. Freddies Abschied war ausgesprochen rührend.

»Es ist schrecklich, daß du abreist. Jetzt kann man mit niemandem mehr etwas unternehmen. Ich kann den Gedanken daran nicht ertragen.«

Er lachte und legte herzlich und freundschaftlich den Arm um sie. »Kopf hoch, meine Gute. Denke daran, daß das alles erst der Anfang ist. Es wartet noch so viel Vergnügen auf dich.«

»O nein. Ich fühle, daß alles ganz anders verlaufen wird. Ich muß meine Karriere beginnen und mich nicht mehr nur vergnügen.«

»Schrecklich«, stimmte er scheinbar ernst zu. »Ganz ernst und zielstrebig. Na ja, ich bin froh, daß ich nur das Vorspiel mitbekommen habe«, und mit diesen Worten schwang er sich auf den Sitz neben dem Fahrer, nachdem er sich nur noch von Anna verabschiedet hatte. Der Familie winkte er zu und sagte: »Es war herrlich. Demnächst werden wir uns alle wiedersehen.«

Zwei Minuten später machte sich der schwerfällige Bus holpernd auf den Weg, und als die anderen sich umdrehten, sahen sie, wie Freddie verstohlen eine Träne wegwischte. Angela nahm sie fest am Arm.

»Komm schon, damit fängst du jetzt nicht wieder an. Ich dachte, du wärst endgültig geheilt.«

»Ich weine überhaupt nicht. Kann man nicht einmal mehr seine Augen reiben? Abschiednehmen habe ich schon immer gehaßt, und Nick ist so lieb, er mochte mich auch gerne, und jetzt ist niemand mehr da.« Sie schneuzte sich und steckte dann ihr Taschentuch entschlossen weg.

»Aber eins ist schön, Angela. Dieser Dr. Millar ist auch weg. Die Wohnwagen sind heute morgen abgefahren.«

Angela errötete und lachte dann, und Bill sagte schnell: »Ich dachte, du haßt Abschiednehmen, mein Kind. Nein, jetzt gib keine Erklärungen ab, wir verstehen schon.«

Sie verteidigte sich. »Na ja, du solltest jedenfalls verstehen, Bill, weil Dinah nicht mehr da ist. Shelagh und Angela haben leicht lachen. Sie haben beide jemanden.«

Bei dieser unglücklichen Bemerkung starrte Angela Freddie an und blinzelte entschuldigend zu Stephen hinüber, der offensichtlich völlig geistesabwesend die Aussicht genoß. Shelagh errötete leicht und blickte Dr. Blake an, aber Bill lachte und hakte seine jüngste Schwester unter.

»Hurra! Du machst dich. Ich sehe, das Fell des Leoparden ist noch leicht gesprenkelt. Sei unbesorgt, mein Kind. Wie du sagtest, wir sind beide verlassen, und deshalb müssen wir uns gegenseitig trösten.«

»Oh, Bill«, rief sie mit ihrem herrlich strahlenden Lächeln, »du bist so nett geworden. Irgendwie ein ganz anderer Mensch als am Anfang.«

Sein Gesicht verzog sich zu einem Grinsen. »Dieser verdammte Ort scheint uns irgendwie zu verändern. Oder vielleicht ist es das Familienleben. Ich habe schon immer vermutet, daß es die Hölle ist.«

14

Beim Abendessen am nächsten Tag sagte Maxwell Standish: »Lieber Himmel, Angela, du hast schon komische Freunde. Ich bin heute diesem alten wunderlichen Kauz Matthews über den Weg gelaufen.«

»Oh, Max, wie schrecklich! Ich dachte, er würde überhaupt nicht mehr ins Dorf gehen. Ich habe seine Einkäufe doch zum Teil deshalb gemacht, um ihn vom Dorf fernzuhalten.«

»Es war nicht im Dorf. Am Strand; nicht an seinem, den habe ich gemieden, seit du mir erzählt hast, wie verrückt er ist. Er hat einen Strand weiter Treibholz eingesammelt, und ich spazierte durch die Sanddünen. Ich überlegte mir gerade, wer die alte Vogelscheuche wohl sein mochte, als er aufsah und mich erblickte. Du lieber Himmel, er ist wahnsinnig!«

»Was ist passiert?«

»Eine Minute lang starrte er mich an, als hätte er einen Geist gesehen. Dann warf er seine Arme gen Himmel und schrie etwas – wahrscheinlich einen Fluch – und war verschwunden.«

»O je, ich wünschte, das wäre nicht passiert. Vielleicht denkt er, du wärst nur ein Geist gewesen.«

»Das macht nichts, du solltest ihn nur nicht mehr allein besuchen gehen. In allernächster Zeit wird er einfach überschnappen und dich angreifen.«

»Das wird er nicht tun. Er ist überhaupt nicht gefährlich. Dr. Wyatt sagt, er sei noch nie gewalttätig geworden.«

Sie zögerte. Sollte sie ihm von der Flinte erzählen? Aber das war nur für ihn selbst gefährlich, und sie durfte sein Vertrauen nicht mißbrauchen. Es war nicht notwendig. Max würde sich ihm nicht mehr nähern.

Nach dem Abendessen sagte Stephen: »Wie wäre es mit einem Ritt, Angela? Morgen muß ich auf die Farm zurückkehren, und es ist doch so ein herrlicher Abend heute.«

Freddie kam herein, als sie sich gerade umzog, und fragte eifrig: »Gehst du mit Stephen reiten?«

Als ihre Schwester nickte, drückte Freddie sie rasch an sich.

»Oh, ich freue mich so sehr, meine Liebe. Ich weiß, daß alles in Ordnung kommt, jetzt da dieser gräßliche...«

Dann hielt sie inne und sagte schnell mit veränderter Stimme: »Du hast Glück. Da Nick jetzt weg ist, nimmt mich niemand mehr mit zum Reiten, nicht einmal zu Spaziergängen.«

Angela war ganz damit beschäftigt, ein buntes Tuch um ihren Kopf zu schlingen und die Wirkung kritisch zu beobachten. Es war sehr wichtig, daß sie heute Abend so gut wie nur möglich aussah. Dann erblickte sie die anmutige, traurige Gestalt ihrer jüngeren Schwester, und sie bekam Gewissensbisse. Wie gewöhnlich war sie so mit ihren eigenen Angelegenheiten beschäftigt, daß sie kaum gemerkt hatte, daß Jonathan in letzter Zeit mehr mit Shelagh als mit Freddie zusammen zu sein schien. Arme kleine Freddie, die so warm und herzlich Anteil an den Sorgen anderer nahm, und die Dr. Blake so offensichtlich anbetete.

Sie sagte aufmunternd: »Sei nicht dumm. Dir wird bald das ganze Glück der Welt gehören. Du hast doch gerade erst angefangen.«

»Das glaube ich nicht. Es ist sehr nett von dir, Angela, daß du versuchst, mich zu trösten und mir sagst, daß ich hübsch bin, aber auf das Aussehen allein kommt es nicht an. In Wirklichkeit habe ich überhaupt keinen Erfolg bei Männern.«

Ihr tiefer Seufzer brachte Angela zum Lächeln, aber als sie Freddies verletzten Blick sah, sagte sie freundlich:

»Meine Liebe, das ist doch gar nicht wahr. Du hast nur gerade ein Tief. Gehe Matron besuchen. Sie wird dich aufmuntern.«

»Ich glaube, das ist wirklich am besten. Ich brauche ihren Rat. Vielleicht wird Shelagh mitkommen.«

»Und Jonathan. Dann gehen Max und Bill zu Miss Lorimer.«

»Oh, natürlich kommt Jonathan, wenn Shelagh mitgeht. Es ist eigentlich komisch, findest du nicht? Er scheint so streng und korrekt zu sein, aber offensichtlich denkt er nie daran, daß sie eine verheiratete Frau ist.«

Diesmal lächelte Angela nicht, denn sie wußte, daß dieser Gedanke – obwohl er völlig falsch sein mußte – Freddie sehr unglücklich machte. Sie sagte langsam: »Shelagh braucht eben jemanden, mit dem sie reden kann, und Jonathan ist ein verständnisvoller Mensch. Er sieht, daß es ihr nicht gut geht und daß sie ziemlich unglücklich ist. Sie hat fast über einen Monat lang nichts mehr von Robert gehört. Allmählich fange ich an zu glauben, daß an deiner Vermutung doch etwas dran war. Irgend etwas stimmt nicht.«

»Das glaube ich auch. Sie – tja, manchmal scheint sie gar nicht richtig hier zu sein.«

»Ich weiß. Die arme Shelagh. Ich hoffe so sehr, daß es nicht ein zweites Unglück in der Familie gibt. Was suchst du denn in dieser alten Schachtel?«

»Irgend etwas, um dieses Kleid aufzulockern und um mich aufzumuntern. Siehst du, hier ist das blaue Samtkleid, das ich an dem Abend anhatte.«

»Leg es zurück. Ich kann es nicht mehr sehen. Es starrt mich bei dem alten Mr. Matthews immer von der Wand an. Das ist ein netter Schal. Jetzt siehst du gut aus.«

Aber das Tuch schien seine Wirkung zu verfehlen, denn obwohl Shelagh sagte, sie würde mit Freddie mitgehen, entschied sich Jonathan für einen Bridgeabend mit Bill, dessen Vater und Miss Lorimer als Partner. Freddie machte ein langes Gesicht und zog ziemlich schweigsam mit Shelagh ab.

Sie war den ganzen Abend in ernster Stimmung, und kurz bevor sie gingen, holte Freddie tief Luft und sagte: »Matron, ich weiß, Sie werden schrecklich erstaunt sein, aber ich habe mich entschlossen, Krankenschwester zu werden – das heißt, wenn Sie glauben, daß ich das kann.«

Matron, die nicht einmal versuchte, Erstaunen vorzutäuschen, sagte fröhlich: »Wunderbar. Du wirst eine gute Krankenschwester abgeben, und ich glaube, daß du glücklich sein wirst.«

Freddie machte den naiven Versuch, heldenhaft auszusehen.

»Darauf kommt es eigentlich nicht so sehr an, nicht wahr? Wichtig ist, daß man einen Beruf hat, der zählt, und irgendwie scheint es sich mehr zu lohnen als Sportunterricht.«

Shelagh, die verblüfft zugehört hatte, wandte ein: »Aber der Sport hat auch sein Gutes. Letzten Endes ist es dasselbe. Man lehrt die Leute, vorzubeugen, anstatt sie zu heilen.«

»Ich weiß, aber viele Mädchen möchten Sport unterrichten, und es herrscht ein schrecklicher Mangel an Krankenschwestern. Wenn es schiefgeht, kann ich noch immer darauf zurückgreifen, aber erst will ich es als Krankenschwester versuchen.«

Matron sagte sehr freundlich: »Es wird nicht schiefgehen, und wenn du auf etwas zurückgreifen willst, so glaube ich nicht, daß es der Sport sein wird.«

Als sie die Tür hinter ihnen geschlossen hatte, lächelte sie. »Nicht auf den Sport. Sondern auf Fraulichkeit und Mütterlichkeit – das ist die beste Aufgabe überhaupt«, und dann lachte sie über ihre Sentimentalität.

271

Als sie das Haus verlassen hatten, brach Shelagh das Schweigen und sagte: »Ich möchte dir keine kalte Dusche geben, Freddie, aber die Krankenpflege ist eine richtige Plackerei, und zunächst wird es wieder genau wie in der Schule sein.«

»Ich weiß. Das habe ich mir alles überlegt. Ich werde es wahrscheinlich schrecklich verabscheuen, zumindest am Anfang. Aber ich werde durchhalten. Als ich aus der Schule kam, dachte ich, das Leben würde soviel Spaß machen, aber so ist es gar nicht – oder vielleicht nicht für mich. Ich bin vielleicht für das geschaffen, was man eine Karriere nennt.«

Sie ist doch noch sehr jung, dachte Shelagh, obwohl sie sich in diesen Ferien verändert hat. Sie sagte tröstend: »Also ich bin sicher, daß du Erfolg haben wirst, was immer du anfängst.« Jetzt fühlte Freddie beschämt, wie ihr die Tränen in den Augen brannten. Sie blinzelte, um sie zu vertreiben, war froh über die Dunkelheit und sagte: »Du bist lieb, Shelagh. Bill auch. Ich freue mich, daß wir diese Ferien zusammen verbringen konnten, auch wenn...«

»Auch wenn was?«

»Oh, nichts, nur scheinen die Dinge nicht so zu laufen, wie man möchte. Vielleicht liegt es daran, daß man sie sich zu sehr wünscht. So, hier sind wir. Kein Laut. Wahrscheinlich haben sie alle ihre Nasen in den Karten vergraben. Wie kann man einen schönen Abend so verbringen. Laß uns auf die Veranda schleichen und einen Blick hineinwerfen.«

»Es bringt Vater Abwechslung. Ich glaube, er findet es etwas langweilig hier.«

Vater fand es im Augenblick überhaupt nicht langweilig. Sie sahen zum Fenster hinein; plötzlich stockte Freddie der Atem, und sie kniff ihre Schwester schmerzhaft in den Arm. Die vier, die eigentlich eifrig hätten Bridge spielen sollen, saßen am Tisch, aber sie spielten nicht.

Standish blickte in ihre Richtung; ihm gegenüber hatte Anna ihr bleiches Gesicht der Glastür zugewandt. An den beiden Längsseiten des Tisches saßen Bill und Jonathan regungslos und starrten in die Gegend. Aber sie sahen die beiden Mädchen draußen nicht an.

Zwischen Tisch und Fenster stand ein Mann, und obwohl er ihnen den Rücken kehrte, erkannten ihn die beiden Mädchen sofort. In seinen Armen wiegte Geoffrey Matthews behutsam, aber zum Einsatz bereit, seine Flinte, und sie war unmittelbar auf Maxwell Standishs Herz gerichtet.

Sie hörten, wie Jonathan in festem und überredendem Ton sprach: »Nehmen Sie sie 'runter, Mr. Matthews, und sagen Sie uns alles. So werden Sie nichts erreichen.«

Dann kam ein wahnsinniges Lachen und eine Stimme, die fast fröhlich klang: »Das macht mir Spaß. Das ist mein großer Augenblick. Davon habe ich jahrelang geträumt: Sie zu rächen. Nein, bewegt euch nicht. Ich werde noch nicht abfeuern. O nein, erst in einigen Minuten. Ich möchte zusehen, wie er blasser und blasser wird, wie er zu zittern beginnt, wie er um Gnade bettelt. Bei ihr hat er keine Gnade walten lassen.« Freddie hörte nicht weiter zu. Shelagh stand wie angewurzelt da, aber Freddie packte sie heftig am Arm und flüsterte: »Komm mit mir, schnell. Du mußt mir helfen. Beeil dich, Shelagh, beeil dich. Sei leise. Ich weiß, was zu tun ist.«

Sie zog die sprachlose Shelagh hinter sich her und stahl sich durch die Seitentür in ihr Zimmer. Der Blechschrank stand offen, und das Licht schimmerte auf dem Samtkleid, das noch dort lag, wo sie es vor zwei Stunden gelassen hatte. Im Nu hatte sie ihr Baumwollkleid über den Kopf gezogen und schlüpfte in das andere.

»Hilf mir«, flüsterte sie, und automatisch gehorchte Shelagh. Während beide die ganze Zeit über auf einen Schuß lauschten, kämmte sie ihre Haare tief im Nacken zu einem groben Knoten zurück und legte einige Wellen in die Stirne, wie Alicia sie auf dem Photo trug. Dann warf sie einen schnellen Blick in den Spiegel.

Plötzlich fand Shelagh ihre Stimme wieder.

»Was tust du?«

»Hineingehen und Mutter spielen. Das ist das Kleid, das er kennt. Er ist verrückt. Er wird glauben, sie sei es, und wenn es nur für einen Augenblick ist, wird ihnen das Zeit geben.«

»Nein, Freddie, nein. Er wird schießen. Du wirst ihn nicht täuschen, und er wird dich und Vater erschießen. Du darfst es nicht tun. Ich werde Hilfe holen.«

»Dazu bleibt keine Zeit. Und wenn jemand hineingeht, wird er in jedem Fall auf ihn schießen. Laß mich gehen. Ich weiß, daß ich es tun kann. Ich muß es tun.«

Aber Shelagh klammerte sich wie wahnsinnig an sie, so daß Freddie ihre Hände losmachen und sie sanft auf das Bett zurückschieben mußte. Dann raffte sie den schleppenartigen Samtrock hoch und lief auf Zehenspitzen aus dem Zimmer.

Die Wohnzimmertür stand offen. Gott sei Dank. Sie schlich sich heran und war dankbar, daß in dem soliden alten Haus keine Diele knarrte. Dann stand sie endlich auf der Schwelle, erhobenen Hauptes in furchtloser Haltung.

Niemand hatte sie gehört, Maxwells Blick ruhte auf dem Feind, und die anderen beobachteten ihn jetzt schweigend. Sie sprach sanft und deutlich.

»Geoffrey, mein lieber Freund, jetzt bin ich endlich hier. Ich bin zu dir zurückgekommen, wie ich es versprochen habe.«

Sie ging ohne zu zögern einen Schritt auf ihn zu, ihre Augen lächelten ihn an. Noch ein Schritt. Würde er jetzt schießen? Beim Klang der Stimme war er heftig zusammengefahren, und er starrte sie an. Jonathan war aufgesprungen, ohne sich um die Flinte zu kümmern, und Bill war sofort an seiner Seite. Aber es war nicht mehr notwendig. Der alte Mann streckte seine Arme aus, und die Flinte polterte zu Boden. Jonathan nahm sie sofort an sich. Miss Lorimer schrie kurz auf und verbarg ihr Gesicht in den Händen. Maxwell Standish atmete lang und tief ein, dann drehte er sich nach seiner Tochter um.

Aber Freddie hatte nur Augen für Alicias alten Freund. Er stolperte auf sie zu, sein Gesicht war vor Freude verklärt, er ergriff ihre Hände, die sie ihm ruhig entgegenstreckte, fiel auf die Knie, küßte sie und stammelte wild: »Endlich. Endlich. Es war eine so lange Zeit. Und du willst bei mir bleiben?«

»Ja«, sagte Freddie deutlich. »Ich werde so lange bleiben, wie du mich brauchst.« Dann fiel er zur Seite und lag reglos da.

Sie umringten sie, beruhigten sie und priesen sie. Alle, außer Blake, der sich über die leblose Gestalt gebeugt hatte und den Puls fühlte. Bill hatte den Arm um sie gelegt, denn sie begann zu zittern, und Tränen traten ihr in die Augen.

Jonathan stand auf. »Herz. Ist schon gut, Freddie. Weine, wenn du möchtest. Das ist das Beste, was du tun kannst.«

Aber sie wies das Taschentuch zurück, das Bill ihr anbot. »Ich möchte nicht weinen. Dieser arme alte Mann . . . Es war schrecklich, ihn so zu betrügen.«

Jonathan lachte: »Sie ist sich nicht im geringsten bewußt, was sie getan hat. Sie denkt überhaupt nicht darüber nach. Sie denkt nur an ihn. Und sie wird nicht weinen. Das hat sie längst überwunden.«

Standish gab ihr einen schnellen, verlegenen Klaps. »Du hast mir das Leben gerettet, Freddie. Ob es wert war, dein Leben dafür aufs Spiel zu setzen, ist eine andere Frage, aber ich bin dir sehr dankbar.«

Shelagh, die hereingekommen war und sehr blaß und erschüttert aussah, sagte: »Komm mit mir, meine gute Freddie. Jonathan wird sich um ihn kümmern.«

Aber sie achtete nicht darauf, sie hatte sie kaum gehört. Sie kniete neben dem alten Mann nieder und fragte Blake im Flüsterton: »Ist er tot?«

»Noch nicht, aber es kann nicht mehr lange dauern. Bill, würdest du Dr. Wyatt anrufen und ihn bitten zu kommen? Freddie, geh mit Shelagh. Du kannst nichts mehr tun.«

»Nein. Ich fühle mich gut, und ich habe es ihm versprochen. Oh, Jonathan, laß mich in Ruhe. Ich bin kein Baby. Wenn er aufwacht und nach Mutter fragt, muß ich dasein.«

Aber Blake wollte das nicht zulassen. Er zog sie hoch und sagte sehr zärtlich: »Meine Liebe, er stirbt, und das ist ein Segen für ihn. Es ist unwahrscheinlich, daß er noch einmal das Bewußtsein erlangt oder irgend etwas erfährt. Es ist nicht gut für dich. Geh hinaus, und wir werden ihn auf ein Bett legen.«

Noch vor ein paar Stunden hätte sie alles dafür gegeben, wenn er so mit ihr gesprochen hätte, wenn sie diesen Ausdruck in seinen Augen hätte sehen können; aber jetzt schien sie ihn und die anderen nicht zu bemerken. Sie sagte nur: »Bringt ihn in mein Zimmer, dann werde ich bei ihm wachen. Ich habe keine Angst.«

Er erinnerte sich, wie sie ihm gestanden hatte, daß sie der Tod mit Schrecken erfüllte, daß sie nicht einmal den Anblick eines toten Kaninchens ertragen könnte. Er sah sie schweigend an, dann sagte er zu den anderen: »Laßt sie es tun.«

Und so lag Geoffrey Matthews jetzt auf dem Bett in Alicias früherem Zimmer. Dr. Wyatt hatte gesagt, daß es sich nur noch um wenige Stunden handeln könnte. Freddie wachte in ihrem blauen Kleid am Bett, und bald wurde der Doktor abberufen. Eine Stunde verging, und Maxwell, der jetzt ziemlich schwach und blaß war, wurde überredet, zu Bett zu gehen. Bill brachte Anna zu ihrem Haus zurück und blieb eine Weile bei ihr.

Jetzt kamen Stephen und Angela nach Hause, aber noch immer wich Freddie nicht von der Stelle. Sie kamen zur Tür, und Blake sagte: »Geht ins Bett. Schickt auch die anderen ins Bett. Ich werde euch rufen, wenn ich euch brauche. Ich bleibe. Ich werde mich um sie kümmern.«

Sie schien die anderen nicht gehört zu haben. Sie saß still da und hielt die alte Hand in ihren beiden jungen Händen. Die Leselampe war weggedreht, so daß sie im Halbdunkel saß. Im Zimmer herrschte Unordnung; auf dem Boden lag ihr Baumwollkleid zerknittert da. Im Lichtschatten saß Jonathan und beobachtete sie.

Die Stunden vergingen langsam, und als die Uhr zwei schlug, bewegte sich der alte Mann. Sofort war Jonathan neben ihm, seine Finger faßten nach dem stockenden Puls. Dann öffnete er seine müden

Augen. Freddie beugte sich über ihn und lächelte ihn an. Ihr Gesicht zeichnete sich scharf in dem hellen Lichtschein ab.

»Du... bist geblieben«, sagte er und lächelte. Dann schloß er wieder die Augen, seine Hand nahm die ihre.

Jetzt drehte sich Jonathan zu ihr um. »Du hast dein Versprechen gehalten. Er ist glücklich gestorben. Komm jetzt mit.«

Sie ging still in die Küche hinaus, er hatte seinen Arm um sie gelegt, und sie fanden Angela, die schweigend mit Stephen dasaß. Sie sagte: »Ich konnte nicht zu Bett gehen. O Freddie, meine Liebe... Und ich war an allem schuld. Ich wußte von dieser Flinte. Ich hätte sofort zu Dr. Wyatt gehen müssen.«

Freddie sah sie mit einem leeren Blick an, und Stephen sagte schnell: »Wie konntest du wissen, daß sie sich treffen würden?«

Jonathan sprach ruhig zu Angela: »Es ist alles in Ordnung mit ihr, aber sie soll in deinem Zimmer schlafen. Dr. Wyatt wird jeden Moment kommen und ihr irgend etwas geben. Gute Nacht, meine Liebe.«

Angela bemerkte seinen Gesichtsausdruck, als er sie ansah, und sie empfand inmitten dieser Tragödie eine plötzliche Freude. Natürlich hatte Freddie sich geirrt. Sie war albern gewesen, auch nur einen Augenblick daran zu zweifeln. Was den Ritt betraf, von dem sie sich so viel erhofft hatte, so hatten sie mit äußerster Gründlichkeit die Alkoholfrage im King Country und den Vertrag von Waitangi erörtert und hatten dann kurz Schafe von Romney mit denen von Southdown verglichen. Nicht einmal ihre einsame Wache in der Küche hatte diese eigenartige Kluft überbrücken können.

Freddie ging brav zu Bett und nahm das Beruhigungsmittel, das Dr. Wyatt ihr gab. Sie sprach überhaupt nicht von ihrem Erlebnis und schien nicht sehr mitgenommen zu sein.

Am nächsten Tag war sie die Heldin des Dorfes. In einer so kleinen Gemeinde blieb nichts lange verborgen, und alle sprachen von ihrem Mut, ihrer Schönheit und ihrer Freundlichkeit. »Sie hat ihrem Vater das Leben gerettet, und das ohne eine Miene zu verziehen«, erzählten manche Fischer.

Aber auch darum schien sie sich nicht zu kümmern. Es war beunruhigend zu sehen, wie Freddie still umherging, wenig sagte, und sich aus ihrer eigenen Popularität gar nichts machte.

»Sie kümmert sich einen Dreck darum«, sagte Bill. »Und noch vor einem Monat hätte sie sich die Finger danach geleckt.«

»Ich glaube, das ist der Schock«, sagte Angela. »Jonathan meint, wir sollten sie einfach in Ruhe lassen.«

»Weißt du, ich glaube, wir haben uns in Freddie getäuscht. Du vielleicht nicht. Du hast immer zu ihr gehalten. Aber Shelagh und ich. Sie ist eigentlich überhaupt nicht wie Mutter.«

»Seit sie erwachsen geworden ist, Gott sei Dank nicht mehr.«

Am Abend nach Geoffrey Matthews Beerdigung brach Freddie das Schweigen. Sie teilte noch immer ein Zimmer mit Angela, und kurz bevor ihre Schwester das Licht ausmachte, sagte Freddie plötzlich:

»Es war nur diese eine Minute. Als ich dastand und überlegte, ob er schießen würde... und ich wollte so gerne leben.«

»Du lebst ja, meine Liebe. Denk nicht mehr darüber nach.«

»Natürlich kommt man über die Dinge hinweg. Aber irgendwie glaube ich, daß sich etwas geändert hat. Ich meine, alles scheint anders, zumindest im Augenblick.«

»Ich verstehe sehr gut, daß es dir so vorkommen muß, aber das wird vorübergehen. Ich glaube nur, daß es einen selbst verändert. Aber wie dem auch sei, jetzt mußt du schlafen. Jonathan hat gesagt, ich dürfte heute abend überhaupt nicht mehr mit dir sprechen.«

»Hat er das wirklich gesagt? Na ja, ich finde, er ist ein schrecklicher Tyrann, du nicht?«

Angela lachte. Das war schon eher die alte Freddie. Plötzlich wußte sie, daß sie diese Freddie wiederhaben wollte.

»Ach, weißt du, er ist Arzt, und sie werden mit der Zeit so. Die Leute beten sie an wie einen Gott. Das wirst du selbst auch tun, wenn du mit der Krankenpflege beginnst.«

»Das werde ich bestimmt nicht«, sagte Freddie betont energisch und setzte sich im Bett auf, um es noch zu bekräftigen. »Ich finde das alles so albern. Nur weil sie kurze weiße Kittel tragen und irgendeinen akademischen Grad haben.«

»Na ja, du wirst auf jeden Fall so tun müssen, als hättest du großen Respekt vor ihnen, sonst wirst du nicht lange bleiben. Und jetzt sage ich kein Wort mehr. Ich habe Respekt vor Jonathan, auch wenn ich keine Krankenschwester bin. Jetzt schlafe. Morgen früh bitten wir Max, uns mit *Angel* hinauszufahren. Wir sind jetzt so wenige, daß er es leicht machen kann.«

»Das wäre herrlich. Schrecklich, daß Stephen auch weggeht.«

»Na ja«, sagte Angela ganz fröhlich, »die Lämmer müssen geschoren werden. Er ist heute nachmittag abgereist.«

Aber der Ausflug mit *Angel* fand nicht statt, denn am nächsten Tag schrumpfte ihre Gesellschaft noch weiter zusammen.

Anna kam sie am nächsten Morgen um zehn Uhr besuchen.

Sie hatte sich von dem fürchterlichen Schock erholt und sah ungewöhnlich zufrieden aus, als sie am Tor erschien. Wie sie das Haus erreichte, hatte sie sich jedoch daran erinnert, daß sie wieder besorgt aussehen wollte.

»Noch mehr Sorgen, Angela. Stephen hat mich heute morgen angerufen.«

»Was ist passiert? Er ist doch nicht krank?«

»O nein, er ist nie krank. Aber Andy ist krank.

Er wurde mit einer akuten Blinddarmentzündung auf dem schnellsten Wege zum Krankenhaus gefahren.«

»Oh, der arme Andy. Geht es ihm besser?«

»Ja, sie haben ihn heute morgen operiert, und es geht ihm besser, aber natürlich kann er eine Zeitlang nichts tun, und jetzt sitzt Stephen ganz allein bei der Schur. Doch ein Unglück kommt selten allein. Jetzt sind auch noch die verdammten Schafscherer vor einer Stunde ohne Köchin aufgetaucht.«

»Aber er kann doch nicht für sie kochen und aufpassen und alles.«

»Nein. Er hat mich angerufen, und ich fahre sofort hin. Ich habe schon einmal den rettenden Engel gespielt, aber beim letztenmal hatte ich ein Maori-Mädchen als Hilfe. Für mich alte Frau allein ist es etwas viel.«

»Möchten Sie, daß ich mitkomme?«

Anna, die sich etwas schämte, daß sie so kläglich tat, wo sie doch wußte, daß dieses Mal möglicherweise wieder ein Maori-Mädchen zu bekommen war, machte den eifrigen Versuch, selbstlos zu sein.

»Aber Sie haben doch Ferien. Das wäre nicht fair. Außerdem ist Maxwell noch da. Ihm geht es seit jener Nacht nicht gut, und er wird sich ohne dich zu Tode langweilen.«

»Und ohne Sie auch. Wir wollen ihn mitnehmen. Er ist gerne auf einer Farm, und es wird uns allen gut tun, hier wegzukommen. Aber sind Sie sicher, daß es Stephen recht ist?«

Miss Lorimer, die froh war, ehrlich sein zu können, versicherte ihr, daß sie sich dafür verbürgen könne. Dann ging sie den Weg hinunter, wobei sie aussah wie eine kleine graue Katze, die sich einen Teller Rahm erschlichen hatte. Zu sich selbst sagte sie entschuldigend: »Trotzdem, irgend etwas mußte ja geschehen. Aber ich schäme mich über mich selbst. Diese ganze Jammerei, und sehr wahrscheinlich wäre Ruta mitgekommen. Aber ich verzweifle langsam. Wenn ich nur Stephens Taktik verstehen würde.«

Angela empfand dasselbe, aber als sie an diesen letzten Ritt dachte, an die beiden Pferde, die Seite an Seite trabten, an den herrlichen Abend und an das attraktive Mädchen mit dem bezaubernden Schal, schwor sie sich, daß sie sich keine Mühe mehr geben würde, ihn zu verstehen. Zum Teufel mit dem Alkohol im King Country und den Romney-Schafen.

Was die Sache jedoch noch schlimmer machte, sie wußte, daß Stephen nicht dumm war. Was für eine Andeutung hatte Wyn noch über die »Taktik« der Farmer gemacht? Er hatte die Situation genau erkannt, vielleicht sogar ihre Gefühle. Sie bekam heiße Backen, aber sie sagte nicht ganz aufrichtig zu sich selbst, daß sie ja auf der Farm nicht unbedingt mit ihm allein sein mußte, und außerdem konnte sie Anna auf keinen Fall im Stich lassen.

Aber da hatte sie die Rechnung ohne Miss Lorimer gemacht, die ein schrecklicher Widerspruchsgeist war.

Nachmittags fuhr Jonathan sie zur Farm, blieb ungefähr eine Stunde und fand bei seiner Rückkehr ein ziemlich ruhiges Trio in dem großen Haus vor.

»Das ist wie bei den zehn kleinen Negerlein«, sagte Freddie traurig. »Einer nach dem anderen verschwindet. Ich wünschte, irgend etwas würde geschehen.«

Am nächsten Tag geschah etwas. Sie saßen alle ziemlich gelangweilt bei einem späten Mittagessen, und Jonathan dachte gerade befriedigt daran, daß die dunklen Ringe unter Freddies Augen verschwunden waren und ihre alte Fröhlichkeit zurückkehrte, als sie plötzlich rief: »Da kommt ein Mann in großer Eile den Weg herauf. Von hinten sieht er ganz gut aus. Vielleicht ist es ... Oh... Oh...«

Sie sprang auf, warf ihren Stuhl um und rannte ans Fenster. »Aber das ist er«, rief sie stammelnd. »Ja, er ist es... Oh, Shelagh, bereite dich auf einen schrecklichen Schock vor. Das heißt, nur wenn ihr euch gestritten habt. Es ist – es ist Robert. Soll ich versuchen, ihn abzufangen? Möchtest du dich verstecken?«

15

Bill und Jonathan sahen schrecklich verlegen aus. Bill schob seinen Stuhl zurück, stand schnell auf und vermied es, Shelagh anzusehen. Jonathan blickte nervös von der Tür zum Fenster und überprüfte offensichtlich seine Fluchtchancen. Aber Freddie, die Shelagh beobachtete, war sehr erstaunt zu sehen, wie in ihr Gesicht plötzlich liebliche und warme Röte stieg. Sie sagte: »Er kommt früher, als ich es für möglich hielt«, und schon war sie aus dem Zimmer gegangen.

Einen Augenblick lang herrschte völliges Schweigen, dann sagte Freddie langsam: »Sie freut sich. Sie freut sich wirklich. Es muß alles in Ordnung sein. Sie sah ganz verändert aus. Oh, wie wunderbar – jetzt ist doch noch etwas Schönes geschehen.«

Dann sah sie Jonathan an, der sie belustigt beobachtet hatte und froh war, wieder die alte Lebhaftigkeit in ihrem Gesicht zu entdecken. »Oh, du lieber Himmel«, stammelte sie. »Oh, du lieber Himmel... Ich habe ganz vergessen... Ich wollte doch nicht... Oh Jonathan, es tut mir ja so leid.«

»Was tut dir denn um Himmels willen leid?« begann er, aber da kamen Shelagh und Robert herein. Sobald er konnte, verdrückte er sich, und Freddie begleitete ihn bis zu Tür. Sie zögerte einen Augenblick, sah ihn traurig an, und sagte dann: »Du wirst jetzt wahrscheinlich weggehen?«

»Weggehen? Warum sollte ich? Du meinst von Tainui? Aber ich habe dir doch gesagt, daß ich die Praxis erst Ende Februar übernehme.«

»Aber... aber... oh, vergiß es. Auf Wiedersehen, mein lieber Jonathan«, und zu seinem Erstaunen reckte sie sich und küßte ihn leicht auf die Wange. Dann drehte sie sich um und ging eilig zu den anderen zurück.

Mit gemischten Gefühlen wanderte Jonathan hinunter. Es war doch noch etwas von dem Kind übriggeblieben; dieser Kuß hatte es verraten. Aber was war mit dem Mädchen los, und was tat ihr so leid?

Im Wohnzimmer versuchte sie jetzt, alles zu erklären.

»Aber Shelagh, natürlich dachten wir, irgend etwas wäre nicht in Ordnung. Keine Briefe, und du hast immer das Thema gewechselt, wenn wir versuchten, über Robert zu reden.«

»Habe ich das getan? Das habe ich überhaupt nicht gemerkt. Für mich ist es etwas schwer, zu reden. Das kommt wahrscheinlich durch das Zusammenleben mit Mutter. Sie hat soviel über Gefühle gesprochen, und das habe ich gehaßt. Außerdem dachte ich, wenn ich etwas sagen würde, käme alles heraus, und es ging doch nur uns etwas an.«

Freddie errötete tief. »Oh, natürlich. Ehrlich, Shelagh, verzeih mir. Ich wollte keine Fragen stellen. Es schien nur für dich und Robert so hart zu sein, Weihnachten nicht zusammen zu verbringen.

Ich meine, wenn zwei Menschen sich so gerne mögen...«

Sie hielt inne, suchte verzweifelt nach Worten, und Robert sagte freundlich: »Du hattest ganz recht, Freddie. Es war hart. Jeder Tag war verdammt hart.«

»Aber warum... oh, ich stelle schon wieder Fragen. Macht es euch etwas aus, wenn Bill und ich ausreiten?«

Aber Shelagh legte ihr die Hand auf den Arm. »Nein, geh nicht. Warum solltest du keine Fragen stellen? Robert, wir wollen ihnen alles erzählen.«

Freddie gab sich heldenhaft Mühe. »Nein, Ihr müßt gar nichts erzählen. Ein Ehepaar muß immer Geheimnisse haben.«

Dann wartete sie gespannt, in der Befürchtung, sie würden sie beim Wort nehmen.

Aber Shelagh lächelte ihre jüngere Schwester freundlich an und sagte: »Aber ich möchte es gerne. Außerdem schulde ich es dir. Du kannst dir nicht vorstellen, Robert, wie ich mich habe hängen lassen. Ich habe mich herumgedrückt und war einfach mit mir und meinen Gefühlen beschäftigt. Einerseits, weil ich dich so sehr vermißte, und andererseits – na ja, das ist eben der Grund.«

»Grund in Großbuchstaben«, sagte er, indem er sie glücklich anlächelte. »Mach weiter, Liebling; erzähle ihnen alles. Ich möchte es am liebsten jedem entgegenrufen, den ich treffe.«

»Seht ihr«, begann Shelagh langsam, »wir sind seit drei Jahren verheiratet – und ich habe mir allmählich schreckliche Sorgen gemacht, daß ich kein Baby bekam. Es schien keinen wirklichen Grund dafür zu geben, aber es kam eben keines.«

»Aber«, sagte Freddie, als sie eine Pause machte, »ich dachte, ihr wolltet noch keines. Ich meine, wenn zwei Menschen sich unheimlich gerne haben, dann wollen sie doch kein Baby, das dazwischenkommt.«

Sie lächelten, aber Shelagh fuhr fort: »Ganz so sieht es nicht aus. Wenn eine Frau ihren Mann unheimlich gerne hat, wünscht sie sich sehnsüchtigst ein Baby. Ich glaube, ihr Mann auch.«

»Nur seiner Frau zuliebe«, sagte Robert sehr bestimmt. »Ich machte mir Sorgen, weil ich wußte, daß du traurig warst.«

Sie lächelte ihn an. »Daß du dir selbst Sorgen machtest, hast du nie gezeigt, und du warst immer so lieb, wenn ich meine Launen hatte. Und dieser Monat war für dich auch so hart.«

»Warum?« fragte Freddie, die trotz Bills böser Blicke ihre Ungeduld nicht verbergen konnte. »Warum habt ihr es dann getan?«

»Na ja, wir waren beide bei den verschiedensten Ärzten und bei anderen Leuten, und keiner fand die Ursache. Und dann erzählte mir eine ältere Freundin, daß sie dieselbe Erfahrung gemacht hätte, nur hatte es bei ihr fünf Jahre gedauert. Dann mußte ihr Mann – er ist Wissenschaftler – auf eine Forschungsreise zu entfernten Inseln fahren, und sie war von ihm getrennt und bekam drei Monate lang nicht mal einen Brief. Kurze Zeit nachdem er zurückgekommen war, erwartete sie ein Baby. Sie war ganz sicher, daß das einen psychologischen Grund hatte. So habe ich niemandem ein Wort gesagt, aber wir dachten, wir sollten dasselbe versuchen. Als du von diesen Ferien schriebst, schien es genau das Richtige zu sein. Nur ist es anders gekommen, und so werden wir nie wirklich wissen, ob das Rezept hilft oder nicht.«

Freddie machte ein langes Gesicht. »Kam Robert zu früh zurück? Oh, so ein Jammer!«

»Nein, das ist es nicht. Er hätte gar nicht weggehen brauchen, denn sobald ich hier war, begann ich zu vermuten, daß – na ja, daß es nicht nötig war. Aber ich konnte es nicht glauben. Dann fühlte ich mich so jämmerlich, daß ich zu Dr. Wyatt ging – und es ist wirklich endlich ein Baby.«

»Oh, Shelagh«, sagte Freddie, aber sie redete nicht weiter, denn als sie das Gesicht ihrer Schwester sah, befürchtete sie, daß ihr die Tränen in die Augen kommen würden, und das war unmöglich.

»Ja, meine Liebe, ist das nicht herrlich? Aber trotzdem bin ich froh, daß ich hierher gekommen bin... ich habe Robert sofort geschrieben, und er ist direkt gekommen, anstatt zu antworten. Das war eine lange Zeit, nicht wahr, Robert?«

»Eine verdammt lange Zeit. Darf ich vielleicht fragen, warum du froh bist, daß wir es getan haben? Ich selbst kann nicht behaupten, daß es mir Spaß gemacht hat.«

»Na ja, ich habe eben gemerkt, daß wir letzten Endes doch zu einer Familie gehören. Das wollte ich früher nie wahrhaben. Ich war froh, wegzugehen, weil ich mich immer so schrecklich fühlte. Aber auch wenn du anders denkst, Robert, weißt du doch, daß ich von Natur aus egozentrisch bin und einfach meinen eigenen Weg ging. Dann rettete uns Freddie neulich abends alle – du hast noch keine Zeit gehabt, davon etwas zu hören – aber als sie so tapfer und mutig und bereit war, alles zu tun, weil schließlich auch Vater zur Familie gehört, da sah ich, wie egoistisch ich gewesen war, und ich wußte, daß ich die Familie wirklich mochte, sogar Vater.«

Sie sahen sie alle erstaunt an, und Robert sagte: »Liebling, ich habe von dir noch nie eine so lange Rede gehört, ich glaube, ich verstehe dich.«

»Ich werde schrecklich geschwätzig. Vielleicht wird man so, wenn man ein Baby erwartet, obwohl ich das nicht hoffen will. Aber laßt mich ausreden. Freddie, wir wollen uns nach dem Ende dieser Ferien nicht mehr aus den Augen verlieren. Willst du und Angela uns besuchen kommen? Du natürlich auch, Bill. Wir wollen eine Familie sein, auch wenn es etwas spät ist.«

Freddie spürte, daß sie ihre Tränen nicht mehr zurückhalten konnte, wenn sie nicht sofort wegging, und vielleicht merkte auch Bill das, denn er stand plötzlich auf und sagte: »Mir ist das recht. Familien haben ihre guten Seiten. Und wie wäre es jetzt mit einem Ritt, Freddie? Ich bin zwar nicht gerade der beste von Nicks Schülern, aber zumindest lerne ich gerade, nicht herunterzufallen.«

Sie gingen lachend hinaus, und endlich waren Shelagh und Robert allein.

Als sie schwerfällig am Strand entlang trabten, sagte Bill: »Was für komische Gedanken du in deinem dummen kleinen Kopf hast. Warum warst du so traurig wegen Jonathan?«

Sie wandte ihr Gesicht ab und blickte über das heute sehr ruhige und fahle Meer. Dann sagte sie: »Oh, nichts. Es konnte doch jeder sehen, wie gerne er Shelagh hatte. Es ist hart für ihn.«

»Wie gerne er Shelagh hatte? Aber du glaubst doch nicht wirklich, mein kleines Dummerchen, daß Blake in sie verliebt ist?«

Sie nickte stumm mit dem Kopf, und ihre Blicke wichen den seinen aus. Er lachte: »Du bist wirklich ein Dummkopf. Hör mir zu. Jonathan fühlt sich sehr wohl. Sein Herz ist nicht gebrochen. Er war nie in Shelagh verliebt. Er hat sich nie in ihr getäuscht. Er ist nicht dumm. Er ist gut mit ihr befreundet, wie mit allen von uns – oder mit fast allen. Hast du das verstanden?«

Sie war nicht überzeugt, aber sie wollte nicht mit ihm darüber sprechen. Sie sagte schnell: »Bill, laß uns versuchen, ein Rennen zu machen, wie Angela und Stephen es tun. Mehr als herunterfallen können wir eigentlich nicht, und der Sand ist nicht so hart.«

Als Jonathan an diesem Abend kam, suchte er Freddie. Wie gewöhnlich saß sie unter dem Magnolienbaum, wo sie so viele Tränen vergossen hatte, aber an diesem Abend weinte sie nicht. Er erinnerte sich, daß er sie seit Geoffrey Matthews Tod nicht mehr hatte weinen sehen.

In jener Nacht war sie erwachsen geworden; es war traurig, daß es auf eine so harte Art hatte geschehen müssen.

Er setzte sich neben sie ins Gras und sagte: »Tja, jetzt hast du dein Happy-End für Shelagh. Ich glaube, du kannst *finis* darunter schreiben.«

Sie lehnte sich zu ihm herüber, ihr Gesicht sah in dem ruhigen Licht sehr sanft und schön aus. »Es ist herrlich für sie. Aber trotzdem... Oh, Jonathan, ich verstehe dich so gut. Bill mag mich wohl einen Dummkopf nennen, aber in manchen Dingen bin ich es nicht.«

»Was verstehst du? Es tut mir leid, daß ich so schwer von Begriff bin, aber von was redest du?«

Seine Stimme war aufregend geduldig, aber seine Augen hatten diesen Blick, den sie irrtümlich den »Älteren-Bruder-Blick« nannte; ein Blick, der halb humorvoll, halb zärtlich war.

»Du brauchst mir nichts vorzumachen, Jonathan. Ich spreche natürlich von Shelagh und von dem Schock, den du bekommen hast, als du es erfuhrst. Oh, es war ganz natürlich. Die Männer mochten sie immer gerne. Sie ist so lieb und sanft und zurückhaltend – alles, was ich nicht bin.«

»Alles, was du nicht bist«, stimmte er zu und sagte zu sich selbst, »und nichts, was du bist.« Dann sagte er fröhlich: »Bill hat recht mit dem Dummkopf. Wenn du auch nur etwas gesunden Menschenverstand hättest, dann hättest du gesehen, daß Shelagh und ich gute Freunde sind, so wie Angela und ich gute Freunde sind, oder auch wie Bill und ich gute Freunde sind. Nichts weiter.«

Aber ihre Gedanken waren abgeschweift. »Shelagh und Bill und Angela. Wie ist es mit mir? Sind wir nicht auch gute Freunde? Ist es nicht genau dasselbe wie mit den anderen?«

Einen Augenblick lang antwortete er nicht. Dann sagte er ernst und mit einer veränderten, nicht mehr ironischen Stimme: »Nicht genau dasselbe, Freddie.«

Ihr Gesicht wurde traurig, und sie sagte langsam: »Ich weiß, das konnte auch nicht so sein. Letzten Endes ist es meine Schuld. Du hast keinen Grund gehabt, mich zu achten.«

»Warum sagst du das?« fragte er scharf.

»Na ja, als du mich das erste Mal sahst, wurde es mir gerade schlecht, und du hast mich gerettet. Dann hast du mich von diesem Boot gerettet, als ich ziemlich betrunken war. Beide Male habe ich mich nicht von meiner besten Seite gezeigt, oder? Und Freundschaft muß auf Achtung gegründet sein, meinst du nicht?«

»Eine Freundschaft vielleicht, aber nicht... Aber das wollen wir nicht analysieren. Du begeisterst dich langsam dafür, über Gefühle zu diskutieren. Aber wenn du es hören willst, nichts, was du getan hast, hat mich davon zurückgehalten – dich sehr gerne zu mögen, Freddie. Deshalb achte ich dich bestimmt nicht weniger, wenn du es so ausdrücken möchtest.«

»Nein? Oh, ich bin so froh, denn ich möchte nichts mehr auf der Welt, als daß du...«, hier hielt sie inne, und nach einer Weile fragte er:

»Was möchtest du?«

»Es klingt so überschwenglich, aber ich wollte sagen, ich möchte, daß du mich in guter Erinnerung behältst. Siehst du, diese Ferien dauern nur noch wenige Wochen, und dann werde ich dich vielleicht nie wiedersehen.«

Sie konnte ein kindliches Zittern in ihrer Stimme nicht verbergen, aber er lächelte nur und sagte: »Mich nicht wiedersehen? Das glaubst du wohl. Matron hat herausgefunden, daß das für deine Ausbildung beste Krankenhaus gerade in der Stadt ist, in der ich arbeiten werde. Du wirst mich mehr als genug sehen, mein Mädchen. Ich werde ein sehr wachsames Auge auf dich haben.«

Ihr Gesicht strahlte, und plötzlich wurde sie wieder eine Heldin von Nancy Mitford. »Oh, welch himmlische Freude! Aber wirst du dann nicht zu vornehm sein, um mich zu besuchen? Ich meine, Ärzte und Krankenschwestern vermischen sich doch nicht, oder? Junge Schwestern, die gerade anfangen, vielleicht nicht. Wenn sie erst einmal etwas können, dann ist das schon in Ordnung, und oft heiraten sie.«

Sie hielt inne, und verlegene Röte überflutete ihr Gesicht, so daß sie schnell sagte: »Das kann auch bei einer noch ganz jungen Krankenschwester der Fall sein, vorausgesetzt, daß der Arzt nicht in demselben Krankenhaus ist und die junge Schwester ihn mit dem größten Respekt behandelt und immer tut, was er ihr sagt.«

Sie lachte, und die Röte wich aus ihrem Gesicht. »Natürlich werde ich tun, was du sagst, wenn es mir nur irgend möglich ist.«

»Ich nehme an, ein halbes Versprechen ist besser als keines, aber jetzt komm mit und lege keine Gelübde in der Dämmerung ab. Wie stehen die Dinge bei Shelagh?«

»Herrlich. Es wird ihr nichts ausmachen, wenn ich es dir sage, denn du gehörst fast zur Familie, außerdem... Aber meinst du wirklich, daß du nicht in sie verliebt warst?«

Er nahm sie bei den Schultern und schüttelte sie leicht. »Ich bin nicht in Shelagh verliebt, und ich war auch nie Shelagh verliebt. Ich werde nie in Shelagh verliebt sein. Verstanden? Gut. Versuche, es heute abend im Bett zu wiederholen, bis es wirklich sitzt. Jetzt erzähle mir, was passiert ist.«

»Ja, Shelagh wollte ein Baby haben, und irgendwie klappte es nicht, und jemand hatte ihr gesagt, es würde vielleicht gehen, wenn sie sich für einige Zeit völlig von Robert trennte und nicht einmal schrieb. Für mich klingt das ziemlich sonderbar, aber ich weiß nicht. Was hältst du davon, Jonathan?«

»Keine Ahnung.«

»Ich dachte, du würdest es wissen, weil du Arzt bist. Jedenfalls haben sie es getan, und dann entdeckte Shelagh, daß es gar nicht nötig war, weil sie sowieso schon eines erwartete, ein Baby meine ich. Sie schrieb also an Robert, und er kam angefahren, und sie werden im Glück vereint sein.«

»Gut. Diese Sorge bist du los. Was steht heute abend auf dem Programm? Am besten lassen wir die beiden alleine. Sollten wir nicht mit Bill schwimmen gehen? Es ist ein warmer Abend, und zu dritt wird es uns schon gelingen, die Haie fernzuhalten.«

»Oh, das ist himmlisch. Auch schön für Bill, denn ich glaube, Dinah hat ihm einen Schock versetzt, meinst du nicht?«

»Ich habe keine Ahnung, und du sollst nicht weiter auf Gefühlen herumreiten.«

»Schon gut, aber weißt du, darin bin ich gar nicht schlecht. Ich habe sehr viel Intuition.«

»Wie ein Klinikthermometer. Laß uns nun Bill rufen.«

Zwei Tage später erhielt Angela einen Brief von Shelagh. »Das hätte ich nie gedacht«, sagte sie. »Und ich hatte nicht die leiseste Ahnung.«

Anna sah von dem Gemüse auf, das sie putzte. »Was hättest du nic gedacht? Neue Tragödien in Tainui?«

»Zur Abwechslung einmal ein Happy-End. Robert ist angereist, und alles hat seine Auflösung gefunden, wie es so schön in den Kriminalromanen heißt.«

Als sie mit der Geschichte zu Ende war, sagte sie nachdenklich: »Ich bin unheimlich froh. Ich bin zwar nie so weit gegangen wie Freddie, die dachte, Robert wäre im Gefängnis, aber irgend etwas habe ich befürchtet. Kommt wahrscheinlich daher, daß man eine Standish ist. Wir können uns mit diesen glücklichen Ehen nicht abfinden. Wir warten immer auf den großen Krach.«

»Unsinn. Ehesorgen sind nicht erblich. Manche Ehen sind sehr glücklich, und die meisten sind in Ordnung, auch wenn die modernen Romanschriftsteller es anders wollen.«

»Vielleicht, aber in unserer Familie muß man mit einigen Vorurteilen rechnen. Kommen Sie, ich mache das Gemüse fertig.« Damit wurde das Thema endgültig abgeschlossen.

An diesem heißen schönen Tag, die Lämmerschur war in vollem Gang, blieb nicht viel Zeit, um über irgend etwas zu sprechen. Den ganzen Tag lag eine Staubglocke über dem Hof, und der Lärm der Schafe hörte nicht auf. Die von ihren Lämmern getrennten Mutterschafe erhoben ihre Stimmen in lautem Wehklagen, und die Lämmer, die die ganze Nacht über in dem Wollschuppen von ihren Müttern abgesperrt waren, erfüllten die Nacht mit ihren herzerschütternden Protesten. Stephen arbeitete unermüdlich fünfzehn Stunden lang, und als er endlich die Lämmer für den nächsten Tag in den Stall gesperrt hatte, taumelte er in ein heißes Bad und gleich darauf ins Bett.

Mit tödlicher Pünktlichkeit klopfte er um fünf Uhr an Angelas Tür und brachte ihr eine Tasse Tee mit etwas Brot und Butter. Sie setzte sich im Bett auf, sah, wie sie meinte, verheerend aus und machte sich nicht einmal etwas daraus. Kein

Wunder, überlegte sie später, daß er ihr keine Liebeserklärung machte. Wer würde das schon tun, wenn er sie um fünf Uhr morgens gesehen hatte?

Stephen war hoffnungslos nüchtern. Kein Bruder hätte unromantischer sein können: »Fünf Uhr, da ist dein Tee.«

Hatte er wirklich diese sonderbaren Worte auf der Schwelle des Hotels ausgesprochen – so einen Ort konnte sich nur Stephen aussuchen – oder hatte sie das alles geträumt? Es war am besten, diese Episode zu vergessen.

Aber natürlich gelang ihr das nicht, denn im Unterbewußtsein regte sich noch immer die quälende Frage – was hatte Wyngate Millar an jenem Abend gesagt? Sehr geschickt und sehr unschuldig in Stephen Zweifel zu wecken, das hätte seinem Sinn für ziemlich sadistischen Humor entsprochen; und er hätte bei seiner Abreise schließlich doch das Gefühl gehabt, daß er die letzte Runde gewonnen hatte.

Sie war an diesem Punkt angelangt, den sie gewöhnlich erst spät abends nach einem arbeitsreichen Tag erreichte, und an dem sie dann oft vor Selbstmitleid ein paar Tränen vergoß. Doch jetzt war keine Zeit, brütend wachzuliegen, wenn sie aufspringen mußte, sobald der Tee getrunken war. Es gab soviel zu tun. Maxwell Standish war schon aufgestanden und verrichtete alle möglichen, langwierigen Arbeiten für Stephen. Aber sie bestand darauf, daß Anna im Bett blieb, bis es fast sieben Uhr war, Zeit also, fünf hungrigen Männern das Frühstück zu servieren. Nachdem der Stapel fettigen Geschirrs abgewaschen war, teilten sie die Arbeit des Tages auf, der für Angela gewöhnlich von erfrischenden Ritten über die Hügel unterbrochen wurde, wenn Stephen Schafe mustern oder sie wegbringen mußte. Jetzt lernte sie alles über das Land und das Vieh, und sie interessierte sich sogar brennend dafür. Auch wenn das nicht der Fall gewesen wäre, so gab das doch immerhin ein Gesprächsthema.

Nur einmal wurde ihre Unterhaltung persönlich. Sie hatten mit ihren Pferden einen Moment angehalten, um die Aussicht auf die Ebene zu genießen, und er sagte ruhig: »Die meisten Intellektuellen würden sich langweilen, wenn sie so eine Woche verbringen müßten.«

»Aber ich bin keine Intellektuelle. Das war ich nie. Ich habe mich immer nur so durchgeschlängelt, und es war schrecklich anstrengend für mich. Mir wird ganz anders, wenn ich daran denke.«

»Ist das nicht nur eine vorübergehende Laune? Das war doch schließlich das Leben, das du gewählt hast, und es hat dir sehr gut gefallen.«

Wie sollte sie protestieren, ohne zuviel zu erzählen? Während sie noch zögerte, sagte er plötzlich: »Lieber Himmel, wir müssen uns beeilen, sonst scheren sie diese Fuhre schon, bevor wir zurückkommen«, und mit diesen Worten galoppierte er den Hügel hinunter.

Sie gab dem Pony einen völlig unverdienten Klaps mit dem Zügel. Wie froh sie doch war, daß sie nichts gesagt hatte. Zwei konnten dieses Spiel spielen, und sie würde ihn dabei noch schlagen.

Am fünften Tag um fünf Uhr war die Schafschur beendet, und Angela war dankbar, den Lastwagen abfahren zu sehen und zu wissen, daß sie kein Frühstück mehr zubereiten mußte. Stephen lächelte sie an und sagte: »Schluß mit dem frühen Aufstehen. Ich fand mich jedesmal gemein, wenn ich dich weckte. Du sahst wie so ein armes kleines müdes Ding aus, zusammengerollt und die Nase im Kopfkissen vergraben.«

»Woher wußtest du, wo meine Nase war? Du hast immer angeklopft und gewartet, bis ich antwortete, wie ein perfekter Gentleman.«

»Ja, aber ein – oder zweimal hast du ein so kleines Stöhnen von dir gegeben, das ich für eine Antwort hielt, und so platzte ich herein. Dann fiel mir der Gentleman wieder ein, ich ging auf Zehenspitzen hinaus und klopfte sehr laut.«

Sie lachte. »Ich kann mir vorstellen, wie ich aussah. Kein Wunder, daß du auf Zehenspitzen hinausgingst.« Trotz aller guten Vorsätze war der Blick, den sie ihm schenkte, herausfordernd. Er schien es nicht zu merken und sagte: »Ich muß zum Stall hinaufgehen. Er ist in einem gräßlichen Zustand.«

Als Anna hereinkam, sprudelte es plötzlich völlig ohne Anlaß aus ihr hervor: »Stephen ist ein äußerst ärgerlicher Mensch. Man weiß nie recht, was er denkt.«

»Ja, er kann einen verwirren. Nach so langer Zeit verwirrt er sogar mich noch manchmal«, stimmte sie zu, und Angela dachte wütend, daß das wirkliche eine Untertreibung war.

An diesem Abend sagte Stephen: »Ich wollte euch drei eine Lobrede halten. Ihr habt die Situation gerettet und wie die Wahnsinnigen gearbeitet. Ich danke euch herzlich.«

Anna sagte ruhig: »Das war wie in alten Zeiten, aber bei Angela mußt du dich bedanken. Sie hat die unangenehme Arbeit übernommen, und sie sieht heute abend müde aus.«

Er sah sie ernst an. »Ja, das stimmt – es war eigentlich nicht richtig, die Ferien zu unterbrechen und so das Wiedersehen mit Robert zu verpassen.«

»Ich werde darüber hinwegkommen. Ich bin noch nicht so sehr an das Familienleben gewöhnt, obwohl ich ihm einiges abgewinnen kann. Ich bin gerne gekommen, um zu helfen.«

»Dann laufe auch morgen nicht gleich weg. Ruhe dich erst ein paar Tage aus.«

Sie einigten sich, und die drei folgenden Tage verliefen recht glücklich. Anna und Standish nahmen schnell wieder ihre alte Gewohnheit an und unterhielten sich oder lasen, während Angela und Stephen die notwendigste Arbeit verrichteten, gemeinsam ausritten oder auf der Farm herumspazierten. Abends fuhren sie in die Stadt, einmal ins Kino, einmal in ein gutes Konzert, das von einem Künstler gegeben wurde, der großzügigerweise auch die kleineren Städtchen besuchte. Als sie an diesem Abend zurückkamen, sagte Angela: »Hier hast du wirklich das Beste von allem. Unterhaltung und Menschen, wenn du sie möchtest, – ein Konzert, und in einer halben Stunde bis du zu Hause, ohne um einen Bus kämpfen zu müssen. Ruhe und das Recht, ein eigenes Leben zu leben.«

»Mir gefällt es, aber einige Frauen würde es langweilen.«

»Mich nicht.«

Die Worte waren ausgesprochen, bevor sie sie zurückhalten konnte. Sie bekam einen schamroten Kopf; es klang wie eine beabsichtigte Einladung. Hastig sprach sie weiter: »Freddie würde sicher eine Großstadt wollen. Sie hat das immer gehabt, und sie liebt viele Menschen. Ich bin ja nur gespannt, wie ihr die Krankenpflege gefallen wird. Besser sie als ich. Soviel Plackerei und Unannehmlichkeiten – und sie ist so fröhlich.«

»Das wird den Patienten gefallen. Sie werden sie auch gerne sehen.«

»Sie ist herrlich, nicht wahr? Und so mutig. Ich hätte nie tun können, was sie an jenem Abend mit dem armen alten Mr. Matthews getan hat. Natürlich hat sie unheimlich viel Kraft.«

»Ich glaube kaum, daß es dir daran fehlt.«

»Oh, aber ich bin nicht mit ihr zu vergleichen«; jetzt geriet sie ausgesprochen ins Plaudern und begann mit einer ausführlichen Analyse von Freddies Charakter und ihren Leistungen.

Als er ihr an ihrer Schlafzimmertür gute Nacht sagte, lächelte er sie verschmitzt an. »Na ja, über Freddie hast du mir nun bestimmt alles erzählt.

Natürlich mag ich sie sehr gerne, aber es gibt andere Dinge, die ich lieber mit dir besprochen hätte.«

Sie lachte schelmisch. »Was für Dinge? Über Hammel oder über den Vertrag von Waitangi?« sagte sie, wünschte ihm dann fröhlich eine gute Nacht und ging in ihr Zimmer.

Sie fühlte sich jetzt besser.

16

Als Stephen sie nach acht Tagen auf die Farm zurückbrachte, blieb er über Nacht bei Anna und fuhr am nächsten Tag wieder nach Hause.

»Bevor ihr abreist, komme ich noch einmal. Inzwischen wird Andy wieder da sein, er kann natürlich noch nicht arbeiten, aber ich habe einen Nachbarn, dessen Sohn kommt. Jetzt gibt es nicht soviel zu tun, und es wird schon gehen, wenn Andy da ist, um ein Auge auf alles zu haben. Bis dahin muß ich hierbleiben und arbeiten. Also auf Wiedersehen und vielen Dank, Angela und Mr. Standish, ohne euch wäre ich in schrecklicher Verlegenheit gewesen.«

Das war alles.

Kein vertraulicher Gruß für sie.

Es wurde wirklich zu einer Geduldprobe, dachte Angela, und nichts, was er tat, würde sie in Zukunft noch überraschen.

Freddie blickte jedoch in offensichtlichem Erstaunen von einem zum anderen, begann etwas zu sagen und stockte dann.

»Du wirst uns schrecklich fehlen, Stephen, aber es ist nett von dir, daß du die Pferde hierläßt, bis wir gehen. Bill und ich beginnen, ganz gut zu reiten.«

»Das ist fein. Du mußt auf die Farm kommen, Freddie, bevor du gehst, und über die Hügel reiten.«

»Oh, das würde ich liebend gerne tun. Auf Wiedersehen, Stephen, ich wünschte, du würdest nicht gehen, und ich bin sicher, Angela ...«

Angela warf ihrer Schwester einen vernichtenden Blick zu, und der Satz blieb unvollendet. Dann sagte sie liebenswürdig: »Auf Wiedersehen, Stephen. Denk daran, nach dem Lamm zu sehen, das der Scherer verletzt hat. Die Fliegen haben es gestern sicher sehr geplagt.«

»Ich werde daran denken, meine Schäferin. Danke schön«, sagte er ernst und ging.

Niedergeschlagen sah ihm Freddie vom Fenster aus nach. »Wieder ist einer weg, und er ist so ein Goldschatz. Und morgen sind es Shelagh und Robert. Das Leben besteht nur noch aus Abschiednehmen.«

Sie brachen früh auf. Bill fuhr sie zum Zug, weil Shelagh zur Reisekrankheit neigte und deshalb den schwerfälligen Bus auf der gewundenen Straße fürchtete. Der Rest der Familie versammelte sich, um sie zu verabschieden, bis auf Maxwell Standish, der in seinem Morgenrock auf die Veranda kam und ihnen von dort einen heiteren Gruß nachwinkte.

»Auf Wiedersehen, und vergeßt nicht, daß ihr sehr bald alle zu mir kommen sollt. Wir müssen noch ein Familientreffen veranstalten«, sagte Shelagh lebhaft und glücklich. Der Wagen fuhr ab, und als sie schweigend zum Haus zurückgingen, sagte Angela streng: »Freddie, du siehst betrübt aus, das solltest du nicht. Du hast gehört, was Shelagh sagte. Sie möchte uns bald wiedersehen.«

»Ich weiß, aber glaubst du nicht, daß das vorübergehen wird? Ich weiß, daß sie es jetzt aufrichtig meint, aber sie ist nicht daran gewöhnt, die Familie um sich zu haben. Und sie wird nicht einsam sein. Sie hat Robert und später auch das Baby.«

Das fragte sich Angela insgeheim auch. Shelagh war vorübergehend aufgewacht und für einige Tage eine herzliche und normale Schwester geworden; aber würde das so bleiben? Konnte irgend etwas außerhalb ihres eigenen kleinen Kreises sie wirklich lange interessieren?

Jonathan sagte: »Na ja, jedenfalls ist sie sehr glücklich, deshalb sehe ich keinen Grund für die Tränen, Freddie, die du so heldenhaft hinunterschluckst.«

»Sei nicht gemein«, rief sie wütend. »Ich war weit davon entfernt zu weinen. Ich mußte nur einfach daran denken, wie schön es für Shelagh ist, ein Baby zu erwarten und mit einem Mann, der sie liebt, wegzufahren. So ganz anders als bei mir. Meine Bewerbung kann jederzeit angenommen werden, und dann muß ich alleine in ein Krankenhaus gehen. Das finde ich ein bißchen traurig.«

»Na ja, du bist erst neunzehn und hast keinen Mann«, erklärte ihre Schwester kalt, »ich sehe wirklich keinen Anlaß zu einem Vergleich, und du solltest dich freuen, endlich diesen Beruf zu ergreifen.«

»Das tue ich auch, ganz ehrlich, besonders, wenn ich mit Matron zusammen bin. Das Schlimme ist nur, man braucht so lange, bis man Krankenschwester ist. Über drei Jahre, und ich hasse es, mich festzulegen. Drei Jahre. Dann werde ich fast zweiundzwanzig sein. Praktisch eine alte Jungfer.«

»Wie ich. Ich bin doch auch noch nicht daran verzweifelt.«

»Oh, Angela, du weißt, daß ich es nicht so gemeint habe. Du bist ganz anders. Du hast immer irgend jemanden im Hintergrund. Erst diese Jungen im College, und dann diesen Dr. Millar, und jetzt ... Ich meine, du bis so attraktiv, und...«

Jonathan lachte.

»Sollen wir das Thema wechseln? Was möchtet ihr heute unternehmen? Wir sind nur zu dritt, denn als Mr. Standish zurück ins Bett ging, konnte ich an seinem Gesicht sehen, daß er heute nicht sehr unternehmenslustig sein würde.«

»Der arme alte Mann«, sagte Freddie gütig. »Es muß ein ziemlicher Schlag für ihn sein, Großvater zu werden. Ich nehme an, er wird vor zehn Uhr nicht aufstehen, und dann geht er wohl zu Miss Lorimer hinüber, um Kaffee zu trinken. Oh, du lieber Himmel, wie sehr ich wünschte...«

»Was ist denn jetzt? Du bist heute voller Seufzer und Bedauern.«

»Na ja, ich wünsche einfach, er könnte das immer tun.«

Angela lachte, aber ihre Stimme klang ziemlich rauh.

»Ich glaube, Miss Lorimer würde das bald satt haben, ganz zu schweigen von Max. Im Augenblick erholt er sich nur von der Arbeit auf der Farm.«

»Ich meine«, fuhr ihre Schwester beharrlich fort, »daß sie gut zueinander passen würden. Wenn zwei Menschen wirklich alt sind ...«

Jonathan, dem es darum ging abzulenken, fragte sanft:

»Wann ist man wirklich alt? Ich bin siebenundzwanzig, und du machst mich etwas nervös.«

»Wie alt glaubst du, ist Miss Lorimer?«

»Fast fünfzig, und der arme Vater ist noch älter. Ich habe mir überlegt, wenn wir Mutter überreden könnten, sich ...«

»Freddie«, sagte Angela bestimmt, »würde es dir etwas ausmachen, wenn du still wärst? Ich glaube, es ist kein so ausgezeichneter Gedanke, deinen Vater zu verkuppeln.«

»Nein, wenn du es so drehst, nicht. Nur irgendwie hat er sich nie als Vater gefühlt. Na ja, machen wir unser Picknick.«

Als Maxwell schließlich auf Annas Veranda erschien, sagte sie streng zu ihm: »Du bist ein fauler Mensch, warum hast du Shelagh nicht richtig verabschiedet?«

Er setzte sich in einen ihrer Liegestühle, streckte seine langen, vornehmen Beine aus und zündete sich eine Zigarette an, bevor er antwortete: »Ja, es ist alles ganz reizend und romantisch und jung, und alle scheinen zufrieden zu sein. Aber ich kann nicht sagen, daß ich mich über die Aussicht, Großvater zu werden, freue.«

»Das sieht dir ähnlich, daß du dich darüber ärgerst, an dein Alter erinnert zu werden, du eingebildeter Mensch, aber du könntest vielleicht einmal an die anderen denken.«

»Das tue ich auch. Ich denke an Alicia, und der Gedanke, wie sie darauf reagiert, Großmutter zu werden, tröstet mich sehr.«

Anna lachte, sagte ihm, er sei unverbesserlich, und sie würde jetzt Kaffee machen. Danach müsse er sich still verhalten, weil sie ihren Wochenartikel schreiben wolle.

Bill kam müde nach Hause, nachdem er seine Schwester und ihren Mann am Bahnhof abgesetzt hatte. Bei solchen Gelegenheiten merkte er, daß er noch nicht seine frühere großartige Form wiedererlangt hatte. Aber trotzdem, er humpelte nicht mehr und wurde von Tag zu Tag kräftiger. Er war niedergeschlagen. Es kam ihm wie eine Ewigkeit vor, seit Dinah abgereist war, und bis jetzt hatte er noch keine Antwort auf seinen Brief erhalten.

Die Ruhe und Leere des Hauses berührte ihn unangenehm, als er eintrat. Alle waren irgendwo draußen. Er würde Shelagh vermissen. Robert war ein Glückspilz. Es war die einzige Ehe in der ganzen Familie Standish, die ein wirklicher Erfolg war.

Dann sah er einen Brief von Dinah auf dem Tisch liegen, und er war erstaunt, wie hastig er danach griff. Vor zwei Monaten hätte ihn ein Brief von Dinah nicht besonders berührt. Was sie schrieb, war immer nett, aber etwas langweilig. Dieser Brief würde natürlich auch nicht anders sein.

Er überflog ihn, seine Miene verfinsterte sich, und dann las er ihn noch einmal. Er stand auf und wanderte rastlos hin und her. Über diese Nachricht sollte er sich für sie freuen. Es war eine phantastische Gelegenheit für sie, die Welt zu sehen. Aber er würde sie schrecklich vermissen.

Dinah schrieb:

»Ich habe versucht, Zeit zu finden, um Dir alles zu erzählen, aber irgendwie bin ich nur zu einem Routinebrief an Shelagh gekommen. Es war so viel los, aber es war herrlich. Ich war bei einem Picknick, auf zwei Partys und auf einem Tanzabend. Ein Rekord für mich, meinst Du nicht? Ich weiß nicht, was passiert ist. Allison ist aus Amerika mit vielen schönen Kleidern und neuen Ideen zurückgekehrt, und Du weißt, daß wir immer befreundet waren. Deshalb hat sie mich auf ihre erste Party eingeladen, und – ob Du es glaubst oder nicht – ich fand es wunderbar, und es war auch ein ziemlicher Erfolg für mich! Der Rest kam von selbst.

Ich finde jetzt alles herrlich und frage mich immer wieder, was vorher mit mir nicht stimmte. Sally gibt heute abend eine Party, und als sie mich einlud, sagte sie: ›Du mußt bestimmt kommen. Irgendwie haben wir Dich alle falsch eingeschätzt.‹ Ich fühlte mich ganz stolz, denn Du weißt ja, wie unternehmungslustig sie ist.

Du wirst mich für albern halten, Bill, und glauben, diese Atmosphäre in Tainui sei mir zu Kopf gestiegen, aber ich weiß ganz genau, daß das

Zusammensein mit euch mich verändert hat. Ich bin nicht mehr schüchtern, und darauf kommt es an. Ich vermisse euch ungeheuer, die ganze Familie. Es ist ziemlich langweilig, wieder ein Einzelkind zu sein.

Und jetzt kommt meine herrliche Neuigkeit. Das meinte Mutter, als sie schriebe, sie wollte mit mir etwas Wichtiges besprechen ... Ihre Kusine, Jean Abbott, fährt im April nach England, und sie möchte, daß ich sie begleite. Du erinnerst Dich vielleicht, daß Jean viel gereist ist, und nur deshalb spielen meine Eltern mit dem Gedanken, mich mitfahren zu lassen. Sie ist erfahren und vernünftig, ungefähr dreißig und so lustig und originell. Ich freue mich ungeheuer darauf. Natürlich haben meine Eltern ihre Bedenken, aber ich verlasse mich da auf Dich, um sie ihnen auszureden. Wir werden sechs Monate weg sein. Die Hinfahrt machen wir mit dem Schiff, und zurück fliegen wir. Drei Monate in England und dann einen Monat in Europa. Wir können wohl nicht viel Geld mit ins Ausland nehmen, aber Jean sagt, das mache nichts aus. Per Anhalter zu fahren und eben irgendwo zu schlafen, wäre ein Heidenspaß.

Es ist schön, daß Du bald zurückkommst. Es bleibt noch ziemlich viel Zeit bis zur Abreise, und wir könnten zusammen ausgehen.«

Bill nahm den Brief und faltete ihn sorgfältig. Ausgehen. Na ja, das war besser als nichts. Aber diese Reise. Und per Anhalter auf dem Kontinent herumfahren, und was meinte sie zum Teufel mit »irgendwo schlafen«?

Er betrachtete den Kalender. Erst in sechs Tagen begann seine Arbeit im Büro wieder. Er freute sich, daß es nicht mehr länger dauerte. Erwartete sie wirklich, daß er sie bei dieser Reise unterstützte? Das ärgerte ihn ziemlich. Nicht, daß er sie hätte verhindern wollen; wenn er ehrlich war, wußte er auch, daß es keinen Zweck hätte, es zu versuchen. Nein, es blieb ihm nur, das Beste aus diesen Wochen vor ihrer Abreise zu machen. Sein Gesicht war ziemlich grimmig. Er hatte nicht die geringste Absicht, einen zweiten Fehlschlag zu erleiden.

Er versuchte noch immer, einen Schlachtplan aufzustellen, als die anderen nach einem Tag am Ozeanstrand müde und sonnenverbrannt zurückkamen. »Es ist wirklich höchste Zeit, daß irgend etwas passiert«, sagte Freddie. »Wir wollen hier nicht einfach versauern.«

»Versauern«, wiederholte Angela. »So würde ich das nicht nennen. Ich wünschte wirklich, du würdest das Schicksal nicht so herausfordern.«

Doch schon am nächsten Tag nahm das Schicksal die Herausforderung an. Alicias Brief traf mit der Nachmittagspost ein. Er war an »Die Fräulein Standish« adressiert, und darunter war in ihrer kindlichen Handschrift gekritzelt: »oder an Mr. William Standish.« Irgendwie war diese ganze Art der Anschrift und das Äußere des Luftpostumschlages, auf den Alicia optimistisch »Eilig« gekritzelt hatte, äußerst sonderbar.

313

»Ich frage mich, warum sie das tut«, kommentierte Freddie. »Man kann doch nicht wirklich glauben, daß ein Flugzeug wegen eines einzigen Briefes schneller fliegt.« Dann reichte sie ihn Bill.

»Du machst ihn besser als erster auf, da du der Mann in unserer Familie bist.«

»Max ist der Mann in unserer Familie«, verbesserte Angela scharf, aber als Freddie sehr vernünftig erklärte, daß Mutter wohl anders dachte, hielt sie es für besser, nicht weiter auf diesem Punkt zu bestehen.

Bill las den Brief schweigend, sein Gesicht war gespannt, dann ging er hinaus zu Jonathan, der auf der Veranda rauchte. Plötzlich sagte er: »Das ist vielleicht eine schöne Überraschung... nachdem sie all die Jahre durchgehalten hat ... Dinahs Eltern sind altmodisch. Ich frage mich, wie sie es nehmen werden.« Bei sich selbst dachte er: »Noch ein Hindernis. Was ist nur in letzter Zeit mit meinem Glück passiert?«

Blake brummte nur und rauchte weiter. Offensichtlich war die von Freddie gewünschte Aufregung eingetroffen, und es gab eine neue Krise in dieser eigenartigen Familie. Na ja, sie würde ihm bei der nächsten Gelegenheit schon davon erzählen.

Aber sie erschien nicht, und er wanderte deshalb zum Strand hinunter, so daß er sie unglücklicherweise nicht traf, als sie mit einem vor Begeisterung leuchtenden Gesicht den Weg entlang kam und durch die Hecke schlüpfte. Auf der anderen Seite war Rough damit beschäftigt, Kaninchen zu jagen, aber dieses Mal blieb sie nicht stehen, um mit ihm zu sprechen. Sie kannte, gutmütig wie sie war, nur einen Gedanken: die mittelalterlichen Liebenden mußten die frohe Nachricht so bald wie möglich bekommen.

Sie stand im Gang zu Annas kleinem Zimmer und sah hinein. Genauso hatte sie sich die beiden vorgestellt. Es war ein äußerst friedliches Bild. Miss Lorimer sah am Tisch irgendein Manuskript durch, und Standish las die Zeitung, die er gerade aus dem Dorf mitgebracht hatte. Sie sahen ausgesprochen friedlich aus; »behaglich« war das Wort, das sich Freddie aufdrängte. Als wären sie schon jahrelang verheiratet, dachte sie. Wie schön war der Gedanken, daß sie es bald sein würden.

»Was ist denn passiert?« fragte ihr Vater, der schnell seine Brille absetzte, denn er schämte sich sehr, daß er sie zum Lesen brauchte.

»Komm herein, meine Liebe, und erzähl uns alles«, sagte Miss Lorimer, die völlig ohne Hemmungen ihre Brille abnahm und das strahlende junge Gesicht anlächelte.

Freddie setzte sich und merkte zum erstenmal, daß sie möglicherweise ein sehr delikates Thema anschnitt.

Sie begann vorsichtig: »Es ist gerade ein Brief gekommen. Wir dachten, es wäre etwas Besonderes, weil er an uns alle adressiert ist. Natürlich müssen wir die Briefe sonst immer weiterschicken, aber dieses Mal war der ganze Umschlag bekritzelt. Bill las also zuerst, weil er der Älteste ist.«

»Ein Brief von wem?« fragte Max, obwohl er es genau wußte. Es gab nur einen Menschen, der die Angewohnheit besaß, Gemeinschaftsbriefe zu schreiben, und von den anderen erwartete, daß sie sich die Mühe machten, sie weiterzubefördern.

»Natürlich von Mutter. Und es ist eine herrliche Nachricht. Sie kommt zurück.«

Einen Augenblick lang herrschte völliges Schweigen, dann sagte Standish: »Damit war irgendwann zu rechnen. Aber warum ist es herrlich? Du hast dich doch früher nie besonders über ihre Rückkehr gefreut.«

»Nein, aber dieses Mal ist es anders. Es bedeutet, daß für euch alles gut wird. Oh, Vater, wir werden alle so froh sein. Es ist ein wunderbarer Gedanke, daß du hier so sitzt, im Winter die Füße hochlegst und ein schönes Feuer hast und nicht in der Hütte auf der Farm alleine sein mußt.«

»Du malst ein sehr verlockendes Bild, meine Liebe«, sagte Max ruhig. »Aber ich kann dir versichern, daß es sehr unwahrscheinlich ist, daß deine Mutter und ich dieses Stadium des häuslichen Segens erreichen werden. Das würden wir beide nicht schätzen. Du mußt also entschuldigen, wenn ich deine Freude über ihre Rückkehr nicht teile.«

»Aber das meine ich ja gar nicht. Natürlich würde Mutter so ein langweiliges, behagliches Leben hassen. Wenn es um sie ginge, würde ich mich nicht so freuen, denn das hat nie geklappt und wird nie klappen. Ich weiß, ich freue mich, sie zu sehen, und sie wird sich freuen, daß ich schließlich doch abgenommen habe, denn sie hatte schon alle Hoffnung aufgegeben. Und in den ersten Wochen ist sie sehr liebenswert, bis sie alle satt hat. Und sie ist so schön, daß es Freude macht, sie wiederzusehen.«

Irgend etwas im Gesichtsausdruck ihres Vaters ließ Freddie stocken. Jetzt griff er ein:

»So sehr ich diese Loblieder auf meine frühere Frau schätze, meine Liebe, weiß ich trotzdem nicht, warum man annimmt, daß ich jubiliere.«

Sie griff nur das eine Wort auf. Mit einem Gefühl der Erleichterung sagte sie: »Deine frühere Frau? Oh, du hast es also gewußt? Das dachte ich mir fast, denn du und Miss Lorimer, ihr scheint schon alles geregelt zu haben. Aber das ist auch ganz natürlich, wenn du weißt, daß Mutter eben nur deine frühere Frau ist.«

Max hatte die Zeitung hingeworfen und sah äußerst eigenartig aus; als er sprach, stammelte er fast. »Meine frühere Frau? Es ist höchste Zeit, Freddie, daß du dich klar ausdrückst. *Was steht in diesem Brief?*«

Sie hätte alles dafür gegeben, sich jetzt aus der Affäre ziehen zu können, denn offensichtlich lag ein schreckliches Mißverständnis vor. Ihre ganze Freude war verschwunden, und sie sagte langsam: »Als du sagtest ›meine frühere Frau‹, dachte ich, du wüßtest alles. Mutter wird sich um die Scheidung bemühen, und sie wird diesen Vetter heiraten. Miles heißt er. Sie schreibt es zwar nicht wörtlich. Das würde Mutter nicht tun. Aber sie schreibt, daß Miles langes und geduldiges Warten schließlich doch belohnt würde. Und so dachte ich...«

Wenn er ihr nur wieder aus der Patsche helfen würde! Aber sein Gesicht blieb grimmig, und er sah sie mit einem Blick an, den Väter wohl oft haben, dachte sie. Die Tatsache, daß sie diesen strengen väterlichen Blick nie zuvor gesehen hatte, erschreckte sie.

»Und so... und so... Na ja, ich habe mich so gefreut, weil es doch bedeutet, daß du und Miss Lorimer das Ende eurer Tage gemeinsam beschließen könnt.«

Hier hielt sie nervös inne und sah ihren Vater an. Was war mit ihm geschehen?

Sein Gesicht war langsam unziemlich dunkelrot geworden. Er stand aus seinem Sessel auf und ging zum Fenster.

Freddie war tief verletzt und verwirrt. Es würde doch kein zweiter Fehlschlag sein? Die beiden würden doch nicht böse auf sie sein?

Aber bevor Standish sprechen konnte, ging Anna schnell durch das Zimmer, setzte sich neben sie auf das Sofa und legte tröstend den Arm um sie.

»Liebe kleine Freddie, wie gut von dir, so zu denken. Aber du täuschst dich völlig in unserer Beziehung. O Maxwell, jetzt hör doch auf zu brummen und dich wie ein indischer Oberst zu benehmen und...«

Aber der Satz blieb unvollendet, denn Anna begann zu lachen.

Freddie sah sie verwirrt an, und Standish, der zunächst äußerst erleichtert aussah, setzte jetzt eine beleidigte Miene auf.

Anna sah es, und das machte die Angelegenheit noch schlimmer.

Sie versuchte gar nicht aufzuhören, sondern lachte in ihrer herzlichen und anziehenden Art, ihre Schultern schüttelten sich, und ihr Gesicht war von einem leichten, reizvollen Rosa.

Schließlich wischte sie sich die Augen und sagte: »Oh, du lieber Himmel, es tut mir leid. Ich sollte längst aus dem Alter sein, in dem man nicht aufhören kann zu lachen. Freddie, meine Liebe, verzeih mir. Maxwell, ich fürchte, ich bin ekelhaft. Es ist nur der Gedanke, daß wir unsere alten Tage zusammen beschließen. Sag mir ehrlich, gibt es irgend etwas, was du mehr hassen würdest?«

Während er sie beobachtete, hatte sein Gesicht allmählich die purpurrote Farbe verloren, aber konnte noch immer erröten, und das tat er. Er stammelte hastig: »Unsinn, Anna. Völliger Unsinn. Davon kann keine Rede sein ... Es wäre sehr erfreulich ... Kurz, wenn du möchtest, würde ich ...«

»Aber ich möchte nicht, mein Lieber. Kein bißchen. Nicht für ein Vermögen möchte ich einen Ehemann am Hals haben. Außerdem kennen wir uns viel zu gut. Du brauchst also keine höflichen Angebote zu machen. Wir wollen uns nichts vormachen, Maxwell. Das haben wir nie getan. Deshalb sind wir Freunde geblieben. Es war für dich so erholsam, mit einer Frau zusammenzusein, der du keine Komplimente zu machen brauchtest, die fast so alt war wie du, und die dich seit zwanzig Jahren kennt. Und es ist so ein Vorteil, daß ich in keiner Weise eine Schönheit bin. Für dich ist das eine große Abwechslung nach Alicia und diesen... ich meine, es ist so angenehm. Komm, Maxwell, jetzt sage Freddie, daß alles in Ordnung ist, und daß wir beide die ganze Sache für einen herrlichen Scherz halten.«

»Ein verdammter Scherz«, knurrte Maxwell, der sich wie ein völliger Idiot vorkam. »Natürlich mögen Anna und ich einander sehr gerne. Wirklich sehr gerne. Ich habe sie immer für die netteste Frau gehalten, die ich kenne, aber... na ja, wir sind beide nicht zum Heiraten geschaffen, und so...«

»Du siehst also, meine Liebe, der Wunsch deiner Mutter nach Scheidung berührt uns eigentlich nicht, obwohl es ganz natürlich ist, daß du glaubtest, es wäre so«, endete Anna freundlich.

Freddie schwieg.

Sie hatte diesen Wortwechsel völlig ruhig verfolgt, denn sie war verwirrt und zutiefst enttäuscht. Außerdem schämte sie sich über sich selbst. Warum war sie so hereingeplatzt?

Schließlich sagte sie langsam:

»Es tut mir so leid. Aber wir hätten es alle gerne gesehen.«

»Das ist nett von euch, aber allein um euretwillen könnten wir es einfach nicht tun. Schlage es dir aus deinem lieben kleinen Kopf.«

Freddie nickte, aber Annas aufmerksamen Augen entgingen die Tränen nicht, die sich in ihren Augen sammelten, und sie blicke Max flehend an. Er stand auf, setzte sich ebenfalls auf die Couch und sagte freundlich: »Siehst du, meine Liebe, Anna will mich um keinen Preis haben. Sie ist weise, denn ich glaube nicht, daß ich viel für die Ehe tauge. Ich werde also weiter leben wie bisher, mit einer netten Familie im Hintergrund, einer guten Freundin und sonst keinen Verpflichtungen. Einen Teil des Sommers werde ich auf *Angel* an der anderen Küste verbringen – zumindest bis ich zu alt bin, um sie zu fahren.

Ansonsten werde ich es so machen wie dieses Jahr, *Angel* verladen lassen, in diesem Hafen festmachen und in dem alten Haus wohnen. Wir werden es nicht verkaufen, weil Anna nebenan wohnt und wir alle Tainui lieben.

Einen Teil des Winters werde ich wahrscheinlich hier verbringen, dann kann ich auch meine Füße am Kamin wärmen, wie du so lieb vorgeschlagen hast. Das Dorf wird vielleicht etwas schockiert sein, aber sie müssen sich damit abfinden. Ab und zu werde ich auch meine Familie besuchen, und ich hoffe, sie wird öfter hierher kommen. Ich habe sie gerne, sogar die Jüngste, die noch etwas dazu neigt, ins Fettnäpfchen zu treten, aber eine ziemlich heldenhafte junge Person ist.«

Während dieser langen Rede hatte Freddie Zeit gehabt, ihre Tränen zu bekämpfen, und jetzt lächelte sie beide zögernd an.

»Das klingt nach einem herrlichen Leben. Du tust, was dir Spaß macht und hast keine Sorgen.«

»Ein egoistisches Leben«, sagte Anna mit strengem Blick. »Kannst du jetzt verstehen, Freddie, warum mich nichts in der Welt dazu bringen konnte, diesen Mann zu heiraten, selbst wenn er dumm genug gewesen wäre, es zu wollen?«

»Wahrscheinlich haben Sie recht«, stimmte sie ihr unsicher zu. »Die Ehe scheint eine ziemliche Last zu sein, und alle weichen ihr aus, wenn es soweit ist. Ich meine, seht euch nur Bill und Dinah an. Und jetzt auch Angela und Stephen. Ich weiß, daß sie sich gerne mögen, aber es kommt nichts dabei heraus. Sie scheuen sich einfach davor.«

»Was soll das heißen? Was meinst du mit Angela?« fragte ihr Vater scharf, aber Freddie sah ihn vorsichtig an. Sie hatte sich heute schon genug blamiert.

Anna griff sofort ein. »Aber du hast uns noch gar nichts über den Brief deiner Mutter erzählt. Will sie wirklich die Scheidung einreichen?«

»Ja. Sie sagt, sie habe lange genug gewartet, und jetzt habe sie alle Hoffnungen aufgegeben, und mit gebrochenem Herzen sei sie zu dem Schluß gekommen, daß dies der einzige Weg sei. ›Der einzige Weg‹ schrieb sie in Großbuchstaben. Und sie sagte, Vater habe immer auf Scheidung gedrängt – seht ihr, deshalb habe ich alles falsch verstanden – aber sie habe gespürt, daß sie verpflichtet sei, bei uns zu bleiben, und jetzt, da wir sie nicht mehr brauchten, könne sie vielleicht endlich ein kleines bißchen Glück erhaschen. Aber ich glaube, sie hat es etwas vorsichtiger ausgedrückt. Jedenfalls meinte sie Miles.«

»Hat sie überhaupt genaueres geschrieben?« fragte Max ungeduldig. »Hat sie einen Termin erwähnt?«

»Sie fliegt, und in ungefähr drei Wochen wird sie hier sein.«

»Ach du lieber Himmel«, explodierte Max und fuhr vom Sofa hoch. »Ich muß hier weg. Ich muß sofort meinen Rechtsanwalt aufsuchen. Die Sache müßte eigentlich ganz einfach sein.«

»Ganz einfach, das glaube ich auch«, sagte Anna mit ausdrucksloser Stimme, und Freddie war erstaunt, daß ihr Vater wieder errötete.

Sie stand auf und sagte verzagt: »Bitte verzeiht mir, daß ich so plump war. Ich schäme mich. Und würdet ihr bitte den anderen nichts erzählen, denn ich will wirklich versuchen, so etwas nicht mehr zu tun?«

»Wir werden es wahrscheinlich nicht von den Dächern pfeifen«, sagte ihr Vater, aber Anna küßte sie gütig und sagte: »Natürlich werden wir es niemandem erzählen, und du wirst es vergessen, genauso wie wir.«

Aber als sie außer Reichweite war, setzte sich Anna aufs Sofa. Sie konnte trotz angestrengter Versuche ein Lachen nicht unterdrücken. Max sah sie mit grimmigem Gesichtsausdruck an und sagte: »So schmeichelhaft diese Aufnahme dieses großen Gedankens auch sein mag, glaube ich doch, du solltest versuchen, dich zu beherrschen. Was ist denn so schrecklich lustig an dem Gedanken, mit mir verheiratet zu sein, meine Gute?«

»Alles«, antwortete die Gute unbarmherzig. »Absolut alles. Aber starre mich nicht so an, Maxwell. Das macht es nur noch schlimmer. Oh, die arme Freddie...«

»Die arme Freddie? Schrecklich taktlos, würde ich sagen. Ich weiß nicht, woher sie das hat. Trotz all ihrer Fehler hat Alicia sich nicht so plump in die Angelegenheiten anderer Menschen eingemischt – schon deshalb nicht, weil sie sich nie um jemand anderen oder um dessen Angelegenheiten gekümmert hat. Was mich betrifft, so möchte ich ja nicht angeben, aber...«

Hier wurde er vom erneuten Gelächter seiner rücksichtslosen Freundin unterbrochen. Jetzt war er endgültig verärgert und nahm Haltung an. Mit verschwommenen Augen sah sie zu ihm auf und sagte stammelnd: »Es tut mir leid. Es tut mir wirklich leid. Ich weiß, daß ich albern bin. Aber du siehst so eingebildet aus, und du beginnst deine ganze Kritik an deiner Familie immer mit ›trotz all ihrer Fehler hat Alicia‹ und dann brüstest du dich selbst und sagst ›ich möchte ja nicht angeben, aber...‹ O Maxwell, du kannst mich mit deinen bösen Blicken nicht unterkriegen. Ich hätte nie gedacht, daß du so hochtrabend aussehen kannst. Das ist wohl die Auswirkung des Familienlebens.«

»Und ich hätte nie gedacht, daß du deinen Sinn für Humor so schlecht unter Kontrolle hast. Es ist schon gut, daß du nicht in nähere Verbindung mit meiner Familie kommst. Sie sind schon schlimm genug, aber du würdest sie noch schlimmer machen.«

»Viel schlimmer... ich würde eine fürchterliche Stiefmutter abgeben.«

Und dieses Mal lachten sie beide.

17

Jonathan sagte: »Wo ist Freddie heute abend, Angela?«

»Ich weiß nicht genau, wo sie hingegangen ist. Ist sie bei Miss Lorimer, Max?«

»Da war sie heute nachmittag kurz«, antwortete er unverbindlich. »Aber heute abend habe ich sie nicht gesehen.«

»Beim Abendessen war sie sehr still. Ich frage mich, ob sie sich über diese Arbeit als Krankenschwester Sorgen macht. Komisch, man bekommt nichts mehr aus ihr heraus. Vor zwei Monaten hat noch jeder meilenweit gehört, wenn ihr irgend etwas durch den Kopf ging, aber in letzter Zeit hat sie sich geändert.«

»In jener Nacht hat sie einen ziemlichen Schock bekommen«, sagte Bill, der spürte, daß er nie vergessen würde, wie Freddie in ihrem Samtkleid an der Tür gestanden hatte. »Kein Wunder, wenn sie nachdenklich geworden ist. Komisch, daß wir alle gesagt haben, sie sei kindlich. Das ist jetzt vorbei.«

»Nicht völlig«, verbesserte Max freundlich. »Sie hat noch ihre Augenblicke, aber sie sind weniger häufig.«

»Mir werden sie ziemlich fehlen«, sagte Angela. »Man konnte soviel Spaß mit ihr haben. Natürlich ist das auch jetzt noch ab und zu möglich, und vielleicht ist es gut, daß sie verantwortungsbewußter geworden ist. So wie sie war, hätte sie jedes Krankenhaus einfach zugrunde gerichtet.«

Jonathan dachte: »Zwei Schocks. Jim Masters und dann Matthews. Arme kleine Freddie. Es hätte etwas allmählicher kommen können.«

Laut sagte er: »Ich werde sie suchen gehen. Sie wird irgendwo im Garten sein.«

Sie saß unter dem Magnolienbaum; sie hörte ihn nicht kommen, und er sah, wie niedergeschlagen sie war. »Warum immer hier?« fragte er neckend. »Das ist ein schöner Baum. Es wäre schade, wenn er von deinen Tränen überflutet würde.«

Aber er wußte, daß sie nicht wirklich weinte, und sie machte sich nicht einmal die Mühe, diese Anschuldigung zurückzuweisen, sondern sagte ruhig:

»Jonathan, ich war so ein Idiot.«

»Noch mehr Geständnisse? Dieses Mal ist es hoffentlich nichts Ernstes.«

»Ich schäme mich so. Ich habe genau das getan, was ich niemals mehr tun wollte – ins Fettnäpfchen treten und alle in Verlegenheit bringen. Nein, laß mich. Ich war albern und habe mich in die Angelegenheit anderer eingemischt. Aber ich glaubte zu wissen, wie sie empfanden.«

»Noch mehr Empfindungen? Was habe ich dir gesagt?«

»Ich weiß, aber ich dachte immer, ich hätte viel Intuition. Meinst du, ich werde je lernen, mich um meine eigenen Dinge zu kümmern?«

»Ich glaube schon. Um wessen Dinge ging es dieses Mal?«

»Um Vaters und – und Miss Lorimers. Vielleicht hast du recht, wahrscheinlich habe ich keine sehr gute Menschenkenntnis.«

»Sei nicht so bescheiden. Das macht mich ganz schwach, und gleich werde ich auch weinen. Das wäre schlecht für den armen Magnolienbaum. Nein, ich lache dich nicht aus. Ich möchte, daß du mir alles erzählst.« Nun kam die ganze Geschichte heraus. Jonathan war froh, daß es dunkel war. Er kämpfte mit dem Lachen. Er konnte Standishs Gesicht vor sich sehen, konnte sich Annas Lachen vorstellen. Insgeheim sagte er sich: »Traurig für sie, aber es geschieht ihm ganz recht, daß er einmal eine komische Figur abgegeben hat.«

Sie wartete so gespannt, seine Meinung zu hören, daß er sich zusammenriß und seine Belustigung unterdrückte. Dann sagte er ganz ernst: »Darüber würde ich mir keine Sorgen machen. Sie sind sehr alte Freunde, und sie verstehen einander. Miss Lorimer ist ein sehr guter Kamerad; sie findet das nur lustig.«

»Wegen ihr mache ich mir gar nicht solche Sorgen, denn sie ist so ein Goldschatz, und sie hat sich phantastisch benommen. Es ist wegen mir selbst. Ich möchte so gerne anders sein. Mehr wie Shelagh. In der Schule kann man noch dumme Sachen anstellen. Eigentlich bewundert einen deshalb jeder.«

»Ja. Das kann ich mir vorstellen. Dort mußt du

eine Glanzzeit gehabt haben. Wenn die Mädchen dich zu einer Art Heldin machten, und jeder sagte: ›Hast du Freddies letzten Streich gehört?‹ Das fehlte dir doch hier?«

»Ja, so ungefähr war es, und ich habe neulich gedacht, daß es eigentlich Spaß macht, wenn man jung ist, eine... eine... Mir fällt das Wort nicht ein, aber dieser Dr. Millar hätte es sicher gewußt.«

»Eine Exhibitionistin zu sein?«

»Ja, das ist es. Na ja, es ist an der Zeit, daß ich das aufgebe, jetzt wo ich älter werde.«

»Oh, das hast doch getan. Du solltest dir einen gelegentlichen Rückfall nicht so zu Herzen nehmen. Das wirst du dir bald abgewöhnen, und eigentlich willst du ja nur, daß alle glücklich werden, nicht wahr?«

»Ja, das möchte ich unheimlich gerne. Aber wie hast du das erraten?«

»Ärzte müssen Diagnosen stellen, und ich habe dir schon gesagt, daß ich an dir üben wollte. Vergiß diesen Nachmittag. Du wirst dein Happy-End schon noch bekommen.«

»Ich weiß nicht. Bei Angela und Stephen ist kein Erfolg zu sehen, und ich glaube, auch Dinah ist kühler geworden. Das tut mir leid für Bill. Er findet es schrecklich, daß sie nach England geht.«

»Sicherlich, aber letzten Endes wird es wahrscheinlich niemandem schaden. Ganz im Gegenteil. Gib ihnen Zeit.«

»Ich hasse es, den Leuten Zeit zu geben. Ich möchte, daß alles schnell geschieht.«

»Wie Matron. Ich bin da ganz anders. Ich glaube an das Sprichwort Eile mit Weile. In zwei Jahren werden wir uns die Situation noch einmal ansehen, und dann werde ich sagen können: ›Ich habe es gleich gewußt.‹«

»In zwei Jahren? Aber wie schrecklich langweilig, Jonathan.«

Er lachte und zog sie hoch. Das war die Freddie, wie er sie anfangs geliebt hatte.

»Komm mit hinein – und werde nicht nervös, wenn du deinem Vater gegenübertrittst. Er hat sich völlig erholt. Er gehört nicht zu den langweiligen Menschen, die etwas davon halten, sich Zeit zu lassen, weißt du.«

Am nächsten Tag sagte Matron: »Was höre ich da? Noch mehr Aufregung in dem Haus auf dem Hügel? Kommt diese Frau wirklich nach Hause?«

Jonathan stand auf der Veranda und starrte in die Ferne.

»Ich glaube schon. Aber nicht hierher. Sie wird viel unterwegs sein. Der Grund ist, daß sie sich von ihrem Mann scheiden lassen will.«

»Das dürfte nicht schwierig sein, wenn die Geschichten stimmen, die man sich erzählt. Nicht, daß ich dem Mann deshalb besondere Vorwürfe machen würde. Er scheint sich bei seinen Seitensprüngen ganz anständig zu benehmen, und er muß es mit dieser Frau schwer gehabt haben. Aber warum jetzt eine Scheidung?«

»Der Brief enthielt Andeutungen über einen Vetter, der geduldig gewartet hatte, bis ihre mütterlichen Pflichten erfüllt waren, und der jetzt bereit ist, sie zu trösten.«

»Die mütterlichen Pflichten haben sie sehr beschäftigt. Und ich habe keine Zeit für diese zahmen Katzen, die geduldig warten. Sie scheinen auch so zu denken.«

Er gab keine Antwort und machte nur ein sehr verblüfftes Gesicht, aber sie fuhr fort: »Es ist sinnlos, es bei mir auf die würdevolle Tour zu versuchen. Bisher ist es noch niemandem gelungen, mich zurechtzuweisen, und wenn die Leute vom Gesundheitsministerium gescheitert sind, dann sehe ich für dich auch nicht viel Hoffnung. Kommen Sie schon, junger Mann, stellen Sie sich nicht ein bißchen dumm an?«

Er sah sie mit seinem freundlichen, gewinnenden Lächeln an, das ab und zu in seinem ziemlich ernsten Gesicht aufleuchtete. »Ich habe nicht den Wunsch, Sie zurechtzuweisen, vorausgesetzt daß es überhaupt möglich wäre. Sie sind völlig frei, mir zu sagen, was Sie möchten, und das wissen Sie. Sie würden es ohnehin tun, ob es mir paßt oder nicht, aber zufällig paßt es mir. Und was das Warten anbetrifft – na ja, haben Sie nicht diese Idee mit der Krankenschwester gehabt und daran festgehalten?«

»Natürlich, und Sie sollten mir dankbar dafür sein. Es ist besser, wenn sie alleine nach Sydney geht und für diesen albernen Sport trainiert. Aber vergessen Sie nicht, daß ich ihr gesagt habe, das beste Krankenhaus sei in der Stadt, wo sich Ihre Praxis befindet. Ich habe mein Bestes für Sie getan, junger Mann, aber trotzdem glaube ich, daß Warten eine dumme Sache ist.«

»Meiner Meinung nach ist Kinderverführung schlimmer. Denken Sie einmal zurück. Standish sah ihre Mutter, als sie achtzehn war und packte zu. Er hat ihr nie Gelegenheit gegeben, erwachsen zu werden, und dann hat er ihr vorgeworfen, daß sie kindlich geblieben ist.«

»Jetzt erzählen Sie mir nicht, daß Sie sich über die Vererbung Sorgen machen. Dieses Mädchen ist ein ganz anderer Typ. Sie hat Charakter.«

»Glauben Sie, ich wüßte das nicht? Schließlich war ich in jener Nacht dabei. Natürlich habe ich Angst, daß sich die Geschichte wiederholt, aber alle sagen, daß Mrs. Standish so dumm sei, und sie scheinen sich nie zu fragen, ob die Schuld nicht auch bei ihrem Mann liegt. Er war immer äußerst egoistisch, zuerst ihr und dann den Kindern gegenüber. Er hat genommen, was er wollte – und Sie werden zugeben, daß das Ergebnis für die Familie ziemlich kläglich war.«

»Na ja, meiner Meinung nach haben Sie diesen modernen Tick, was Alter und Heirat betrifft. Dieses ganze Gerede über Kinderverführung und Abwarten, bis sie erwachsen ist. Ihre Urgroßmutter hat wahrscheinlich in ihrem Alter schon ein paar Babys gehabt. Das ist die beste Art, um erwachsen zu werden.«

»Damals vielleicht, aber heute nicht, und nicht für Freddie.«

»Jeder kann sehen, daß Sie nur ein Wort zu sagen brauchen, und sie würde Ihnen in die Arme fallen. Das Kind ist in Sie verliebt.«

»Das Kind vielleicht. Aber ich möchte nicht die Verliebtheit eines Kindes. Ich möchte die Liebe einer Frau.«

»Da sind Sie selbst schuld, wenn Sie sie verlieren. So ein Mädchen wird nicht eine fertig ausgebildete Krankenschwester, ohne daß die Männer versuchen, sie daran zu hindern. Vielleicht nimmt sie einen von ihnen, weil sie glaubt, daß Sie nur der nette Bruder Jonathan sind.«

Er sah auf, und ihre Blicke trafen sich.

Sie meinte, in seinem Blick etwas fast Stahlhartes zu erkennen.

Er hatte ein ungewöhnlich starkes Gesicht.

»Machen Sie sich keine Sorgen. Ich werde sie ›streng beobachten‹, wie die Juristen sagen – und ich werde zur Stelle sein.«

»Dann beobachten Sie sie besser aus nächster Nähe. Lassen Sie es nicht darauf ankommen. Sie würde glücklich mit Ihnen sein. Es wäre schade, wenn Sie sich bemühten, edel zu sein, und sie merkte es nicht.«

»Sie sind eine Frau ohne Grundsätze. Sie möchten doch wahrhaftig, daß ich einen Zaun um sie aufbaue – ›Zutritt für Unbefugte verboten‹ –, und das geht nie gut.«

»Besser als sie laufenzulassen. Und die Grundsätze sollten über Bord gehen, wenn ein Mann verliebt ist. Vergessen Sie das nicht.«

»Nein, und ich bin dankbar für Ihren Rat, auch wenn ich ihn nicht ganz befolgen werde. Sie mögen sie gerne, nicht wahr?«

»Natürlich. Wer würde sie nicht gerne mögen? Wenn Sie das meinen, ich mag euch beide gerne. Hallo, da kommt sie ja mit Riesenschritten. Jetzt sagen Sie nur nicht, daß schon wieder etwas Neues passiert ist. Auch diese Standishs müssen doch eigentlich für einen Sommerurlaub genügend Aufregung gehabt haben?«

Freddie winkte mit einem amtlichen Umschlag.

»Es ist gekommen. In vierzehn Tagen muß ich mich vorstellen.«

Jonathan sah sie schweigend an, und Matron sagte: »Gut. Der Anfang deiner Karriere und das Ende der Ferien. Na ja, es mußte sowieso kommen.«

»Ich weiß, aber jetzt, wo es beschlossene Sache ist, fühle ich mich doch etwas eigenartig.«

»Das ist klar. Es ist immer hart, diese Dinge ruhig und gelassen zu tun.«

»Kopf hoch, Freddie«, sagte Blake fröhlich. »Auch der jüngste Neuling hat seine Freizeit. Es ist nicht nur Plackerei.«

»Das weiß ich, und manchmal wirst du mit mir ausgehen. Ich denke die ganze Zeit daran, daß du da sein wirst, und das ist mein großer Trost.«

Matron beobachtete sie mit einer gewissen grimmigen Belustigung. Das war etwas hart für ihn. Es war ja alles schön und gut, edle Grundsätze über Kinderverführung zu haben, aber sie glaubte, daß diese Grundsätze schlechten Zeiten entgegensahen, ohne daß Jonathan etwas dagegen tun konnte. Wie konnte irgendein Mann diesem lieblichen Kind widerstehen?

Doch er sagte nur: »Und es gibt noch manch anderen Trost, zum Beispiel die Uniform. Sie ist sehr vorteilhaft. Wenn sie Reklame für diesen Beruf machen, setzen sie immer ein Bild eines äußerst zauberhaften Geschöpfes in die Zeitung, mit Häubchen und allem, um Freiwillige zu ermuntern.«

»Das hat Bill schon gesagt, und ich nehme an, daß dieser Teil der Sache recht amüsant sein wird. Aber irgendwie scheint mir noch alles so unwirklich.«

»Nicht mehr lange. Du wirst schon sehen. Ich werde mir eine Flinte kaufen müssen, um meine Rivalen abzuhalten.«

»Als ob du jemals Rivalen haben würdest. Du weißt, daß es nicht so sein wird. Aber natürlich kannst du nicht erwarten, daß ich zu Hause sitze, wenn du arbeitest. Ich werde mit niemand anderem ausgehen, wenn du Zeit für mich hast.«

»Noch ein halbes Versprechen. Natürlich hoffe ich, beschäftigt zu sein, aber eine verständnisvolle Krankenschwester nimmt darauf Rücksicht. Na ja, so findet der Familienurlaub nun sein Ende.«

»Ja. Das ist ziemlich traurig. Nur, er wäre sowieso zu Ende gegangen, denn Bill beginnt seine Arbeit am Montag, und Vater geht mit ihm, weil er etwas für seine Scheidung zu erledigen hat. *Angel* läßt er hier, um sie später abzuholen, wenn Mutter geschieden und abgereist ist.«

Matron war etwas verwirrt über diese Art, die Dinge darzustellen, und die Neugierde zwang sie zu fragen: »Du freust dich doch wahrscheinlich, Mrs. Standish wiederzusehen?«

»In gewisser Weise ja, solange sie nicht allzuviel Durcheinander stiftet. Aber irgendwie tut sie das immer. Wir hoffen, daß sie diesmal ganz mit der Scheidung beschäftigt ist und damit, zu Miles zurückzukehren, um ihn so bald wie möglich zu heiraten. Der alte Vetter Frederick hat ja nicht das ewige Leben, und sie sagt, es wäre immer sein liebster Wunsch gewesen. Ich frage mich nur, warum sie es nicht schon vorher getan hat, aber wahrscheinlich hat sie doch noch immer gehofft, Vater könnte sterben.«

Jonathan wich Matrons Blick aus und sagte ernst: »Ich bin sicher, so würde sie nicht denken, und ich glaube, du solltest es auch nicht tun.«

»Nein, vielleicht sollte ich das nicht, denn Mutter ist immer so vornehm und sagt nie, was sie wirklich denkt. Ich freue mich, daß sie glücklich sein wird und endlich soviel Geld hat, wie sie möchte.«

Inzwischen war Matron endgültig über die nüchterne Einstellung der jungen und modernen Standishs zu ihrer Mutter schockiert. Sie sagte: »Ich glaube nicht, daß sie daran denkt. Sie war eigentlich nie arm – zumindest glaube ich das nicht. Euer Vater scheint viel Geld zu haben, und er gilt als ein großzügiger Mensch.«

»O ja, das ist er, aber wissen Sie, wir waren viele, und Mutter braucht wirklich eine ganze Menge Geld für sich selbst. Sie sagt immer, es sei das letzte, woran sie denkt, aber wenn sie merkt, daß nicht genug davon da ist, macht sie schreckliche Szenen.«

Matron sah sie mit leichter Mißbilligung an, und zum erstenmal dachte sie, daß Dr. Blake vielleicht doch wußte, was er tat. In den letzten zwei Monaten war Freddie zwar erwachsen geworden, aber sie hatte noch immer ihre dunklen Punkte. Sie sah ihn an, um herauszufinden, wie diese Offenbarungen auf ihn gewirkt hatten, aber in seinem Gesicht konnte sie nur Mitleid erkennen. Freddie hatte nie wahre Elternliebe gekannt; das war ein Nachteil in ihrem Leben, der nie gutgemacht werden konnte, wie sehr er sie auch lieben mochte.

Er sagte: »Das ist genug Familiengeschichte. Komm mit, Matron will jetzt Mittag essen.«

»Oh, lieber Himmel, ist es schon so spät? Und ich bin heute mit Kochen dran.«

»Du wirst etwas auf die Schnelle machen müssen«, sagte Matron.

»Aber wenn ich das tue, sind meine Kochkünste noch schlimmer als sonst, und die anderen hassen das. Als ich mich letzte Woche verspätet hatte, sagte ich: ›Ich will schnell ein Omelett schlagen‹, weil ich in der Zeitung sah, daß die Hausfrauen das in letzter Minute machen. Aber es wurde recht sonderbar, und Bill sagte, wenn es so gemeint sei, würde er es noch härter schlagen, und er formte einen Ball und versuchte, ihn auf der Veranda aufspringen zu lassen. Ich finde, das war ziemlich häßlich von ihm.«

Jonathan lachte. »Du bist zu ehrgeizig. Dein Fall sind gekochte Eier, nicht Omeletts. Aber mach dir heute keine Sorgen. Ich wollte sowieso ein kleines Fest vorschlagen, weil die große Karriere beginnt. Wir wollen alle in ein Restaurant gehen und ein erstklassiges Mittagessen zu uns nehmen. Es ist sehr gut, wenn man es vorher bestellt, und ich werde mich darum kümmern.«

»Das wäre herrlich«, sagte Freddie. »Oh, Jonathan, was würde ich nur ohne dich tun? Du rettest mich immer.«

»Damit wird er noch Arbeit genug haben«, sagte Matron grimmig.

Aber als sie gegangen waren, stellte sie erstaunt und etwas verärgert fest, daß sich ein Tränenschleier über ihre Augen gelegt hatte. Der Anfang einer Karriere. Welche Erinnerungen das mit sich brachte, das Mädchen war so jung. Dann begann sie mit der Arbeit und bereitete ihr Mittagessen vor. Es war friedlich, allein zu sein, und natürlich war in ihrem Alter Frieden doch das Wichtigste, oder nicht?

18

Als Stephen nach einer Woche Abwesenheit vor der Tür seiner Tante stand, begrüßte sie ihn ungewohnt schroff. »Es ist auch höchste Zeit«, bemerkte sie und ärgerte sich dann, als er absichtlich darauf verzichtete, zu fragen, was sie meinte.

Sie erzählte ihm von Dinahs Reise nach England, von Freddies Schreiben vom Krankenhaus und von Alicias Rückkehr.

»Das war eine Überraschung. Aber wahrscheinlich wird sie nicht hierher kommen.«

»Es könnte doch sein. Man kann nie voraussagen, was Alicia Standish tun wird. Vielleicht hat sie den Wunsch, Geoffrey Matthews' Grab zu besuchen. Das wäre ein rührende Geste.«

»Du magst sie nicht gerade sehr gerne, oder?«

»Na ja, wer mag sie schon gerne? Sie hat in ihrer Familie viel Schaden angerichtet.«

»Ihr Mann hat seinen Anteil dazu beigetragen – natürlich auf sehr charmante Weise.«

»Ich verteidige Maxwell nicht. Sie sind beide für vieles verantwortlich.«

»Shelagh scheint sich dem geschickt entzogen zu haben.«

»Das wird Shelagh immer tun. Maxwell hat seiner ältesten Tochter viel vererbt. Aber Bill tut mir leid. Dieser ganze Erfolgskomplex war sein Fluchtweg. Und er ist nicht so stark, wie er vorgibt.«

»Seine kleine sanfte Dinah muß ihm einen Schock versetzt haben. Es ist hart für ihn.«

»Der arme Bill, nachdem er so ein siegreicher Held gewesen war. Es ist ein Verbrechen, den Kindern keinen Hintergrund und keine Sicherheit zu geben. Es passiert leicht, daß sie irgendwann plötzlich abspringen.«

Unvermittelt fragte er: »Wie ist es eigentlich mit Blake? Über ihn kann ich mir keine Meinung bilden.«

»Der perfekte Ritter. Er hat Angst, denselben Fehler zu machen wie Maxwell.«

»Es könnte sich trotz seiner Aufsicht jemand anders dazwischendrängen.«

»Es wird eine gute Obhut sein. So edel ist Jonathan nun auch wieder nicht.«

»Ich würde den Edelmut an den Nagel hängen und mir das Mädchen nehmen.«

»Warum setzt du nicht in die Praxis um, was du da predigst?«

»Das habe ich auch vor, jetzt wo zum Abschied geblasen wird. Wünsche mir Glück.« Dann wechselte er schnell das Thema, sprach von Andys Gesundung, von dem ärgerlichen Zustand des Traktors und von der Zweckmäßigkeit, einen neuen zu kaufen. Plötzlich sagte er: »Ich muß hinübergehen und Freddie gratulieren – oder mit ihr weinen. Ich glaube, es ist ein großer Schritt für die Kleine.«

Als er jedoch auf die Veranda kam, war er erleichtert, Gelächter zu hören und dann Bills Stimme: »Sehr attraktiv, mein Kind, aber mit dem Lippenstift gehst du in Zukunft besser etwas sparsamer um. Ich glaube nicht, daß die Krankenschwestern es gerne sehen, wenn die jüngsten wie Pfingstochsen aufgemacht sind.«

Freddie stand vor dem Spiegel, und Angela ordnete, auf Zehenspitzen stehend, die Falten einer großen Serviette, die sie ihrer Schwester um den Kopf gewunden hatte. Sie begrüßte Stephen fröhlich: »Das ist eine Generalprobe, um Freddie etwas Mut zu machen. Sieht doch ganz gut aus, oder nicht?«

»Sehr gut. Meinen herzlichen Glückwunsch, Freddie. Du wirst ganz sicher Erfolg haben, auch wenn du alle Arzneien durcheinander bringst. Ich höre, daß die Gesellschaft zum Aufbruch rüstet.«

»Bill und Max gehen morgen. Freddie und ich bleiben bis zu ihrer Bewerbung. Wir müssen das Haus noch in Ordnung bringen. Max wird es nicht verkaufen. Er sagt, er wird häufig hierher zurückkommen, und ich glaube, wir auch.«

»Und ich komme in meinen Ferien«, verkündete Freddie. »Stephen, kannst du bleiben, bis wir gehen? Oh, herrlich. Es ist so schön, die Pferde noch zu haben. Ich bin ganz versessen aufs Reiten. O nein, das ist nicht der einzige Grund, Stephen, denn wir haben dich auch gerne hier, und es wird so nett für Angela sein... ich meine ja nur...«

»Ich würde es dabei lassen, wenn ich du wäre«, sagte Maxwell, der gerade hereinspazierte. »Oh, ich sehe, kein Kostümfest, sondern das wirkliche Leben, das ernste Leben. Nun denn, viel Glück, mein Kind. Ich glaube, du wirst die Prüfung schon bestehen, egal wie sie ist.«

Diese persönliche und fast liebevolle Bemerkung von einem der Familienmitglieder erstaunte sie alle. Da er es merkte, lächelte er und sagte: »Der alte Mann wird weich, nicht wahr? Das ist die Macht der Schönheit oder vielleicht auch das väterliche Herz.«

Ein unangenehmer Gedanke drängte sich Angela auf; erinnerte Freddie ihn an Mutter? War es möglich, daß er sich noch immer etwas aus Alicia machte? Wie sehr sie hoffte, daß sie sich irrte. Schrecklich, sich jetzt etwas aus ihr zu machen, wo es viel zu spät war.

Stephen sagte: »Hat heute irgend jemand die Pferde gehabt? Nein? Wie wäre es denn mit einem Ritt, Angela? In den letzten zwei Tagen bin ich nicht vom Traktor gekommen, und eine Abwechslung würde mir guttun. Für Maschinen bin ich wirklich nicht zu haben.«

Sie zögerte; noch einer von diesen Ritten. Was würden sie dieses Mal erörtern? Wahrscheinlich die verschiedenen Traktormarken. »In Ordnung, aber etwas später. Ich habe Max versprochen, die Papiere in dem alten Schreibtisch mit ihm durchzugehen. Es wird Zeit, daß sie aussortiert oder verbrannt werden. Aber es wird nicht den ganzen Nachmittag dauern. Sagen wir um vier?«

Alicia hatte gehortet. Der Schreibtisch war mit einer außergewöhnlichen Sammlung gefüllt; alte Quittungen, die Durchschrift eines Testaments, zwei Geburtsurkunden, eine Menge alter Briefe und Fotografien. Einige davon betrachtete Angela länger. Max, der sich das Aussortieren von Papieren so vorstellte, daß er mit seiner Zeitung in einem Sessel saß, sagte plötzlich:

»Über was brütest du da? Ach du lieber Himmel – unser Hochzeitsfoto, was für Kleider die Frauen damals getragen haben!«

Sie sagte ziemlich traurig: »Ist das alles, was du dabei empfindest, Max?«

Er sah betroffen in ihr ernstes Gesicht. »Na ja, zum Teufel damit, das ist siebenundzwanzig Jahre her. Du erwartest doch bestimmt nicht, daß ich Tränen darüber vergieße?«

»Natürlich nicht, aber ich dachte... Na ja, heute, als du Freddie mit dieser Haube gesehen hast und sie so große Ähnlichkeit mit Mutter hatte, hast du ganz anders geredet. So als ob du sie gerne hättest, als erinnere sie dich an das, was Mutter einmal war.«

Er starrte sie einen Augenblick lang an, dann schüttelte er langsam den Kopf. »Tut mir leid, meine Liebe, aber du erweist mir mehr Ehre, als mir gebührt. Ich mag Freddie. Ich habe sie gerne. Sie ist lustig, ehrlich, mutig und sehr schön. Aber ich mag sie, *obwohl* sie wie Mutter aussieht, nicht *weil*. Entschuldige, daß ich dich enttäuschen muß, aber es ist dir sicher lieber, daß ich ehrlich bin, oder nicht?«

»Natürlich, und außerdem hätte es jetzt sowieso keinen Sinn mehr, aber...«

»Aber was? Dein Gesicht ist so schrecklich feierlich. Du siehst aus wie ein hübscher kleiner Evangelist.«

Sie lachte nicht; sie nahm ihm das Foto ab und packte es weg. Dann sagte sie langsam: »Ich kann mir nicht helfen, aber ich finde es doch ziemlich traurig. Ich meine – sie war so jung und schön.«

Einen Moment war er still. Eine selten gekannte Scham überkam ihn; dann sagte er: »Ich glaube, es ist wirklich irgendwie traurig. Jeder Mißerfolg ist traurig. Ja, sie hatte erstaunliche Ähnlichkeit mit Freddie heute. Vielleicht hat Blake doch recht. Es wäre besser gewesen, wenn ich auch gewartet hätte. Lieber Himmel, du hättest sie aber sehen sollen. Jeder Mann hätte sie begehrt. Aber ihr gegenüber wäre es fairer gewesen.«

»Allen gegenüber wäre es fairer gewesen. Aber weißt du, eigentlich hat Freddie nur äußerlich Ähnlichkeit mit ihr. Jetzt, wo sie erwachsen ist, ist sie ganz anders als Mutter. Sie ist großherzig und liebevoll, und ich habe nie gefühlt, daß Mutter wirklich jemanden geliebt hat. Natürlich hat sie ihr eigentliches Selbst nie preisgegeben.«

»Vielleicht hat sie dieses eigentliche Selbst nie gefunden. Vielleicht habe ich ihr nicht geholfen. Vielleicht wäre es anders gewesen, wenn sie jemand anders geheiratet hätte. Ich hatte einfach alles so schrecklich satt.«

»Man hat kein Recht, einfach alles satt zu haben, wenn man verheiratet ist. Man ist verpflichtet, sich vorher zu vergewissern.«

»Wie überheblich du doch bist. Dann versuche mal, dich erst Hals über Kopf zu verlieben und anschließend den gesunden Menschenverstand walten zu lassen.«

»Ich weiß, daß gerade ich anderen keine Vorschriften machen dürfte. Was hast du übrigens von Wyn gehalten?«

Er rauchte einen Moment lang schweigend weiter, dann sagte er: »Das, was ich erwartet hatte. Er ist seinem Typ treu. Sehr fähig. Wird seinen Weg machen und immer darauf bedacht sein, ein völliger Zyniker zu werden. Eigentlich ein ganz netter Kerl, aber nichts für dich, mein Mädchen. Der andere ist mehr dein Typ.«

Sie zögerte, dann sagte sie plötzlich: »Ja, aber bin ich auch sein Typ? Ich weiß es einfach nicht.«

Er starrte sie erstaunt an. »Was? Du willst mir doch nicht sagen, daß der Junge dir noch keine Liebeserklärung gemacht hat? Was denkt er sich denn? All diese Ritte, die Woche auf der Farm, die harte Arbeit, die arme alte Anna. Wenn ich nicht sicher gewußt hätte, daß man den Keim einer Blinddarmentzündung niemandem einpflanzen kann, dann hätte ich sie bestimmt verdächtigt, daß sie bei der Krankheit des Burschen die Hand im Spiel gehabt hat. Und er hat nichts gesagt? Das ist unglaublich, wo er doch bis über beide Ohren verliebt ist.«

»Das schien er zu sein. Das hat er auch verkündet – ausgerechnet auf der Schwelle des Hotels. Dann ist er zurückgegangen und hat den ganzen

Abend alleine mit Wyn verbracht, und seitdem hat er sich verschlossen wie eine Auster.«

Das verarbeitete er schweigend, dann lächelte er sie an.

»Na ja, alles, was ich dazu in der Sprache der edlen Ritter sagen kann, ist: ›Mut, mein Mädchen, und auf zum Angriff.‹ Werde nur nicht scheu und altjüngferlich. Finde heraus, was nicht stimmt. Stürme seinen Wall. Ich könnte schwören, daß der Mann verliebt ist.«

»Das ist nicht so leicht«, sie verschloß den Schreibtisch und stand auf. »Den Rest kannst du verbrennen, du alter Faulpelz. Ich habe die ganze Arbeit getan.«

»Aber ich habe dir gute Ratschläge erteilt. Das ist viel ermüdender. Ich scheine zu einem ernsten Vater zu werden. Es wird Zeit, daß der Familienurlaub aufhört.«

»Er war gut, findest du nicht? O Max, was auch immer passiert, wir wollen uns nicht mehr so aus den Augen verlieren. Es – es war so einsam, weißt du.«

Sie ging schnell hinaus und ließ ihn vor sich hinstarren. Es war eine der seltenen Gelegenheiten, in denen Maxwell Standish mit seinem eigenen Verhalten nicht ganz zufrieden war.

Die Stimmung hielt nicht lange an. Jetzt klopfte er seine Pfeife auf dem Aschenbecher aus und stand etwas steif auf. »Oh! Man wird alt. Das kommt davon, wenn man sich tugendhaften Gedanken hingibt. Das ist in diesem Alter nicht mehr von

Nutzen. Jetzt kommt es darauf an, nach vorne zu schauen, diese Scheidung zu erledigen und in Abständen daran zu denken, daß man Vater ist. In großen Abständen. Es ist nicht gut, diese Dinge zu übertreiben.«

Angela sagte: »Wir wollen zum Strand zurückgehen. Das ist der beste Ort für einen Ritt.«

Heute war wieder Ebbe, die Wellen brachen sich mit sanfter Monotonie, der Strand war hart und feucht. Sie galoppierten bis zum anderen Ende, gewährten den Pferden eine Atempause und galoppierten weiter.

Angelas Gedanken waren in Aufruhr. Seinen Wall stürmen, mit anderen Worten zugeben, daß er die Geduldprobe letzten Endes gewonnen hatte? Max hatte gut reden.

Sie sprang vom Pferd.

»Ich setze mich ein bißchen auf die Felsen und ziehe meine Schuhe aus. Ich habe es gerne, wenn die Wellen meine Zehen umspielen.«

Der späte Nachmittag war wunderschön, der richtige Hintergrund für eine Romanze. Stephen sagte: »Dem Lamm geht es gut. Es ist ein Schaflamm. Ich werde es behalten. Du hast es gerettet.«

Nicht gerade ein sehr gefühlvoller Anfang, aber ein Fortschritt.

Es mußte doch eine passende Antwort geben, die ihn weiterbringen würde. Bevor sie sie finden konnte, platzte sie heraus: »Was hat Wyn dir an dem Abend auf der Farm erzählt?«

Er schoß sorgfältig einen flachen Kieselstein ab, so daß er hinter den Wellen über das ruhige Wasser hüpfte, dann sagte er: »Gesagt? Das Übliche. Wir diskutierten über moderne Literatur, unterhielten uns über die Farm und seine Arbeit... warte mal... O ja, eine Diskussion über die Redefreiheit an der Universität und ziemlich viel über die Atombombe. Diese Art Dinge.«

»Jetzt ärgere mich nicht; du weißt, daß ich das nicht meine. Was sagte er über – über mich?«

Dieses Mal wurde der Kieselstein noch genauer gezielt. Er hüpfte herrlich, und Stephen beobachtete ihn genau. Offensichtlich zufrieden mit seiner Leistung, sagte er: »Über dich? Laß mich einmal genau nachdenken. Er erzählte mir, daß du ganz anständige Anlagen hättest, gut für Sprachen, hoffnungslos für Naturwissenschaften. Daß du in gewissen Kreisen im College beliebt warst, und daß du das Beste aus deiner Zeit machtest. Er ließ durchblicken, daß du dich gut amüsiert hast.«

»Das habe ich mir gedacht. In welcher Weise amüsiert? Rede weiter. Er hat mehr gesagt.«

»Eigentlich nicht. Es waren zum großen Teil Andeutungen. Ich habe daraus entnommen, daß das intellektuelle Leben für dich das einzig Wahre ist, du aber im Augenblick eine Krise hast. Wie Millar sagte, ist das am Ende des Jahres bei den Studenten ein ganz normales Symptom, aber sie erholen sich wieder davon.«

»Wenn du weiter so redest, gehe ich nach Hause. Oder wenn du noch mehr Kieselsteine abschießt.

Ich wußte, daß er so etwas sagen würde, aber das war nicht alles.«

»Wie Frauen doch bohren können. Ich habe kein sehr gutes Gedächtnis, aber das war eigentlich alles. Es sollte wohl eine Warnung sein. Du stelltest dir angeblich vor, das Leben im Freien zu lieben, aber es war nicht echt. Er meinte, du wärst in der Stimmung, einen Fehler zu begehen. Wenn du es tätest, würdest du den Rest deines Lebens damit verbringen, es zu bedauern. Er erwähnte die unglückliche Ehe deiner Eltern und spielte darauf an, daß sich diese Dinge wiederholen könnten.«

»Dieser gemeine Kerl... Und er hat sich immer über Ehe und Scheidung lustig gemacht.«

»Ja, aber damals war er todernst. Er hat sogar völlig selbstlos darauf hingewiesen, daß es eine Schande wäre, zwei Leben zu verderben. Ein Wahnsinn zu glauben, du könntest fern von der Stadt und der Intelligentia glücklich werden. Ich nahm an, daß Intelligentia Dr. Millar bedeutete.«

Wie gut Wyn doch die Form gewahrt hatte. Trotzdem war Stephen verletzt gewesen.

Es entstand eine lange Pause, dann wandte er sich um und sah sie voll an. »Aber ich glaube nicht, daß er recht hatte. Oder, Angela?«

Wie leicht zu sagen: »Er hat sich völlig getäuscht«, ihre Hand in die seine zu legen und die Vergangenheit zu vergessen. Das war das Vernünftigste, was man tun konnte. Angela hatte nie den Drang zu Geständnissen verspürt, und sie war der Meinung, daß sowohl Männer als auch

Frauen dumm waren, wenn sie sich gegenseitig ihre Vergangenheit anvertrauten. Aber dieser Mann war Stephen. Und so sagte sie: »Er hatte nicht recht, aber etwas war auf seiner Seite. An der Universität versuchte ich, mit einem Kreis mitzuhalten, der bewußt intellektuell war. Ich paßte eigentlich nicht hinein, und ich hätte es sicher auch aufgegeben, wenn Wyn nicht gekommen wäre. Ich hatte mich in ihn verliebt und versuchte, so zu sein, wie er es mochte, ich las die Dinge und tat die Dinge, die die anderen taten, nur oberflächlicher.«

»Das habe ich aus dem entnommen, was er sagte.«

»Ja, das habe ich mir gedacht. Wir haben viel geredet und manchmal ein bißchen getrunken, aber das war alles. Ich hoffe, Wyn hat keine Orgien und Ausschweifungen angedeutet. Wir haben gerne geglänzt. Mein Fehler war, zu denken, ich könnte es weiter bringen.«

Sie hielt inne, aber er sagte nichts. Er war damit beschäftigt, noch einen Kiesel zu suchen, ihn aufzuheben, ihn genau zu betrachten und ihn dann wieder hinzulegen. Sie fuhr fort: »Eigentlich habe ich nichts zu gestehen. Es war ein ziemliches Tief, und ich sehe keine Notwendigkeit, irgend jemandem davon zu erzählen.«

»Warum willst du es dann tun?«

Sie wandte sich nun um und sah ihn an, und die Antwort stand in ihren ehrlichen Augen. »Wyn war sehr beliebt. Ich war unheimlich geschmeichelt, daß er mich auserwählte. Wir sahen uns recht häufig. Als er mich bat, ihn zu heiraten, wollte ich mich geschickt aus der Affäre ziehen, eine Geste machen. Ich hielt nichts von der Ehe. Zu Hause war sie so ein Fehlschlag gewesen. So sagte ich, ich würde seine Geliebte sein, aber ich wollte ihn nicht heiraten.«

Er beobachtete den Flug einer Möwe über den Wellen; er sah sie nicht an, und sie fuhr ziemlich verzweifelt fort: »Natürlich war ich im Innersten sicher, er würde es ablehnen. Aber das hat er nicht getan. Er war ganz erleichtert. Er hatte mich gar nicht heiraten wollen und hatte darauf gebaut, daß ich genau das sagen würde. Das machte mich wütend, und ich habe nicht mehr mit ihm gesprochen, bis er hier auftauchte.«

Es war heraus. Es war nicht notwendig gewesen, es ihm zu erzählen. Sie fand nicht, daß irgend jemand einen Anspruch auf die Vergangenheit des anderen hatte, jedenfalls hatte sie das immer behauptet, aber jetzt schien es, wie so viele andere zuversichtliche Behauptungen, falsch zu sein. Als er sprach, war sie über seine Worte erstaunt: »Deshalb warst du also so böse zu ihm.«

»Natürlich... Seine ungeheure Frechheit, so zu tun, als wolle er mich heiraten, obwohl es gar nicht stimmte. Das war eine schreckliche Beleidigung.«

»Das hat dich nicht so sehr beunruhigt, sondern daß du den Boden unter den Füßen verloren hast, plötzlich herausgefunden hast, daß du dich oberflächlich vergnügt hattest, nicht aufrichtig warst. Hättest du wirklich so gelebt, wie du es vorgabst, dann wäre es für dich überhaupt keine Beleidigung gewesen. Ganz nett und natürlich. Du bist etwas hart mit ihm gewesen. Letztlich war es doch dein Einfall, und du bist nie ehrlich mit ihm gewesen.«

»Es war eine grausame Heuchelei, aber es ist nicht leicht, wenn man einen Menschen wie Wyn sehr bewundert. Aber du sprichst, als wärst du auf seiner Seite. Hast du ihn doch gemocht?«

Er sah sie einen Moment an, dann sagte er kurz: »Ihn gemocht? Ich habe ihn gehaßt.«

»Warum hast du ihn dann auf die Farm eingeladen? Warum wolltest du uns zusammenbringen?«

»Es ist recht sinnlos, den Dingen auszuweichen. Man vergewissert sich besser.«

Ärgerlich dachte sie an den unglückseligen Tag zurück und fuhr fort: »Und du hast ihn immer im besten Licht gezeigt. Du wußtest, daß er ein guter Reiter war, und du hast mir kein Wort davon gesagt. Das war eigentlich gemein.«

Er grinste.

»Weil er besser reiten konnte als du? Er ist fast in allem gut. Es war sinnlos, ihn herunterzumachen oder anzugeben.«

»Na ja, du hast ihn mir erstaunlich aufgedrängt.«

»Es war am besten, um ihn völlig aus deinen Gedanken zu verbannen. Das hast du doch getan, oder?«

»Natürlich. Schon vor sechs Monaten. Du hättest nicht soviel Zeit zu vergeuden brauchen. Bist du sicher, daß du dich von dem, was er an jenem Abend gesagt hat, nicht hast abstoßen lassen?«

»Oh, lieber Himmel, nein. Ich bin doch kein kleines Kind. Ich wußte, wozu er fähig war. Aber wozu, zum Teufel? Das ist doch nur Geschwätz.«

Sie zögerte und sagte dann ehrlich: »Nein. Damals schien es mehr zu sein. Ich war sehr unglücklich. Aber alles, was ich jetzt empfinde, ist genau das – warum zum Teufel?«

»Das ist richtig. Vergiß alles. Angela, siehst du diesen Einschnitt in den Hügeln dort drüben? Wenn du auf die andere Seite sehen könntest, dann wäre dort genau die Farm. Unsere Farm.«

Eine Weile später sagte sie: »Die Männer sind komisch. Du scheinst nicht annähernd so wütend auf Wyn zu sein, wie du es sein solltest. Eine gewisse Solidarität, nehme ich an.«

Nach einer Minute sagte er zögernd: »Tut mir leid, dich enttäuschen zu müssen. Aber die Wurzeln des Übels scheinen weiter zurückzuliegen. Wütend bin ich auf deinen Vater.«

»Max? Was hat der mit ihm zu tun?«

»Alles. Ihr habt alle einen falschen Start bekommen. Ihr wart benachteiligt. Kinder haben ein Recht auf Sicherheit und Geborgenheit.«

»Oh, es ging uns gut. Wir haben ganz anständig überlebt. Und ich kann nicht über Max richten. Er bedeutet mir zu viel. Solange ich denken kann, habe ich ihn verehrt. Als ich klein war, hat er mir das Leben erträglich gemacht. Er war immer gut zu mir, und ich habe ihm Dinge erzählt, die ich niemandem erzählt habe außer dir. Und er hat dich gerne. Er hat mir gesagt, ich sollte keine Hemmungen haben, sondern deinen Wall stürmen. Kurz, ich sollte dir nachlaufen.«

»Ein guter Mann. Wenn das so ist, wollen wir nicht mehr darüber reden. Ich werde heute abend demütig zu ihm gehen und ihn um die Hand seiner Tochter bitten. Wann wirst du mich heiraten, Liebling?«

Sie hatte nie gedacht, daß er so sprechen könnte, sich so verhalten könnte. Aber jetzt sagte sie: »Ich bin erleichtert, daß du mir endlich einen richtigen Heiratsantrag machst. Aber wir werden eine Zeitlang warten müssen. Ich muß erst darauf achten, daß Freddie einen guten Start bekommt. Arme kleine Freddie. Sie ist von mir abhängig, und sie wird so einsam sein. Jemand muß nach ihr sehen. Die Wohnung wird für sie eine Art Zuhause sein, bis sie sich an das Krankenhausleben gewöhnt.«

»Sie wird zurechtkommen. Ihre Ferien kann sie immer auf der Farm verbringen, und außerdem wird Blake nach ihr sehen.«

Bei sich dachte er: »Da hat wieder dieser verdammte Standish schuld. Warum kann er nicht für seine eigene Tochter sorgen?«

Viel später sagte Angela: »Wir sollten gehen. Nicht daß ich Lust dazu hätte. Schön zu denken, daß dies nicht unser letzter gemeinsamer Ritt ist. Wir werden weiter reiten zu zweit...«

Er sprach für sie zu Ende: »Bis ans Ende des Lebens gemeinsam gefeit.«

»Du hast das Gedicht also gefunden. Du bist eine Frau mit festen Entschlüssen.«

»Schrecklich. Laß dich warnen. Es hat mir sehr gefallen.«

»Mir auch.« Dann änderte sich plötzlich sein Ton, als er ihr half, aufs Pferd aufzusteigen: »Aber du lieber Himmel, stell dir nur einen Schaffarmer vor, der Gedichte aufsagt. Oder die Frau eines Schaffarmers. Wir wollen keine schlechten Gewohnheiten annehmen. Ich wollte dir übrigens noch die Gewichte sagen, die wir für die Lammwolle verwenden.«

Dieses Mal war sie über den Themenwechsel nicht böse. Sie begann, Stephen zu verstehen.

Übrigens, »wir« war ein schönes Wort.

19

Freddie sagte: »Oh, Angela, wie himmlisch. Ich habe mir so sehnlichst gewünscht, daß das passiert. Stephen ist ein Goldschatz, und die Sache mit der Farm klingt herrlich. Ich wollte so sehr, daß jemand heiratet, bevor unsere Ferien in Tainui zu Ende gehen. So sollte es in einem Sommerurlaub sein, und die anderen waren in dieser Hinsicht einfach enttäuschend.«

»Na ja, ich bin froh, daß wir uns nicht gedrückt haben. Jonathan und Stephen sind am Tor.«

Dr. Blake sagte: »Wichtige Neuigkeiten, Angela. Noch ein Happy-End für Freddie. Stephen ist ein Glückspilz.«

»Aber wo ist er?« fragte Freddie. »Ist er schüchtern, oder was ist los? Jonathan, sollen wir das Feld räumen?«

Angela lachte. »Ihr braucht euch keine Sorgen über Stephen zu machen. Er ist kein schüchterner Angsthase, obwohl er ziemlich still ist. Er ist zu Max gegangen, um ihn um meine braune und einfache Hand zu bitten.«

Freddie war ganz hingerissen. »O Angela, wie phantastisch. Ich wette, Vater freut sich. Es ist ganz wie in einem dieser altmodischen Romane.«

»Stephen ist ein ziemlich altmodischer Mensch. Schrecklich konventionell.«

»Oh, das wirst du ihm schon austreiben, und es

ist nett, weil Vater sich wie ein richtiger Vater fühlen wird, und das ist ihm noch nie passiert, oder?«

Sie dachten beide einen Augenblick lang über diesen strittigen Punkt nach und kamen dann stillschweigend überein, nicht weiter darüber zu reden.

Freddie fragte: »Wann werdet ihr heiraten? Sie werden mir doch sicher einen Tag freigeben? Kann ich Brautjungfer werden?«

»Natürlich. Ich habe nie an jemand anderes gedacht, obwohl es sehr selbstlos von mir ist, denn alle werden nur die Brautjungfer ansehen und nicht die Braut. Aber bis zur Hochzeit wird es noch etwas dauern. Erst möchte ich sehen, wie es dir im Krankenhaus gefällt.«

»O nein. Wegen mir dürft ihr keinen Tag länger warten. Ich komme wunderbar zurecht. Das ist wirklich wahr, und...« Hier entdeckte Freddie zu ihrem äußersten Entsetzen und Ärger, daß diese tückischen Tränen wieder einmal ihre Augen überfluteten.

Dieses Mal zog sie niemand auf. Angela ging schnell zu ihr und sagte: »Meine Liebe, du wirst nicht einsam sein. Wenn wir verheiratet sind, ist die Farm dein Heim. Stephen hat es gesagt. Und wenn es dir im Krankenhaus nicht gefällt, kannst du direkt zu uns kommen. Oh, ich bin ein richtiges Scheusal, daß ich dich im Ungewissen lasse.«

»Aber das stimmt überhaupt nicht. Bitte, nimm keine Notiz von mir. Es ist einfach eine gräßliche Angewohnheit, und es braucht seine Zeit, sie zu überwinden. Außerdem weine ich jetzt eigentlich überhaupt nicht mehr. Bitte laßt euch durch mich nicht aufhalten. Irgendwie fühle ich mich heute abend durcheinander.«

»Ach du lieber Gott«, sagte Jonathan. »Doch nicht schon wieder fettes Schweinefleisch?«

Sie lachte und bekämpfte ihre Tränen. »Natürlich nicht. Es ist mein Herz, nicht mein Magen. Ich freue mich so sehr, daß Angela und Stephen heiraten werden. Es ist eine solche Erleichterung.«

»Warum? Hattest du Angst, daß ich als alte Jungfer enden würde?«

»Nicht nur das ... ich meine, das überhaupt nicht, Angela, denn du bist so attraktiv. Aber jeder mußte einfach nervös werden, als dieser Dr. Millar auftauchte und versuchte, alles durcheinander zu bringen und Vater noch dazu so wenig von der Ehe hielt. Ich dachte, er könnte dich in dieser Hinsicht ungünstig beeinflussen, du magst ihn doch so gerne.«

»Das hat er nicht getan. Ganz im Gegenteil. Er mag Stephen, und er sagte... und Wyn hat die Dinge nicht durcheinander gebracht, obwohl er natürlich versuchte... Aber du darfst nicht glauben, daß du bald einsam sein wirst, denn es dauert Ewigkeiten, bis man eine Aussteuer hat, und außerdem wird Stephen wahrscheinlich eine Menge wichtiger Dinge auf der Farm zu tun haben, bevor er Zeit findet, zu heiraten.«

»Das sagst du nur so, und ich will nicht, daß ihr es wegen mir verschiebt. Ich werde wirklich nicht einsam sein, und wieviele Mädchen haben kein Zuhause.«

Jonathan sagte plötzlich ganz ruhig: »Viele, aber du wirst nicht wie sie sein. Du wirst eine Art Zuhause haben, nicht so schön wie die Wohnung natürlich, aber besser als nichts.«

Angela sah erstaunt auf. Hatte dieser äußerst zurückhaltende junge Mann plötzlich den Kopf verloren und machte ihr nun einen Heiratsantrag? Es wäre wohl besser, schnell aus dem Zimmer zu gehen? Aber er fuhr ruhig fort: »Zu der Praxis gehört ein Haus, weißt du, und – was noch wichtiger ist – eine sehr gute und ziemlich alte Haushälterin. Der alte Knabe, von dem ich es gekauft habe, war Witwer, und Mrs. James hat jahrelang für ihn gesorgt. Jetzt hat sie eingewilligt, mich zu übernehmen, und ich glaube, du wirst sie gerne mögen. Du siehst also, es wird gar nicht unschicklich für dich sein, dort eine Art Zuhause zu haben.«

Ihre Augen leuchteten. »O Jonathan, wie herrlich. Natürlich wird das ganz in Ordnung sein, denn du bist soviel älter. Oder ich könnte sagen, ich wäre deine Schwester, wenn dir das lieber ist.«

Angela lachte schelmisch; sie amüsierte sich über dieses Meisterstück an Takt. Jonathan jedoch nicht, und er sagte etwas kurz angebunden: »Das ist mir nicht lieber. Nur keine falschen Töne. Und was mein hohes Alter betrifft, so könnte das vielleicht nicht als Sicherheit gelten, aber bei Mrs. James ist das anders. Das ist also geregelt.«

»Und du meinst, ich könnte manchmal an meinem freien Tag dorthin gehen, falls ich niemanden habe, der mit mir ausgeht?«

»Nun laß nicht wieder den Kopf hängen. Natürlich wirst du jemanden haben, der mit dir ausgeht... Vielleicht ein bißchen alt, fürchte ich, aber vom Standpunkt des Schwesternheims sicher vertretbar.«

»O Jonathan, du bist so lieb. Es klingt alles himmlisch, besonders die Sache mit dem Haus. Es kommt mir so vor, als hätte ich ein richtiges Heim.«

»So ungefähr«, sagte Jonathan, aber er drehte sich plötzlich zum Fenster um, so daß sie seinen Gesichtsausdruck nicht sehen konnte. Stephen war nicht der einzige Mann, der an diesem Abend nicht gut von Maxwell Standish dachte.

Jetzt sagte Freddie: »Ich wünsche, Stephen würde kommen. Dann kann er uns erzählen, was Vater gesagt hat. Ich sterbe vor Neugierde.«

»Das wirst du nicht tun. So etwas habe ich doch noch nicht gehört. Warte, bis du selbst dran bist. Dann kannst du es herausfinden.«

»Wenn ich jemals dran sein werde.«

»Warum nicht? Du legst doch kein Gelübde als Nonne ab.«

»Ich weiß, aber ich kann mir nicht vorstellen, daß ich jemals heiraten werde.«

»Aber du wirst eine wunderschöne Braut abgeben«, tröstete sie Angela, »ganz stolz und lieblich, und die Leute werden sich umdrehen und mit verhaltenem Atem sagen: ›Ah.‹ Nicht ein gewöhnliches kleines dunkles Mädchen wie ich.«

»Wie kannst du so etwas sagen, Angela, wo du weißt, daß du wirklich hübsch bist. Ich wette, Stephen ist derselben Meinung. Nein, es ist der Gottesdienst, der mir Sorgen macht.«

»Ist es das ›folgen‹, das dir im Halse steckenbleibt?« fragte Jonathan interessiert.

»O nein. Ich würde jedem gerne folgen, wenn ich ihn wirklich liebe. Nein«, und jetzt senkte sie ihre Stimme zu einem beschämten Flüstern, »nein, es sind die Namen.«

Angela lachte, aber Jonathan sah sie fragend an. »Die Namen? Was stimmt denn nicht mit Fredericka? Er ist natürlich ziemlich lang, aber äußerst eindrucksvoll.«

»Das ist schon schlimm genug, aber der andere. Ich muß eine ganz stille Trauung haben. Nein, Jonathan, ich kann es dir nicht sagen. Du würdest lachen, und es ist schrecklich beschämend.«

Er sagte mit liebenswürdiger Resignation: »Gut. Mach dir keine Sorgen. Irgendwann werde ich es doch erfahren müssen, aber ich kann warten.«

»Darin bist du groß, nicht wahr?« sagte Angela verschmitzt. Dann fuhr sie mit einem kleinen schelmischen Lächeln fort: »Mach dir darüber keine Gedanken, Freddie; wir werden mit dem Pfarrer reden, wenn die Zeit gekommen ist. Er kann irgend etwas murmeln. Mach dir keine Gedanken. Denk an den Spaß, den wir auf der Farm haben werden. Reitpferde und viele Tiere und große knisternde

Feuer am Abend, die soviel schöner sein werden als Jonathans klägliche in der Stadt. Und viele junge Männer, denn Mädchen sind auf dem Land eine Rarität. Stephen wird dich mit zum Tanz nehmen und dir Dutzende vorstellen, und du wirst eine turbulente Zeit haben. So wirst du letzten Endes wahrscheinlich einen Farmer heiraten wie ich und ganz in meiner Nähe leben und...« Jetzt verdarb Angela die ganze Wirkung, als sie den finstern Blick von Dr. Blake auffing und in Gelächter ausbrach. Auch er begann zu lachen. Freddie lächelte höflich, war jedoch durch den Scherz offensichtlich verwirrt.

»Es ist nett von dir, Angela, daran zu denken, aber irgendwie ...«

An diesem Punkt trat Stephen ins Zimmer, und sie war dankbar, den Satz unbeendet lassen zu können. Was hatte sie genau sagen wollen? Sie mußte sich einfach angewöhnen, bis zehn zu zählen, bevor sie überhaupt irgend etwas sagte.

Als Bill am nächsten Morgen in sein Auto kletterte, sagte er zu seinen Schwestern: »Also bis dann, meine Kinder. Es war eine gute Idee. Wir müssen das unbedingt wiederholen.«

Aber seine Gedanken waren schon mit der Karriere, die auf ihn wartete, beschäftigt. Morgen würde er seine Arbeit wieder aufnehmen. Er wollte arbeiten, wie er noch nie gearbeitet hatte, und es Dinahs Eltern zeigen. Aber hier riß er sich zusammen. Zum erstenmal erkannte er, daß es eigentlich nicht sehr darauf ankam, was er Dinahs Eltern zeigte.

Wichtig war, was er Dinah zeigen konnte, und ihr schien es sonderbarerweise nicht so sehr auf Erfolg anzukommen.

Na ja, das war eben nur eine Frage der richtigen Taktik. Mit der Aussicht auf die Arbeit kehrte die Zuversicht zurück. Wenn noch irgendwelche Zweifel vorhanden waren, so schob er sie bestimmt zur Seite. Auf diese Weise bekam man nicht, was man wollte.

Natürlich mußte sie diese Reise machen. Er war nicht so dumm, sich vorzustellen, daß er es hätte verhindern können, auch wenn er es gewollt hätte. Aber es blieben noch ein paar Wochen, bevor sie abreiste, und er wollte einmal sehen, was eine völlig neue Taktik ausrichten konnte. Jedenfalls, er konnte warten.

Blake war nicht der einzige, der so vorging. Freddie fand, daß er hübscher denn je aussah, aber sie kam zum dem Schluß, daß er nicht, wie sie zuerst gemeint hatte, wie ein Dichter aussah. Die Linien seines Gesichts waren etwas zu hart und entschlossen dafür.

»Auf Wiedersehen, Bill«, rief sie. »Grüße Dinah von uns.«

»Und arbeite nicht zu hart«, fügte Angela hinzu.

»Die Arbeit tut mir nicht weh. Ich bin wieder so kräftig, daß ich es gar nicht abwarten kann. Alles Gute für das große Glück, Freddie, und auch für deines, Angela. Lieber Himmel, wie korrekt wir alle sind. Komm Vater. Jetzt bist du an der Reihe, etwas Passendes zu sagen.«

Standish sah heute morgen sehr gut und absolut nicht väterlich aus. Zuerst küßte er Anna sehr herzlich und mit einem schelmischen Seitenblick auf Freddie, dann Angela mit der besonderen, etwas spöttischen Zärtlichkeit, die er ihr gegenüber an den Tag legte, und zuletzt Freddie.

»Tja, ich habe mich gefreut, euch wiederzusehen«, sagte er nicht ganz passend. »Angela, ich glaube, wir werden uns vor der Kirche wiedersehen? Muß ich den ernsthaften Vater spielen und dich Stephen übergeben?«

»Nur wenn du möchtest, Max – aber ich würde mich so sehr freuen, wenn du kommen würdest.«

Einen Augenblick lang sah er zerknirscht aus, lächelte sie dann an und sagte: »Aber natürlich werde ich kommen.« Dann konnte er es nicht lassen zu sagen: »Aber warte bitte damit, bis deine Mutter in andere Gefilde abgereist ist. Unter den gegebenen Umständen wäre es für uns ziemlich schwierig, das Kirchenschiff Arm in Arm entlangzuschreiten.«

Unmöglich, nicht zu lächeln, aber Angela sagte: »Ich werde mich genau danach richten. Es muß jedoch vor dem Winter sein. Auf Wiedersehen, mein Guter. Streng dich an und sei nett zu Mutter.«

»Ein Rat von Tochter zu Vater – das ist die moderne Art«, spottete er, dann setzte er sich neben Bill, hob zum Abschied würdevoll die Hand und war weg.

Die Mädchen drehten sich traurig um und gingen in das leere Haus zurück, und Freddie sagte: »Ist es nicht schrecklich, sie wegfahren zu sehen?«

»Oh, ich weiß nicht. Bill kann es kaum abwarten, wieder zu arbeiten, und Max ist es schon hoch anzurechnen, daß er es so lange ausgehalten hat.«

»Ja, das stimmt – und er ist unheimlich nett. So lange habe ich ihn noch nie zuvor erlebt. Außerdem sieht er für sein Alter noch sehr gut aus. Ich hoffe nur, daß er nicht den Kopf verliert und irgend jemand heiratet. Oh, wie sehr ich wünsche...«

»Was wünschst du jetzt schon wieder? Mach kein so tragisches Gesicht.«

»Tue ich ja gar nicht, aber ich wünsche mir einfach so sehr, daß du eine richtige Hochzeit hättest, wie andere Mädchen. Eine Mutter und ein Essen im Haus der Braut, der feierliche Start vor der Haustür, den alle Nachbarn von ihren Fenstern aus verfolgen würden, und ein Wagen mit weißen Bändern. Oh, da bist du ja, Jonathan. Findest du es nicht schrecklich, daß Angela eine ziemlich dürftige Hochzeit haben wird? Vielleicht sogar auf einem Standesamt.«

»Aber nie im Leben wird die Hochzeit dürftig sein. Der Hochzeitszug wird von der Wohnung aus starten, und die Nachbarn werden Augen machen. Natürlich wird Max mich führen – er hat nur angegeben. Und Jonathan wird Brautführer, nicht wahr? Und wir werden ein erstklassiges Essen im besten Hotel haben. Es sei denn, du hättest es lieber in der Wohnung und würdest es selbst kochen?«

»Um Himmels willen, nein. Stell dir vor, ich würde dich mit den schrecklichsten Magenschmerzen auf deine Hochzeitsreise schicken. Das klingt phantastisch, Angela, und es ist etwas, worauf man sich freuen kann. Ein herrlicher Hochzeitskuchen und massenhaft gutes Essen. Monika Dickens sagt, die Krankenschwestern seien immer halb verhungert. Vielleicht dürfte ich ein paar von den Mädchen mitbringen. Und herrlicher schäumender Champagner und ...«

»Und Jonathan ist da, der aufpaßt, daß du keinen Gin anrührst«, sagte er, und Angela wunderte sich, warum Freddie tief errötete und dann zu lachen begann.

20

Die letzte Woche verging schnell. Im Haus gab es viel zu tun, denn es mußte makellos verlassen werden, so daß jeder zurückkommen konnte, wann er Lust dazu hatte. Anna sollte den Schlüssel aufbewahren, und Angela würde die Zimmer lüften, wenn sie von der Farm herunterkam.

»Die Hausarbeit macht mir nichts aus, wenn sie für mein eigenes Heim ist«, sagte Freddie, die eifrig arbeitete. »Und das hier ist doch wie ein Familienheim, wo wir uns alle versammeln können. Komisch, daß wir damit warten mußten, bis wir erwachsen waren.«

»Vielleicht freuen wir uns deshalb alle so darüber. Wenn wir es immer gehabt hätten, wäre es überhaupt nicht aufregend. Ich kann Stephen immer weglaufen und hierher kommen, und du kannst zum Postamt entwischen, den Bus nehmen und dich in Tainui verstecken, wenn du es im Krankenhaus einmal nicht mehr aushältst. Ich bin sicher, niemand vom Dorf würde dich verraten.«

»Nein, aber irgendwie glaube ich, ich könnte Jonathan nie entwischen, und ich bin sicher, ich werde es nicht nötig haben, denn entweder werde ich eine gute Krankenschwester, oder ich haue ab.«

»Das klingt hervorragend«, sagte Jonathan von der Tür her. »Und wie gründlich du dieses oberste

Regel putzt, Freddie. Das ist eine gute Übung.« Aber sie antwortete nur finster, daß das noch gar nichts sei, verglichen mit den scheußlichen Dingen, die man im Krankenhaus tun müßte, wenn das, was man hörte, stimmte.

Stephen sagte: »Ihr müßt euch einfach einen Tag frei machen und mit auf die Farm kommen. Freddie hat sie noch nicht einmal gesehen, und ich möchte mit dir über einige Veränderungen sprechen, Angela. Dann kann ich anfangen.«

Sie stimmten zu, aber als Angela Anna Lorimer anvertraute, daß Stephen Veränderungen vornehmen wollte, sah sie bestürzt aus.

»Laß ihn nichts machen, bevor du nicht ein Auge darauf haben kannst. Mit dem Haus ist er ganz schrecklich. Ich glaube ehrlich, daß er es gar nicht sieht, er nimmt es nur als eine Art Unterschlupf zum Essen, Schlafen und Lesen. Er ist wie die meisten männlichen Einkäufer und sagt: ›Oh, schon gut, das wird es schon tun.‹ Er ist in diese kleine Stadt gefahren und hat für das Außenschlafzimmer Tapeten ausgesucht. Sieh sie dir einmal an, dann verstehst du, was ich meine.«

Da sie nur zu fünft waren, nahm Jonathan Anna und Freddie in seinem eigenen Wagen mit. Es war ein herrlicher ruhiger Tag, und der gefährliche Fluß plätscherte sanft in seinem Bett. »Ich finde das einfach wundervoll«, rief Freddie und atmete tief. »Solche Büsche habe ich noch nie gesehen. Vielleicht wäre es doch besser gewesen, wenn ich eine Arbeit auf dem Land angenommen hätte.«

»Ja, aber dann?« fragte Anna als praktisch denkender Mensch. »Die Hausarbeit ist ungefähr die einzige Beschäftigung, und die meisten Frauen auf dem Lande ziehen es vor, ohne Hilfe zu arbeiten.«

»Na ja, wenn ich fertig bin, werde ich vielleicht eine Bezirkskrankenschwester mit eigenem Wagen, fahre ins Hinterland und bringe einsamen Menschen Hilfe und Trost«, sagte sie tief gerührt.

Jonathan zeigte keine Begeisterung. »Aus diesen Kurven kämst du wahrscheinlich nicht lebendig heraus. Und du hättest es bald satt. Du weißt, daß du die Stadt, die Leute, Filme und Tanz liebst.«

»Ja, ich glaube, das stimmt. Aber vielleicht wird das anders. Man überwindet die Vergnügungssucht, wenn man älter wird. Aber vielleicht wäre es etwas langweilig, vor allem, wenn man verheiratet ist, und sich auf einer Farm niedergelassen hat. Natürlich nicht mit Stephen«, sagte sie hastig, in der Befürchtung, Miss Lorimer könnte beleidigt sein. »Aber die Farmer haben soviel Arbeit, und sind immer draußen, und man muß sich dann mit den Schafen begnügen, und ich finde, sie haben einfach dumme Gesichter.«

Als sie die Farm erreichten, unterhielt sich Stephen mit Andy in der Hütte. Er kam zufrieden lächelnd zurück.

»Dieser Blinddarm hat Andy und mir gute Dienste geleistet, und aus demselben Grund. Dort war ein Mädchen, oder besser gesagt, eine sehr nette

Frau. Sie half ihm in seinem Leid, und alles ist gut.«

»Du meinst, daß er sich verlobt hat?« fragte Freddie eifrig.

»Ja. Er hat es mir soeben ausgesprochen unromantisch mitgeteilt. Er hat gesagt, er würde ›es auch tun‹. Er hat ihr im Krankenhaus einen Heiratsantrag gemacht. Ich weiß zwar nicht, wie er sich so weit durchgerungen hat, aber vielleicht war er noch im Delirium. Ist ja auch egal, jedenfalls wird auch er in diesem Herbst heiraten.«

»Oh, wie herrlich«, rief Freddie, aber wie Jonathan richtig bemerkte, hätte sie sich in ihrer gegenwärtigen Verfassung über die Ankündigung jeder Heirat gefreut, sogar über die von einem Dr. Crippen.

»Angela braucht also nicht mehr für ihn zu kochen«, sagte Stephen, »und wir werden das Haus für uns allein haben.«

Sie lächelten einander an, und Freddie, die den Blick auffing, fühlte wieder diesen eigenartigen Stich in der Herzgegend und verdrängte ihn wütend als Egoismus.

»Du lieber Himmel, ich muß mich sofort um einige Zimmerleute bemühen, damit beide Häuser in Rekordzeit in Ordnung gebracht werden. Hier muß neu angestrichen und tapeziert werden. Schade, daß du die Tapeten nicht selbst aussuchen kannst, Angela, aber ich glaube, ich komme schon zurecht. In der Stadt haben sie sicher welche, die gut genug sind.«

Aber Angela hatte Zeit gehabt, allein das kleine Außenschlafzimmer zu betrachten. Voller Entsetzen hatte sie gesehen, daß Miss Lorimer mit ihrer Warnung im Recht gewesen war. Sie sagte verräterisch, wobei sie Annas Blick mied: »Laß zuerst Andys machen. Dieses Haus ist im Augenblick völlig in Ordnung. Mehr Zimmer brauchen wir nicht, und das Anstreichen und Tapezieren kann noch warten. Es ist viel einfacher, wenn ich an Ort und Stelle bin, und es macht soviel Spaß, gemeinsam auszuwählen. Außerdem gefällt es mir, wie es ist.«

Freddie strahlte sie beide zustimmend an, und als sie gegangen waren, sagte sie: »Das nenne ich wahre Liebe, denn ich könnte einfach mit diesen Wänden in der Küche nicht leben. Viel zu düster. Aber ich glaube, wenn man frisch verheiratet ist, machen einem solche Dinge wie öde braune Wände nichts aus.«

»Natürlich nicht«, stimmte ihr Jonathan ernsthaft zu. »Dann ist alles rosarot, sogar die Küche. Und jetzt würdest du besser etwas Takt beweisen, Freddie, und mit mir und Miss Lorimer spazierengehen. Stephen sagt, er würde später mit dir ausreiten.«

Am Abend vor ihrer Abreise gingen Jonathan und Freddie zu Matron, um sich zu verabschieden. Sie saß auf ihrer kleinen Veranda, beobachtete, wie der farbenfrohe Sonnenuntergang sein Abendwunder vollbrachte und den Schlammpfützen einen Augenblick der Schönheit verlieh.

»Ihr reist also morgen ab. Schicke mir eine Postkarte, damit ich weiß, wann du anfängst, und dann werde ich an deinem ersten Tag im Krankenhaus an dich denken. Lieber Himmel, wie einen das zurückversetzt!«

»Können Sie sich noch an Ihren ersten Tag erinnern? Wahrscheinlich sind alle ziemlich unfreundlich, oder nicht?«

»Na ja, es ist alles sehr fremd, und die anderen weisen einen zurecht, wenn man ihnen Fragen stellt. Zumindest war es so, aber jetzt ist es sicher anders. Zu meiner Zeit zählten die Lehrlinge einfach nicht. Heute sind sie kostbar, weil sie so selten sind. Ich halte nichts von übertriebenem Verhätscheln. Wenn ein Mädchen es in sich hat, Krankenschwester zu werden, dann wird sie sich unaufhörlich bemühen. Aber natürlich würde das moderne Fräulein nicht mehr das auf sich nehmen, was wir tun mußten. Das brauchen sie auch nicht, meint Dr. Blake. Vielleicht hat er recht, wenn sie nur lernen, vorsichtig und freundlich zu sein und keine Angst vor harter Arbeit zu haben. Du wirst dich schon zurechtfinden, Freddie.«

»Werde ich das wirklich? Ich habe fürchterliche Angst.«

»Das ist nicht notwendig, denn es wird wieder fast wie in der Schule sein, und das hast du doch gerne gemocht. Im Anfang geht man nicht auf die Station. Nur Unterricht, und das wirst du spielend schaffen. Dann kommt die eigentliche Krankenpflege, der schmerzende Rücken und die wunden Füße.«

»Ich glaube nicht, daß mir das viel ausmachen wird. Mein Rücken verträgt schwere Arbeit ziemlich gut; das ist der Vorteil, wenn man viel Sport getrieben hat. Und meine Füße tun nie weh. Angela sagt, es sei, weil sie ziemlich groß sind, aber das sind sie für meine Länge eigentlich gar nicht. Und außerdem habe ich eben eine größere Fläche, auf der ich stehe.«

»Gut, das ist die richtige Einstellung. Ich mag Leute nicht, die immer nörgeln.«

»Oh, wenn ich das möchte, dann kann ich bei Jonathan nörgeln. Er sagt, es mache ihm nichts aus.«

»Das glaube ich wirklich auch, denn so möchte er es«, sagte Matron geheimnisvoll. »Besser nörgeln als gar nichts«.

»Aber ich wünsche, Sie wären da, damit ich mit Ihnen reden könnte. Sie waren so unheimlich lieb zu mir, Matron.«

»Lieb? So nennt man mich zum erstenmal. Ich muß daran denken, es in meine Memoiren zu schreiben.«

»Und ich will genauso wie Sie werden, wenn ich alt bin. Ich habe mich entschlossen, mich um ein kleines Krankenhaus auf dem Land zu bemühen, wenn ich fertig ausgebildet bin.«

»Vor zwei Tagen wolltest du noch Bezirkskrankenschwester werden«, erinnerte Jonathan sie unfreundlich. »Du wolltest in einem großen Wagen über Land fahren und Aufregung in friedliche Häuser bringen.«

»Ja, es kann sein, daß ich das tue, solange ich jung genug bin – zwar keine Aufregung, das ist einfach häßlich von dir, Jonathan, aber die Bezirksschwester. Aber danach werde ich in einem Ort wie diesem leben und mich um das Krankenhaus kümmern, bis ich wirklich alt bin, und danach...«

»Danach wirst du dich in ein Häuschen im Dorf zurückziehen und dasitzen und das Leben beobachten wie ich. Hör bloß auf, mein Kind. Daran werde ich dich in ein paar Jahren erinnern. Nun auf Wiedersehen, Jonathan. Ich bin überhaupt nicht einer Meinung mit Ihnen, aber vielleicht weißt du, was du tust. Wir werden das in zwei Jahren sehen. Auf Wiedersehen Freddie. Ich werde euch beide sehr vermissen.«

Sie ging in ihr kleines Haus. Sie konnte Freddies fröhliche junge Stimme hören, als sie den Hügel hinuntergingen, und eine Minute lang stand sie da, bis die Worte verhallt waren, dann drehte sie sich tapfer um und ging in die Küche. Sie mußte mit dieser indischen Würztunke beginnen, die sie dem Roten Kreuz nächste Woche für den »Bringen-und-Kaufen-Basar« versprochen hatte.

Zu Angela sagte Miss Lorimer: »Ich wünsche, ihr hättet hier heiraten können. Von meinem Haus aus. Alte Jungfern träumen von Hochzeiten, und das ist für mich eine ganz besondere.«

»Ich würde nichts lieber tun als das, aber das ist einfach nicht möglich. Freddie kann nicht lange genug frei bekommen, um die weite Reise zu machen, und sie muß meine erste Brautjungfer werden. Bei Shelaghs Hochzeit war sie viel zu dick, und jedes Mädchen hat das Recht, einmal Brautjungfer zu sein. Aber Sie werden doch kommen, nicht wahr?«

»Natürlich werde ich kommen. Davon könnt ihr mich nicht abhalten. Hat sich mein sentimentales, tantenhaftes Herz nicht eben danach gesehnt?«

Angela drückte ihren Arm und sie lachten beide. »Sie waren immer so diskret, und Sie haben alles so klug geplant. Max sagte, Sie hätten Andy einen Blinddarmbazillus eingepflanzt, wenn Sie gekonnt hätten.«

»Dein Vater hat immer schlechte Gedanken. Wenn ich aber einen netten kleinen Grippebazillus oder Windpocken hätte einfangen können, dann wäre ich schon in Versuchung gekommen, obwohl ich Andy sehr gerne mag. Aber das Schicksal hat eingegriffen; obwohl Stephen auch ohne den Blinddarm sein Ziel erreicht hätte. Aber ich kann einfach nicht verstehen, warum er so lange dazu gebraucht hat.«

»Ich glaube, er wollte das Gelände erforschen.«

Aber bei sich dachte sie auch, daß sie sich darüber wohl immer etwas wundern würde. Verstand sie ihn wirklich? Verglichen mit Wyngate Millar schien er so einfach, so direkt, aber irgendwie wußte sie, daß er anders war.

Im Augenblick machte sie sich jedenfalls darüber keine Sorgen.

Die ganze Zukunft lag vor ihr.

»Lächerlich«, bemerkte Anna kurz und wechselte dann das Thema. »Morgen reist ihr drei also in die Stadt und Stephen auf die Farm. Ich werde wirklich sehr traurig sein. Ich muß mit einem neuen Buch beginnen, um mich bei guter Laune zu halten. Und ihr braucht mit keinem langweiligen alten Bus oder mit dem schrecklichen Zug zu fahren, wie ich höre. Ihr reist vornehm die ganze Strecke in Jonathans Wagen.«

»Ja. Er hatte es alles geplant. Ich bat ihn, anzurufen und unsere Plätze reservieren zu lassen, und da sagte er mir kühl, daß das nicht nötig sei, weil er an demselben Tag dieselbe Strecke reisen würde.«

»Das kann ich mir denken. Ich glaube, wir können Dr. Blake vertrauen, daß er immer einen kühlen Kopf bewahrt.«

»Freddie war sehr darauf bedacht, ihm nicht zuviel Umstände zu machen. Sie versicherte ihm, wir würden gut zurechtkommen, und sie würde nicht mehr im Traum daran denken, sonderbare junge Männer im Zug aufzulesen. Sie hätte jetzt auch viel Geld und müßte sich mit niemandem mehr gut stellen, um eine Tasse Kaffee zu bekommen. Er hatte ernsthaft zugehört und sagte dann, daß er sich sehr darüber freue, aber sein Plan bliebe unverändert.«

»Da bin ich sicher. Das wird immer so sein. Trotzdem, es gibt Augenblicke, wo ich mit dem jungen Mann Mitleid habe. Er wird etwas erleben«, sagte Miss Lorimer und lachte.

Am nächsten Morgen starteten die beiden Autos fast zu gleicher Zeit.

Stephen, der jeden Tag gesagt hatte, daß er abfahren müsse und dann doch bis zur letzten Minute geblieben war, entbrannte plötzlich vor Eifer für das Wohl seiner Farm. Als seine Tante ihn bat, noch ein oder zwei Tage zu bleiben, bemerkte er ungeduldig, daß er in diesem Sommer schon Zeit genug verschwendet habe.

»Verschwendet?« fragte sie, und sein Lächeln war Antwort genug. Sie machten alle eine Runde, um sich zu verabschieden, beim Bäcker, bei der Milchbar, beim Postamt und besonders bei Mrs. Youngson. Sie lächelte ihr sanftes friedliches Lächeln und wünschte ihnen viel Glück.

»Wir haben gehört, das Haus soll nicht verkauft werden. Dann werdet ihr wohl manchmal zurückkehren. Das ist schön. Wir werden euch vermissen. Wir haben etwas vom Leben gesehen, seit ihr hierher gekommen seid.«

»Wir auch«, antwortete Angela und lachte. »Man muß nach Tainui kommen, um das Leben richtig kennenzulernen«, fügte sie hinzu.

Der Abschied zwischen Stephen und Angela war öffentlich und zurückhaltend, aber als er sich von Freddie verabschiedete, beugte er sich plötzlich zu ihr und küßte sie auf die Wange. »Vergiß nicht, daß die Farm immer für dich da ist«, sagte er, bemüht, jeden Anklang von Mitleid aus seiner Stimme zu verbannen. »Und du fängst an, gut zu reiten.«

Dann stieg er schnell in sein Auto, winkte ihnen allen zu, sah noch einmal zurück, lächelte Anna zu und fuhr weg.

»Wie nett er ist«, sagte Freddie, die eine hartnäckige Träne entschlossen ignorierte. »Aber er braucht kein Mitleid mit mir zu haben. Ich werde zurückkommen.«

In letzter Minute sprang sie aus dem Wagen, warf dabei ihre Tasche, Jonathans Straßenkarte und Angelas Zigaretten auf die Straße und lief zu Anna, die etwas abseits von der kleinen Zuschauermenge auf dem Bürgersteig stand, und legte beide Arme um sie.

»Auf Wiedersehen«, flüsterte sie. »Es war herrlich, Sie kennenzulernen. Wir verdanken Ihnen so viel. Ich wünschte nur ... aber Sie sagten ja, es ginge nicht ...«

»Liebe Freddie«, sagte Miss Lorimer, indem sie sie herzlich küßte, »es war eine so liebe Idee, und ich werde sie immer zu schätzen wissen. Aber nein, es geht wirklich nicht. Außerdem sind Stiefmütter eine ziemlich ärgerliche Angelegenheit, weißt du. Angenommene Tanten sind viel netter. Warte nur ab«, und dann lachte sie auf eine Art und Weise, die Max ihr sehr übel genommen haben würde.

Freddie ging zum Auto zurück, wo Jonathan stillschweigend die verstreuten Habseligkeiten wieder auflas.

Vom Bürgersteig rief der Bäckerjunge: »Auf Wiedersehen, Miss, kommen Sie zurück«, und der Postbeamte sagte: »Auf Wiedersehen.«

Der Mann von der Milchbar gab der allgemeinen Meinung Ausdruck und sagte: »Auf Wiedersehen, Miss Freddie. Sie sind wirklich in Ordnung.« Denn Tainui würde ihr freundliches Lächeln vermissen; sie hatten auch nicht vergessen, daß sie für ein oder zwei kurze Tage die Heldin des Ortes gewesen war.

Sie wurde rot und rief: »Auf Wiedersehen, auf Wiedersehen«, wobei sie sich umdrehte, um ihnen allen kräftig zuzuwinken, bis der Wagen um die Ecke verschwunden war. Dann setzte sie sich mit einem kleinen traurigen Seufzer auf ihrem Sitz zurecht.

»Das war wirklich gut«, sagte sie. »Soviel besser als es angefangen hat. Ich dachte zuerst, es würde ziemlich schrecklich werden, und es gab ja auch gewisse Augenblicke. Aber ich glaube, das gibt es wohl immer, nicht wahr, Jonathan?«

»Mit dir bestimmt. Da gibt es immer welche und wird es immer welche geben.«

»Trotzdem ist es viel netter gewesen, als ich es mir vorgestellt hatte. Erinnest du dich an diesen ersten Tag, Angela, als du diese Straße im staubigen Bus entlanggefahren bist? Du warst ziemlich schlecht gelaunt, und ich war schrecklich niedergeschlagen, weil ich dachte, es würde so schwierig werden, mit drei Menschen zusammenzuleben, die ich kaum kannte.«

»Ja, ich erinnere mich daran. Und ich war völlig mit mir selbst beschäftigt und machte mir keine Gedanken über deine Gefühle.«

»Oh, aber du warst immer gut zu mir und hast mich vor den anderen immer verteidigt. Und außerdem hat das alles dazu geführt, daß ich meine Meinung in einem Punkt geändert habe.«

»Das ist nicht zu fassen«, kommentierte Jonathan spottend. »Was für einen neuen Gedanken hast du dieses Mal?«

»Ja, ich wollte immer nur zwei Kinder haben, wenn ich einmal heiraten würde. Natürlich einen Jungen und ein Mädchen, wie das so üblich ist. Das scheint irgendwie besser, aber eigentlich mag ich Babys nicht so sehr. Sie flößen mir Angst ein. Findest du das schrecklich, Angela?«

»Natürlich nicht. Viele Mädchen mögen keine Babys. Warum sollten sie?«

»Sie sind so häßlich. Ganz rot und verhutzelt. Und sie machen auch schrecklich viel Dreck.«

»Komm schon«, sagte Jonathan. »Laß die Babys, und erzähle uns von deinem großen Gedanken. Du warst dabei, deine Familie zu planen, als du mit den Babys anfingst.«

»O ja. Ich habe jetzt beschlossen, daß ich mindestens vier Kinder haben werde, auch wenn ich sie nicht sehr gerne habe, solange sie noch Babys sind.«

»Na, dann viel Vergnügen«, sagte Jonathan. »Ich stimme dir ganz zu, aber was hat zu diesem plötzlichen Meinungswechsel geführt?«

»Es war dieser Urlaub. Ich habe die Leute so oft sagen hören, daß große Familien herrlich sind, aber ich dachte immer, sie müßten ziemlich lästig sein, und so war es auch zunächst. Alle kommandierten einen herum und machten schockierte Gesichter. Aber am Ende habe ich entdeckt, daß ich unrecht hatte. Wenn man sich einmal daran gewöhnt hat, machen Familien Freude.«

Weitere Titel aus der Reihe

EDITION RICHARZ

Romane und Erzählungen

Geschichten der Eva Luna
   Isabel Allende
   380 Seiten, ISBN 3-8271-1938-3

Verzauberter April
   Elizabeth von Arnim
   380 Seiten, ISBN 3-8271-1950-2

Sprechen wir über Preußen
   Joachim Fernau
   300 Seiten, ISBN 3-8271-1948-0

Sofies Welt
   Jostein Gaarder
   720 Seiten, ISBN 3-8271-1952-9

Fräulein Smillas Gespür für Schnee
   Peter Høeg
   736 Seiten, ISBN 3-8271-1957-X

Die schöne Frau Seidenman
   Andrzej Szczypiorski
   320 Seiten, ISBN 3-8271-1954-5

Weitere Titel aus der Reihe

EDITION RICHARZ

Biographische Romane

Eine Heimat für die Seele
Anna Kopp
170 Seiten, ISBN 3-8271-1946-4

Ostpreußisches Tagebuch
Hans Graf von Lehndorff
480 Seiten, ISBN 3-8271-1958-8

Überleben in Litauen
Erich Schwarz
340 Seiten, ISBN 3-8271-1951-0

Beschütz mein Herz vor Liebe
Asta Scheib
320 Seiten, ISBN 3-8271-1926-X

Der Garten der Einsamkeit
Gerda Schendzielorz
170 Seiten, ISBN 3-8271-1953-7

Nirgendwo in Afrika
Stefanie Zweig
504 Seiten, ISBN 3-8271-1955-3